THE BOY FROM THE SEA

THE
BOY

바다에서 온 소년

개럿 카 소설 이은선 옮김

FROM
THE
SEA

북파머스

나의 아들들을 위하여

일러두기

- 외래어 표기는 가능한 한 아일랜드 지명 및 인명의 현지 표기를 따랐다.
- 본문 중 이탤릭체로 표시한 부분은 원서에서 강조한 부분을 반영했다.
- 작품 속 금액은 이야기의 시대적 맥락을 살리기 위해 원문 그대로 옮겼다. 오늘날의 가치와는 다르게 느껴질 수 있다. 1970년대의 물가를 고려하면, 당시 1파운드는 현재 기준으로 약 1만 원 안팎의 체감 가치에 해당한다.

차
례

THE BOY FROM THE SEA

1

우리는 대서양을 마주하고 자란 강인한 사람들이었다. 남녀노
소 수천 명이 해안가에 찰싹 들러붙어 어떻게든 비바람을 피하
며 버텼다. 우리 마을은 그저 마을이 아니라 논리이자 운명이었
다. 이보다 쾌적하고 살기 좋은 마을이 있다는 걸 알았고 텔레
비전에서도 보았지만, 우리 마을과 비교하면 밋밋하게 느껴졌다.
저녁마다 귀환하는 트롤선 위를 맴도는 갈매기 떼와 주황색으
로 이글거리며 바닷속으로 잠기는 태양이 둥근 지구상에서 우
리의 위치를 가늠하게 했다. 우리는 이런 느낌을 사랑하고 음미
했지만, 이걸 두고 계속 이러쿵저러쿵하지는 않았다. 말을 하면
계속 대서양 바람에 휩쓸려 날아갔기에 결국 말없이 사는 법을
터득했다. 우리 마을의 환경이 인상적이기는 했지만 엽서 속 풍
경은 아니었고 우리는 현실적인 문제에 집중했다. 바다라는 존

재에서 영적인 기운을 느끼는 사람이 있었을지 모르지만 우리는 아니었다. 우리는 영적인 것에 심취하지 않았고 근거 없는 예감이 들더라도 입 밖에 내지 않았다.

더니골만은 탁하고 뭐든 쉽게 내어주지 않았지만 우리에게는 두 가지 강력한 대응책이 있었다. 우리는 우리가 무엇을 원하는지, 그걸 얻으려면 어떻게 해야 하는지 알았다. 우리의 큰 꿈은 주택 담보 대출을 갚고, 중고차가 아닌 새 차를 장만하고, 앞마당에서 돌을 솎아내 제대로 된 잔디밭을 만드는 것이었다. 어느집에서는 저녁을 먹고 나면 온실이나 증축 이야기를 소곤소곤나누었다. 우리는 이런 것들을 위해 얼마든지 열심히 일할 생각이 있었고 일거리라면 우리 마을에 많았다. 배를 빌려서 고기를잡거나 수산물 가공 공장에서 일하거나 잡은 고기를 트럭에 싣고 전국 각지와 그 너머로 배달할 수 있었다.

그런가 하면 우리는 아이들을 위해서도 일했다. 다들 장성한아이들에게 집 근처에 땅 몇 뙈기라도 마련해줄 수 있길 바랐지만, 집터는 우리가 물려주는 유산 중에서 가장 사소한 것이었다. 우리는 아이들이 강인해지는 과정을 지켜보았고, 우리가 삶의 터전으로 삼은 더니골만이라는 산업화된 마을의 실체를 아이들이 서서히 발견해나가는 것을 보며 흐뭇해했다. 우리는 대가족을 좋아했지만 그중 한두 명은 유약하게 자랄 가능성이 항상 있었다. 그 아이들은 훗날 황량하고 외딴 풍경에 낙담한 표정으로 우리를 올려다보며 이렇게 외칠 것이다. "꼭 여기서 살아야 하나요?" 그러면 우리는 여기가 얼마나 특별하고 남다른 곳

The Boy from the Sea

인지 설명하고 아이들의 생각이 바뀌길 바랄 것이다. 하지만 솔직히 우리도 아이들처럼 불안한 마음이 없지 않았다. 우리가 최선의 삶을 살고 있는지, 여기가 최선의 삶을 살기에 가장 알맞은 곳인지 솔직히 자신이 없었다. 우리 목표를 완수한들 실질적인 만족감은 전혀 없는 데다, 힘든 일을 하느라 죽도록 고생만 할지 몰랐다. 우리도 속으로는 아이들은 좀 더 나은 삶의 방편을 찾을 수 있길 바랐다.

이런 심리 상태를 감안하면 아이가 등장했을 때 벌어진 호들갑, 그 엄청난 야단법석을 다들 이해할 수 있을지 모른다. 갓 태어난 아이는 하나같이 가능성을 상징하지만 이 아이는 부모도 없고 과거도 없는, 미래 그 자체였다. 그런 아이가 우리 가운데 찾아오자 깊은 갈망이 눈을 떴다. 그 아이는 어떤 남자의 품에 안겨 느닷없이, 알 수 없는 경로로 등장했다. 남자는 아이 전달자라는 역할로만 존재할 뿐 본인 자체로는 아무것도 아닌 사람처럼 무표정했다. 그의 이름은 모시 쇼블린이었고 우리 모두 아는 사람이었다. 그는 주로 부둣가 주차장의 마름모꼴 담벼락 위에 앉아 있었고, 아무에게도 성가시게 굴지 않는 성격이었다. 부모 형제와 함께 사는 집에서 해안길을 따라 걸어온 그의 품에 오늘은 웬일로 아이가 안겨 있었다. 이 금요일 아침은 비가 오려는지 하늘이 우중충하고 잔뜩 찌푸렸다. 생선과 축축한 그물 냄새가 코를 찔렀고, 부둣가는 덜커덩거리는 지게차 소리로 어수선했고, 수백 마리는 되는 갈매기 떼가 집과 상점 지붕에서 깍깍댔다. 아이는 울지는 않았지만 낡은 수건과 털 스웨터 안에서

껑껑대며 꼼지락거렸다. 아이를 병원에 데려가는 것이 합당한 처사였겠지만 모시는 병원과 파출소를 그냥 지나쳤다. 가게에서 나온 여자들이 손을 내밀며 말했다. "그 아이 이리 줘요." 모시는 아이를 부둥켜안고 몸을 숙여 그들에게서 등을 돌렸다. 그러자 여자들은 아무 소리 하지 않고 그의 뒤를 따라나섰다. 이내 모시를 따르는 사람이 늘었다. 등교하던 아이들, 일을 하지 않는 남자들 그리고 신문을 사러 나온 존 코터였다. 전과 다르게 점 잖고 기품 있는 모습에 다들 모시에게 감명을 받았다. 그가 성당을 향해 가파른 언덕을 올라갈 무렵에는 열두어 명이 그의 뒤를 따랐고, 다들 그가 신부님에게 아이를 데려가는 줄 알았다. 하지만 아니었다. 그는 성당도 그대로 지나쳤다. 모시는 얼스터 은행 더니골 지점에 다다라서야 걸음을 멈췄다. 높은 창문, 주변을 감싼 철책, 큼지막한 돌계단으로 이루어진 그 건물은 그의 마음속에서 분명 특별한 권위의 상징이었을 것이다. 모시는 계단을 올라가더니 몸을 돌려 사람들을 마주 보고 말했다. "아이가 파도에 실려 왔어요. 통 안에 뉘어 있더군요."

우리는 그에게서 제대로 된 설명을 유도하려고 했다. "걔가 뉘 집 아이인가?" 저스틴 오도넬이 물었다.

"바다의 선물입니다." 모시는 말했다.

우리 마을 주민의 대다수가 믿는 종교에서는 기적을 믿으라고 했지만 우리는 믿지 않았다.

"내 말이 거짓말인 것 같으면 자갈 해변으로 가보세요." 모시는 말했다.

The Boy from the Sea

자갈 해변은 마을 외곽을 지나 세인트캐서린 우물과 배의 무덤 근처에 있었다. 트레일러 길이 정도밖에 안 되고, 회색 조약돌과 해초와 쓰레기로 덮인 해안가의 움푹 파인 지점이었다. 여기서 쓰레기라 하면 너덜너덜한 밧줄 뭉치, 스티로폼 조각, 그물에서 떨어져 나온 주황색의 둥그런 부표를 말했다. 더니골만의 조류는 나름의 패턴이 있어서 밀물이 들면 여기에는 쓰레기가 쌓이고 바로 옆 포구에서는 정반대로 하루에 두 번씩 돌이 깨끗하게 씻겼다. 표류하던 잡동사니가 이 자갈 해변으로 쓸려 오기에 모시는 거길 지나갈 때 20미터 앞에서 낮은 파도에 일렁이는 반쪽짜리 통이 보여도 관심을 기울이지 않았다. 통은 파란색이었고 소금에 절인 생선을 나를 때 쓰는 것처럼 튼튼한 플라스틱 재질이었다. 세로로 반이 잘린 그 통이 물 위에 떠 있는 형태를 보고 모시는 걸음을 멈추었다. "이상하게 별로 흔들리질 않더라고요. 그게 아니었다면 그냥 지나쳤을 거예요." 그는 그랬을 거라는 깨달음에 고개를 저었다. "아무렇지 않게 지나쳤을 거예요."

모시는 오솔길에서 벗어나 밀물이 남긴 흔적 쪽으로 걸어갔다. 잠겨 있는 깊이와 안정적인 상태로 보아 통 안에 바닥짐이 담겼다는 것을 알 수 있었다. 파도가 발치를 때리는 가운데 그는 통을 지켜보았다. 통이 거기까지 떠밀려 오려면 30분은 족히 걸릴 테지만 모시는 그날 별 계획이 없었다. 주차장 담벼락에 앉아 있는 게 고작이었다. 그런데 잠시 후 통 안에서 어떤 움직임과 함께 은색으로 뭔가가 반짝이는 것이 보이자 모시는 신발과 양말을 벗고 물속으로 들어갔다. 통 안에는 단열을 위해 깔아둔 듯한 포일이 있었고 바닥짐은 알고 보니 담요를 접어 덮은 조그만 콘크리트 조각이었다. 그 위에 얼굴이 발그스레한 젖먹이가 담요로 몸을 꽁꽁 싸매고서 누워 눈을 동그랗게 뜨고 회색 하늘을 올려다보고 있었다. 대부분의 사람 같았으면 놀라서 멍하니 쳐다봤겠지만 모시는 뭐든 즉각적으로 받아들일 수 있는, 저평가된 능력의 소유자였다. 그는 손을 뻗어 아기를 안아 올렸다.

"통이 아직 거기 있어요. 내 말 못 믿겠으면 가서 확인해봐요." 모시가 은행 앞 계단에서 말했다.

나중에 아이를 본 의사는 여러 정황에도 불구하고 아기가 충분히 건강하며 생후 며칠밖에 안 됐다고 했다. 관할 간호사는 차후 조치가 결정될 때까지 자기가 집으로 데려가서 돌보겠다고 했다. 그녀는 아기를 맡게 돼서 기뻤다. 온 마을 사람이 아기로 이야기꽃을 피웠고 이 일은 《더니골 데모크래트》에 전면 기사로 다루어질 가능성이 컸다. 아기가 파도에 실려 왔다니 말도 안 되는 발상이었지만 달리 설명할 방법이 없었고 우리는 그 이야기에 매료됐다. 우리 중 몇 명은 쑥스러워하면서 관할 간호사의 집 앞으로 다가가 창문을 바라보며 민망함을 달랬고, 똑같이 와서 그러고 있는 사람이 있으면 반가워했다. 저녁이 되자 간호사가 한 번에 네 명씩 사람들을 안으로 들이기 시작했고, 얼마 안 있어 그 집은 상갓집을 방불케 했다. 온 사방의 길가에 차가 세워져 있고 수많은 사람이 소곤대며 드나들었으니. 우리는

The Boy from the Sea

선물을 들고 갔다. 솜 인형, 딸랑이, 그날 오후에 미친 듯이 뜬 털모자였다. 우리는 네 명씩 안으로 안내돼 소파 앞에 섰다. 간호사의 10대 딸 중 한 명이, 하얀 우주복으로 갈아입고 만족스러운 표정으로 잠든 아기를 안고 소파에 비스듬히 앉아 있었다. "젖병도 잘 빨고 전혀 손 갈 일이 없어요. 예뻐 죽겠어요." 관할 간호사가 말했다.

아기는 머리가 새까맸지만 우리 마을에 요정이나 정령의 아이에 얽힌 전설은 없었다. 그런 건 골웨이에 가야 들을 수 있었다. 그 아기는 그냥 평범한 인간이었지만 그래도 우리는 그 신비로움에 마음이 들떴고 경의를 표하고 싶었다. 간호사와 딸들은 밤새 아기 곁을 지켰다. 옆집 여자가 촛불을 켜서 창가에 두자 이내 마을 절반이 따라 했다. 거리마다 창턱에서 불빛 한 점이 흔들렸다. 일요일이 되자 한동안 성당을 멀리했던 사람들이 돌아와 만석을 이루었다. 어부들과 백수들, 그리고 평소에는 뒤에 서 있던 다른 남자들이 노인들과 여자들, 독실한 신자들과 함께 신도석에서 무릎을 꿇었다. 만약 아기가 병원 주차장이나 다른 평범한 곳에 버려졌다면 신부는 분명 10대 임신을 운운하고 텔레비전과 롤링스톤스를 비난했을 것이다. 하지만 그 주 일요일에 신부는 다 같이 묵상하자며 바구니를 타고 떠내려온 모세를 언급했다. 휴이 데블린이 자기 아내를 돌아보며 조그맣게 속삭였다. "그러게 내가 어디선가 들어본 얘기 같다고 했지?"

관할 간호사는 직장이 있고 딸들은 학교에 가야 했기에 그녀는 아기를 이 집, 저 집에 하룻밤씩 맡기기 시작했다. 어부 앰브로즈 보너가 소문을 듣고 당장 간호사의 집으로 달려갔다. 문 앞에 서서 그가 말했다. "우리 아들이 아기 침대를 졸업했는데 아직 처분하지 않았어요. 그거랑 다른 용품도요." 앰브로즈는 당장이라도 아기를 데려갈 기세였다. 그가 엄지손가락으로 자기 차 뒷자리를 가리키며 말했다. "저기 카시트도 있어요. 엄청 편해요."

간호사는 아기를 달라는 남자를 보고 깜짝 놀랐다. 그때가 1973년이었다. "크리스틴도 동의했어요?" 그녀가 물었다.

"제 아내는 아기를 아주 잘 봐요." 앰브로즈가 대답했다.

간호사는 망설였다. "당신은 어떤데요?"

앰브로즈는 허리를 더 꼿꼿이 세웠다. "내가 더 잘 봐요."

겸손을 가장한 허세였다. 우리 중 많은 수가 이런 식으로 자신을 소개하곤 했지만 앰브로즈는 유난히 심했다.

"오늘 밤만이에요. 내일은 맥긴레이 씨네가 데려가기로 했거든요. 처치 레인에 사는 맥긴레이 씨네요. 크로크나 대로에 사는 맥긴레이 씨네는 아직이지만 조만간 신청할 거라고 봐요." 관할 간호사가 말했다.

앰브로즈가 집에 들어가 보니 크리스틴은 이제 두 살 된 아들 데클란과 자기 언니 필리스와 함께 부엌에 있었다. 필리스는 거기서 오솔길을 조금만 걸어가면 나오는 집에 살았고 매일 동생 집을 찾아왔다. 필리스는 평소처럼 무릎 위에 재떨이를 올려놓고 뒷문 근처 높은 의자에 앉아 있었다. 보너의 단층집은 작았다. 거실과 부엌이 하나로 이어져 오로지 바닥이 장판이냐 카펫 타일이냐로 구분됐다. 크리스틴은 늘 그러듯 세탁기 옆 안락의자에 차를 마시며 담배를 피우는 자세로 앉아 있었다. 그녀는 30대 초반밖에 안 됐는데도 의자 때문에 할머니 같은 분위기를 풍겼다. 이들 자매는 실크 컷 레드를 피웠고 그 탓에 손가락이 누랬다. 앰브로즈는 벤슨&헤지스 파였다. 데클란은 아기방에 있다가 앰브로즈가 "여기, 여러분 모두를 만나고 싶어 하는 분이 계신데요!" 하고 외치자 웃음을 터뜨렸다.

자기 아버지 품에 안긴 손님을 본 순간 데클란은 표정이 변했다. 씹고 있던 플라스틱 뭉치를 떨어뜨리고 아기 울타리 창살을 붙잡고 일어나 빤히 쳐다보았다. "왜?" 데클란이 물었다. 그 단어가 필요하게 될 미래를 예견이라도 한 것처럼 아이가 몇 달 전에 맨 처음으로 한 말이 "왜"였다.

필리스는 그걸 다르게 표현했다. "이게 무슨 정신 나간 짓이에요?"

크리스틴은 남편을 쳐다보며 무슨 설명이라도 해주길 기다렸다. 앰브로즈는 아무 설명도 하지 않고 명랑하게 식탁 앞에 앉아 밖을 보는 방향으로 아기를 돌려서 자기 무릎 위에 내려놓았다. 곧추세운 자세가 되자 아기가 눈을 떴다. 눈이 건포도 같았고 빛을 전혀 반사하지 않았다. 그는 아기방에 있는 꼬맹이, 필리스 라이언스, 마지막으로 결혼 전 성이 라이언스였던 크리스틴 보너 쪽을 차례대로 응시했다. 누구에게도 아무 감정도 보이지 않았다.

"언제 돌려줄 거예요?" 필리스가 앰브로즈에게 물었다.

데클란은 끙끙댔다. "왜?" 아이가 다시 말했다. 아이의 또렷한 발음을 아무도 알아차리지 못했다. 다들 아기에게 정신이 팔려 있었다.

"애가 참 훌륭한 표본이지 않아요? 이 머리칼 좀 봐요!" 앰브로즈가 모두에게 말했다.

"아빠가 스페인 사람인가 보네. 작년에 스페인 배가 한 척 왔었잖아요." 필리스가 말했다.

"쉿." 앰브로즈가 말했다.

"난 아이 엄마가 생각나. 지금 어딘가에 혼자 있겠지. 아프고 겁에 질린 채로." 크리스틴이 말했다.

"어라, 애가 바닷가로 떠내려온 거 아니었어?" 앰브로즈가 능청스럽게 물었다.

"바보처럼 그 말을 믿는 건 아니겠죠?" 필리스가 말했다.

이 무렵 우리 중 일부는 아기라는 주문과 아기의 신비로운 등장에서 깨어나 이성을 되찾고 있었다. 초자연적인 현상이나 바닷가로 떠내려왔다는 것보다 아기의 등장을 단순하게 설명할 방법이 있을 터였다. 아직 깨어나지 못한 사람들이 있었기에 아무도 대놓고 이성적인 발언을 하지 못했지만 필리스는 첫날부터 대놓고 냉소적인 반응을 보임으로써 고민을 덜었다. "기저귀는 누가 갈 거예요?"

"기저귀 정도야 내가 처리할 수 있어요. 갈아야겠다 싶으면." 앰브로즈가 말했다.

"너는 손 하나 까딱하지 마." 필리스가 자기 동생에게 말했다.

필리스는 크리스틴보다 네 살 많았고 항상 이래라저래라 했다. 크리스틴이 남편감을 찾자 바뀐 상황에 맞춰 남편감에게도 명령을 내렸다. 높은 의자라는 그녀의 지정석도 분위기를 지배하는 데 한몫했다. 높아서라기보다 불편한 데다 뒷문 근처에 있어서 거기 앉아 있으면 금방 나가려는 사람처럼 보여 집주인들이 계속 불안해했다. 누가 나가려는 사람과 실랑이를 벌이겠는가? 필리스는 끊임없이 떠날 것 같은 분위기를 풍김으로써 종종 자기 뜻을 관철하고는 한 시간이 다 되도록 그대로 앉아 있곤 했다. 오늘도 이 아기를 두고 오후 내내 뭉그적거릴 게 뻔했다.

크리스틴이 담배를 빨며 물었다. "걔 이름이 뭐야?"

"이름은 무슨 이름이야. 얘는 이름 필요 없어." 필리스가 말했다.

"애들은 누구나 이름이 있어야죠! 우리가 지어줘야겠어요." 앰브로즈가 말했다.

"무슨 권리로요?" 필리스가 물었다.

데클란이 동의한다는 듯이 다시 끙 하는 소리를 내자 아버지의 관심이 아이에게로 향했다. "이름을 뭘로 지어주면 좋을까?" 앰브로즈는 중요한 이야기를 할 때 쓰는 명랑한 말투로 아들에게 물었다.

데클란은 자기가 잘못 이용당하고 있음을 어찌어찌 알아차리고 아기 울타리 창살을 치며 말했다. "왜?"

"뭐라고? 마틴?" 앰브로즈는 말하며 자기를 마주 보도록 아기의 방향을 돌리고는 자리에서 일어나 팔을 쭉 뻗어 아기를 들고 찬찬히 살펴보았다. "아니야, 마틴은 아니야. 얘는 말랑말랑한 구석이 있거든."

"왜?" 말하는 데클란의 눈에 눈물이 고였다.

"브렌던? 브렌던이라고?" 앰브로즈가 말하며 아기를 물끄러미 바라보자 만면에 황홀한 미소가 번지며 주름살이 펴져 다섯 살은 더 젊어 보였다. 앰브로즈는 전부터 브렌던이라는 이름이 예쁘다고 생각했다. "브렌던, 바다에서 온 소년."

크리스틴은 미소를 지었다. 즐거워하는 앰브로즈의 모습이 보기 좋았고 그녀는 전부터 그의 독창성을 높이 평가했다. 하지만 필리스는 그를 냉랭하게 뜯어보았다. 대체 어떤 남자가 부모 없는 아기를 집으로 데려온단 말인가? 꿍꿍이속이 있는 것이 분명했다. 데클란도 아기 울타리 안에서 유심히 지켜보고 있었다. 데클란은 말을 거의 할 줄 모르는 나이라 원초적인 본능이 예리하게 살아 있었기에 상황을 파악할 수 있었다. 심지어 필리스보다 앞을 더 멀리 내다볼 수 있었다. 이 아기는 아무 데도 가지 않고 이 집에 눌러앉을 것이다. 데클란이 알던 세상은 끝났다.

이쯤에서 과거로 시곗바늘을 조금 돌려보자. 앰브로즈가 어쩌다 우리 마을에서 살게 됐고 어떻게 이 마을의 일원으로 받아들여졌는지 궁금해할 사람들을 위해서 말이다. 앰브로즈는 더니골주 해안에서 멀지 않은 애런모어라는 섬에서 나고 자랐다. 그 섬은 우리 마을에서 해안을 따라 불과 80킬로미터 거리에 있었지만 그래도 그 정도면 앰브로즈를 외지인 취급 하기에 충분했다. 하지만 그는 뼛속까지 어부였고 일찌감치 일을 시작했다. 조용하던 아이가 섬의 돌투성이 포구에서 후릿그물로 고등어를 잡기 시작하면서 변했다. 고등어잡이는 공동체 작업이었고 어린 앰브로즈는 자신이 다른 아이들을 조직하고 나중에는 어른들까지도 지휘하는 데 재능이 있음을 알게 됐다. 열한두어 살밖에 안 됐을 때부터 모두에게 명령을 내릴 수 있을 만큼 존경을 받았기 때문이다. 그는 섬사람 몇몇에게 물속으로 돌을 던져 물고기를 그물 쪽으로 몰게 시키고 서너 가족을 배치해 그물을 다루게 했다. 그물이 가득 차면 해변으로 끌어 올렸고 그러면 다들 달려들어 펄떡이는 물고기를 잡아서 머리를 세게 내려친 뒤 상자에 던졌다. 앰브로즈는 이 일에 열과 성을 다했다. 잡은 고기를 끌어 올리는 데서 오는 원초적인 만족감과 그에 따르는 자부심이 좋았다. 애런모어에서는 남자, 여자 할 것 없이 길을 가다가 그를 만나면 "오늘 활약이 대단했다며?" 아니면 "일 잘했다고 들었다"라고 했다. 다들 그를 가리켜 타고난 어부라고 말했다.

10대 시절에는 앰브로즈, 남동생, 사촌 둘이 4인조를 결성해 6미터급 배에서 그물을 던졌다. 그들은 악착같이 일했고 우박이나 칠흑 같은 밤을 두려워하지 않았다. 그들은 그 섬에서 가장 잘나가는 선단이었고 잡은 고기를 파는 본토에서도 유명했다. 다른 선단은 외장 모터나 개조한 승합차 엔진을 배에 장착하기 시작했지만, 앰브로즈는 노를 고수했다. 소년의 시각에서 바라본 남자다운 이미지에 완전히 사로잡혀 있었기에 그와 바다 사이에 엔진이 있어야 할 필요성을 느끼지 못했다. 그 자신이 자연의 일부분이었다.

앰브로즈의 형제자매들이 꾸준히 섬을 떠나고 있었고, 모두가 예견했다시피 앰브로즈도 곧 떠날 터였다. 그의 포부는 단순했다. 좀 더 큰 배, 트롤선에서 일하는 것이었다. 그래서 그는 어느 날 마지막 수확물을 선원들과 나누고 그들을 먼저 집으로 돌려보냈다. 그러고는 아일랜드의 반대편 모서리에 있는 워터퍼드주 던모어 이스트라는 어촌으로 건너갔다. 거기서 트롤선 선원으로 자리를 잡았고 배가 정박해 있을 때는 술집의 단골이되었다. 3년 동안 그 일대에서 고기를 잡고 흥청거리며 지내자다시 불만이 싹트기 시작했다. 이제 그는 선원을 거느린 선장이되지 않고서는 행복할 수 없었는데, 거기서는 그런 그림이 그려지지 않았다. 워터퍼드의 어부들은 그를 짜증 나게 했다. 너무순하고 신부님을 너무 맹신했다. 어느 날 그가 갑판원으로 트롤선을 타고 바다에 나간 지 겨우 세 시간이 지났을 때 미국의 케네디 대통령이 암살됐다는 소식이 전해졌다. 선장은 아주 엄숙한 표정으로 '추모하는' 뜻에서 귀항하겠다고 선언했다. 추모하는 뜻이라니! 바다에 고기가 넘쳐 나는데! 앰브로즈 평생에 그렇게 어처구니없는 일은 처음이었다. 결국 말다툼이 벌어졌다.

앰브로즈는 토미 오가라와 일할 때만 진심으로 즐거웠다. 토미는 정착하기 전에 전국을 돌아다니던, 더니골의 또 다른 청년

The Boy from the Sea

이었다. 그는 우리 마을 출신이었고 우리는 그의 부모를 잘 알았다. 스리 마일 크로스에 사는 오가라 부부는 훌륭한 주민이었다. 우체국을 운영하던 오가라 부부와 혼동하면 안 된다, 그들도 훌륭하긴 마찬가지지만. 대부분의 트롤선 선원들은 쉬는 시간에 카드 게임을 했지만 토미와 앰브로즈는 체스에 푹 빠져서 둘이 돈을 모아 카탈로그에 소개된 자석 체스 세트를 주문하기까지 했다. 워터퍼드의 남자들이 카드를 내던지며 환호하거나 불만을 터뜨리면 토미와 앰브로즈는 어쩌다 한 번씩 칭찬이나 가벼운 조롱을 던지며 평화롭게 체스를 두었다. 제법 좋은 수를 두면 앰브로즈는 항상 "자, 이제 너는 끝장이야"라고 말했다. 그들은 고기잡이가 그들의 삶이 될 거라는 데 동의했고, 좀 더 많은 경험을 쌓기 위해 코크로 떠났다. 이후 몇 년 동안 두 사람은 캐슬타운베어를 본거지 삼아 자주 함께 고기를 잡았다.

앰브로즈는 다른 방면에서도 경험을 찾아 나서 여행하는 동안 여자들과도 상당히 많이 시시덕거렸다. 아일랜드의 가게 점원들과 여자 바텐더들은 그를 특이하게 여겼고, 그의 손길에 몸을 맡겼다가 시간이 지나면 좀 더 진도를 나가도록 허락했다. 그와 여자들은 어렸고 이때는 피임이 일반화되기 전이라 모든 게 좀 더 단순했다. 너무 단순해서 더러는 이렇게 1, 2년 지내는 동안 엄밀히 말해서 숫총각인지 아닌지 불분명한 경우도 있었다. 짝짓기 하는 소나 염소를 통해 성교육이 이루어졌으니 시골에 가축이 많은 것이 다행이었다. 성은 아직 개발되지 않은 일종의 탐색전이었고, 사용되는 언어도 취사선택이 아니라 금지에 관한 것이었다. 여자가 숨을 헐떡이며 야한 말을 속삭이거나 나지막이 쏟아붓는 이유도 오로지 경고하기 위해서였다. "사고가 나면 안 돼." "오늘은 거기까지." "계속해, 하지만 거기서 옆으로."

얼마 안 있어 코크의 선원들도 앰브로즈와 토미의 신경을 건드리기 시작했다. 더니골의 두 청년은 한 시간씩 나란히 서서 아무 말도 하지 않고 행복하게 그물을 수선할 수 있었지만, 코크의 선원들은 항상 수다를 떨어야 했다. "그런데도 그 인간들이 뭔가 숨기는 것 같은 기분이 든단 말이지." 토미가 말했다.

하지만 다음해에 앰브로즈가 골웨이 시티에서 출항해보니 코네마라 남자들이 더 끔찍했다. 그들은 미신의 노예였다. 건장하고 힘이 센 어부마저 출항 전에 부두에 도착하면 오는 길에 빨간 머리 여자를 만났다는 둥, 실수로 양말을 홀수로 챙겼다는 둥, 지빠귀가 자기를 보며 세 번 울었다는 둥, 말도 안 되는 헛소리를 늘어놓으며 어린애처럼 안절부절못했다.

골웨이를 떠난 뒤 앰브로즈는 몇 시즌 동안 더블린에서 맛조개를 잡았다. 그는 더블린 사람들도 마음에 들지 않았다. 그들은 더니골이 북아일랜드에 있다고 생각했고 그의 억양을 이해하려는 시도조차 하지 않았다. 이 무렵 앰브로즈는 선장 자격증을 소지하고 있었지만 그보다 더 큰 것을 탐내고 있었다. 바로 자기 배를 소유하는 것이었다. 그는 모두에게 비밀로 하고 있다가 어느 날 오후에 부두에서 토미를 만났다. 1년 만에 만난 거라 하마터면 토미에게 달려갈 뻔했다. 당연히 그러지는 않았지만 거의 그럴 뻔했다. 그들은 담벼락에 나란히 기대어 서서 담

The Boy from the Sea

배를 피우며 한참 동안 대화를 나누었다. 앰브로즈는 새로 만난 선원들을 두고 불평을 늘어놓았지만, 토미는 몇 년 새 너그러워졌다. "어느 마을에 가든 배 위에서 그 마을을 통틀어 가장 훌륭한 남자들을 만날 수 있을 거란 기대는 하지 마."

앰브로즈는 심란했다. 그는 항상 가장 훌륭한 남자들이 모이는 곳이 어선이라고 믿어왔었다.

"나는 네 문제가 뭔지 알아." 토미가 말했다. "너는 고향과 좀 더 가까운 곳, 좀 더 익숙한 암초들이 있는 곳에서 지내고 싶은 거야. 솔직히 나도 마찬가지야. 그러니까 우리, 그렇게 하자. 더니골로 돌아가자."

그래서 그들은 그렇게 했다. 애런모어가 아니라 토미의 고향이자 우리 마을인 킬리베그스로 돌아왔다. 앰브로즈는 금세 정착했다. 그는 우리에게 익숙한 속도를 좋아했고 심지어 우리 생김새도 푸근하게 여겼다. 여기에서 그는 다음 단계로 나아갈 수 있었다. 우리 마을에 온 지 일주일밖에 안 됐을 때 앰브로즈는 조선소를 찾아갔다. 우리 조선소는 이쪽으로 철판과 오크나무가 들어가면 몇 달 뒤에 반대편의 커다란 이중문을 거쳐 배가 만으로 곧장 출하되는 완벽한 공정을 갖춘 곳이었다. 앰브로즈는 예약도 없이 찾아가 맨 먼저 만난 사람을 붙잡고 말했다. "배 주문 명단에 제 이름을 넣고 싶은데요." 이례적인 방식이었지만 별문제는 없었다. 이내 해양수산청에서 앰브로즈와 할부 매매 계약을 맺고 3만 파운드에 달하는 17미터급 선박 대기 명단에 그의 이름을 올려주었다. 젊은 남자에게는 엄청난 금액이었다.

당시에는 15미터급 선박이 더 일반적이었지만 토미가 앰브로즈를 설득해 자기도 투자 중인, 좀 더 큰 트롤선을 주문하게 했다. 2미터 차이가 별 것 아닌 것처럼 들릴지 몰라도 높이와 폭이 비례해서 증가하니 100마력이 넘는 엔진이 달린 좀 더 튼튼한 선박을 가질 수 있었다. "영국 배는 며칠씩 걸려가며 우리 바다까지 건너와. 반면에 우리 선단은 늘 해안이 보이는 곳에 머물러 있지. 수평선을 넘어서 더 멀리까지 진출해야 해. 거길 가야 돈을 벌 수 있다고." 토미는 말했다.

앰브로즈와 토미는 최신 조타 장비를 마련하기 위해 돈을 모았고 그들의 배가 건조되길 기다리는 동안 장비 사용법을 배울 수 있는 배에서 일했다. 우리는 점점 영리해져서 새로운 장비에 투자했으니 그 말은 곧, 고기잡이에서 운과 직감의 비중이 줄었다는 뜻이었다. 어떤 선주는 스웨덴까지 가서 새 그물과 기술을 장착하고 돌아왔다. 한번은 진짜로 살아 있는 스웨덴 사람을 태우고 와서 마리 코터의 민박집에 여장을 풀고 일주일 동안 부두를 돌아다니며 모두에게 뭘 잘못하고 있는지 알려주게 한 적도 있었다. 그 스웨덴 사람이 워낙 기분 좋게 알려주었기에 앰브로즈는 언짢아하지 않았다. 이제는 신식 어군탐지기를 동원해 청어를 70~80크랜씩 싣고 귀항할 수 있었다. 그러다 보니 무거운 저인망을 끌어올리는 것이 작은 배에게는 골치 아픈 문제가 되었다. 그물주머니가 너무 가득 차면 물고기가 선체에 부딪혀 눌렸고 그물이 부력을 잃어서 물고기를 싣다가 배가 한쪽으로 기울 수 있었다. 이때 파도가 심하면 상황이 위험해지기 일

The Boy from the Sea

쑤였다. 하루는 앰브로즈가 타고 있던 15미터급 배의 머리가 위로 들렸다가 갑자기 곤두박질치는 바람에 그가 허공으로 깔끔하게 날아올랐다 누가 봐도 바다를 향해 포물선을 그리며 머리에서부터 추락한 적이 있었다. 뱃사람들은 일주일에 두어 번은 죽음과 맞닥뜨리지만 앰브로즈는 이때가 가장 아슬아슬했다고 말하고 다닐 것이었다. 바로 그때 옷깃을 붙잡는 토미의 손길이 느껴졌고 다시 갑판 위로 떨어지자 다리를 타고 충격이 전해졌다. "오늘은 수영할 날씨가 아니지." 토미가 말했다.

앰브로즈와 우리의 차이점이 있다면 그는 운을 믿는다는 것이었다. 우리는 미신을 맹신하지 않는 편이었다. 그날은 모든 것이 협력해 그가 물에 빠지는 것을 막는 듯했고 앰브로즈는 엄청난 행운이 따랐다고 느꼈다. 그날 밤늦게 뭍으로 돌아왔을 때 그는 피곤했지만 흥분이 가라앉을 줄 몰랐다. 토미와 다른 선원들은 자러 들어갔지만 앰브로즈는 머리에 브릴크림을 한 움큼 바르고 댄스홀로 향했다. 그의 삶에서 다음 장이 시작되려는 찰나였다.

크리스틴 라이언스는 그날 밤, 문 안쪽에 달린 타원형 거울을 볼 수 있게 옷장 문을 열어놓고 침대 가에 앉아서 머리핀으로 목덜미를 찔러가며 머리를 세우느라 애를 먹었다. 혼자서는 머리를 할 수가 없는데 필리스가 옆방에서 나올 줄을 몰랐다. "언니, 제발!" 크리스틴이 외쳤다.

두 방의 벽이 워낙 얇아서 둘은 어렸을 때 벽을 사이에 두고 대화하는 법을 터득했다. 아버지가 둘 중 한 명(대개는 크리스틴이었다)을 방으로 내쫓으면 그렇게 서로 곁을 지켰다. 그들은 지금도 그 습관대로 밤이나 아침에 눈을 뜨자마자 벽을 사이에 두고 조용히 대화를 나누었다. "그냥 좀 놔두면 안 돼? 이틀밖에 안 됐잖아." 필리스가 애원하는 동시에 나무라는 투로 말했다.

"안 돼, 나 지금 나갈 거야. 내 방으로 와서 좀 도와주면 안 될까?" 크리스틴은 말했다.

언니가 자기 방에서 나오는 소리가 들렸지만 크리스틴의 방으로 들어오지는 않았다. 크리스틴은 언니가 아버지에게 고자질하러 갔을 수도 있겠다는 생각이 들었다. 유년 라이언스는 60대였고 성격이 엄했다. 밖에서는 열심히 바닷가재를 잡았지만 집에 오면 손 하나 까딱하지 않았다. 셔츠 한 장 갠 적도, 컵 하나 씻은 적도, 뭐든 음식을 만든 적도 없었다. 크리스틴은 다시 머리와 씨름하기 시작했다. 올림머리를 하고 있으면 아버지와 말다툼을 벌이더라도 준비가 잘 갖춰진 기분이 들 것이다. 올림머리를 하고 있으면 아무도 그녀를 당할 수 없으니까. 하지만 필리스는 아버지를 찾아간 게 아니라 동생에게 겁을 주려고 복도에 잠깐 서 있던 거였다. 이제 크리스틴의 방으로 들어왔지만 짜증 난다는 표정을 짓고 있었다. 필리스는 다짜고짜 동생의 머리칼을 양손으로 잡아 올리고 끝에 고무줄을 묶어 돌돌 말았다. "이제 마을 사람들이 널 보고 좋아하게 생겼네. 입방아 찧을 얘깃거리가 생길 테니까."

라이언스 가족은 마을에서 1.5킬로미터 벗어난 곳에서 살았고, 30분은 걸어가야 부둣가 주차장이 나오는 곳에 사는 것이 그들에게 고귀한 지위를 부여하기라도 하는 듯한 말투를 썼다. 1.5킬로미터라는 거리는 모든 것의 일부일 뿐, 그 집안의 아버지는 가족들에게 그들은 다르다는 생각을 주입했다. 우리는 대부분 이웃, 사촌, 인척과 서로 의지하며 살았지만, 유년 라이언스는 전혀 그런 스타일이 아니었다. 그에게 중요한 건 직계가족뿐이었다. 마을에 바닷가재를 내다 팔았고, 마을 출신 여자와 결혼했고, 딸들이 마을에 있는 학교에 다녔지만, 그는 그 마을의 일원이 되기를 단호하게 거부했다. 이렇게 고집스럽고 독립적인 성격은 여러 세대에 걸친 힘든 삶과 우울한 기질과 기회의 부재 속에서 그에게 각인됐다. 그의 할아버지는 대기근을 기억한다고 주장했고, 가끔 유년은 자신도 그 시절을 기억하는 것처럼 느껴졌다.

올림머리가 완성되자 크리스틴은 그 위에다 헤어스프레이 세례를 퍼부었다. 안개가 내려앉아 머리가 단단해졌다. "나 어때?" 그녀가 물었다.

"브리지트 바르도보다는 브리지트 이모에 더 가깝네." 필리스는 대답했다.

라이언스 가족은 서쪽으로 난 대로에서 벗어나 우리가 공포의 급커브길라고 부르는 구간을 지나면 바로 나오는, 오래된 이탄 지대 오솔길에서 살았다. 크리스틴은 날마다 그 길을 걸어서 통학했기에 어디가 움푹 파였는지 모두 알았고, 학교를 졸업한 뒤에도 수산물을 가공하는 공장, 십 인Ship Inn 주점, 가장 최근에는 콘웨이의 신발 가게로 출퇴근하느라 그 길을 수천 번도 더 지나다녔다. 여러 직장 가운데 가장 마음에 든 곳은 신발 가게였는데, 정리가 잘된 창고가 주는 만족감과 새 가죽의 기분 좋은 뻣뻣함 때문이었다. 그리고 신발 가게에서는 더 괜찮은 계층의 남자를 만날 수 있기도 했다. 크리스틴은 치수를 재려고 무릎을 굽히고 앉으며 남자 손님의 발을 자기 무릎 바로 위에, 그냥 편의상 그런 것처럼 아무렇지 않게 올려놓을 때도 있었다. 그녀는 몇 번 이렇게 해보다가 결국 우리 마을 남자들은 그런 신호를 알아차릴 줄 모른다는 사실을 받아들였다.

포레스터스 홀에서는 헤어스프레이, 차, 손톱에 낀 생선 비늘 냄새가 났다. 밴드의 첫 번째 세트 연주가 한창이었다. 홀이 반밖에 차지 않았지만 선원들이 등장하면 싸움이 벌어지는 경우가 많았기에 경비원이 네 명 배치되어 있었다. 이런 싸움 때문에 딸들의 댄스장 출입을 금지하는 집도 있었지만 유넌은 더 이상 그런 규칙을 강요하지 않았다. 필리스는 아버지의 뜻을 완벽하게 흡수해 이제 아버지의 규칙이 자신의 규칙이 된 반면, 크리스틴은 자기 손으로 돈을 벌고 있으니 막을 도리가 없었다. 그래도 우리는 그날 밤에 등장한 크리스틴을 보고 놀랐다. 안으로 들어온 그녀가 문 앞에서 긴 검은색 외투를 벗자 충격적일 정도로 화려한 청록색 원피스가 느닷없이 반짝거리며 등장했던 것이다. 그녀는 웃는 얼굴로 사람들에게 단호하게 인사를 건네며 여성 구역으로 향하더니, 주전자에 담긴 차를 한 잔 사서 혼자 자리를 잡고 앉아 밴드를 구경했다. 거의 미동도 하지 않았다. 맞은편에서는 다 똑같아 보이는 양복을 입은 남자들이 삼삼

The Boy from the Sea

오오 모여서 다들 구부정한 자세로 대화를 나누고 있었다. 여자들을 흘끗거리는 품새가 마치 은행 강도 같았다. 이런 파티에서는 술이 제공되지 않았지만 오기 전에 이미 맥주를 몇 잔 마신 남자도 몇 있었다. 그날 밤에 크리스틴은 눈길조차 주지 않고 남자들을 깡그리 무시했다. 한쪽 팔을 비스듬히 밖으로 내밀고 긴 손가락으로 신인 여배우가 담배를 들듯 받침째 찻잔을 들고 있었다. 라이브 음악에 이끌린 일부 장년층과 결혼한 커플들은 홀의 양쪽에서 자유롭게 어울렸다. 입구에 들어선 앰브로즈가 그들 때문에 공간 배치를 오해하고 여성 구역으로 곧장 걸어간 건지도 모른다. 아니면 크리스틴의 눈부신 원피스가 그를 유혹했는지도. 앰브로즈는 겨울용 울 스웨터를 입었지만 그런 데워낙 무심했기에 우스꽝스러워 보인다고 누가 옆에서 뭐라고 할 수도 없었을 것이다. 나중에 그들은 그가 크리스틴에게 다가갔을 때 밴드가 〈스트레인저스 인 더 나이트〉를 연주하고 있었다고 기억할 테지만 실은 〈크리스털 샹들리에스〉였다. 앰브로즈는 춤에는 흥미가 없었기에 그녀에게 춤을 추자고 하지 않았다.

"안녕하세요." 그가 인사를 건넸다. 함박웃음을 짓고 있어서 모자라 보였을 수도 있다. "좋은 밤이네요."

"누구시죠?" 크리스틴이 물었다. 그가 누구인지 알고도 남았지만 내색하지 않았다.

"앰브로즈 보너라고 합니다. 만나서 반갑습니다."

그들은 악수를 했다.

"저는 배가 있어요." 앰브로즈가 말했다. 현대적으로 포장하기는 했지만 구애 스타일이 기본적으로 석기시대에 머물러 있었다.

크리스틴은 꾹 참고 웃지 않았다. "좋으시겠네요."

"아직은 건조가 안 됐어요. 대기 명단에 있거든요. 하지만 1년 정도 지나면 내 손으로 넘어올 거예요."

앰브로즈는 잘 보이고 싶어 안달하는 모습을 보여줌으로써 크리스틴에게 마음을 얻기 힘든 사람이라는 역할을 부여했고 결국 주도권도 그녀에게 넘겨주었다. 그녀는 그 입장을 고수하기로 마음먹었다. 앰브로즈는 사방을 흘끗거리며 두 팔을 어찌해야 할지 몰라 하면서도, 행운에 들떠서 계속 희희낙락하고 있었다. 그가 물었다. "킷캣 하나 먹을래요?"

"아뇨, 됐어요." 크리스틴은 말했다. 표정으로 아무 감정도 드러내지 않았지만 그에게서 시선을 거두지 않았다. 앰브로즈는 평생 실내에서 살아본 적 없는 사람처럼 얼굴이 벌겠지만 그것만 빼면 외모가 나쁘지 않았다. 크리스틴은 지금 자신의 상황을 부러워할 여자가 많다는 것을 알았고 다수의 평가에 따르면 앰브로즈는 훌륭한 신랑감이었다. 세련되지 못한 태도와, 보통 술꾼들이나 떠돌이들이 세 들어 살던 빅 지미의 시골집 뒤편 트레일러하우스를 거처로 삼았다는 점 때문에 그 사실을 알아차리는 데 시간이 걸릴 따름이었다. 물론 길들여져야 하긴 했지만 그는 성실했고, 모두와 두루 잘 지냈고, 조만간 이 마을에서 가장 젊은 선주가 될 예정이었다. 그런가 하면 섬사람답게 다재다능했다. 고기잡이뿐 아니라 엔진을 분해하고, 벽돌을 쌓고, 잔디를 깨끗하게 깎고, 대형 트럭을 몰고, 닭 뼈를 발라낼 줄 알았다. 개중에는 점점 쓸모를 잃어가는 재주도 있었지만 그렇게 능력이 다양한 것을 보면 자신감이 넘치고 머리가 좋다는 것을 알 만했다. 외지인인 것도 전혀 불리하게 작용하지 않아서 오히려 가능성이 많을 것 같은 분위기를 풍겼다. 산뜻하고 홀가분하게 등장한 앰브로즈는 성공 가능성이 평균 이상인 남자처럼 보였다. 여자에게는 모름지기 일말의 희망이 있어야 했다.

"내가 오늘 하루 동안 바다에서 5파운드 넘게 벌었다면 믿을 수 있겠어요?" 앰브로즈가 말했다.

크리스틴은 진실을 공개함으로써 그를 시험하기로 했다. "우리 엄마가 얼마 전에 돌아가셔서 장사 지낸 지 이틀이 지났는데 나는 이렇게 댄스장에 와 있다면 믿을 수 있겠어요?"

앰브로즈가 머뭇거렸다고 한들 찰나에 불과했다. "믿어요, 내 눈으로 보고 있으니까."

"나중에 욕을 바가지로 먹을 거예요."

앰브로즈는 곰곰이 생각했다. "그럼 욕먹어도 후회하지 않을 만한 시간으로 만드는 편이 좋겠네요."

바로 그때 문이 양쪽으로 벌컥 열리며 제복을 입은 남자가 무더기로 들어왔다. 밴드는 박자를 놓쳤다가 몇 마디가 지난 다음에서야 수습했다. 아일랜드 해군 소속 초계함이 보급품을 실으려고 정박했고 선원 절반이 시내로 나온 모양이었다. 그들은 씩 웃는 얼굴로 남자, 여자, 차와 비스킷을 훑어보며 삼각 대형으로 댄스 플로어를 가로질렀다. 선원들은 하얀 모자를 쓴 자신들의 모습에 도취해 있었고 그 당당함이 이 마을 남자들에게는 모욕적이었다. 이 남자에게서 저 남자에게로 전기가 통하듯 인파 사이로 번지는 술렁임이 느껴질 정도였다.

"싸움이 벌어지겠네요." 크리스틴이 말했다. 그녀는 앰브로즈에게 자기 잔을 쥐여주었다. "가서 우리 둘이 마실 차를 사 올래요? 구경하기 좋은 자리를 찾아서 앉기로 해요."

댄스파티가 끝나자 앰브로즈는 크리스틴을 걸어서 집까지 바래다주었다. 집 앞이 아니라 공포의 급커브길까지였고, 거기서 그들은 걸음을 멈추고 별빛 아래에서 격하게 입을 맞췄다.

그로부터 한 달이 지난 어느 날 오후에 앰브로즈는 크리스틴의 아버지를 처음으로 만났다. 크리스틴은 유넌이 비판적이고 시비 걸기 좋아하며 분명 까다롭게 굴 거라고 경고했지만, 그래도 앰브로즈는 자신만만하게 들어섰다. 그녀의 아버지가 통발로 바닷가재 잡는 일을 했으니 이야깃거리가 많을 거라고 확신했다. 라이언스 가족의 전실은 거실이었지만 식탁이 거기 있었고, 부엌은 복도를 지나 집의 뒤편에 있었다. 크리스틴의 어머니가 수집한 여러 가지 꽃병과 조각상이 벽난로 선반을 비롯해 전실 곳곳에 놓여 있었지만, 그녀가 세상을 떠난 뒤로 벽난로는 한 번도 쓰이지 않았고 이제는 자수 액자가 그 앞을 가리고 있었다. 유넌은 식탁 앞에 앉아 있었고 손님이 들어왔는데도 일어나지 않았다. 그에게서 팽팽한 긴장감이 풍겼다.

"집이 좋네요." 앰브로즈는 말하며 그의 맞은편에 앉아 손바닥으로 식탁 윗면을 토닥였다. 그러더니 씩 웃으며 주변을 둘러보다 유넌에게로 시선을 돌렸다. "오늘 일을 하고 오셨나요?" 앰브로즈가 물었다.

유넌은 의심스러워하는 눈빛으로 앰브로즈를 유심히 살폈다. "음. 사람은 모름지기 쓸모가 있어야지."

"지당하신 말씀입니다!" 앰브로즈는 자기가 하고 싶었던 말을 그가 기가 막히게 표현해주자 신이 나서 외쳤다. 앰브로즈는 자기 아버지의 안락의자 옆 발 받침대에 걸터앉아 있던 크리스틴을 돌아보며 물었다. "정말 지당하신 말씀이지 않아?"

크리스틴은 격려하듯 고개를 끄덕였다. 앰브로즈는 잘하고 있었다.

유넌은 눈을 한층 가늘게 떴다. 사실 그는 안경을 써야 하지만 앞으로 2년 뒤에나 그렇다고 인정할 것이다. 그에게 앰브로즈는 식탁 맞은편에 앉은, 불그스름하고 말 많은 형체에 불과했다.

"큰 바닷가재가 좀 잡혔나요?" 앰브로즈가 물었다.

유넌은 남들이 그의 일에 관심을 보이는 것을 좋아하지 않았다. 한참 동안 정적이 흐른 뒤에야 그가 말했다. "제법 큰 놈이 잡혔지."

필리스가 차를 들고 와 자기 아버지에게 먼저 따라주었다. 앰브로즈는 자기 찻잔을 내려다보았다. 받침 접시에 놓인 그 잔은 어처구니없을 만큼 작고 섬세했다. 잔이 그의 허를 찔렀고 그는 어울리지 않는 자리에 와 있는 듯한 기분을 느꼈다. 앰브로즈는 도와달라는 뜻에서 크리스틴을 쳐다보았지만 그녀는 이해하지 못했다. 그는 계속 그녀를 바라보며 자기도 모르게 이렇게 말했다. "제가 잡아본 물고기 중에 가장 큰 녀석은 개복치였어요."

목소리가 워낙 작았다. "뭐였다고?" 유넌이 물었다.

앰브로즈는 유넌에게로 고개를 돌렸다. "개복치요. 개복치 보신 적 없으세요?"

유넌이 아무 내색 없이 고개만 살짝 움직이자 앰브로즈가 말을 이었다. "이 녀석은 트랙터 뒤 타이어보다 컸어요. 우리 그물에 걸려서 올라왔는데, 입으로 물을 뿜어내고 눈알을 이리저리 굴리더라고요. 갑판을 가로질러 뛰어가서 녀석을 풀어주었죠. 정말이지 거대했어요." 추억에 잠기자 앰브로즈는 말끝이 다시 흐려졌다. 그의 머릿속에는 그날 느낀 강렬한 경외감이 영원히 새겨져 있었다. 거대한 물고기들이 수시로 그들의 발밑을 지나가고 있다는 사실을 알고는 있었지만, 실제로 맞닥뜨린 건 그때가 처음이었다. "거대했어요." 그는 라이언스의 집 식탁 앞에서 속삭임에 가까운 목소리로 같은 말을 두어 번 더 중얼거렸다.

유넌이 큰 소리로 말허리를 잘랐다. "그놈을 그냥 잡아서 토막 내지 그랬나? 듣자 하니 저녁거리가 제법 많이 나왔을 것 같은데."

앰브로즈는 잠시 멈칫했다. "아뇨, 저희는 그러지 않았습니다." 그는 조심스럽게 말했다. "덩치가 갑판 너비만 해서 배에 싣고 싶지 않았거든요."

크리스틴은 개복치 이야기가 훌륭하다고 생각했다. "정말 대단하다." 그녀는 앰브로즈를 물끄러미 바라보며 말했다.

그날 오후에 앰브로즈가 무슨 말을 했든 유넌은 그를 싫어했을 것이다. 유넌은 분명한 목적이 있거나 완벽하게 예측 가능하지 않으면 뭐든 싫어했는데, 인간은 이런 조건을 충족시킬 수가 없지 않은가. 그는 뜻밖의 상황이라면 질색했고 언제 울릴지 모른다는 이유로 오랫동안 집에 전화를 놓지 못하게 했다. 그런가 하면 식탁 매트, 디저트, 늦잠, 신경쇠약처럼 실속 없는 것은 뭐든 비웃었다. "그거 얼른 내다버려!" 그는 크림 케이크나 꽃가루 알레르기로 고생하는 사람을 보면 이렇게 외치곤 했다. 그에게 독설은 나쁜 게 아니라 겉을 단련하는 사포와 같았다. "나도 험한 소리를 많이 들었지만 아무 문제 없었어." 그가 이렇게 말하면 어느 누구도 감히 반박하지 못했다.

유넌은 과시하는 사람을 혐오했기에 1년 뒤에 앰브로즈가 인도받은 트롤선의 이름을 '크리스틴 던Christine Dawn'이라고 짓자 못마땅하게 여겼다. "앰브로즈의 배니까 그냥 '앰브로즈의 배'라고 해야지. 이 집에서는 그렇게 부를 거다."

둘이 결혼해 크리스틴이 라이언스라는 성을 냉큼 버리고 앰브로즈로 성을 바꿨을 때도 유넌은 못마땅해했다. 그래도 집터는 내어주었다. 유넌은 이탄 지대 오솔길을 따라 그의 집까지 이르는 길 한쪽 면에 8000제곱미터가 넘는 땅을 가지고 있었는데, 그중 큰길에 더 가까운 아래쪽 땅을 주었다. "이거면 충분할 거다." 그는 말했다.

앰브로즈는 장인의 집에서 300미터도 안 되는 곳에 집을 짓자니 내키지 않았지만 공짜는 공짜였고, 영감에게는 살날이 얼마 남지 않았을 터였다. 그 땅은 바람을 고스란히 맞는, 헤더 꽃으로 뒤덮인 언덕에 불과했지만 지대가 높아서 넓고 웅장한 만과 수평선이 보였다. 그들은 대출을 받아서 그 시대에 더니골의 고지대에서 유행하던 스타일로 방 두 개짜리 단층집을 지었다. 창문이 지나치게 컸고, 콘크리트 외벽은 페인트를 칠하거나 자갈을 입히면 좀 더 근사하긴 하겠지만 돈이 생길 때까지 그럭저럭 버틸 만은 했다. 현관문 근처 벽에는 깨진 포석처럼 비뚤배뚤하게 돌을 붙인 부분이 있었는데, 구조적인 쓸모는 전혀 없이 몇 년 동안 현대적인 분위기를 풍기는 역할을 하다가 이후 수십 년 동안 꼴 보기 싫어지게 될 장식이었다. 그 집은 오솔길에서 스무 발자국 떨어져 있었고, 정원도 부지 경계를 알리는 그 어떤 표식도 없이 뻥 뚫린 황야에 자리 잡고 있었다. 진입로는 JCB 굴착기가 터를 다지러 왔을 때 앰브로즈가 앞뒤로 몇 번 왔다 갔다 해달라고 부탁해, 땅을 잘 눌러서 길을 냈다.

앰브로즈는 '크리스틴 던'으로 소소하지만 착실하게 돈을 벌었다. 그 배는 기운이 넘쳤고 어떤 날씨에도 물이 들어오지 않고 튼튼했다. 그는 바다로 나가면 행복했지만 아내와 떨어져 있는 것을 좋아하는 남자는 아니었다. 일이 끝나면 술집에 거의 들르지 않고 곧장 집으로 갔다. 이제 그와 크리스틴에게 보금자리가 생겼고 생계도 해결됐으니 다들 아이를 기대했지만 몇 년이 지나도록 아무 소식이 없었다. 어떤 어려움이 있었는지는 몰라도, 그걸 극복했는지 결혼하고 3년인가 4년이 지났을 때 3.6킬로그램짜리 아이가 태어나 데클란이라는 이름으로 세례

The Boy from the Sea

를 받았다. 크리스틴과 앰브로즈는 아들이라면 사족을 못 썼고 유넌에게도 드디어 아무 조건 없이 인정할 수 있는 사람이 한 명 생겼다. 아이가 생기자 크리스틴도 전에 없이 마을 여자들과 잘 어울릴 수 있었다. 누가 바다에 나간 남편에 대해서 물으면 다들 입을 꾹 다물었지만 아이들 이야기가 나오면 수다의 꽃이 피었다. 크리스틴은 점점 주체적인 인간이 되었다. 이제 우리는 그녀를 만나면 유넌이 아니라 데클란의 안부를 물었다. 필리스는 여전히 아버지에게 매여 지냈지만 그 길에서는 어느 정도 만족스러운 관계가 구축됐다. 두 집에 사는 두 자매, 한 아이, 아버지, 어머니와 할아버지. 그것이 바다에서 온 아이가 등장했을 때의 상황이었다.

THE BOY FROM THE SEA

2

앰브로즈는 잠든 아기가 집 안에 부여하는 특유의 정적을 느꼈다. 따뜻하고 실체가 있어서 거기에 기댈 수 있을 것만 같았다. 그는 침실 전등갓에 수건을 덮어 불빛을 은은하게 낮췄다. 데클란을 다른 방으로 옮겨서 비워놓은 아기 침대에 포대기로 감싼 아기를 눕혔다. "예뻐라." 앰브로즈는 속삭이고 협탁으로 손을 뻗어 작은 소리로 라디오를 켰다. 희미하게 반복되는 해상 일기 예보가 자장가처럼 들렸다.

크리스틴은 낯선 침대에서 데클란을 재우느라 시간이 걸렸다. 그러고 나서 그녀는 문 앞에 서서 아기를 바라보는 앰브로즈를 지켜보았다. 그 순간을 방해하지 않기로 마음먹고 부엌으로 가서 아버지의 집으로 들고 갈 장바구니를 챙겼다. 필리스는 일주일에 두 번 정도 전화해 필요한 생필품을 "마을에서 사다

달라"고 했다. 크리스틴은 그것이 원 가족의 존재와 크리스틴이 책임져야 하는 다른 사람들도 있음을 일깨우는 필리스 나름의 방식이라는 것을 알았지만 불평하지 않았다. 그 정도야 얼마든지 해줄 수 있었다.

아버지의 집으로 가는 얼마 안 되는 시간 동안 맞은 보슬비가 머리칼을 얇게 덮었다. 라이언스의 집은 1950년대에 지어진 콘크리트 건물이었고, 자갈을 바르고 칠을 하지 않은 외벽과 이끼로 덮인 두툼한 물결 모양의 석면 지붕 타일과 작은 판으로 나뉜 철제 창틀 유리창이 어우러져 묵직하고 단단한 인상을 풍겼다. 대서양 폭풍이 몰아쳐도 이 집은 끄떡없었다. 유리판은 너무 작았고 타일은 너무 무거웠다. 그녀는 손마디로 노크하며 현관문을 열고 카펫 위에 장바구니를 내려놓았다. 필리스가 거실 문 앞에 등장했다. "들어와."

크리스틴은 사 온 물건만 얼른 주고 가고 싶었기에 망설였지만 필리스는 이미 사라져 보이지 않았다. 크리스틴은 독립한 뒤로 아버지의 집에 들어설 때마다 위축되는 기분을 느꼈다. 육체적으로 어깨를 짓눌리고, 정신적으로도 억눌려 본연의 성격이 질식당하는 것 같았다. 그렇게 이 무거운 지붕 아래에서 수십 년을 사는 동안 그녀는 자기도 모르는 새 줄곧 그렇게 위축된 채로 지냈음을 깨달았다.

그 집에 거실을 밝히는 조명은 천장 한복판에 달린 전구 하나뿐이었지만 집은 눈이 부실 만큼 환했다. 두툼한 전등갓 때문에 불빛이 아래로만 쏟아져 취조실 같은 분위기를 조성했다. 크리스틴은 그 원뿔 모양의 빛줄기 안으로 들어서고 싶지 않았기에 문 앞에 서 있었다. 평소 같으면 필리스의 시중을 받으며 식탁 앞에 앉아 있거나 안락의자에서 텔레비전을 보고 있었을 아버지가 오늘은 저쪽 벽 앞에 서 있어서 불안했다. "손님이 생겼더구나." 그가 말했다.

"오늘 밤만 있다가 갈 거예요."

"우리는 원래 남에게 베풀지도 않고 받지도 않았지."

"하룻밤인걸요."

텔레비전 서랍장 위에는 데클란이 신생아였을 때 찍은 가족사진 액자가 놓여 있었다. 하지만 그렇다고 해서 유년이 남의 자식까지 반기는 건 아니었다. 손자에 대한 자부심은 종족 유지의 성격이 강했다. 미래로 연장되는 자신의 유전자를 확인하는 것은 기분 좋은 일이니까.

"앰브로즈는 형제자매가 많지." 찬장 옆 어두컴컴한 곳에 서 있던 필리스가 말했다. "그런 집안에서 자란 남자는 자기도 대가족을 이루고 싶어 해."

"윽, 언니의 그 이론이라면 지겨워." 크리스틴은 말했다.

"두고 봐. 그 아이를 키우고 싶다고 계속 눈치를 주고 자기 뜻대로 안 되면 우울해할걸? 내일 날이 밝자마자 그 아이를 간호사에게 다시 데려다주어야 해." 필리스가 말했다.

크리스틴은 이것이 필리스가 사는 세상의 한계라는 생각을 했다. 그녀의 세상에서는 집안의 가장이 원하는 것이 있으면 여자가 얼른 그걸 충족시켜주거나 정면충돌 없이 막을 방법을 생각해내야 했다. 필리스는 크리스틴이 스스로 필요하다면 무언가를 할 수도 있다는 상상 자체를 하지 못했다. "이제 그만 가봐야겠다." 크리스틴은 말했다.

"아버지 샌드위치에 넣을 햄은 들고 왔니?" 필리스가 물었다.

"햄은 사다 달라고 하지 않았잖아." 크리스틴이 말했다.

필리스는 또다시 실망한 표정을 지으며 바다을 따라 시선을 움직였다.

"내일 아침에 가게 다녀올게." 크리스틴은 말했다.

크리스틴은 단단히 팔짱을 끼고 집게손가락으로 점퍼를 두드리며 집까지 걸어갔다. 담배 생각이 간절했다. 출렁이는 만은 밤이라 보이지 않았지만, 서쪽의 모든 뾰족한 지점에서 나지막한 백색소음을 뿜으며 허공을 채웠다. 집에 가보니 앰브로즈가 거실에 놓인 2인용 소파에 대자로 누워 뿌듯해하는 미소를 은은하게 지으며 그녀를 올려다보았다. 아기라는 존재 덕분에 기분이 좋아 보였다. 그녀의 남편은 항상 세상을 순진할 정도로 좋게 생각했다. 그래서 크리스틴은 가끔 화가 나기도 했지만 한편으로는 그가 존경스러웠다. 그녀는 그의 손에 들린 담배를 빼앗아 길게 한 모금 빨고 그를 내려다보았다. "기분이 좋은가 보네?"

다음 날 오후에 전화벨이 울렸고 앰브로즈가 받았다. 관할 간호사였다. 그는 가만히 듣고 있다가 수화기를 손으로 가리고 크리스틴에게 물었다. "맥긴레이 부부가 아이를 데려갈 수 없게 돼서 우리더러 하룻밤 더 데리고 있을 수 있겠냐고 하는데?"

크리스틴은 망설임 없이 대답했다. "당연히 데리고 있어야지."

The Boy from the Sea

맥긴레이 부부의 생각이 바뀐 것은 아이에 대한 우리의 마음이 시들해져가고 있다는 신호였다. 우리는 원래 군더더기 없이 현실적인 성향이라 결국에는 우리 스스로 그 지점에 다다랐겠지만, 속도가 빨라진 건 필리스 때문이었다. 그녀가 마을을 돌아다니며 몇 가지 냉엄한 사실을 지적했던 것이다. 그날 아침에 그녀가 우체국에 갔을 때 우리 몇 명이 모여서 아이 이야기를 하고 있었다. 우리는 그런 대화를 할 때 말투가 진지해지는 편이었고 우리 중 몇 명은 통을 확인하러 자갈 해변으로 순례를 다녀온 참이었다. 샐리 키니는 찬양하는 자세로 자기 목에 손을 대고 있었다. "통이 거기 그렇게 있는 광경이 얼마나 아름다웠는지 몰라요."

필리스가 끼어들어서 물었다. "통 안에 정말로 포일이 깔려 있어요? 꼭 크리스마스 때 먹는 칠면조 고기 같았겠네!"

샐리는 못마땅해했지만 다른 사람들은 웃어도 되는지 서로 안색을 살피고는 웃음을 터뜨렸다. 그때까지만 해도 우리는 통 안에 은색 시트가 깔려 있었다고 표현했다. 포일이라는 걸 알고 있었지만 대놓고 그렇게 말한 적은 없었다. 그런데 이제 말해버렸으니 구유의 매력이 반감됐다.

그다음 차례로 필리스는 정육점에서 통의 위치에 대해 의문을 제기했다. 밀물 선에서 9미터가량 떨어진 산책로 옆이라니 분명 모시가 거기까지 끌고 왔겠지만 왜 그렇게 멀리까지 끌고 왔을까? 그 자리에 있던 사람들도 좋은 지적이라고 인정했다. 게다가 그 통은 돌무더기 위에 얹혀 있었다. 모시는 돌을 그렇게 쌓을 이유가 없었다. 아이를 꺼내서 마을로 데려오기만 하면 됐다.

우리들 사이에서 대화가 계속 이어졌고 좀 더 개연성 있는 제2의 가설이 조금씩 형태를 갖추었다. 아마도 아이 엄마였을 누군가가 아이를 안전하게 두되 남들 눈에 띄지 않고 도망칠 수 있는 곳을 물색했을 거라는 가설이었다. 자갈 해변은 타당한 선택지였다. 한적하지만 인부나 등교하는 학생들은 그 앞을 지나게 되어 있고 그러면 산책로 옆에 놓인 통을 들여다볼 수밖에 없을 테니. 우리는 통이 파도에 떠밀려 왔고 아이가 바다를 건너온 게 아니라 그냥 버려진 평범한 아이에 불과하며, 어쩌다 보니 모시가 그 앞을 제일 먼저 지나치게 됐을 뿐이라는 사실을 깨닫게 되었다. 모시의 가족이 진실을 캐물었지만 그는 입을 꾹 닫았다. "모시가 아이 아빠일 수도 있을까?" 메이너스 맥매너스가 십 인 바 카운터에서 다른 손님들과 함께 있다가 의문을 제기했다. 사람들은 잠시 고민하다가 일제히 폭소를 터뜨렸다. "여태 제대로 된 일이라고는 한 번도 한 적 없는 인간인걸!"

소방서 뒤편 연립주택에 살았던 어떤 아가씨가 입방아에 올랐다. 그 집은 창문이 깨지고 칠은 벗겨지고 마당에는 40센티미터 가까이 자란 잡초가 무성한 곳이었다. 백수와 2주씩 돌아다니며 아무 데서나 자는 자유로운 영혼들이 거기서 살았다. 그 아가씨는 지난 몇 달 동안 연립주택을 들락거리며 수산물 가공 공장에서 일했지만 이름이 분명하지 않았다. 콜레트였나? 캐서린이었나? 크리스터벨이었다고 주장한 사람도 있었다. 그 이름은 아닐 것 같았지만 워낙 특이한 사람들이 그곳을 거쳐 갔다. 우리도 알다시피 그 아가씨는 이 마을을 떠났고 공장에서 일한 여공들 말로는 분명 임신부였다고 했다.

처음에 그 아이는 대서양과 상쾌한 공기를 떠오르게 했지만 이제는 뒷골목, 스멀스멀 올라오는 습기, 비밀을 간직한 떠돌이로 이미지가 더럽혀졌다. 관할 간호사는 알고 보니 아이가 그렇게 사랑스럽지도 않더라고 했다. 그녀의 유니폼에 토하고 째려보기까지 했다는 것이었다. 그녀는 보너 부부에게 전화해 셋째 날 밤에도 아이를 맡아줄 수 있느냐고 물었다. 앰브로즈는 이번에도 수화기를 손으로 가리고 크리스틴을 쳐다보았다. 그녀는 그의 숨김없는 표정과 희망 어린 눈빛을 바라보다가 말없이 고개를 끄덕였다.

그날 밤에 앰브로즈는 잠이 든 아기를 또다시 아기 침대에 눕혔다. 그런 다음 침대에 누워 아기의 숨소리와 슬레이트 지붕을 때리는 바람 소리를 들었다. 그는 부엌으로 건너가야 한다는 것을 알았지만 결단의 순간이 다가오고 있음을 느꼈기에 본능적으로 피하고 싶었다. 그는 협상하고 결론을 내리기보다 흘러가는 대로 사는 쪽을 더 좋아하는 성격이었다. 크리스틴이 걸어오는 소리가 들리자 앰브로즈는 눈을 감고 베개에 머리를 묻었다. 그녀는 안으로 들어와 아기를 쳐다보고 침대 위에 앉았다. 그가 잠든 척하는 것에 대해 왈가왈부하지 않고 단도직입적으로 말했다. "어쩔 생각인지 듣고 싶어."

어찌 보면 간단했지만 앰브로즈는 그런 데 서툴렀다. 말솜씨가 부족한 건 아니었다. 말솜씨라면 영어와 아일랜드어 양쪽 모두 충분했다. 그에게 부족한 건 자신을 제삼자의 시선으로 바라보는 능력, 즉 객관적으로 자신을 파악하는 능력이었다. 그만 그런 게 아니었다. 우리 모두에게는 처리해야 하는 고지서가 있었기에 놀라운 수수께끼라도 되는 것처럼 자기 자신에 대해 고민하고 그럴 여유가 없었다. 앰브로즈는 대대로 자신의 행동을 분석할 능력도, 그런 데 관심도 없는 사람들로 이루어진 집안의 후손이었다.

크리스틴이 말했다. "이 아이가, 우리가 떠나보낸 아이들 중 한 명이 아니라는 건 알지?"

앰브로즈의 얼굴이 일그러졌다. 괴로워서일 수도, 헛웃음이 나와서일 수도 있었다. "아, 왜 그래. 내가 그 정도로 바보일 리 있겠어?"

"그리고 친엄마가 와서 아이를 찾아갈 수 있다는 것도 알지?" 크리스틴이 말했다.

"알아." 앰브로즈는 말하고 눈을 떴다.

"내일 당장이라도 찾아올 수 있어." 크리스틴이 말했다.

"하지만 그때까지 누가 이 아이를 돌보겠어?" 그는 말했다. 그러고는 잠시 후에 좀 더 조심스럽게 덧붙였다. "친엄마가 안 나타나면 누가 이 아이를 돌보겠어?"

크리스틴은 아무 대답도 하지 않았다. 그녀는 그가 빤한 질문을 하면 어떤 식으로 대처하면 되는지 그를 만난 지 2주 만에 터득했다. 그가 스스로 답을 할 때까지 가만히 쳐다보고 있기만 하면 됐다. 대개는 5초면 됐는데 그날 밤에는 25초가 걸렸다. 크리스틴은 그의 얼굴 위로 여러 표정이 밀물과 썰물처럼 지나가는 동안 기다렸다. 결국 그가 말했다. "우리가 키우면 어떨까 생각 중이었어."

불과 며칠 뒤에 보너 부부의 입양 신청서가 신부님과 파출소 경사의 추천서와 함께 더블린으로 우편 발송됐다. 그러고 나서 그들은 기다렸다. 크리스틴은 아버지야 어떻게 생각하든 상관없었지만 필리스는 걱정이 됐기에 아버지와 언니, 양쪽 모두에게 신청서에 대해 알리지 않았다. 언니의 나무라는 표정이 떠오르자 입이 떨어지질 않았다. 그래서 크리스틴은 신청이 반려될 수도 있으니 괜히 떠벌릴 필요는 없다고 마음을 다잡았다. 우리는 대부분 크리스틴의 입장에 찬성했을 것이다. 확실해지기 전에는 말을 하지 않는 편이 상책이다. 하지만 앰브로즈가 워낙 낙천적인 성격인 데다 흥분하면 잘 참지 못했다. 그래서 그는 마을을 돌아다니며 입양 신청서를 접수했다고 떠벌리지 않을 도리가 없었고, 어느 날 필리스가 오솔길을 성큼성큼 걸어와 보너 부부의 집 뒷문으로 들어왔다. 크리스틴이 방금 닦아서 인공 레몬 냄새가 풍기는 데다 젖어서 반짝거렸지만 필리스는 아랑곳하지 않고 리놀륨 바닥을 가로질렀다. 그걸 보고 크리스틴은 그녀가 소식을 들었음을 알아차렸다.

"진짜야?" 필리스가 따져 물었다.

"응, 진짜야." 크리스틴은 시인했다.

"우리하고는 피 한 방울도 안 섞인 아이야! 누가 낳았는지 모르는 아이라고!"

크리스틴은 언니에게 상처를 준 것이 미안해서 두 손을 맞잡았지만 아무 말도 하지 않았다.

"아버지한테는 네가 말씀드려! 내가 대신 해주진 않을 거야!" 필리스가 말했다.

크리스틴은 얼굴을 찡그렸다. 언니에게 지옥이란 아버지에게 심기 불편해질 이야기를 전해야만 하는 상황이었다. 크리스틴은 아버지에게 당당하게 알려야겠다고 그 자리에서 결심했다. 이제는 누군가가 그에게 맞설 때도 됐다. 그녀의 자세가 꼿꼿해진 것을 대부분의 사람은 감지하지 못했겠지만 필리스는 알아차렸다.

"너는 아버지에 대한 존경심이 아예 없니?" 그녀는 겉으로 드러난 당당함에 충격받은 표정으로 말했다.

크리스틴의 시선에는 흔들림이 없었다.

"그리고 내 생각은 안 해?" 필리스는 물었다.

그 말에 크리스틴은 마음이 약해졌다. "아우, 그럴 리가 없잖아, 언니. 나도 언니가 행복하면 좋지."

"그런데 비밀을 만든다고?" 필리스는 버림받았다는 생각에 기운이 빠졌는지 나지막이 중얼거렸다. 필리스는 아기를 입양하면 데클란이 태어났을 때처럼 동생의 관심이 온통 거기로 쏠리고 엄마 노릇에 집착하느라 그 세계로 사라져버릴 것임을 알았다. 데클란은 그나마 가족이었다지만, 이 아기에 대해서는 크리스틴이 비정상적으로 극단적인 자세를 취하고 있었다.

"입양 허락을 받을 수 있을지, 아직 그것조차 확실하지 않아." 크리스틴이 말했다.

"아, 당연히 허락이 떨어지겠지." 필리스의 말투가 다시 공격적으로 변했다. 자신이 아니라 아버지를 위해 싸우는 거라고 생각하면 쉽게 화를 낼 수 있었다. "네가 허락이 떨어질 때까지 빌고 또 빌 테니까. 너는 어떻게든 핑계를 찾아서 아버지한테서 떨어지려고 하는구나. 나를 도와서 네 아버지를 돌보느니 차라리 남의 아이를 돌보겠다는 거잖아."

"아니야, 아니야." 크리스틴은 말했지만 속이 불편했고 들킨 기분이었다.

필리스는 몸을 돌려서 뒷문을 열어놓은 채 가버렸다. 크리스틴이 곧바로 뒤쫓아갔더라면 둘의 사이가 서먹해지는 사태는 막을 수 있었겠지만 그녀는 그러지 않았다. 언니를 그냥 보냈다.

크리스틴은 자신의 동기를 갑자기 믿을 수 없게 되자 그 자리에서 움직일 수가 없었다. 속이 점점 메슥거렸다. 아이를 입양하려면 타당한 이유가 있어야 했다. 문득 해야 할 일이 떠올랐다. 지금 당장 시험해보아야 할 일이 있었다.

데클란이 자기 방에서 노는 소리가 들렸지만, 그들 부부가 아기와 함께 쓰는 방에서는 아무 소리도 들리지 않았다. 그녀는 두려운 마음에 까치발을 하고 방 안으로 들어갔다. 아기는 귀모양으로 몸을 웅크리고 침대에서 자고 있었다. 말랑해진 토피 사탕과 땀띠분 냄새가 났다. 크리스틴은 아기를 물끄러미 바라보다가 그녀의 내면을 헤집을 필요가 없다는 데 안도했다. 당장 강렬한 끌림을 느낄 수 있었다. 그녀는 허리를 숙이고 아기의 얼굴을 바라보았다. 평소와 다르게 연결 고리를 살피거나 자기나 남편의 흔적을 찾으려는 충동 없이 바라보려니 낯설었다. 그런 게 전혀 없어서 이 아이가 완벽하고 고유한 개체, 도움을 받아야 소속을 찾을 수 있는 아이로 느껴졌다. 그녀는 손을 뻗어 아주 자연스럽게 아기를 안아 올렸다. 사랑은 경험을 공유하며 자라나는 법이었고, 크리스틴은 그녀와 이 아이가 많은 경험을 공유하게 될 거라고 자신할 수 있었다. 아기를 어깨에 대고 안자 딱 맞게 맞물리는 듯한 기분이 느껴졌다. "괜찮아." 그녀는 말했다.

위원회에서 보너 부부의 신청서를 심사하는 데 걸린 시간은 고작 10분이었다. 평소 같으면 아이의 종교에 지대한 관심을 기울였겠지만 이 경우에는 아무 단서가 없었다. 앰브로즈의 위험한 직업이 언급됐지만 입양을 금지할 정도로 위험하지는 않다는 결론이 내려졌다. 이렇게 해서 서류에 도장이 찍혔다. 위원회에서는 입양을 오랜 기간 동안 주시해야 하는 일로 간주하지 않았다. 잠깐 개입해서 처리하면 끝이었다. 그 시절에는 모든 게 좀 더 단순했다. 이렇게 해서 아이는 보너 부부 곁에 남았고, 새 부모는 아이에게 완전히 마음을 빼앗겼고, 만족감 같은 것이 마을 전체에 퍼졌다. 우리는 대부분 시시콜콜 캐묻지 않고 보너 부부의 프라이버시를 존중했다. 우리도 통에서 건진 아이를 키우기로 했다면 그런 식으로 프라이버시를 존중해주길 바랐을 것이다. 참견대장이나 시비꾼이 어떻게 그 아이가 보너 부부의 아이가 되었느냐고 물으면 우리는 그냥 그렇게 '정리가 되었다'고 하고 화제를 돌렸다. 우리가 생각하기에는 그렇게 정리가 되었다는 말이 여러 궁금증에 대한 해답으로 충분했다. 어린아이에게는 키워줄 사람이 필요했고, 크리스틴과 앰브로즈는 그 일을 담당할 마음이 있었고, 우리는 지켜보았고 이해했고 고개를 끄덕이며, 때로는 감탄하며 받아들였다. 물론 사달이 날 거라고, 그들이 낭만적인 발상에 휩싸여서 그렇지 조만간 후회하게 될 거라고 예견하는 사람들도 더러 있었다. 우리는 그들의 말을 귀담아듣지 않았다.

보너 부부는 새롭게 얻은 아이의 이름을 브렌던이라고 지었다. 입양을 기념하는 파티를 열지는 않았지만 어느 날 밤에 토미 오가라가 그들의 집을 찾아왔다. "들어와!" 앰브로즈는 그를 보고 반가워하며 외쳤고, 크리스틴은 식탁을 부지런히 치워 자리를 하나 만들었다. 예정에 없던 손님이라 더욱 반가워했다. 우리는 식사 준비라는 부담을 주지 않으려고 그냥 불시에 찾아가고는 했다. 사전에 알리는 것을 오히려 결례로 여겼다. 토미는 아이에게 줄 곰 인형을 들고 왔다. 데클란이 태어났을 때 들고 온 인형과 똑같은 것이었다. 아이는 계속 태어나기 마련이니 그의 집 차고에는 세일 때 사놓은 곰 인형이 한 상자 가득 있었다. 그가 짠돌이라기보다는 실속을 챙기는 성격이라 그랬다.

앰브로즈는 토미에게 인사시키려고 자고 있던 데클란을 끌고 나왔다. 데클란은 페이즐리 잠옷을 입고 불빛 때문에 눈을 내리깔고 서 있었다. 너무 졸려서 투정도 부리지 못했다. "어쩌면 이렇게 씩씩하지?" 토미는 어떤 말이 필요한지 알았기에 이렇게 외쳤다. 크리스틴은 데클란을 다시 침대에 눕히고 이번에는 조심스럽게 브렌던을 데리고 나왔다. "나도 한번 안아볼게요." 토미가 두 팔로 요람을 만들고 크리스틴이 아이를 건넬 수 있게 허리를 숙이며 말했다. "이것 좀 봐요." 그가 허리를 펴며 말했다. "파란 하늘처럼 완벽하네."

그들은 토미의 품에서 잠든 브렌던과 함께 식탁에 앉았다. 토미는 술은 사양했지만 차와 버터 바른 브랙빵은 받았다. 앰브로즈도 크리스틴도 아이의 출신에 대해서는 입도 벙긋하지 않았고, 토미도 평범하게 태어난 아이 대하듯 아무렇지 않게 장단을 맞췄다. 앰브로즈는 그래서 그를 좋아했다. 우리 모두가 워낙 조심스러운 성격이었지만 그중에서도 토미는 특히 처세술에 능했다. 함구의 대가에게 주는 상이 있다면 토미가 받아서 자기 방 옷장 깊숙이 넣어두고 입을 꾹 닫았을 것이다. 그는 미소 띤 얼굴로 아이를 내려다보며 칭찬 세례를 퍼부었다. 그는 아내도 자녀도 없었지만 어린아이들을 다루는 데 소질이 있었다. 수년 전부터 그는 12월이 되면 가짜 수염과 빨간 옷으로 산타 분장을 하고 초등학교로 출동했다. 연기가 아무리 훌륭해도 아이들은 나이답지 않게 누렇고 비뚤배뚤한 치아를 보고 그의 정체를 간파했다.

"내가 제안하고 싶은 게 있는데." 토미가 앰브로즈 쪽에 대고 느릿느릿 말했다. 이것 때문에 찾아왔나 보다고 생각할까 봐 살짝 민망해하는 말투였다. 괜한 걱정이었다. 보너 부부는 일과 삶이 같이 간다는 것을 모를 만큼 지각이 모자라지 않았다. 앰브로즈는 미소를 지으며 대화를 유도했다. 토미는 조심스럽게 말을 이었다. "자네만 괜찮으면 우리 둘이 동업을 하면 어떨까 싶은데." 그는 둘 사이 허공에 손으로 선을 그었다.

"아니, 토미, 영영 그 얘기를 꺼내지 않을 줄 알았더니." 앰브로즈는 말하고 너털웃음을 터뜨렸다. 토미는 그의 웃음이 그칠 때까지 미소를 지으며 기다렸다. 그들은 대개 이런 식이었다. 앰브로즈가 이런저런 일에 재미있어하면 토미는 애정 어린 눈빛으로 그를 물끄러미 바라보며 다시 얘기를 이어나갈 수 있을 때까지 느긋하게 기다렸다. "현금을 제법 투자해야 할 거야." 토미는 강조하는 뜻에서 고개를 끄덕이며 말했다. "그물과 장비를 새로 사려면."

"적은 시간에 고기를 더 많이 잡을 수 있겠지." 앰브로즈는 장비를 넘어 결과물을 곧바로 떠올렸다.

쌍끌이 조업이라 하면 두 배 사이에 하나의 그물을 장착하고 나란히 움직여 어상자를 번갈아 채우는 방식을 의미했다. 아일랜드가 얼마 전에 유럽 경제 공동체에 가입해 바다가 점점 혼잡해지고 있었으니 좀 더 효율적이고 훌륭한 선택인 듯했다. 이제는 배를 몰고 만 밖으로 나가면 지지직거리는 무전기에서 네덜란드어와 프랑스어가 흘러나왔다. 선주들은 대부분 EEC에 가입해 우리 바다를 개방하는 데 반대했다. 여럿이 미니버스를 대절해 더블린까지 가서 피켓 시위를 벌였다. 미니버스 한 대로 이동이 가능했다는 것이 문제의 핵심이었다. 그들이 EEC 가입을 열망하는 수천 명의 농부와 맞서 싸워야 했다. 이런 이유로 외국 어선들과의 경쟁이 치열해졌으니 앰브로즈와 토미에게는 쌍끌이 조업이 영리한 선택을 넘어 어쩌면 필수일지 몰랐다.

크리스틴은 쌍끌이라는 발상에 기뻐하며 의자에 몸을 묻었다. 이제 진전이 이루어졌으니 드디어 저축을 할 수 있을지 모른다. 그녀에게는 기대할 만한 무언가가 필요했다. 필리스는 그들의 집을 멀리했고 두 번 다시 연락하지 않았다. 소원해진 관계가 끊임없이 크리스틴의 마음을 괴롭혀 손톱을 물어뜯게 했다. 그녀는 전에도 이런 식의 분풀이를 목격한 적이 있었다. 필리스는 예전에도 다양한 사람에게 앙심을 품고 침묵으로 응징하곤 했는데, 유년에게 전수받은 수법이었다. 오늘 밤에는 토미의 제안으로 기분이 좋아졌다. 필리스는 항상 삐딱하게 남 탓만 하며 살게 내버려두면 될 일이었다. 크리스틴은 미래를 바라보기로 마음먹었다.

"그럼 결국 술을 한잔해야겠네?" 앰브로즈는 합의를 매듭지을 요량으로 이렇게 말했다.

"딱 하나 짚고 넘어가고 싶은 게 있다면 우리 둘의 의견이 엇갈리면 어떻게 하겠느냐는 거야. 어느 포인트를 공략하고 어디에 내다 팔 건지, 이런 문제를 두고 의견이 엇갈릴 수밖에 없으니까." 토미가 말했다.

"우리는 보통 마음이 잘 통했잖아." 앰브로즈는 대수롭지 않은 문제라는 투로 말했다. "내가 어느 구역에서 작업하다가 주위를 살펴보면 자네가 뒤에서 따라오고 있었는걸. 뒤를 밟았나 싶을 정도였다니까?"

토미는 미소를 지었지만 화제를 돌리지는 않았다. 쌍끌이 어선은 선주가 한 명인 경우가 많지만 앰브로즈도 토미도 상대방의 상사가 될 생각은 없었다. "책임질 분야를 나눌까? 내가 이쪽을 맡으면 자네는 다른 쪽을 맡기로." 토미가 말했다.

"좋은 계획은, 누구 입에서 나온 계획이든 들으면 우리 둘 다 알아차리겠지. 하루하루 잘해나갈 수 있을 거야." 앰브로즈는 말했다.

토미는 뭐든 기록을 남기는 것으로 유명했다. 합의한 사안을 적는 그를 보며 섬뜩함을 느낀 상인이 많았지만 결국에는 우리도 이런 방식을 존중하게 됐다. 토미는 뭐든 해석의 여지를 남기지 않고 깔끔하게 정리하는 것을 좋아했고 우리는 그게 현명한 자세라는 결론을 내렸다. 그는 평소에 아무 어려움 없이 리스트를 작성했고 오늘 밤에도 수첩과 펜을 들고 왔지만, 지금은 메모하는 것이 부적절하게 느껴졌다. 환대를 받아서가 아니라 그의 품 안에서 자고 있는 브렌던 때문이었다. 그 아이 앞에서 메모를 한다는 것이 부끄러울 정도로 얄팍한 행동 같았고, 이 아이의 알 수 없는 미래에 끝없이 헌신하기로 한 앰브로즈와 크리스틴을 생각하면 어처구니없게까지 느껴졌다. 토미가 기록을 남기는 이유는 질서를 유지하기 위해서지만, 브렌던 보너는 질서라는 발상을 조롱하는 듯했다. 아니, 뭔지는 알 수 없지만 훨씬 더 중요하고 고차원적인 질서를 환기하는 듯했다. 토미만 그렇게 느낀 것이 아니었다. 우리는 비록 환상에서 깨어나긴 했지만 상당수가 브렌던이 우리 안에서 머물 곳을 찾았다는 데서 깊은 안도감과 위안을 느꼈다. 우리는 더 이상 그 아이를 두고 많은 대화를 나누지 않았지만 그 아이를 계속 생각했다. 겉으로 표현하는 것보다 브렌던을 훨씬 더 많이 생각하고 있었다.

토미는 주머니에서 수첩을 꺼내지 않았다. "내가 워낙 싸우는 걸 싫어해서." 그는 온유하게 말했다.

"서로 생각이 다르면 그냥 둘이 번갈아 결정을 내리면 되지 않을까요?" 크리스틴이 의견을 내놓았다.

"그럼 되겠네!" 앰브로즈가 외쳤다. "어쨌든 몇 번 시험 삼아 그렇게 해보자고."

시험 삼아 뭔가를 저지르기에는 엄청난 재정적 부담이 따랐지만 토미는 묵묵히 받아들였다. 그들은 신뢰를 토대로 나아갈 것이었다. 그는 흔쾌히 머리를 끄덕이고 말했다. "그런 의미에서 술을 한잔할까?"

마을에서는 이들의 동업을 두고 여러 말이 오갔다. 우리는 이들의 조화로운 균형을 느꼈고 잘 닦인 길이나 선남선녀 부부를 평가하듯 그들의 관계를 즐겨 언급했다. 우리는 크리스틴 던호와 워리어호의 후미에 장착된 한 쌍의 윈치를 보고 그 대칭성을 칭찬했다. 앰브로즈와 토미가 선원을 다루는 스타일은 그렇게 대칭적이지 않다는 것을 알았지만 그래도 잘 풀리길 바랐다. 토미는 자신의 처세술을 선원들에게까지 적용해 그들을 '동료'라는 호칭으로 불렀고(익숙해지기 전까지는 재미있게 받아들여졌다) 절대 언성을 높이는 법이 없었다. 반면에 앰브로즈는 선원들과 친구처럼 지냈지만 스트레스를 받으면 욕도 하고 고함도 질렀다. 하지만 둘 다 꾸준히 3인조를 유지했고 그래서 긍정적인 평가를 받았다. 우리 중에 하루를 일찍 시작하는 주민들이 어느 추운 새벽에 양쪽 배의 선원들이 쌍끌이 조업 첫날을 준비하느라 얼음을 싣는 것을 목격했다. 크리스틴이 자는 두 아들을 뒷자리에 싣고 부두까지 앰브로즈를 태워다 주었다. 브렌던은 바구니 안에 포근하게 자리를 잡았고 데클란은 누워서 담요를 덮었다. 크리스틴은 부두 나들이를 잘 하지 않는 편이라 차에서 내려 모두에게 인사했다. 앰브로즈는 기분이 최고였다. 한 사람씩 찾아다니며 악수했고 누가 봐도 술이 덜 깬 스티비 샤인에게 아무 소리도 하지 않았다. 공동 조업과 두 아들의 존재가 앰브로즈의 자부심을 한층 부추겼다. 그는 아이를 안아 올려서 자랑하고 싶었지만 크리스틴이 깨우지 못하게 했기에 대신 선원들을 불러 차창 너머로 아이를 보며 감탄하게 했다. 팀 오보이스는 살살 구슬려야 했다. 그는 심지어 자기 아이들에게조차 애정이 없는 남자였다. 팀은 민머리였지만 숱이 많은 회색 수염을 길러서 입술을 덮었다. 마치 아내와 다른 모두에게 키스에는 관심 없으니 꿈도 꾸지 말라고 말하는 듯했다. 그는 말아 피우는 담배를 콧수염 밖으로 보이게 물고 결례가 되지 않는 한도 내에서 최소한의 시간 동안 아이를 보았다. "아이로구먼요." 그가 말했다.

앰브로즈는 크리스틴의 뺨에 입을 맞추고 작별 인사를 하며 말했다. "몸 잘 챙겨."

트롤선은 증기를 내뿜으며 청어 떼가 겨울을 나는 만 입구로 출발했다. 우리 어선들은 당연히 증기선이 아니었지만 그래도 우리는 이런 식으로 표현했다. 던호는 선체가 대부분 검은색이 었고 나무에 니스 칠을 했지만 워리어호는 파란색과 하얀색이 었고 차양 갑판이 있었다. 토미는 부모님과 함께 살아서 생활비 가 적게 들었기에 그런 설비를 추가로 장착할 수 있었다. 두 배 가 워낙 바짝 붙어 있어서 토미 배의 선원들이 모두 똑같은 주 황색 방수 바지, 앞치마, 점퍼를 입고 있어도 누군지 알아볼 수 있었다. "저것 좀 보세요. 토미 선장님이 자기 선원들한테 같은 옷을 입혀놨네요." 좌현 난간 앞에서 스티비 샤인이 말했다.

"그러게." 앰브로즈는 한쪽 팔은 조타실 창문에 얹어 몸을 기 대고 한쪽 팔은 키 쪽으로 쭉 뻗어 손끝으로 던호를 조정하며 웃음을 터뜨렸다. "자기가 엄마인 줄 아는 모양이지."

스티비 샤인은 선원들 가운데 가장 어렸고 앰브로즈의 배에 서 일을 시작한 지 1년밖에 되지 않았다. 물속에서 떠다니는 거 대한 해파리를 보면 요즘도 감탄하며 휘파람을 불었고, 출항하 면 요즘도 처음 한 시간 동안 뱃전 너머로 세 번씩 토악질을 했 다. 그래도 아침 준비는 그의 몫이었다. 원래 요리 담당은 신참 이었다.

"포리지를 끓여봐. 멀미에는 포리지가 최고야." 조지프 맥브라 이드가 현명하게 조언했다.

조지프 맥브라이드가 하는 말은 뭐든 현명했다. 그는 수염을 깔끔하게 기르고 안경을 썼고, 우리 어부들 사이에서는 보기 드 물게 파이프 담배를 피웠다. 이 모든 게 어우러져서 권위적이라기보다 철학적인 쪽에 가까운 분위기를 풍겼다. 그는 화물선을 타고 다니며 세상 구경을 실컷 하다가 고향으로 내려와 어부가 되었다. 경험이 가장 많았기에 수당도 가장 많이 받았다.

팀 오보이스는 아침 식사가 뭐가 됐든 투덜거릴 테고 그러면서도 수염 아래로 열심히 떠서 먹을 것이었다. 그는 체구는 건장했지만 뚱할 때가 많아서 모든 선장에게 환영받지는 못했다. 왼손은 손가락이 두 개 없었다.

앰브로즈가 젊었을 때는 물속으로 불을 비춰 포인트를 찾았다. 그러면 물고기들이 펄떡거렸고 청어는 배가 하얘서 쉽게 눈에 띄었다. 하지만 이제는 다들 음파탐지기를 썼고, 이날 아침에는 다른 단서도 있었다. 누가 봐도 조업에 나선 트롤선 몇 척이 바짝 붙어서 수평선을 따라 왔다 갔다 하고 있었다. 각 배의 꼬리 위에서 날개를 펄럭이는 갈매기의 울음소리가 던호까지 희미하게 들렸다. 무전기에서 어쩌다 한 번씩 농담이 들리기만 할 뿐, 아직까지는 모든 게 평화로웠다. 대서양 입구에 들어서자 던호의 선원들은 모두 기온이 뚝 떨어진 것을 느꼈다. 스티비는 양말을 세 겹 신었는데도 갑판 위에서 발을 굴렀다. 밀려오는 파도는 점점 넓고 단단해졌고, 모든 물 덩어리가 오로지 던호와 워리어호를 위로 떠웠다가 다시 내리꽂으려고 80킬로미터 멀리에서 달려온 것 같았다. 앰브로즈는 키를 잡고서 휘파람으로 노래를 흥얼거렸다. 마음의 준비를 하자 짜릿한 행복이 다리를 타고 올라와 온몸을 덥히는 것을 느낄 수 있었다. 대부분의 사람은 도시와 빽빽한 인파 속에서 투명인간으로 살아가지만, 앰브로즈는 바다로 나서면 좌표를 보고 전 지구상에서 그의 위치를 파악할 수 있었다. 그는 작디작지만 거기에 실제로 존재했다. 자전하는 지구 위에서 살아가는 자신의 모습을 상상하면 어마어마한 만족감이 밀려왔다. 대양을 건널 때까지 아침 속으로 계속 전진할 수 있을 것 같았다.

토미는 무전기를 쓸 것 없이 창문을 내리고 몸을 밖으로 내밀어 던호를 좀 더 바짝 대라는 수신호를 보냈다. 이내 두 배는 같은 리듬으로 까딱거렸고 앰브로즈는 토미의 누런 이와 반짝이는 눈빛을 볼 수 있었다. 조지프 맥브라이드가 조타실 뒤편으로 계단을 하나 내려가면 나오는 조리실로 들어왔다. 그가 풀고 있던 연결줄을 던지겠다고 무언의 신호를 보냈지만 앰브로즈는 그의 손으로 포문을 열고 싶었다. "키를 잡아줘." 그가 말했다.

연결줄은 한쪽 끝에 단단한 플라스틱 부표가 달린 기다란 주황색 밧줄이었다. 워리어호에 던져놓고 그물을 끌어 올릴 때 쓸 예정이었다. 앰브로즈는 배꼬리로 가서 무거운 쪽을 늘어뜨려 시계추처럼 흔들며 감을 익혔다. 연결 부표를 다른 배에서 낚아챌 수 있을 만큼 가까이 던지는 데 두어 번 실패한들 부끄러워할 일은 아니었지만, 앰브로즈는 미신에서 비롯된 긴장감이 몸을 타고 흐르는 것을 느꼈다. 줄을 맨 처음 던지는 것은 개업 선포와 같았기에 성공하고 싶었다. 그러면 좋은 징조가 될 것이었다. 운에 대한 앰브로즈의 믿음은 시간이 지날수록 더욱 굳건해졌다. 왜 아니겠는가? 그는 여태껏 운이 좋았다. 크리스틴을 만난 데 이어 이제는 토미와 이런 식으로 동업을 시작하게 되었다. 훌륭한 아들이 하나 있었는데, 난데없이 또 다른 아들이 등장해 첫째의 형제가 되어주었다. 앰브로즈가 생각하기에 그는 복이 많은 사람이었다.

앰브로즈는 무릎에 힘을 주고 다리를 벌리고 서서 파도와 함께 움직였다. 스티비가 그의 뒤에 서서 예의 주시했고, 팀도 호기심을 감추지 못하는 표정으로 선창에서 나왔다. 25미터 가까이 떨어진 곳에서 워리어호의 선원들도 환호성을 지르거나 야유를 퍼부을 준비를 하며 기대했다. 토미는 앰브로즈가 줄을 가까이 던지면 낚아챌 수 있게 갈고리를 들고 차양 갑판 입구에 서 있었다. 앰브로즈는 밧줄을 점점 더 넓게 휘둘러 부표로 허공에서 빠르고 완벽하게 원을 그리며 제대로 된 바람 소리를 냈다. 부표를 머리 위로 조금씩 움직여 지면과 수평으로 회전하게 했다. 줄을 조금씩 풀어서 원을 점점 크게 그리며 속도를 높이는 앰브로즈의 모습은 올가미를 돌리는 카우보이 같았다. 그는 돌아가는 줄에서 이상한 느낌이 전해지자 바로 그 순간 중심을 잃기 전에 손을 놓았다. 부표가 포물선을 그리며 날아가자 밧줄도 휘리릭 풀리며 채찍질 소리와 함께 뒤따라갔다.

앰브로즈는 부표의 궤적을 지켜보았다. 부표가 떨어지기 시작하자 쾌감이 점점 커졌다. 부표가 뒤쪽 갑판을 정확히 겨냥하는 것을 보고 워리어호 선원들이 사방으로 피했다. 부표는 갑판을 맞고 튕겼지만 밖으로 떨어지지는 않고 난간에 걸렸다. 워리어호 선원들이 환호성을 지르며 고정하러 달려갔다. 그들은 조만간 조업을 시작할 수 있을 것이었다.

"봤지? 이렇게 던지는 거다!" 앰브로즈는 외치며 그의 선원들을 돌아보았다.

스티비가 머리칼 사이로 피를 흘리며 놀란 표정으로 누워 있었다. 팀이 그 옆에 무릎을 꿇고 앉아 화가 난 눈빛으로 앰브로즈를 올려다보았다. 빙글빙글 돌아가던 부표가 날아가기 직전에 스티비의 머리를 스치고 지나간 것이다. 앰브로즈는 잠깐 물끄러미 바라보다가 말했다. "괜찮을 거야!" 그는 무릎을 꿇고 앉아 스티비를 일으켜 앉혔다. 가끔은 의지 하나로 상황을 극복해야 할 때도 있었다. 스티비는 멍한 표정을 짓고 있지만 아무 일 없을 것이었다. "소독약 바르고 붕대 감으면 멀쩡해질 거야." 앰브로즈는 말했다. 그는 징조 같은 건 믿지 않기로 다짐했다.

3

크리스마스가 지났고 계절이 바뀌었다. 길이나 가게에서 마주치면 우리는 돌아온 흰털발제비 떼와 비가 올 확률에 대해 이야기를 나누었다. 새로 지은 여러 집의 입지상의 장단점과 방향을 논하고 비용이 얼마나 들었을지 궁금해하기도 했다. 금리가 높은데도 신축 건물이 계속 등장했고 날이 갈수록 점점 커졌다. "대저택의 행렬이네!" 빅 지미는 누가 마을까지 차를 태워다 줄 때마다 그 사람을 붙잡고 이렇게 외쳤다. 그는 2층짜리면 모두 대저택으로 간주하기는 했지만, 바다가 내려다보이는 언덕 위에 지은 일부 새집은 정말 그렇게 부를 만했다. 매끈한 진입로와 육중한 대문을 갖춘 으리으리하고 거대한 건물이었고 지붕창의 개수와 창문의 너비가 압도적이었다. 이런 집들의 주인은 우리 마을에서 가장 큰 선박의 선주와 수산물 가공 공장의 공장

주였다. 우리는 고개를 좌우로 갸우뚱하며 "아무개의 집은 정말 근사하더라" 아니면 "아무개는 확실히 잘나가나 봐"라고 했다. 그 집들은 무시하려야 무시할 수 없었지만 몇 마디 하고 나면 더 이상 할 말이 없었다. 우리 마을에는 새롭게 등장한 이런 부잣집에 걸맞은 명칭이 없었고 우리는 '중산층'이나 그 비슷한 용어는 써본 역사가 없었다. 그래도 그런 집들이 있으니 우리가 계층화된 사회 속에서 살고 있음을 모르는 척할 수 없었고, 어느 정도 시간이 지나자 쓰는 단어가 우리의 계급을 대변하는 지표가 돼서 모든 가정의 유형을 정했다. 맨 첫 번째 기준은 돈이 있느냐 없느냐였다. 우리는 대부분 없는 쪽에 속했고 그 안에서도 두 개의 부류로 나뉘었다. 똑같이 돈이 없어도 그냥 없는 집이 있고 지독하게 없는 집이 있었다. 후자는 가난과 다른 불행으로 철저하게 무너진 경우였고 그중 일부는 도축장 너머, 우리가 달동네라고 부르는 데서 오두막과 다를 바 없는 지붕이 납작한 집에서 살았다. "누구네는 지독하게 돈이 없어." 우리는 몸서리를 치며 이렇게 말하곤 했다. 돈이 있는 집도 똑같이 두 부류로 나뉘었다. 돈을 많이 버는 집이라고 하면 수입이 많지만 가장이 아직은 열심히 일을 해야 하는 부류를 말했다. 이들은 새 집을 짓고 외국으로 휴가를 다녀올 수 있었다. "그 집은 돈을 많이 벌지." 우리는 조금 감탄하는 투로 이렇게 말하곤 했다. 반면 이미 큰 사업체나 자산을 일궈서 쉴 수 있는 부류는 돈을 많이 번 집이었다. "그 집은 돈을 많이 벌었지." 우리는 조금 경멸하는 투로 이렇게 말하곤 했다.

The Boy from the Sea

크리스틴 던호와 워리어호의 공동 조업은 순조로웠고, 그 기세를 유지한다면 앰브로즈와 토미는 조만간 *돈을 많이 버는* 집으로 분류될 수 있을 것이었다. 남들은 수지가 안 맞는다고 집에 있을 때에도 앰브로즈와 토미는 휴일이 됐건 안식일이 됐건 상관없이 바다로 나갔다. 서로 충돌한 적은 없지만 앰브로즈는 무미건조한 관리자 같은 토미가 신기하게 느껴질 때가 많았다. 토미는 그들 둘 다 투자할 만한 사람이라는 평판을 얻는 것이 중요하다며 앰브로즈가 할부금을 제때 갚고 있는지 항상 체크했다. 그러면서 고기잡이를 사업이라고 표현했다. "그리고 사업은 확장을 해야 하지." 어느 날 오후에 조업을 마치고 만으로 돌아오는 길에 이렇게 말하는 그의 목소리가 지지직거리는 잡음과 함께 던호의 무전기에서 흘러나왔다. 양쪽 선원들은 모두 아래쪽 선실로 쉬러 들어갔고, 앰브로즈와 토미만 놀러 나갔다가 잠든 아이들을 뒷자리에 태우고 집으로 돌아오는 부부처럼 무전기로 조용히 대화를 나누고 있었다. 그들은 의견과 의견 사이에 긴 침묵의 시간을 두었고, '오버'나 '스탠바이' 같은 용어는 생략하고 생각이 떠오르면 그냥 말로 표현했다.

던호의 키를 잡고 있던 앰브로즈는 토미의 말을 듣고 미소를 지었다. 자기 배의 키 앞에 서서, 만을 내려다보는 거대한 신축 저택을 응시하는 토미의 모습이 그려졌다. 놀랍게도 토미는 각 집에 누가 살고 부지 비용은 얼마였는지 속속들이 알고 있었다. 앰브로즈는 그런 집들에 관심이 없었다. 그는 그런 쪽으로 욕심이 없었기에 남의 재산이 얼마나 되건 미국 텔레비전 프로그램에 출연한 백만장자 보듯 했다. "우리 앞에 있는 걸 봐. 우린 지금 잘하고 있어. 꾸준히 벌고 있잖아." 앰브로즈는 말했다. 그날은 선창이 모자라 던호과 워리어호의 갑판 위에 쌓아야 할 만큼 고기를 많이 잡아서 귀항하는 길이었다. 선창에 넣지 못한 물고기가 옆으로 떨어질 수도 있었는데, 만이 잔잔해서 다행이었다.

무전기가 지지직거렸고 다시 토미의 음성이 들렸다. "경기가 요즘 같을 때 꾸준히 버는 건 뒤처지는 거나 다름없어."

하지만 앰브로즈가 바라는 건 아버지보다 재산을 불리는 것뿐이었고 그 목표는 이미 이루었다. 아이들, 그중에서 특히 브렌던도 그의 가치관에 영향을 미쳤다. 그 아이를 입양하면서 그는 바뀌었고, 만족스럽게 은퇴한 사람에게서나 볼 수 있는 완수감과 성취감을 느꼈다. 한 아이를 고아원에서 구한 것이 세상의 관점에서 보면 조그만 흔적에 불과하겠지만, 그게 그의 가장 큰 흔적일지라도 앰브로즈는 행복할 것이었다.

앰브로즈는 하역을 마친 뒤 생선과 기름 냄새를 풍기며 집으로 직행했다. 늘 그러듯 크리스틴이 언니와 화해해 필리스가 예전처럼 자기 의자에 앉아 있길 바라며 부엌으로 들어갔다. 오늘도 실망이었다. 옷들이 여기저기 널브러져 있었고 리놀륨 바닥에 찍힌 데클란의 흙 발자국은 며칠 된 것 같아 보였다. 필리스가 보았다면 용납하지 않았을 것이다. 크리스틴을 다그쳐 집안일을 하게 했을 것이다. 저녁에 썼던 그릇이 남은 음식이 딱딱하게 굳은 채로 식탁 위에 방치돼 있었다. 아이들은 자러 들어갔을 테고, 크리스틴은 피곤해서 쓰러졌는지 2인용 소파에 널브러져 자고 있었다. 그의 기척이 들리자 그녀는 눈을 떴지만 움직이지는 않았다. 앰브로즈는 그녀의 옆에 쭈그리고 앉아 나지막이 말했다. "내가 대신 가서 처형한테 얘기할까? 계속 이런 식으로 지낼 수는 없잖아."

"상황을 이렇게 만든 건 내가 아니라 언니야." 크리스틴은 말하고 다시 눈을 감았다.

필리스와 크리스틴 사이에 대화가 완전히 끊긴 건 아니라서 헤거티스 슈퍼에서 줄을 서거나 할 때 아무 감정 없는 대화를 몇 마디씩 주고받긴 했다. 하지만 우리가 보기에는 자신이 더 큰 피해자라고 우리에게 그리고 상대방에게 강조하기 위한 방편에 가까웠다. 어느 날 오후 세탁소에서 크리스틴이 다소 공격적으로 필리스에게 브렌던을 안기려고 한 적이 있었다. "애가 무슨 잘못이 있겠어."

그러자 필리스는 시선을 피하며 허둥지둥 밖으로 나갔다. "아버지에게 필요한 게 있어서 사러 가야겠다."

우리는 남의 일에 끼어들고 그러는 성격들이 아니라 아무도 나서지 않았지만, 크리스틴과 필리스가 이런 식으로 냉랭해지다니 안타깝기는 했다. 다른 가족들도 이런 경우가 있었다. 원망이 성격으로 굳어지면 절대 되돌릴 수가 없었다. 한동네에 사는 두 자매가 1년 가까이 이런 식으로 지낼 수 있다니 믿기지 않을 수도 있겠지만 애버너두니의 캐시디 형제를 보라. 그들은 한 집에 살면서 10년 동안 말을 섞지 않았다.

필리스는 달리 갈 데가 없었으니 아버지의 시중을 들며 지내는 시간이 많아졌다. 아버지에게 워낙 억압당해서 다른 삶은 상상조차 하지 못했고, 자신의 순교자 같은 삶에 몸과 마음을 바쳤으며, 존재 의미를 잃을 수 있기에 아버지가 자기 손으로 뭐든 처리하기를 원하지 않았다는 것만으로는 그렇게 사는 이유를 충분히 설명할 수 없었다. 아버지가 있으면 그녀의 존재 의미는 차고 넘쳤다. 그는 보살핌이 항상 필요하도록 의도적으로 또는 무의식적으로 무능력을 고수했다. 운전 배우기를 거부했기에 필리스가 어디든 태우고 다녀야 했다. 매주 한 번씩 꼭 십 인에 데려다 달라고 했고 바 카운터 앞에 서서 진토닉을 주문하되 감귤류는 믿지 못했기에 레몬은 거부했다. 필리스는 아버지 옆에 바짝 붙어서 같이 진토닉을 마셨지만 그걸 좋아하지는 않았다. "어떻게 지내세요, 라이언스 씨?" 우리는 카운터에 그의 자리를 마련해주며 물었다. "아직은 팔팔해." 그는 이렇게 대답했다.

여름 동안 그의 대답이 갑자기 바뀌었다. 어느 날 저녁에 "이제는 갈 때가 됐지, 고맙게도!"라고 한 것이다. 우리가 나중에 결론을 내린 바에 따르면 그가 이렇게 대답한 이유는 바닷가재 잡는 일에서 점점 손을 놓고 있어서였다. 유년은 이제 바다에서 거의 보이지 않았는데, 그는 취미라는 시시한 것은 가져본 적이 없었기에 남는 시간을 어찌해야 할지 몰랐다. 나중에 배를 판 이후에는 산다는 것이 엄청나게 짜증 나는 일이 되었다. "나는 끝났어, 끝장이라고!" 그는 그 자리에서 당장 죽길 바라는 듯 이렇게 말했다.

전과 다르게 죽음을 사랑하게 됐어도 유넌의 식욕에는 아무 변화가 없었다. 일은 그만두었을지 몰라도, 여전히 배꼬리에 걸터앉아 통발을 다시 칠 기운을 끌어모으느라 양동이에 담긴 음식을 떠서 입안에 욱여넣던 시절처럼 먹어댔다. 유넌에게는 3분 안에 해치우지 못할 음식이 없었다. 어찌나 빠르고 요란하게 먹는지 식탁 앞에 사람이 아니라 염소가 앉아 있나 싶을 정도였다. 버터를 유난히 좋아해서 빵에 두툼하게 발라 먹곤 했지만, 대부분의 음식을 가공하지 않은 연료로 간주했다. 필리스는 아버지와 거의 겸상을 하지 않았다. 아버지가 씹는 소리를 듣고 있는 것이 워낙 고역이었기에 그냥 식사만 차려주고는 부엌으로 물러났다. 어느 날 점심시간에 필리스는 아버지가 "끝났다!"라고 외치는 소리를 들었다. 그래서 식탁을 치우러 가보니 아버지가 으깬 감자와 생선을 계속 먹고 있었다. 알고 보니 십 인에서 그랬던 것처럼 살아 있는 게 지긋지긋하다는 뜻에서 혼잣말처럼 외친 것이었다. "끝났어, 끝장이라고!" 그는 말하고 다시 점심을 한 입 더 먹었다.

"조만간 라이언스네 집에서 일이 나겠어." 우리는 날이면 날마다 온종일 집 안을 서성이며 죽음을 운운하고 차를 한 잔 더 달라고 하는 유넌을 상상하며 이렇게 말했다.

크리스틴은 어느 누구에게도 심지어 자기 자신에게도 인정하지 않겠지만 언니와 갈라서고 나서 해방감을 느꼈다. 라이언스 집안의 퀴퀴한 분위기도 필리스가 자기 마음대로 시켰던 일도 전혀 그립지 않았다. 그녀는 새로운 삶에 온 몸을 던졌다. 영화에서 볼 수 있는 어떤 장면이 있다. 대서양에서 불어오는 산들바람에 머리카락을 나부끼며 바닷가 언덕 비탈에 있는 속새 덤불 속에 팔짱을 끼고 서서, 바다를 응시하며 기다리는 어부의 아내. 아름다운 그림일지 모르지만 크리스틴은 그런 부류가 아니었다. 그러기에는 해야 할 일이 너무 많았다. "애들 때문에 쉴틈이 없어요." 그녀는 큰길에서 우리와 마주치면 이렇게 말했지만 얼굴에는 미소를 짓고 있었다. 그녀의 관심사도 더 넓은 세상으로 확장됐다. 학창 시절에는 외국어에 관심도 없었는데, 이제는 다른 엄마에게 링구어폰 카세트테이프를 빌려 이탈리아어를 몇 마디씩 배우기 시작했다. 쌍끌이 조업은 수익이 좋았고 그녀는 피렌체에 가보고 싶었다. 그녀는 날마다 신문을 사서 보며 정치에 대한 견해를 키우기 시작했다. 이런 것들은 중요했고, 그녀는 나중에 이런 세상으로 아이들을 내보낼 것이었다. 아이들이 더니골에 머문다 해도 어느 시점이 되면 세상이 아이들을 덮칠 테니까.

크리스틴은 브렌던은 유모차에 태우고 데클란은 옆에서 걷게 하며 어디든 아이들을 데리고 다녔다. 멀끔한 아이들은 그녀의 자랑이었다. 우리는 대개 아이가 태어나면 그때만 호들갑을 떨다가 첫영성체에서 동전을 한 닢 쥐여줄 때까지 잊고 지냈지만 브렌던이 보이면 걸음을 멈추었다. 심지어 남자들까지 관심을 보였다. 우리는 먼저 크리스틴의 살신성인을 인정했다. "정말 대단해요." 이렇게 아니면 이 비슷하게 말했다. 옆에서 지켜보는 데클란은 솔직히 거의 신경 쓰지 않았다. 우리가 유모차 위로 허리를 숙여 브렌던의 고사리손을 토닥이며 격려하는 말을 건네도 돌아오는 건 멍한 눈빛뿐이었다. 브렌던은 적막한 분위기를 풍겼고 무미건조하고 웃음기 없는 표정은 변할 줄 몰랐다. 눈도 잘 깜빡이지 않았다. 아이는 한 살짜리답지 않게 감정 표현을 잘 하지 않았고 두 살이 되어도 마찬가지였다. 그건 해석하기에 따라 생각에 잠긴 표정일 수도 멍한 표정일 수도 있었는데, 저마다 의견이 달랐다.

어느 날 아침에 크리스틴과 두 아이가 멜리스에서 비를 피한 적이 있었다. 부두가 내려다보이는 그 카페는 지게차 기사와 선원들의 구내식당 같은 곳이었다. 장식이라고는 여러 종의 물고기를 그린 포스터 몇 장뿐이었다. 크리스틴은 데클란 앞에 감자튀김을 한 접시 놓아주고 이로 케첩 두 봉지를 뜯어 그 위에 듬뿍 뿌려주었다. 데클란이 그렇게 먹는 것을 좋아했다. 그녀가 손을 거두기 무섭게 데클란은 미개인처럼 달려들어 포크는 쓸 생각도 없이 손으로 게걸스럽게 감자튀김을 집어 먹기 시작했다. 크리스틴은 반대쪽으로 몸을 돌려 유모차에서 브렌던을 안아 올려 아기 의자에 앉혔다. 그리고 그 앞에 감자튀김을 다시 한 접시 놓고 브라운소스를 뜯어 한쪽 옆에 조금 짜주었다. 브렌던은 감자튀김을 집어서 성배를 든 성직자처럼 높이 들었다가 브라운소스를 찍어서 끝부분을 오물오물 아주 맛있게 먹었다. 브렌던이 두 번째 감자튀김을 이제 겨우 반쯤 먹었을 때 데클란이 부스러기를 테이블 사방에 흩뿌려가며 자기 몫을 다 먹어치우고 브렌던의 감자튀김을 빼앗아 먹기 시작했다. 크리스틴은 그냥 내버려두었다. 두 아들에 대한 그녀의 맹렬한 사랑은 아무도 의심하지 않을 만큼 깊었지만, 그래도 벌어지는 모든 문제를 직접 해결하기보다는 오히려 아이들에게 맡기는 편이었다. 그녀는 반대편으로 몸을 기울이고 《아이리시 인디펜던트》의 헤드라인을 읽었다.

브렌던은 감자튀김을 움켜쥐는 데클란의 손가락을 쳐다보다가 감자튀김을 입 안에 쑤셔 넣느라 시뻘게진 형의 얼굴을 올려다보았다. 눈을 동그랗게 뜨고 자기 형을 가만히 응시했다. 그 순간 브렌던이 드디어 무언가를 드러냈다. 얼굴이 평소에는 읽을 수 없었던 감정으로 가득 채워지며 내면을 환히 드러냈다. 브렌던은 데클란을 완벽한 경외와 감탄의 눈빛으로 바라보고 있었다.

계절이 바뀌었다. 거대한 파도가 세인트콜레트호를 덮쳐 장비를 거의 다 쓸어 갔지만 다행히 선원들은 무사했다. 이 지역 지적장애인협회에서 경품 추첨 행사를 열었고 식료품 바구니는 실라 갤러거의 차지가 되었다. 마리 코터가 심장병으로 세상을 떠나자 엄청난 인원이 장례식에 참석했다. 우리가 그녀를 얼마나 좋아했는지 알 수 있는 대목이었다. 데클란 보너는 학교에 입학했다. 집에서 데클란은 브렌던을 대개 무시하거나 러스크를 빼앗아 먹고 장난감 자동차를 슬쩍하는 식으로 괴롭혔지만, 데클란이 학교에 다니기 시작하자 브렌던은 형이라는 결정적인 존재를 그리워했다. 창문 앞에 까치발로 서서 가방을 메고 오솔길을 따라 점점 멀어지는 데클란을 지켜보며 슬퍼했다. 하지만 브렌던은 이내 좋은 점도 있다는 사실을 깨달았다. 엄마를 하루 종일 독차지할 수 있게 된 것이다.

엄마는 먼저 집안일을 했다. 별로 말이 없는 날도 있었지만 기분이 좋으면 조잘대거나 노래를 흥얼거렸다. 브렌던은 엄마의 말은 건너뛰고 목소리만 들었고, 엄마가 다른 방으로 건너가면 일어나 그 목소리를 따라갔다. 10시쯤 되면 엄마가 선언했다. "차 한잔 마시자." 엄마는 차는 자기만 마시고 브렌던에게는 킴벌리 비스킷을 주었다. 뚜껑을 떼서 먹으면 입천장에 들러붙는 갈색 비스킷은 퍽퍽하지만 맛있었고, 마시멜로처럼 말랑말랑한 속을 베어 먹으면 커다란 설탕 알갱이가 머릿속에서 요란하게 부서졌다. 브렌던은 그 느낌이 좋았다. 그러고 난 다음에는 대개 마을에 다녀왔지만, 어느 날 평소보다 날씨가 좋은 걸 보고 크리스틴이 말했다. "우리 토탄지까지 걸어갔다 올까? 안 가본 지 몇 년은 됐네."

브렌던은 그게 뭐고 어디인지 몰랐지만 열심히 눈빛을 반짝였다. 엄마가 가고 싶어 하는 곳이라면 어디든 따라갈 것이었다.

토탄지는 그들이 사는 언덕 꼭대기에서 1~2만 제곱미터에 걸쳐 이어졌고 거기까지 걸어가려면 라이언스의 집 앞을 지나야 했다. 그들은 그 집의 반대편에 조성된 숲 쪽에 바짝 붙어서 걸었다. 그쪽은 더니골 카운티 의회 소유지였고 얼마 전에 가문비나무를 수백 그루 심었다. 아직은 키가 1.2미터 정도밖에 되지 않아서 까마귀들도 거들떠보지 않는 낮고 초라한 숲이었다. 그 길을 걷는 동안 브렌던은 라이언스의 집이 아니라 나무에 애써 시선을 고정했다. 아이는 자신의 삶의 형태를 어렴풋이 인식하고 있었다. 삶의 한계를 느끼고, 산들바람 속에서 그 한계의 냄새를 맡고, 자신의 머리 위에서 단편적으로 오가는 대화를 통해 듣기도 했지만, 가장 크게는 집안에 문제가 있다는 느낌을 통해 감지했다. 브렌던은 세 살도 되지 않았지만 라이언스의 집에서 뿜어져 나오는 까다롭고 옹졸한 기운을 느꼈다. 아이는 처음부터 끝까지 시선을 피하는 데 거의 성공할 뻔했지만 충동적으로 그 집을 흘끗 쳐다보았다가 말로 설명할 수 없는 감정을 느꼈다. 자신이 아는 어휘로는 표현할 수 없는 공포가 울컥 솟구쳤다.

반면에 엄마는 라이언스의 집을 지날 때까지 단호하게 앞만 바라보았고 절대 흔들리지 않았다.

좀 더 걸어가자 오솔길이 검은 흙으로 바뀌었다. 토탄지는 온통 히스와 이탄 둔덕 천지였고, 가장 가까운 집까지 최소 1.5킬로미터는 떨어져 있었으며, 만이 내려다보였다. 거기서 마주하는 바다는 광활했고 수평선이 워낙 멀어서 아주 춥고 쨍한 날이 아니면 희부연 공기 때문에 보이지 않았다. 유년이 10년째 이탄을 캐지 않아서 두둑의 경계선이 서서히 부드러워지고 있었다. 초록색 물이끼가 얼기설기하게 초콜릿색 이탄을 덮고 있었고, 브렌던이 이끼를 누르자 조그만 진드기들이 손을 사이에 두

The Boy from the Sea

고 춤을 추었다. 탁 트인 동시에 고립된 이곳에서 아이는 활기 넘치는 수다쟁이가 되었고 신선한 공기를 동력 삼아 이리저리 돌아다녔다. 크리스틴이 쫓아가면 계속 까르륵거리며 조그맣고 가벼운 몸으로 잽싸게 달렸다. 크리스틴은 식물의 진짜 이름 아니면 자기가 지어낸 이름을 알려주었다. 브렌던이 조그만 꽃을 꺾어서 눈앞에 대고 유심히 들여다보다가 떨어뜨리자 놀랍게도 눈앞에서 순식간에 망망대해가 펼쳐졌다. 아이가 말했다. "여기 올라오니까 세상이 우리를 잊어버린 것 같아요."

크리스틴은 그 말이 슬프게 느껴졌지만 돌아보니 브렌던이 함박웃음을 짓고 있었다.

필리스는 오솔길을 지나 집으로 돌아가는 크리스틴과 브렌던을 현관 옆 창 밖으로 우연히 보았다. 점심을 차려주자 유넌이 튀긴 대구 살을 찢어발기던 참이었다. 필리스는 망사 커튼 뒤에 서서 지나가는 그들을 지켜보았다. 토탄지에 올라가본 지 한참이 지났지만, 어렸을 때 엄마와 크리스틴과 함께 종종 놀러갔던 기억이 생생하게 떠올랐다. 그러자 피가 통하지 않는 것처럼 다리가 후들거렸지만, 필리스는 크리스틴이 그 아이와 함께 있는 모습을 보여주려고 일부러 그 앞을 지나간 게 분명하다는 결론을 내리며 다시 기운을 차렸다. 냉소적인 발상이었지만 어느 정도는 맞는 것이, 사실 크리스틴도 그런 상황이 벌어질 수 있다는 생각을 하며 흡족해했다. 라이언스의 집과 멀찌감치 떨어져서 오솔길 반대편으로 걸으면, 그녀와 브렌던의 모습이 창밖으로 좀 더 오랫동안 보인다는 뜻이 되기도 했다.

필리스는 그 아이에게 치밀어 오르는 분노를 느꼈다가 부끄러워졌다. 이 모든 사태로 인해 우울해지자 그녀는 평소와 다르게 점심을 먹는 아버지 곁을 지켰다. 그는 뭔가가 달라진 것을 감지했지만 아무 말도 하지 않았다. 그녀는 아버지가 감자에 우유를 붓고 포크로 으깬 뒤 벌린 입 안에 마구 퍼 넣는 것을 지켜보다가 이렇게 물었다. "엄마가 살아 계셨다면 지금 우리가 어떻게 살고 있었을 것 같아요?"

유년은 고개를 들더니 계속 우물거리며 딸이 한 말을 곰곰이 생각하는 듯한 표정으로 벽난로 선반을 물끄러미 응시했다. 마침내 그가 말했다. "별반 다르지 않았을 것 같다만." 그는 고개를 숙이고 감자를 다시 한 입 먹었다.

"엄마가 좀 더 오래 살아 계셨더라면 저는 달라졌을 것 같아요." 필리스가 말했다. 듣는 사람도 진지하게 받아들여야 할 것만 같은 진지한 말투였다. 어머니의 죽음으로 내면에 구멍이 생기는 건 누구에게나 있을 수 있는 일이었지만 그녀만의 문제가 있다면 그 공허감을 입 밖으로 거의 표현하지 않고 계속 되새기는 바람에 결국에는 그것이 단단하게 굳고 철저하게 가둬져버렸다는 것이었다. 공허감은 그 자리에서 영원히 메아리칠 것이었다. "어머니에게 배울 수 있는 것이 많았을 테니까요." 그녀는 말했다.

유년은 툴툴대며 말했다. "네 엄마가 살림은 잘했지."

"그런 게 아니고요." 필리스는 언성을 높였다. "엄마는 사람들과 잘 지내셨잖아요. 그러니까 저에게 방법을 알려주셨을지 몰라요."

유년은 그녀를 쳐다보았다. "필요한 건 뭐든 내가 알려주마."

필리스는 잠깐 동안 미동도 없이 그를 쳐다보다가 일어나 부엌으로 돌아갔다.

얼마 안 있어 크리스틴과 브렌던은 꾸준히 이탄지로 놀러 가기 시작했다. 보슬비도 그들을 막을 수 없어서 어느 날에는 주황색 우비를 입고 길을 나섰다. 그들이 라이언스의 집 앞을 지나는데, 현관문이 열리더니 필리스가 그 앞에 서서 그들을 지켜보았다. 그녀가 인사를 건네자 크리스틴도 인사를 건넸지만 크리스틴은 브렌던의 손을 꼭 쥐고 계속 걸었다. 필리스는 그 자리에 서서 지나가는 그들을 물끄러미 바라보았다. 주황색 모자를 쓴 그들은 시커먼 나무가 이어지는 오솔길 어디에서든 가장 눈에 띄었다. 크리스틴은 모자로 눈을 가리고 언니의 표정을 몰래 흘끗거렸다. 표정에서 어떤 단서도 읽을 수 없었지만 문을 열고 서 있었다는 데에는 분명 의미가 있을 것이었다. 화해하자는 뜻이었을까? 그럴 수도 있었다. 크리스틴은 걸음을 멈추고 브렌던의 손을 쥔 채 필리스를 마주 보았다. 걸음을 멈추는 그 단순한 행동만으로도 내면에서 빗장이 풀리고 뭔가가 해소되는 기분이 느껴졌다. 필리스가 말했다. "잠깐 들어와."

크리스틴은 기쁜 마음으로 안으로 들어갔다. 어찌나 기쁜지 스스로도 놀랄 정도였다. 브렌던은 나이치고 작고 라이언스의 집 현관문 앞 계단 두 개는 아주 높아서 그녀는 아이를 안아 올렸고 언니를 따라가는 동안에도 내내 안고 있었다. 필리스를 따라 거실로 들어가 보니 유넌이 서 있었다. 누가 봐도 그녀에게 할 말이 있어서 기다린 눈치였다. 크리스틴은 기뻤던 마음이 사라지고 바보처럼 속은 기분이 들었다. 이 집에서는 좋은 일이 벌어질 리 없다는 걸 왜 몰랐을까.

"앰브로즈는 바다에 나갔지?" 유넌이 물었다.

"네." 크리스틴은 대답했다. 품에 안긴 브렌던이 꼼지락거렸지만 그녀는 아이를 내려놓지 않았다.

"돈은 잘 벌고 있지?" 유넌이 물었다.

"네." 크리스틴은 반항조로 대답했다. 라이언스 가족은 앰브로즈를 무시했지만 그는 잘해나가고 있었다. 그와 토미가 잡은 고기만으로 경매장을 가득 채울 때도 있었다. 그녀는 허리춤에 얹은 브렌던을 좌우로 살짝 흔들며 달랬다. 아이는 그녀의 어깨에 머리를 기대고 창문을 가만히 응시했다. 동그랗게 뜬 눈에 잿빛 하늘이 비쳤다. 필리스는 차를 권하지 않고 식탁 의자에 앉으며 말했다. "어제 부두에서 토미 오가라를 만났는데 외국에서 온 배들을 유심히 살피고 있더라."

우리도 고기를 팔러 온 노르웨이 쌍끌이 어선 두 쌍을 보았다. 길이는 28미터고 상자를 2000개 실을 수 있는 신세대 선박의 시초였다. "이 마을 남자들은 배 구경을 제일 좋아하지. 크레인이니 윈치니 그런 걸 두고 어쩌고저쩌고하면서." 크리스틴은 말했다.

"그런 배를 통솔하는 토미의 모습이 그려진다." 필리스가 말했다.

"그래?" 크리스틴이 말했다.

필리스는 눈을 돌렸다. 마음에 둔 남자가 있다고 그녀의 입으로 시인할 일은 없겠지만 우리는 그녀가 흘리는 단서로 그렇다는 걸 미루어 짐작할 수 있었다. 그녀가 남편과 함께 저녁 시간을 보내는 모습을 볼 수 있다면 좋겠지만 그즈음에는 그런 모습을 상상하기가 점점 어려워지고 있었다. 필리스는 무척 꼼꼼하게 아버지를 중심으로 자신의 삶을 구축해놓았다. "내 눈에는 모든 배가 다 거기서 거기지 뭐." 필리스는 자신의 실수를 알아차리고 대수롭지 않다는 듯 뒤로 물러났다. "관심이 없으니까. 나는 심지어 바다도 좋아하지 않는걸."

"눈만 들면 볼 수 있는데 바다를 좋아하지 않는다니 아쉽네." 크리스틴이 창밖을 턱으로 가리키며 말했다.

"너무 바빠서 창밖을 내다볼 겨를이 있어야 말이지." 필리스는 대놓고 창문 쪽을 외면하며 말했다. "그리고 나무들이 점점 높아지고 있기도 하고. 저것들이 자라서 하늘을 다 덮어도 나는 상관없어."

보너의 집은 오솔길 입구라 카운티 의회에서 조성한 숲과 멀리 떨어져 있었지만 라이언스의 집은 그 바로 맞은편이었다. 나무가 자라면 바다가 보이는 풍경이 가려질 수밖에 없을 테니 반대할 법도 했지만, 필리스와 유넌은 그런 일에 감상적인 반응을 보이지 않았다. 유넌에게 바다는 더 이상 필요 없는 곳이었다. 바닷물이 다 빠져도 상관없었고 풍경은 아무짝에도 쓸모없었다. 창문은 저렴한 채광의 통로이자 문을 열었을 때 놀라지 않게 찾아온 손님이 누군지 확인하는 수단에 불과했다.

"너희 둘 다 해야 할 얘기에서 자꾸 벗어나는구나."

필리스는 혼난 학생처럼 두 손을 모았고 크리스틴은 물었다.
"해야 할 얘기가 뭔데요?"

"네 언니 차가 고장 났다." 유넌이 말했다.

차가 고장 난 게 아니라 타이어, 브레이크 패드, 리어 스프링을 교체해야 했다. 유넌은 차의 작동 원리에 대해 계속 모르는 상태로 지내려 했다.

"차를 계속 쓰려면 200파운드가 있어야 해." 필리스가 크리스틴에게 말했다. "네가 우리를 위해 하는 일이 워낙 없으니까 그 정도는 무리한 부탁이 아니라고 생각해."

그러니까 이거였다. 크리스틴이 세게 끌어안자 브렌던이 낑낑댔다. "그거면 돼?" 크리스틴은 물었다.

필리스는 단호하게 고개를 끄덕였다.

"수표 써서 우편함에 넣어둘게." 크리스틴은 나가려고 이미 몸을 돌리며 말했다.

브렌던을 데리고 오솔길을 걸어가는 동안 실망이 원망으로 바뀌었지만 이제 크리스틴과 앰브로즈는 돈을 *많이 버는 집*으로 분류될 수 있었고 돈을 많이 버는 데에 따르는 즐거움이 있었다. 그녀는 그들에게 줄 수표를 쓰는 순간이 기다려졌다. *보너*라는 이름이 적힌 거액의 수표를 말이다.

4

계절이 바뀌었다. 직업학교에서 처음으로 정식 시험이 치러졌고 학생들은 훌륭한 성적을 거두었다. 로스 핀호가 암초에 걸려 선원 두 명이 저체온증으로 치료를 받았다. 성냥갑 조니가 복권에 당첨됐지만 그 돈을 허투루 쓸 것이 뻔했기에 우리는 모두 안타까워했다.

어느 날 아침 집 앞에 차를 대는 토미 오가라가 거실 창 밖으로 보이길래 크리스틴이 나가서 현관문을 열어주었다. 조용히 쏟아지는 비로 사방이 자욱했다. 토미는 골프용 우산을 썼고 셔츠와 양복 재킷을 입고 있었다. "오래 붙들고 있지 않을게요." 그는 들어올 기미를 보이지 않았다. "앰브로즈는 바다에 나갔죠?" 그의 무심한 말투를 보면 이미 알면서 확인차 묻는 것임을 알 수 있었다.

"네, 하지만 고기 잡으러 나간 건 아니에요. 배를 몰고 애런모어에 갔어요." 크리스틴은 말했다.

"애런모어요?" 토미는 그런 데 갈 만한 이유를 전혀 상상하지 못할 사람이었다.

"전화가 왔어요. 이틀 전에 강풍이 불어서 그이 할아버지가 사시던 집 지붕이 날아갔다고. 그래서 스토브를 건지러 갔어요. 녹슬게 내버려둘 수가 없대요."

"그러느라 들일 기름을 생각하면!" 토미가 외쳤다. "승합차를 빌려서 배에 싣고 가는 편이 낫지 않아요?"

"조지프가 같이 갔어요." 크리스틴은 남편을 두둔했다. 조지프 맥브라이드가 동참했으니 그렇게 터무니없는 일은 아닐 것이었다.

"참 대단하네." 토미는 화가 난 투로 이렇게 말했다. "자기 가족과 예전 친구들에게 배를 보여주면서 자랑하고 거창한 행사처럼 스토브를 건지려는 거겠죠. 그러면 몇 년 동안 그 섬 사람들이 그 얘기를 할 테니까요."

크리스틴은 잔인한 발언이라는 생각이 들었고 토미가 이런 식으로 변한 데 실망했다. "앰브로즈가 할아버지를 엄청 좋아했거든요. 그리고 그 스토브를 아이들에게 가보로 물려주면 좋을 거라고 했어요. 당신이랑 둘이 며칠 동안 고기를 잡으러 나가지 않을 예정이라고 하던데요."

"맞아요. 하지만 오늘 아침에 어업위원회 사람들을 만나기로 했거든요. 앰브로즈도 같이 갔으면 했는데, 오늘 중으로 돌아오진 않겠죠?"

"내일은 되어야 올 거예요. 그이가 그걸 몰랐다니 안타깝네요."

토미는 앰브로즈도 오늘 미팅에 대해 알고 있다고 말하지 않았다. 토미가 알기로 두 사람은 함께 참석해 사업 확장 자금 조달에 대해 논의할 계획이었다. 그는 앰브로즈에게 수염을 깎고 셔츠를 다려놓으라고 했었다.

바로 그때 브렌던이 크리스틴의 다리 옆으로 다가와 그녀의 치맛자락을 붙잡고 한쪽 발을 천천히 비틀며 손님을 올려다보았다. 토미는 아이를 쳐다본 순간 그런 말투를 쓴 것이 부끄러워졌다. 브렌던이 우리에게 그런 영향을 미쳤다. 대부분의 사람들은 무방비하게 버려졌던 아이의 험난한 시작을 우리가 기억하기 때문이라고 했다. 그로 인해 우리의 연약함을 되돌아보고 삶을 다른 관점에서 바라보게 된다는 것이었다. 브렌던을 보는 것만으로도 삶의 우선순위를 재점검하는 계기가 되었다. 어떤 사람들은 거기서 한 걸음 더 나아가 브렌던에게 삶의 방식을 성찰하게 하는 '아우라'가 있다고 주장했다. 우리는 대부분 미신을 믿지 않았기에 그런 황당한 발상을 거부했지만 그래도 그들은 끝까지 그렇다고 우겼다.

토미는 주머니에서 50펜스짜리 동전을 꺼내 아이에게 주고서 작별 인사를 하고는 공포의 급커브길을 과속으로 달리며 멀어졌다. 나중에 어업위원회 앞에 주차하고 앉아 있는 동안에도 크리스틴 앞에서 그런 식으로 행동한 데 대한 죄책감은 사라질 줄 몰랐다. 그는 실제로 사과를 하지는 않았지만 이후로 그녀를 몇 번 만날 때마다 평소보다 유쾌하게 대했다. 우리는 이런 식으로 자신이 한 말이나 저지른 행동에 대해 미안한 마음을 전했다. 다음번에 만났을 때 평소와 다르게 대하는 것으로 말이다. 토미는 앰브로즈가 회의를 앞두고 도망친 것에 놀라지 않았다. 그런 자리는 그의 적성에 맞지 않았다. 돈 관리는 크리스틴이 도맡았고 앰브로즈는 계약이나 자질구레하게 따지는 것보다 활기찬 대화나 거창한 제스처를 더 좋아했다. 통에 누워 있던 아이를 거둔 것이 그의 가장 거창한 제스처였지만 트롤선을 몰고 집안의 유산을 가지러 간 것도 그 못지않았다. 얇은 강철판에 흔들리는 다리가 달린, 정부에서 보급한 스토브였을 것이다. 케케묵은 스토브를 건지겠답시고 증기선을 몰고 80킬로미터를 가다니! 정신 나간 짓이었다. 토미는 차에서 내려 서류를 챙겨 들고 딱 시간에 맞춰서 안으로 들어갔다.

크리스틴도 대화를 마치고 기분이 언짢았다. 토미의 말투 때문이 아니라 앰브로즈가 실수를 저질렀다는 사실을 알게 됐기 때문이었다. 그녀는 브렌던에게 먹일 달걀을 너무 오래 삶았다. 브렌던은 아무 불평도 하지 않고, 자기에게서 등을 돌리고 서서 물받이를 손끝으로 두드리는 엄마를 가만히 지켜보았다. 누군가가 다시 현관문을 두드리는 소리가 들리자 크리스틴은 온몸이 긴장하는 것을 느꼈다. 필리스이고 돈 때문에 온 것이 분명했다. 자동차 수리비는 시작에 불과했다. 필리스는 이제 일주일에 한 번꼴로 찾아와 20파운드나 40파운드를 달라고 했다. 크리스틴이 문을 열어보니 필리스가 긴 코트를 입고 서 있었다. 요즘 그녀는 앞문으로 찾아왔고(강력하고 냉랭한 메시지를 전하기 위한 선택이었다) 절대 안으로 들어오지 않았다. 크리스틴은 토미를 만나서 마음이 너무 심란해진 바람에 그 일과 앰브로즈가 회의 비슷한 것을 빼먹었다는 이야기를 하고 말았다.

"그 대신 무슨 중요한 일을 하느라 빼먹은 거야?" 필리스가 물었다.

크리스틴은 망설이다가 말했다. "배 타고 나갔어."

"뭐, 적어도 돈은 벌고 있네." 필리스가 말했다.

"응." 크리스틴은 맥없이 대답했다. 함정에 빠진 것이었다.

"돈 얘기가 나왔으니 말인데." 필리스가 말했다.

계절이 바뀌었고 우리는 더니골 곳곳에서 교통사고가 열몇 건 벌어졌던, 흉흉했던 주간에 대해 이야기했다. 폭주하던 갈매기가 브레슬린의 집 앞 유리창을 박살냈다. 재키 미헌은 돛대에서 떨어져 뇌진탕을 일으켰다. 브렌던 보너는 학교에 들어갔다.

매일 아침 브렌던과 데클란은 터벅터벅 오솔길을 지나 공부를 하러 갔다. 학교까지 바래다주거나 차로 태워다 주는 건 있을 수 없는 일이었다. 우리는 아이들을 현관까지 배웅하지도 않고 제 한 몸은 건사할 수 있도록 키웠다. 도로에 인도가 없었기에 두 아이는 공포의 급커브길을 넓게 돌았고, 승합차나 자동차가 달려오면 얼른 도랑을 폴짝 건너가 차가 지나갈 때까지 나무 울타리에 바짝 붙어 있었다. 운전자는 빗속에 서 있는 두 아이의 무표정한 얼굴을 스치듯 볼 수 있었다. 길은 완전히 시골

길은 아니라 주변 땅에 뭐가 많았다. 가문비나무로 조성된 숲도 있고 보너의 집과 시내 사이에는 도로변에 공장과 전자제품 수리점도 있었지만, 당나귀 한 마리가 서 있는 들판도 있고 함석지붕과 앞에서 썩어가는 하이에이스 승합차가 없었더라면 관광청 광고에 쓰일 수도 있었을 법한 100년 된 오두막집도 있었다. 마을에 도착하면 데클란은 브렌던을 버리고 앞으로 냉큼 걸어가 부둣가 주차장을 가로지르는 자기 또래 남자아이들과 어울렸다. 그들은 부둣가나 수산물 가공 공장을 걸어 다니는 자기들 아버지처럼 성큼성큼 걸었다. 그들의 목표는 더 이상 흉내가 아니라 그 자체가 될 때까지 아버지를 흉내 내는 것이었다. 10분쯤 지나면 버림받은 외로움을 달래며 브렌던이 쫓아왔다. 쐐기 모양으로 솟은 까만 머리와, 트럭에서 떨어져 배수로에 나뒹구는 죽은 생선을 들여다보느라 멈춰가며 어슬렁거리는 걸음걸이 때문에 멀리서도 알아볼 수 있었다. 책가방은 반쯤 흘러내려 끈이 어깨가 아니라 팔꿈치에 걸쳐져 있곤 했다. 학교에서는 읽기, 쓰기, 산수에 도통 관심을 보이지 않았지만 선생님들이 날마다 나눠주는 말라라는 색 점토를 가지고 노는 건 재미있어 하는 눈치였다. "애는 착해요." 브렌던의 담임은 교무실에서 이렇게 말하곤 했다.

쉬는 시간이 되면 학교 운동장에서 무리가 형성돼 비슷한 아이들끼리 한데 뭉쳤다. 데클란 같은 남자아이들의 경우에는 그것이 즉각적이라 운동장 이쪽과 저쪽에서 서로를 발견하고 서로의 태도에서 본능적으로 뭔가가 느껴지면 몇 초 만에 같이 나무를 탔다. 그런가 하면 조심성이 많아서 몸을 사리고 남들의 조심스러운 성향을 잘 알아차리는 아이들도 있었는데, 브렌던이 그런 아이였다. 그들도 한데 뭉쳤지만 운동장 변두리나 정문 계단 옆에서 천천히 어울렸고 브렌던은 레몬 커드 샌드위치를 나눠주며 아이들과 신뢰를 쌓았다. 그들은 둘이 만나면 서로 마주 보기보다 놀이터 담벼락에 나란히 기대 벽돌 사이에서 자라는 이끼를 손가락으로 찌르거나 숨어 있기 좋은 곳에 대해 이야기했다. 대여섯 명이 뭉쳐 있으면 무슨 음모라도 꾸미는 것처럼 보여 난폭한 남자아이가 안으로 달려들어 사방으로 흩어버리곤 했지만, 사실 커다란 딱지를 보며 감탄하거나 어디서 주운 유난히 반질반질한 돌을 만지는 등 순수한 탐구 활동이 전부였다.

데클란도 조심성 많은 아이들을 괴롭히며 재미있어할 만한 성격이었지만 브렌던을 멀리하고 싶었기에 그러지 않았다. 데클란은 브렌던이 그의 가족 사이에 끼어든 침입자라는 생각을 떨쳐버릴 수가 없었고, 떨쳐버릴 마음도 없었다. 브렌던과 한방을 쓰게 됐을 때 데클란은 침대와 카펫 한가운데에 크레용으로 선을 그었고, 지금도 꾸준히 선을 다시 색칠했다. 학교에서는 브렌던을 동생이라고 부르지 않았고, 누가 그렇게 부르면 아니라고 했다. "그럼 걔를 뭐라고 불러?" 어느 날 운동장에 설치된 쉼터에서 팻 워드가 물었다. 팻은 석탄을 파는 워드 집안이 아니라 얼굴에 주근깨가 많은 스트라우터 워드 집안의 아이였다.

"뭣으로도 부르지 마." 데클란은 말했다. 데클란은 성격이 거칠고 툭하면 고함을 질렀고 다른 여섯 살짜리가 자기 말에 토를 다는 데 익숙하지 않았다.

"너희 집에 사는 그 애를 불러야 하는 일이 생기면? *너희 집에 사는 그 애*라고 불러?"

데클란은 팻을 떠밀어 바닥으로 넘어뜨리고 위에 서서 내려다보았다. 분노인지 공포인지 모를 표정으로 얼굴이 시뻘겠다. 팻이 울음을 터뜨리자 데클란은 도망쳤다. 둘은 얼마 안 있어 다시 친구처럼 지내겠지만 팻은 두 번 다시 브렌던의 이름을 꺼내지 않을 것이었다.

주먹으로 위협한 것이 효과가 있었는지 몰라도 데클란은 자기가 브렌던의 이야기를 꺼내지 않으면 같은 반 친구들도 그런다는 사실을 깨달았다. 회피가 문제를 해결하는 훌륭한 방법이라는 것을 배워나가는 과정이었다. 담임인 로퍼 선생님은 얼마 전에 캐번의 어느 마을에서 전근 왔기에 데클란의 가족사를 알지 못했다. 성이 특이한 것도 그래서였다. 그래서 어느 날 선생님이 반 친구 모두의 앞에서 데클란에게 형제나 남매가 있느냐고 묻자 아이는 감히 "아뇨, 선생님"이라고 대답했다.

선생님의 시선이 다른 데로 옮겨가자 팻 워드가 웃는 얼굴로 데클란을 돌아보며 "잘했어"라고 속삭였다.

데클란은 들키지 않고 잘 버텼지만 1월에 폭설로 산길이 막혀서 일부 아이들이 등교하지 못하게 된 날이 있었다. 보너 형제는 당연히 등굣길에 올랐다. 온 마을이 빙하로 덮이지 않는 이상 크리스틴이 아이들의 등교를 포기할 일은 없었다. 하지만 브렌턴의 담임이 결근하는 바람에 그 반 아이들은 형제자매가 있는 다른 교실로 뿔뿔이 흩어졌다. 이렇게 해서 브렌턴이 데클란의 교실에 들어오게 되었다.

"너는 누구랑 같이 왔니?" 로퍼 선생님이 물었다.

데클란을 제외한 아이들 모두가 고개를 돌려 브렌턴을 멍하니 쳐다보았다. 혼자 서 있는 브렌턴은 너무 작고 소심해 보였다. 아이는 손을 들어 데클란의 뒤통수를 가리켰다. 로퍼 선생님은 브렌턴이 누굴 가리키는지 알아차릴 수 없었고, 더니골에 온 지 아직 얼마 되지 않았기에 무언의 손짓은 대답으로 인정할 수 없었다. "제대로 말을 해야지."

브렌턴이 입을 열자 모두가 깜짝 놀랐다. 체구가 그렇게 작은 아이가 그렇게 단호한 목소리를 낼 줄은 아무도 몰랐던 것이다. "저는 데클란의 동생이에요."

데클란은 표정이 어두워졌고 양팔을 옆으로 늘어뜨린 채 몸을 웅크렸다. 바로 그 순간 데클란의 마음속에서 싹튼 굴욕감이 혼자서 점점 자라나기 시작했다. 아이는 자신의 심리 상태를 알아차린 사람이 있는지 고개를 들고 살피는 수밖에 없었다. 팻워드가 데클란을 쳐다보며 음흉하게 웃고 있었는데, 주근깨가 유난히 눈에 거슬렸다.

그날 오후 보너의 집에서 브렌턴이 눈밭에서 노는 동안 크리스틴은 싱크대 앞에서 매달 배달받는 7.5킬로그램짜리 부대에서 꺼낸 감자 껍질을 벗기고 있었다. 앰브로즈도 부엌에서 의자에 앉아 조리대에 놓인 라디오 쪽으로 몸을 기울이고 뉴스를 듣고 있었다. 라디오 쪽으로 몸을 붙이는 건 앰브로즈가 아버지에게 물려받은 습관이었고, 방송이 외딴 해안가에 사는 남자들에게 일종의 양식과도 같았던 시절로 역사가 거슬러 올라갔다. 그들은 흘러나오는 소리를 마시기라도 하려는 듯 가까이서 방송을 듣는 것을 좋아했다. 이때 데클란이 부엌으로 들어와 부모에게 물었다. "저 애를 왜 집으로 데리고 왔어요?"

크리스틴은 심통이 난 노인처럼 뾰족한 아들의 말투에 화들짝 놀랐지만 앰브로즈는 알아차리지 못했다. 자기 아들을 흘끗 쳐다보며 이런 식의 대화에서 벗어나고 싶을 때 종종 써먹었던 수법을 동원했다. "이모가 물어보라고 시키던?"

"아뇨! 저요, 제가 알고 싶어서 그래요." 데클란이 말했다.

앰브로즈는 입을 다물었다. 다른 방법이 필요했다.

"저 아이도 자기 생각이 있어." 크리스틴이 앰브로즈에게 말했다. 그녀는 감자를 찬물이 담긴 대야에 떨구고 칼을 식기 건조대 위에 내려놓고서 데클란을 돌아보았다. "브렌던은 주변에 아무도 없어서 돌봐줄 사람이 필요했어. 나랑 네 아빠는 네 덕분에 남자아이 키우는 법을 전부 배웠거든. 그리고 그 아이를 충분히 사랑할 수 있을 거라고 생각했고. 우리 생각은 맞았어." 그녀는 말했다.

그 말은 모두 사실이었고 앰브로즈는 크리스틴이 핵심을 정확히 짚은 데 감탄했지만 오늘 그녀가 거둔 성과에는 한계가 있었다. 데클란은 심문을 계속했다. "쟤 생일을 왜 제 생일이랑 같은 날로 정했어요?"

The Boy from the Sea

"그러게 내가 그랬잖아, 데클란이 나중에 화를 낼 거라고." 크리스틴은 이렇게 말하며 앰브로즈에게 일임하고 다시 감자 쪽으로 몸을 돌렸다. 그는 자신의 실수를 알아차렸고 이듬해부터 둘의 생일을 따로 챙겨주었지만 이미 엎질러진 물이었다. 가족이란 이런 것이었다. 좋은 의도에서 한 일이 상처가 될 수 있었고, 그 일에 상대가 예상치 못했던 반응을 보이고 실망스러워할 수 있었다. 앰브로즈는 라디오를 바라보며 그 물건과의 관계가 더 마음에 든다는 생각을 했다. 라디오는 설명을 요구하는 법이 없었다. 그는 천천히 말문을 열었다. "브렌던이 등장하기 딱 일주일 전이 네 생일이었는데, 간호사가 말하길 아이가 태어난 지 며칠 됐다길래 너희 둘의 생일을 한날로 합치면…… 편하지 않을까 싶었어."

데클란은 선 채로 몸을 뒤틀며 불만을 표현했다. 조그맣게 주먹을 쥐었다.

그걸 보고 앰브로즈는 미소를 지었다. "너희 둘 다 아직은 어리잖니." 그는 태평하게 말했다. "케이크 하나로 둘이 먹기 충분하지. 안 그래, 크리스틴?"

크리스틴은 말려들지 않았다. 깐 감자를 찬물이 담긴 대야에 떨구고 곧장 다른 감자를 집었다.

"방 따로 쓸래요." 데클란이 말했다.

"증축하면 그렇게 해줄게." 앰브로즈가 말했다.

"당장 오늘부터요!" 데클란이 말했다.

앰브로즈는 너무 어이가 없어서 웃음을 터뜨렸다. 어린애가 뭔가를 요구하다니 듣도 보도 못한 일이었다. 이건 마치 어느 중소 도시가 어찌어찌 NATO의 한 자리를 꿰차고 앉더니 모든 사안에 거부권을 행사하며 회의를 망치는 것과 같았다. "나는 한참 동안 동생이랑 한 침대를 썼다. 동생 세 명이랑. 한 줄로 누워서!"

데클란은 분노로 눈이 이글거렸고 부아가 치밀어서 으르렁거렸다. 발목을 잡고 들어 올렸다면 막대기처럼 꼿꼿하게 딸려 왔을 것이다. 아이는 날카로운 숨소리를 내며 몸을 돌려 부엌을 박차고 나갔다.

데클란은 자기 방으로 갔다. 오늘따라 겨울의 차가운 파란빛으로 가득했다. 양쪽 벽에 싱글 침대가 하나씩 놓여 있고 그 사이에 깔린 갈색 카펫 위에 장난감이 흩뿌려져 있었다. 그는 잠깐 서서 장난감을 쳐다보다가 브렌던의 문어 인형을 집었다. 인형을 가슴에 안고 이불 밑으로 들어가 똑바로 누워서 먼지를 들이마시자 굴을 파고 들어앉은 동물의 편안함 같은 것이 느껴졌다. 문어 다리를 하나씩 잡아 뜯었더니 툭툭 하고 실밥이 터지는 소리가 났다.

그러고 나서 인형 솜과 함께 침대에 누워 있으려니 죄를 지은 것 같고 비참했다. 데클란은 점퍼에 들러붙은 솜을 떼어내고 찢어진 조각들을 모두 모아서 주머니에 쑤셔 넣었다. 그런 다음 침대에서 일어나 슬그머니 집을 빠져나왔다. 집 뒤편으로 질퍽질퍽한 동산이 있었다. 데클란은 꼭대기 근처 속새 덤불 사이에 쭈그리고 앉아 눈을 치우고 흙을 파헤쳤다. 구멍을 하나 팠을 무렵 추워서 손끝이 빨개졌고 손톱 아래에는 시커먼 흙이 빽빽하게 끼었다. 아이는 장난감의 잔해를 넣고 흙을 다시 덮은 뒤 살금살금 집으로 돌아갔다. 브렌던은 문어를 보고 싶어 했을 테지만 그리 오래 그러지는 않았을 것이다. 모두의 어린 시절은 잃어버린 것으로 가득하니까.

몇 주 뒤에 장난감이 찢어 발겨진 것을 알아차리고 무슨 일이 벌어졌는지 눈치챈 사람은 크리스틴이었다. 그녀는 그날 저녁에 앰브로즈에게 그 얘기를 꺼냈다. 그는 또다시 라디오 옆을 지키고 있었고, 그녀는 스토브 옆으로 옮긴 의자에 앉아 있었다. 이제는 거기가 차를 마시고 담배를 피울 때 애용하는 그녀의 지정석이었다. 스토브는 웅웅거리며 온기와 토탄 냄새를 발산했고 가끔 연기를 뿜었다. 그녀는 어린아이가 그렇게 고집이 세다니 걱정이 된다고 했다. "질투가 나서 그래." 그녀는 말했다.

"그 아이가 질투할 게 뭐가 있다고?" 앰브로즈가 성의 없이 물었다.

"당신에게 관심을 얻고 싶은 거야. 두 아이를 똑같이 대해야 해."

"그러고 있어!"

크리스틴은 매서운 눈빛으로 그를 바라보았지만 별로 할 말이 없었다. 앰브로즈가 두 아이를 똑같이 사랑하는 건 분명하지만 브렌던은 독특하게 그의 마음을 사로잡았다. 아마 데클란은 그냥 평범하게 태어났지만 브렌던은 운명처럼 신비롭게 등장했기에 특별한 빛을 발산하는 것처럼 느껴졌을 것이다. 크리스틴은 남편의 표정에서 그 마음을 읽었고 데클란도 그랬을 것이다.

앰브로즈는 고개를 돌리고 다시 라디오 쪽으로 몸을 기울였다. "애들 걱정은 하지 마. 괜찮을 테니까."

이쯤에서 우리가 어떤 용도로 '괜찮다'라는 단어를 활용하는지 설명할 필요가 있겠다. 좋다 아니면 훌륭하다와 비슷한 말처럼 들릴지 모르지만 우리 마을에서의 용도는 사뭇 달랐다. 우리는 좋거나 훌륭하지는 않지만 어쩔 도리가 없으니 왈가왈부할 필요가 없을 때 그 단어를 썼다. 앰브로즈는 바다에서 그 단어를 많이 썼다. "괜찮을 거야." 과부하가 걸린 장비가 비명을 지르면 그는 이렇게 말했다. "괜찮을 거야." 선원들이 10년 된 엔진을 두고 걱정하면 또 이렇게 말했다. 집에서도 마찬가지였다. "괜찮을 거야." 식빵에서 곰팡이 핀 부분을 긁어내고 토스터 안에 넣으면서도 이렇게 말하곤 했다. 크리스틴이 어린 시절을 어떻게 보냈느냐고 물었을 때도 그는 "괜찮았어"라고 했다. 어느 날 저녁에 토미가 좀 더 큰 배를 사려고 워리어호를 내놓았다는 소식을 들었을 때에도 앰브로즈는 똑같이 말했다. 집에 들어가 식탁 앞에 털썩 주저앉아 허공을 멍하니 바라보며 중얼거렸다. "괜찮을 거야."

토미가 새 트롤선을 인수하기로 한 날, 앰브로즈는 자리에 가만히 앉아 있지 못하고 몇 분마다 한 번씩 벌떡 일어나서 창가로 다가가 거친 회색 바다를 내다보았다. 이윽고 하얀색과 청록색으로 반짝이는 30미터급 선박이 넘실넘실 등장했다. 앰브

　　　　　　　　　The Boy from the Sea

로즈는 넋을 잃었다. 그의 집 창문 앞에서 보면 그 배는 앞으로 내민 엄지손가락만 한 크기였지만 바다가 거친데도 묘하게 고요했다. 1분에 두 번꼴로 뱃머리가 높이 솟구쳤다가 소리 없이 거대하게 추락했다. 워리어 2호는 네덜란드에서 제작됐고, 넓은 나팔 모양의 뱃머리가 달린 강철 선체가 앞으로 기울어진 선루 덕분에 더욱 돋보이며 아름다운 곡선미를 자랑했다. 구매한 시점이 좋았다. 아일랜드 협상단이 EC를 설득해 우리의 조업 한도를 두 배로 늘렸는데, 그래 봐야 던호 같은 조그만 배는 별 차이가 없었지만 워리어 2호라면 그 한도를 채우고도 남을 것이어서 우리 앞바다의 어떤 물고기도 긴장을 늦출 수 없었다. 앰브로즈는 가슴이 두근거렸지만 마음속에서 다른 뾰족한 감정도 고개를 들었다. 이제 토미가 던호와 공동 조업할 일은 없었다. 그는 워리어 2호를 몰고 바다 저 멀리, 마음만 먹으면 대륙붕이 시작되는 곳까지 나갈 수 있었다. 로컬까지 갈 수도 있겠다는 생각이 들자 앰브로즈는 화들짝 놀랐다. 로컬은 가장 가까운 육지에서 320킬로미터를 가야 나오는, 북대서양에 외로이 솟은 순수 화강암 봉우리였다. 4층 건물 높이지만 바닷새 말고는 아무도 살지 않았다. 앰브로즈는 그 근처에 가본 적이 없었지만, 그곳을 날마다 해상 일기예보에 소개되어 상상 속에 존재하는 신비로운 곳, 너무 장엄해서 있을 법하지 않은 곳으로 여기고 있었다. 그런 곳이 갑자기 그의 친구 토미가 손을 내밀면 닿을 수 있는 현실이 되었다. 로컬의 앞바다에도 어장이 있었지만 앰브로즈는 거기에 매력을 느낀 것이 아니었다. 믿음직하고 독보적이며 순수하게 강한 것. 앰브로즈가 추구하는 이런 자질의 완벽한 상징이 로컬이었다.

"그 친구가 오고 있어." 앰브로즈는 크리스틴에게 말했다.

그녀가 고개를 돌려보니 앰브로즈가 모자를 쓰고 있었다. 부두로 나가서 입항하는 워리어 2호를 맞이하겠다는 뜻이었다. 여럿이 그 자리에 모일 예정이었다. 우리는 새 배에 관심이 아주 많았다. "어휴, 정말 가려고?" 크리스틴이 물었다.

"안 될 것도 없잖아?" 앰브로즈는 도전하는 투로 말했다.

크리스틴은 잠깐 뜸을 들이다가 말했다. "그럼 다녀와."

앰브로즈는 차에 올라탔다. 그는 원래 눈치가 없는 편이지만 차를 몰고 마을을 지나 부두로 달리는 동안 왜인지 머뭇거리던 아내의 표정이 머릿속에서 맴돌았다. 말뚝이 받치는 부두가 시작되기 전, 암석 매립지 위에 콘크리트를 바른 2000제곱미터의 땅이 등장하자 그는 속도를 줄여서 지나갔다. 수선하려고 그물을 펼쳐놓고 말리지 않게 양쪽 끝을 커다란 나무 의자로 눌러놓은 모습이 보였고, 그 주위로 갈매기들이 어슬렁거리며 떨어진 생선을 두고 싸웠다. 워리어 2호가 도착하려면 아직 1.5제곱미터나 남았는데도 벌써 열몇 대의 차가 주차되어 있고 사람들이 버글거렸다. 앰브로즈는 거의 정차하는 수준으로 속도를 늦추고 배가 부두를 따라 이동할 때 사람들 속에 서 있는 자신의 모습을 그려보았다. 다들 흥분하며 감탄할 것이다. 선원이 연결줄을 던지면 여럿이 그걸 잡으려고 달려 나갈 것이다. 토미는 선교 위에서 밖을 흘끗 내다보다가 그를 쳐다보는 앰브로즈와 눈이 마주칠 것이다. 토미가 손을 들 테고 그러면 앰브로즈도……

앰브로즈는 홱 하니 차를 돌려서 충돌을 간신히 모면한 사람처럼 부들부들 떨며 부두를 빠져나왔다. 상상이라는 것을 알았기에 그 장면의 생생함이 앰브로즈에게 엄청난 충격을 주었다. 그는 집으로 가지 않고 해안 도로를 잠깐 달리다 유턴해서 방파제 옆에 차를 댔다. 거기서 지켜보더라도 입항식에 참석했다고 말할 수 있을 것이다. 밀물이 들었고 토미가 배꼬리를 돌리자 사람들 위로 워리어 2호가 어른어른 등장했다. 트롤선의 뱃머리가 가장 매력적이라는 사람들도 더러 있었고 관광객들은 주로 우리 배의 정면을 사진 찍었지만 우리는 그러지 않았다. 뱃머리는 모두 거기서 거기고 진정한 위용은 모든 장비가 갖추어진 배꼬리에서 드러난다. 거길 보아야 용량과 스타일 그리고 그 배가 어떤 짐승인지 알 수 있었다. 앰브로즈는 배의 사양을 이미 파악하고 있었고, 우리가 강력한 그물 인양기와 더블리치 크레인을 보며 한마디씩 하고 있다는 것을 알았다. 토미가 원한다면 그 배로 선망어업도 가능했지만 가장 압도적인 부분은 강철의 규모 그 자체였다. 워리어 2호는 아일랜드의 1세대 전강 트롤선이었다. 우리는 그런 성격이 아니라서 함성이나 환호성을 지르진 않았지만 배를 예의 주시했다. "토미가 잘했네." 우리는 이렇게 말했다.

앰브로즈는 볼 만큼 봤다는 생각이 들자 시동을 걸고 부두 옆을 지나지 않게 다시 유턴했다. 그제야 그는 자기 뒤로 방파제를 따라 주차되어 있던 차량 세 대를 보았다. 각 차마다 남자가 한 명씩 앉아 있었는데, 그와 같은 소형 선박 선장들로 모두 워리어 2호를 쳐다보고 있었다. 앰브로즈가 옆을 지나갔지만 아무도 서로 알은체하지 않았다.

앰브로즈는 다음 출항을 취소하고 싶었다. 고깃값이 변변치 않았고 중동 사태로 유가가 급등했으니 얼마든지 취소할 수 있었지만 그러자면 선원들에게 일일이 전화를 돌려야 했다. 그건 감당할 수 없었기에 그는 작업복을 갖춰 입고 새벽 3시에 부두로 나갔다. 워리어 2호는 페인트 냄새를 진하게 풍겼고 할로겐 등 불빛이 갑판의 아연도금에 반사돼 앰브로즈의 눈을 찔렀다. 선박들이 일렬로 계류 중이라 앰브로즈는 갑판을 세 개를 건넌 다음에서야 크리스틴 던호에 승선할 수 있었다. 조지프 맥브라이드가 타이어 펜더를 정리하고 있었다. 스티비 샤인은 테넌츠 맥주 두 캔을 숨기려고 얼음통에 우유를 쑤셔 넣고 있었다. 팀 오보이스는 엔진에 기름칠을 하며 뭐라고 중얼거리고 있었는데, 그는 쌍끌이 조업이 어그러진 것을 아주 못마땅하게 여겼다.

앰브로즈는 한마디 해야겠다는 생각이 들었지만 그럴 기분이 아니라서 "준비 잘돼가고 있나?"라고 묻고 대답은 기대하지 않았다. 던호는 바깥쪽에 계류된 배라 곧바로 출항할 수 있었지만 앰브로즈는 항구를 빠져나오며 왠지 모르게 켕기는 기분을 느꼈다. 그는 그 기분을 떨쳐버리고 싶어서 엔진의 출력을 높였다. 던호의 용골 구조상 스로틀을 올리면 뱃머리가 들려서 움직임이 가벼워졌다. 평소에는 이러면 앰브로즈의 기분이 좋아졌지만 오늘은 그걸로 부족했다. 항구라는 피난처를 벗어나자 던호를 덮친 단단한 공기가 모든 틈새로 파고들어 모든 것을 깨끗하게 날렸다. 앰브로즈는 속도를 더 높였다. 스태그스 오브 브로드헤이븐까지는 뱃길로 네 시간 거리였다. 그는 거기로 가서 바다의 지배 아래 있고 싶었다.

보름달이 구름 사이로 고개를 내밀었고 갑판에 달린 스포트라이트가 주변의 거품이 이는 파도를 비췄다. 승선 인원 모두가 혼자 있을 수 있는 공간을 찾아가 잠시 평온을 누렸다. 앰브로즈는 키를 잡았고 조지프는 파이프 담배를 물고 배꼬리에 자리를 잡았다. 스티비는 조리실에 있었는데, 라디오를 꺼놓아서 고요하게 느껴졌다. 이들의 귀에 엔진의 굉음은 더 이상 들리지 않았다. 팀은 자기 침대에서 타블로이드 신문을 보거나 "어부의 친구"라며 머리 위 선반에 꽂아놓는 야한 소설을 집어 들었다. 그 책들은 하나같이 상냥해 보이는 여자들이 표지에 그려져 있었고 제목도 『프랑스 정부』 아니면 『베르사유의 밤』이었다. 프랑스는 그 당시에도 여전히 성적인 매력이 있는 곳이었다. 스티비가 앰브로즈에게 차를 한 잔 가져다주었는데, 다행히 이런 상황을 두고 진부한 발언을 늘어놓진 않았다. 앰브로즈는 그가 맥주를 몰래 들고 왔다는 걸 알았지만 이번에는 그냥 넘어가기로 했다. 아무 말도 하고 싶지가 않았다.

그들은 새벽빛을 받으며 그물을 던져 북서쪽으로 끌고 가기 시작했다. 어군탐지기는 영 반응이 없었지만 앰브로즈는 데카

좌표를 외우고 있었고 전에도 여기서 고기를 잡은 적이 있었다. 빗방울이 갑판과, 조타실과 조리실의 유리창을 때리기 시작했다. 선원들은 조리실의 붙박이 테이블 앞에 앉았고, 앰브로즈는 문틀 이쪽과 저쪽에 한 발씩 딛고 조타실 입구에 서서 너울에 맞춰 무릎을 굽혔다 폈다 했다. 모두 흰 빵으로 말아서 토마토 케첩을 듬뿍 뿌린 소시지를 먹느라 잠잠했다.

"저는 영국에 갈까 생각 중이에요." 스티비가 말했다. 구체적으로 어디인지는 밝히지 않았다. 우리는 영국이 얼마나 길고 넓은지 감안하지 않고 막연하게 말했다.

"거기에는 일자리가 많지." 팀이 말했다.

조지프는 현명하게 고개를 끄덕였다. 그러니까 파이프를 입에 문 채 고개를 한 번 끄덕였다는 뜻이다.

"영국이라니." 앰브로즈는 무시하는 투로 말했다. "거긴 매일 밤 사람들이 칼에 찔리고 죽임을 당하는 곳이야."

파도가 점점 거세어졌고 그들은 다시 침묵 속으로 빠져들었다. 앰브로즈가 시인할 일은 없겠지만 통계적으로 볼 때 영국 거의 전역이 트롤선 갑판보다 더 안전했다. 그의 형제자매가 모두 거기서 살았지만 칼에 찔리거나 죽임을 당한 사람은 아무도 없었다. 앰브로즈가 어렸을 때는 그의 아버지를 비롯해 많은 남자가 1년 중 절반은 영국에서 일하고 봄에 돌아와 농사를 지었지만, 더니골에서 떠난 사람들은 이제 돌아오지 않았다. 아예 거기로 집을 옮겼고 여자들도 마찬가지였다. 거기로 가면 모두 사라져버리는 듯했다. 그의 형제자매들은 더니골을 여전히 고향이라고 불렸지만 찾아오는 일이 거의 없었다. 형제들은 앰브로즈에게도 건너오라고, 일자리를 마련해주겠다고 했지만, 그는 생각만 해도 슬프고 추웠다. 뭍으로 둘러싸인 마을의 사람들 속으로 섞여 들어가, 영국으로 건너간 또 한 명의 아일랜드인으로 살아갈 수는 없었다. 우리에게는 육체적인 이동보다 거기에 선행하는 거대한 내면의 변화가 더 의미심장했다. 영국으로 건너갈 수 있는 그런 인간이 되는 것 말이다. 술을 끊거나 하느님을 찾는 것처럼 성격이 갑작스럽고 급격하게 달라져야 가능한 일이었다. "아무개 요즘 안 보이네." 우리가 이렇게 말하면 "아, 영국에 갔어"라는 대답이 들렸다. 변심한 사람을 대하는 듯한 말투였다. 버밍엄, 맨체스터, 스윈던, 어디든 상관없었고 우리는 심지어 어딘지 묻지도 않았다.

세 시간 뒤에 그들은 그물을 끌어 올렸다. 흥분한 갈매기들이 울며 급강하했지만 윈치가 경쾌하게 돌아가는 걸 보면 잡힌 고기는 얼마 되지 않은 듯했다. 그물주머니를 갑판 위로 쏟아보니 기름값이나 간신히 충당할 만한 수준이었다. 청어가 있었지만 몇 마리 안 됐고, 기압 차로 인해 내장을 모두 쏟아낸 고등어와 개상어에 요즘 들어 자주 보이기 시작한 찌그러진 플라스틱 병이 섞여 있었다. 보잘것없는 어획물 사이에 섞여 있는 플라스틱 병보다 더 흉물스러운 건 없었다. 앰브로즈와 선원들은 바늘처럼 꽂히는 비를 맞으며 서 있었다. 굴뚝 연기가 어쩌다 한 번씩 그들을 감쌌는데, 냄새는 났지만 그래도 얼굴은 따뜻했다. 앰브로즈는 조타실로 물러나 생각을 정리하고 싶었지만 그럴 기회가 주어지지 않았다. "그물을 다시 한번 던질까요?" 스티비가 물었다.

앰브로즈는 좌우를 두리번거렸다. 해안에서 3~5킬로미터 거리에 피라미드 모양으로 우뚝 솟은 스태그스 돌산이 물안개 사이로 희미하게 보였고 다른 어선들도 마찬가지였다. 최근 들어 아이슬란드가 320킬로미터 배타 수역을 설정하는 바람에 아일랜드로 건너오는 어선이 많아졌고 앰브로즈 눈에 보이는 어선들도 모두 외국 어선이었다. 심해로 나선 프랑스 어선은 촘촘한 그물을 쓰고 있을 것이었다. 그들은 모든 걸 싹 쓸어갔고 중개업자들이 팔지 못할 생선은 없었다. 프랑스 사람들은 눈 달린 거라면 뭐든 먹었다. 거대한 러시아 어선은 조그만 보트를 사방에 거느리고 5킬로미터 멀리에서 계류 중이었다. 그들은 그물을 달고 앞뒤로 나란히 움직이며 해저를 탈탈 털어 모선을 채울 것이다. 양쪽 모두 조업 중이었지만 던호를 몰고 그 지점으로 접근할 수는 없었다. 그랬다가는 그물 줄이 잘릴 게 뻔했다.

"남쪽으로 가지. 스태그스 쪽으로 좀 더 붙여서." 앰브로즈가 말했다.

"너무 바짝 붙지는 말고요." 조지프가 파이프를 문 채 말했다.

이번에는 앰브로즈가 장비를 다룰 수 있게 조지프가 키를 잡았다. 그는 갑판으로 나가서 바삐 움직이며 잡생각을 떨쳐버리고 싶었지만 심기가 불편한 팀이 비, 파도, 아내 기타 등등 온갖 것을 두고 투덜거리는 통에 일에 집중할 수가 없었다. "집을 증축하고 싶으니까 돈을 모아야 한대요. 안 그러면 아내가 나를 잡아먹으려 들 거예요. 그런데 나는 방 하나 더 없어도 돼요. 싸우면 차에 가서 앉아 있으면 되거든요."

다시 조업을 시작하며 좀 전에 잡은 고기는 분류하고 상자에 담아 선창에 넣고 얼음을 채웠다. 작업이 금세 끝나서 다 같이 조리실로 들어갔다. 앰브로즈는 다시 문 앞에 섰다. 스티비는 차를 끓여서 담배를 말고 있는 팀과 함께 테이블 앞에 앉았다. 손가락이 잘린 팀은 한 손으로 담배 마는 법을 터득했다.

"그러고 보니 어쩌다 손가락이 잘렸는지 들은 적이 없네." 앰브로즈가 말했다. 그가 10분 만에 처음으로 꺼낸 말이었는데, 목소리에 날이 서 있는 걸 키를 잡은 조지프마저 느낄 수 있었다.

"아시잖아요." 팀이 담배 종이를 입 바로 앞까지 가져가다가 멈추고 말했다.

"줄에 걸렸다는 건 알지. 그거 말고 자세한 내막 말이야. 넋두리 늘어놓을 때는 이러쿵저러쿵 말이 많은 사람이 왜 그래." 앰브로즈가 말했다.

팀은 시선을 떨어뜨리고 담배에 집중했다. 접시 하나가 테이블 위에서 미끄러졌지만 그는 접시를 고무 매트 위에 올려놓지 않고 그냥 이리저리 돌아다니도록 내버려두었다. 한동안 침묵이 흘렀고 그렇게 끝나나 보다 싶었을 때 앰브로즈가 느닷없이 말을 덧붙였다. "손가락이 두어 개만 있어도 할 수 있는 일이 참 많단 말이지. 엄지손가락이 없으면 곤란하겠지만. 자네는 엄지손가락은 남아 있어서 다행이야, 그렇지 않아?"

스티비가 신경질적으로 피식 웃었다. "선장님, 왜 그러세요. 손가락이 잘렸는데 다행이라뇨."

팀은 계속 아무 말도 하지 않고 성냥을 켜서 담배에 불을 붙였다. 성냥불이 그의 심정을 대변했다.

스티비가 이리저리 돌아다니는 접시 위에 손을 얹고 말했다. "이제 그물을 끌어 올릴까요?"

이번에도 별 소득이 없었다. 오늘은 허탕 치는 날이었다. 앰브로즈는 곧장 조타실로 들어가 계속 거기 있기로 마음먹었다. 물고기가 펄떡이는 것처럼 뱃속이 불편했다. 그는 그 느낌을 뭐라고 표현하면 좋을지 몰랐지만 남들 같으면 스트레스 반응이라고 했을 것이다. 그는 자기 가족만 부양하면 되는 것이 아니라 선원들의 생계도 책임져야 했다. 팀은 사라져주면 고마울 테고 스티비도 걱정할 게 없지만 조지프는 다른 배에 빼앗길까 봐 불안했다. 그는 아크릴 창문을 내리고 갑판에 있는 선원들에게 말했다. "조금 쉬다가 스태그스 쪽으로 다시 가보자. 갈매기 떼가 그쪽 수면 위에 잔뜩 앉아 있는 걸 봤어."

"새를 따라가보자는 건가요?" 조지프가 철학적인 질문을 하는 투로 물었다.

앰브로즈는 장단점이 있는 계획이란 걸 시인하는 뜻에서 고개를 옆으로 한 번 까딱였다. "옛날 어른들은 그렇게 했거든."

"염병." 팀이 다 들릴 정도로 크게 중얼거렸다.

가까이 다가가자 인력 비슷한 것이 바다에서 느껴지는데도 자욱한 보슬비에 가려 스태그스가 보이지 않았다. 갈매기들이 안개를 헤치며 빙글빙글 날아다니는데, 과연 한 녀석이 물고기를 물고 있었다.

"다른 지점을 찾아야겠어요. 보아하니 저 녀석이 이 일대 물고기 절반은 먹어치웠겠어요." 스티비가 모두에게 외쳤다.

아무도 웃지 않았다. 앰브로즈가 좌현 쪽으로 키를 홱 하니 꺾자 실린 게 많지 않은 던호가 춤을 추었다. 스태그스가 유발하는 역류 때문에 물살의 흐름을 예측할 수 없으니 선체가 묵직하게 가라앉아 있으면 좋겠지만 어군탐지기를 켜자 화면이 짙은 막대로 뒤덮였다. "저 아래에 물고기가 시커멓게 깔렸어!" 그가 외쳤다.

그들은 그물을 던지고 스로틀을 올려 개방 수역으로 향했다. 그물이 풀리는 속도를 보고 스티비가 환호성을 질렀고 조지프는 파이프를 꽉 문 채 빗속에서 씩 웃었다. 앰브로즈는 장비를 워낙 잘 알기에 운전자가 트렁크에 실린 짐을 느끼듯 그물에 물고기가 모이는 것을 느낄 수 있었다. 그런 식으로 한 시간쯤 달렸을 때 선체가 전체적으로 휘청이더니 멈추는 바람에 모두가 앞으로 고꾸라졌다. 키에 부딪혀 앰브로즈의 이가 하나 나갔고, 팀이 아끼던 머그잔이 박살 났다. 다른 배와 부딪친 느낌이었지만 그건 아니었다. "배가 걸렸잖아요." 팀이 고함을 질렀다. "걸렸다고요, 빌어먹을 바보 선장님아."

앰브로즈는 입을 꾹 다물고 피를 삼키며 허둥지둥 배꼬리 쪽으로 다가가 내다보았다. 그물의 강철 케이블이 기타 줄처럼 팽팽했다. 던호는 완전히 멈춰 섰지만 파도가 높이 쳐서 위로 들릴 때마다 뒤로 밀려가는 것처럼 느껴졌다. 그는 입술을 오므려

피를 뱉고 말했다. "내가 살살 돌려서 탈출할 테니까 다들 쉬고 있어. 스티비, 와서 내 이 좀 찾아줘."

앰브로즈도 허영심이 없는 성격은 아니라 맨 먼저 이부터 찾아서 잇몸에 쑤셔 넣고 뿌리가 자리를 잡을 수 있게 고무 링을 세게 물었다. 그러고는 조타실에서 윈치를 돌렸다. 윈치가 낑낑거렸지만 그물을 끌어당기기에는 역부족이었다. 오히려 배꼬리가 흘수선까지 잠겨 높은 파도가 갑판 위를 덮쳤다. 앰브로즈는 엔진 출력을 높이고 던호를 이쪽으로 30도, 그런 다음 저쪽으로 30도 돌리며 빠져나가보려고 했다. 해저와 이런 식으로 줄다리기를 하느라 선체가 늘어나고 뒤틀리는 게 느껴졌다. 선원들은 해치를 전부 꼭 닫고 조리실에 옹기종기 앉아 있었다. "그물을 포기해야 해요. 그물을 잘라요." 팀이 외쳤다.

앰브로즈는 고무 링을 뱉었다. "주전자에 물이나 끓여."

그는 그물을 포기할 생각이 없었다. 잡은 물고기 때문이 아니라 그물값이 3000파운드가 넘어서였다. 그물을 붙잡고 재미있어하는 해저의 못된 암초를 상상해보았다. 그는 가끔 아주 억울한 기분이 들 때가 있었다. 소변이 마려워져 조지프에게 키를 맡길 수도 있었지만 먼저 그물을 빼낸 다음 시원하게 갈기기로 마음먹었다. 파도를 거의 옆으로 들이받을 듯이 뱃전을 돌리자 아래에서 케이블이 선체를 잡아당겼고 갑판 위로 물이 넘쳤다. 현장 뱃전 울타리 판자 하나의 끝부분이 튕겨져 나왔다. 팀이 욕을 하는 소리가 들렸고 조지프가 그의 곁으로 달려왔다. "배를 위험에 빠트리면서까지 이럴 필요 없어요. 다른 그물도 상태

The Boy from the Sea

가 좋으니까 한 시간 안으로 조업을 다시 시작할 수 있잖아요."
그가 조언했다.

"그물을 사려면 돈이 드니까 그렇지." 앰브로즈가 말했다.

"그물 자를게요." 조리실에서 팀이 고함을 질렀다.

"꼼짝하지 마!"

앰브로즈는 부아가 불덩이처럼 안에서 치밀어 올랐고 소변
이 방광에서 부글거리는 것이 느껴졌다. 뒤편 조리실에서 묵직
하게 덜거덕거리는 소리가 들렸다. 팀이 의자 아래에서 공구 상
자를 꺼내느라 스페어 볼트끼리 서로 부딪쳐서 나는 소리였다.
"팀한테 가서 쇠톱 근처에는 얼씬도 하지 말라 그래, 그거 쓸 일
없다고!"

"준비해놓는 편이 좋죠. 우리가 얼른 대처해야 할 수도 있으
니까요." 조지프가 말했다.

'우리'라는 단어가 앰브로즈의 폐부를 찔렀다. 키를 돌려 던
호로 크게 원을 그리는데 손끝이 화끈거렸다. 예인줄과 널빤지
에서 긴장이 풀렸고 싸움을 포기하자 선체 전체가 편안해졌다.
거의 빈 거나 다름없던 던호는 너울과 함께 넘실거렸고 꼬박
3초가 지난 뒤에 프로펠러가 다시 바다를 가르기 시작했다. 앰
브로즈는 스로틀을 좀 더 열었다. "자, 시작이다." 조지프가 중얼
거렸다.

앰브로즈는 속도를 높여서 그물을 낚아챌 생각이었다. 아래
에서 장비가 뒤틀리고 잡은 물고기들은 으깨어져 곤죽이 됐지
만 그물은 건질 수 있었다. 조지프는 뒤로 물러나 문틀에 몸을

지탱했다. 스티비는 두 다리로 테이블 기둥을 감고 자기 배와 이마를 톡톡 두드렸다. 그는 아직 젊어서 성호를 그을 줄 알았다. 팀은 그의 옆에서 무표정하게 담배를 피우며 오로지 반항심 하나로 마음의 준비를 거부했다.

강도가 조금씩 고조되다가 충격이 그들을 강타했다. 의자를 따라 미끄러진 스티비가 팀을 들이받았지만 팀은 꿈쩍하지 않았다. 앰브로즈는 유압 장치를 얼른 가동시켜 윈치를 최대 출력으로 돌렸다. 던호의 뱃머리가 높이 들렸고 대서양 바닥이 케이블을 당겼다. 윈치 드럼이 뜨거워졌고 윤활유는 물보다 묽어졌다. 쿵 하는 굉음과 뒤틀리는 소리에 이어 던호의 전신이 떨리며 나무 쪼개지는 소리가 들렸다. 윈치가 그대로 멈췄고 뱃머리가 아래로 추락했다. 무슨 일인지 알아보려고 벌떡 일어난 스티비의 어깨가 떨구어졌다. 앰브로즈는 차마 눈으로 확인하지 못하고 스티비가 상황을 설명하는 소리만 들었다. 윈치는 아직 갑판에 단단히 박혀 있었지만 널빤지 예닐곱 개가 뜯겨 그 일대 갑판이 들리고 나사못이 뽑혔다. "이제 그만 집으로 돌아가야겠어요." 스티비가 말했다.

엄청난 타격이었다. 수리비와 조업 중단 기간은 둘째 치고 그물을 잘라서 바다 밑바닥에 버리고 가야 했다. "내가 배를 타기 시작한 뒤로 이렇게 끔찍한 참사는 처음이네." 팀이 쇠톱을 집어 들며 말했다.

앰브로즈는 눈을 감고 키에 이마를 얹었다.

5

우리는 한두 번의 실수로 사람을 판단하는 부류가 아니었다. 만약 어떤 실수가 땅에 난 구멍처럼 큼지막하고 눈에 확 띄어서 아는 체할 수밖에 없다면 짚고 넘어가더라도 비난하는 말투가 되지 않게 조심했다. "실수를 했나 보네." 이런 식으로 말했다. 크레인 기사가 후진하다가 키니의 집 대문 기둥을 들이받아 장식용 독수리를 박살 냈을 때도 우리는 안타까워했다. "키니의 집 옆 도로가 좀 좁아야 말이지." 잭 보일이 핸드브레이크가 고장난 차를 몰고 다니다 법원에서 300파운드 벌금형을 받았을 때도 우리는 "요즘은 옛날처럼 차를 제대로 만드는 회사가 없어"라고 했다. 이것이 우리의 태도이자 방침이었다. 이러니저러니 해도 우리는 자기 자신을 긍정하며 더불어 살아야 했다. 하지만 돈에겐 그런 배려가 없었다. 돈은 앙심을 품었다. 던호에서 벌어진 사고 소식을 들었을 때 우리는 아무도 앰브로즈를 나무라지 않았지만 보너 부부가 골치 아프게 됐다는 것은 알아차렸다. 그들은 거액의 담보 대출에 묶여 있었고 안 그래도 높은 금리가 점점 치솟고 있었다. 인정사정이 없었다.

그 후로 몇 달 동안 크리스틴이 쥐고 있어야 하는 돈의 액수가 점점 줄어들었다. 처음에는 20파운드가, 그다음에는 10파운드가 큰돈이 되었다. 어느 날엔가는 정신을 차려보니 노상 돈 걱정을 하고 있었다. 돈이 그녀의 삶을 지배하고 있었다. 돈이 빠듯하다 보니 크리스틴과 필리스 사이에서 강제 만남이 성사됐다. 크리스틴은 그쯤이면 중립지대인 것 같다는 생각에 멜리스 카페에서 만나자는 쪽지를 남겼다. 카페에 도착해 보니 필리스가 이미 차를 한 주전자 시켜놓고 앉아 있었다. 그날 아침에는 포클레인 기사와 수산물 중개업자 몇 명이 콩과 감자튀김을 먹고 있을 뿐이라 조용했다. 크리스틴은 필리스의 맞은편에 앉았지만 두 사람 다 차를 따를 생각이 없었기에 스테인리스스틸 찻주전자는 두 사람 사이에 놓여 티백만 계속 우리고 있었다.

"아버지는 좀 어때?" 크리스틴이 물었다.

"여전해." 필리스가 말했다.

한 손님이 나가자 문이 벌컥 열렸다가 다시 닫히기까지 한세월이 걸렸다. 갈매기 울음소리, 트럭 지나가는 소리, 생선 상자가 쿵쿵거리며 경매장으로 실려 가는 소리가 들렸다.

"이제 더는 돈을 줄 형편이 못 돼서." 크리스틴이 말했다.

필리스는 이런 상황을 예견하고 있었다. "그럼 나는 어떻게 살라는 거야?" 그녀는 당장 따지고 들었다. "아버지의 연금은 없는 거나 다름없는데."

"언니가 공장에서 몇 시간이라도 일을 하면 되잖아."

"그럼 아버지 혼자 어떻게 지내시라고?"

"아버지가 그 정도로 아무것도 못하시진 않아. 주전자를 옆에 놔드리면 혼자 차를 끓여 드실 수 있어. 나중에 아니라고 딱 잡아떼시긴 했지만, 나는 아버지가 토스트 만드는 것도 한 번 본 적 있어. 아버지가 어느 정도 독립하면 언니한테도 좋지 않겠어?"

필리스는 도움을 청하려는 듯, 버스에서 지저분한 노인이 치근덕거려서 자리를 피하고 싶기라도 한 듯 카페를 두리번거렸다.

"일하기 싫으면 실업수당이라도 신청하든가." 크리스틴이 말했다.

필리스의 콧구멍이 벌름거렸다. "그게 무슨 소리니? 나 실업자 아니야. 나보다 더 바쁜 사람 본 적 있어? 실업수당이라니!"

이런 식으로 펄쩍 뛰는 것을 보면 필리스가 실업수당을 신청할 생각은 조금도 한 적이 없는 것 같겠지만 그건 아니었다. 세탁소 옆 뒷골목에 실업수당을 신청하는 사무소가 있었고 필리스가 거기 들어가는 것을 본 사람이 있었다. 그녀는 지나가는 사람이 아무도 없을 때까지 차 안에 앉아 있다가 슬그머니 들어가 등 뒤로 조용히 문을 닫았다. 들어간 뒤에는 핸드백을 움켜쥐고 문 바로 앞에 서 있었다. 그 방은 길었고 의자 하나 없었다. 벽은 병원 화장실과 같은 색이었고 걸린 것이 아무것도 없었다. 유용한 정보가 적혀 있거나 신청 자격을 안내하는 포스터도 없었다. 그 당시에는 자격이 아니라 구제의 개념이었다. 창문들이 비바람에 시달려 도시락 뚜껑처럼 부예진 아크릴로 되어 있기에 빛의 출처는 대부분 형광등이었다. 한쪽 벽에 나무 카운터가 있었고 그 맞은편의 조그만 창구 안에서 링 바인더가 탁 하고 닫히는 소리가 들렸다. 잠시 후 어떤 여자의 머리 꼭대기가 보여 필리스는 숨을 참았지만 여자는 시선을 아래로 고정하고 서류에 날짜만 적었다. 필리스가 앞에 서 있는 것을 알아차렸다 한들 돌런 부인은 전혀 티를 내지 않았다. 누가 창구 앞으로 다가가도 그녀는 그들의 눈을 쳐다보지 않고 돕는 편이었다. 우리 모두 이것을 기분 나쁘게 받아들이기보다 올바른 태도로 여기고 고마워했다. 돌런 부인은 라디오를 틀어놓거나 크리스마스 장식을 달지도 않았다. 실업수당 사무소는 자아 성찰의 공간이라야 했다. 짙은 색 나무와 반질반질하게 닳은 바닥 때문에 고해실 내부처럼 느껴졌고 그래서 적절해 보였다. 창구 앞으로 몸을 내밀고 고개를 숙인 돌런 부인에게 우리의 모자람과 결핍과 필요를 조그맣게 고백해야 했으니 말이다.

필리스는 거기까지 가지도 않았다. 들어간 지 몇 초 만에 몸을 돌려서 도망쳤다.

"참 어이가 없지 뭐야." 멜리스 카페에서 필리스가 말하자 크리스틴은 마음의 준비를 했다. 그 말 뒤로는 항상 끔찍한 폭언이 이어지기 때문이었다. "아버지는 아무것도 모르니까 나를 시녀 취급할 수밖에 없다 쳐. 하지만 너는…… 돌 위에 버려진 아이는 거두면서 자기 혈육은 거들떠보지도 않는단 말이지. 내가 이 자리에 나온 이유는 그분이 우리 아버지고 오솔길을 조금 올라가면 나오는 집에 아직 살고 계시다는 사실을 일깨워주기 위해서야."

크리스틴은 찻주전자를 집어서 죄책감을 달래며 조심스럽게 차를 따랐다.

"하!" 필리스가 큰 소리로 의기양양하게 외쳤다. 카운터에 있던 직원이 돌아보았다. 필리스는 언성을 낮추고 말했다. "나 혼자 아버지를 맡아야 한다면 내 식대로 하겠어."

"그래. 그럼 그렇게 해." 크리스틴은 말했다.

차는 기름처럼 시커멨고 김이 나지 않았고 두 사람 다 마시지 않았다.

결국 일자리를 구한 사람은 크리스틴이었다. 수산물 가공 공장이 아니라 일주일에 몇 번 오후에 호텔 청소를 하는 자리였다. 돈은 계속 지원됐지만 그런 대화를 나눈 뒤로 심기가 불편해진 필리스는 불만이 심해졌고 다른 것들까지 바라게 됐다. 돈이 도움이 되긴 했지만 보너 부부는 전반적으로 좀 더 발 벗고 나서야 했다. 그녀는 이듬해 여름 대부분의 선단이 항구에 머무는 비수기에 해마다 열리는 어선 축복식에서 이런 생각을 행동으로 옮겼다. 그 자리에는 우리 마을 주민 수백 명이 참석했다. 필리스와 크리스틴은 어렸을 때부터 항상 제일 좋은 옷을 입고 머리를 리본과 함께 땋은 뒤 부모님과 함께 참석했다. 성큼성큼 앞장서는 유년을 따라 마을까지 걸어갔다. 나중에 크리스틴은 민망한 행사라는 판단 아래 가지 않겠다고 했지만 필리스는 계속 동행했다. 의무를 다하는 삶에 품위가 있다는 믿음 때문이었지만 이제는 별로 확신이 없긴 했다.

아침 식사를 하는 자리에서 아버지가 축복식 행사에 참석하고 싶다고 선언하자 그가 점퍼를 입는 동안 필리스는 먼저 차로 나가 아버지의 긴 다리가 불편하지 않게 조수석을 뒤로 끝까지 밀었다. 그녀는 아버지가 두 개짜리 계단 앞에서 몸을 비스듬히 돌려 옆으로 내려오는 것을 지켜보았다. 조만간 지팡이를 짚고 다녀야 할 것이다. 그 말을 꺼내야 하는 때가 오면 또 한바탕 난리가 나겠네. 필리스는 생각했다. 유년은 차 옆에서 자세를 잡은 뒤 안으로 올라탔다. 효과가 있다고 믿지 않았기에 안전벨트는 하지 않았다. 필리스는 시동 키를 엄지와 집게손가락으로 잡고 돌리려다가 멈추었다. 가지 않겠다고, 아버지와 어선 축복식에 동행하지 않겠다고 결심한 때가 바로 그 순간이었다. 그녀는 시동을 걸었지만 동생의 집까지 고작 20초를 운전하고는 차를 세웠다. 유년은 아무 말도 하지 않고 왜 그러느냐는 듯한 눈빛으로 그녀를 쳐다보았다. 안경 때문에 눈이 커다랗게 보였다.

"잠깐 다녀올게요." 그녀는 말했다.

그는 왈가왈부하지 않고 앞을 보며 기다리는 자세를 취했다.

필리스가 노크하자 크리스틴이 문을 열어주었다. 손에 젖은 수건을 들고 있었다. 집 안이 정글처럼 습했고 퍼실 세제 냄새가 풍겼다. "아버지가 어선 축복식에 가고 싶으시대." 필리스는 말하고 차 키를 내밀었다. "이제 네 차례야."

크리스틴은 차 키를 무시한 채 문 바로 앞 라디에이터에 수건을 널었다. 라디에이터와 벽 사이에 껴서 쭈글쭈글해지지 않게 팽팽하게 너는 것이 중요했다. 그러지 않으면 마르는 데 시간이 더 오래 걸리고 벽에 습기가 스며들 것이다. 그녀는 이 일에 엄청 공을 들였다.

필리스는 차 키를 흔들었다.

크리스틴이 고개를 돌려 필리스를 잠시 응시하다가 손바닥을 내밀었다. 필리스는 그 손바닥 위에 차 키를 떨어뜨리고 더는 아무 말 없이 자기 집으로 갔다.

"그래." 크리스틴은 말했다. 그녀가 몸을 돌려보니 브렌던이 지켜보고 있었다. 아이들은 이제 일곱 살과 아홉 살이었다. 그녀는 브렌던에게 어선 축복식에 가야 하니 세수하라고 시키고 데클란을 찾으러 밖으로 나갔다. 그 시절에는 아이들이 집 안이 아니라 주로 집 밖에서 시간을 보냈다. 누가 봐도 좀 더 건강한 방식이었다. 데클란은 생선 상자 안에서 돌로 경량 콘크리트 블록에 15센티미터짜리 못을 박고 있었다. 그녀는 아이를 안으로 데리고 들어가 번듯한 점퍼를 입으라고 했다. 앰브로즈는 텔레비전을 보고 있었다. 그는 자기 트롤선이 축복받는 광경을 지켜보고 있을 필요성을 느끼지 못했지만 크리스틴이 모자를 건네자 일어나서 모자를 썼다.

집 밖으로 나가자 브렌던이 앞서가던 데클란 옆으로 다가가 팔을 건드렸다. "우리 어선 축복식 보러 간대." 브렌던은 형과 함께 하루를 보낼 생각에 신난 목소리로 말했다. 브렌던은 형과 다니는 것을 좋아했지만 데클란은 시큰둥하게 아무 반응도 하지 않는 경우가 대부분이었다. 이번에도 데클란은 무반응으로 응수하고 모든 게 정말 짜증이 난다는 듯 씩씩대며 주머니에 손을 쑤셔 넣었다.

앰브로즈가 차 뒷자리에 올라타고 브렌던이 그 옆에 앉았다. 앉을 공간이 넉넉했지만 데클란은 브렌던이 자기와 아버지 사이에 앉는 것을 용납할 수 없었다. 그래서 다른 쪽 뒷문으로 빙 돌아갔다. "또 그런다." 앰브로즈는 이렇게 말했지만 데클란이 옆에 앉을 수 있게 가운데로 자리를 옮겼다. 늘 그런 식으로 부모는 그 상황을 익숙하게 받아들였다.

크리스틴이 앞자리에 올라타 시동을 걸었다. 유넌은 운전자가 바뀐 것을 두고 아무 말도 하지 않았다. 어느 딸이든 그에게는 상관없었다.

엄청난 인파가 부두에 모여 이리저리 거닐며 주교를 기다리고 있었다. 서로 인사하고 잡담을 나누고 아기들이 악을 쓰는 소리가 경매장 지붕 위에서 울어대는 갈매기 소리와 섞였다. 다른 17미터급 어선들 사이로 던호가 보였다. 모두 부두와 직각을 이루며 여러 줄로 나란히 정박해 있었는데, 부두 반대편에 정박한 거대한 파란색, 빨간색, 초록색, 하얀색 강철 선박에 비하면 하나같이 구식 같아 보였다. 뒤섞인 돛대와 안테나가 길게 늘어선 만국기와 잘 어울렸다. 우리 아이들은 트롤선 난간 안쪽에

줄지어 앉았다. 뱃전에 다리를 대롱대롱 늘어뜨렸고 끈적끈적한 막대 아이스크림 부스러기가 묻어서 얼굴이 알록달록했다. 크리스틴이 차를 대자마자 유년은 내려서 밖으로 나갔고 축복식이 잘 보이는 자리를 찾아 인파를 헤치며 앞장서 갔다. 보너 가족은 그 뒤를 따랐다.

놀랍게도 와보니 크리스틴은 전에 없이 즐거웠다. 온 가족과 함께 마을을 걷는데, 자부심이 마음속에서 샘솟았다. 심지어 아버지가 앞에서 인파를 헤치며 당당하게 걷는 것조차 흐뭇했다. 못되게 굴 때도 있었지만 그는 힘들게 인생을 살아온 사람이었다. 그녀는 입을 가리고 현재의 관심사를 소곤소곤 얘기하며 두세 명씩 짝을 지어 돌아다니는 여자아이들을 바라보았다. 그 나이 때 크리스틴은 어른이 돼서도 이 마을에서 살게 될 줄 몰랐다. 멀리, 멀리 떠날 생각이었다. 하지만 그녀는 지금 즐거운 시간을 보내고 있었다. 익숙한 의식 속에서 소속감을 느끼고 있었다. 그녀와 앰브로즈는 여기저기서 걸음을 멈춰 다른 부부들과 대화를 나누며 아이들이 튼튼하다고 아니면 훌쩍 자랐다고 칭찬을 주고받았다. 우리는 얌전히 서 있는 그 집의 두 아들을 시장에 나온 소처럼 뜯어보고 평가했다. 몇 명은 다가가 어깨를 붙잡고 살짝 흔들어보기까지 했다.

앰브로즈와 토미는 여전히 친하게 지냈지만 워리어 2호가 연장 공사를 받고 있어서 다행이었다. 그 배를 보면 기분이 나빠질 수 있었을 것이다. 앰브로즈는 잡담을 나누며 모두를 편안하게 대했다. 그는 악수를 좋아하기로 유명했지만 이 자리에는 사람이 워낙 많아 전에 심하게 다툰 적 있는 남자들에게는 악수를 아꼈다. 크리스틴은 대화를 나누는 그를 훔쳐보며 대체로 만족스러운 남편이라고 다시 한번 생각했다. 머리칼이 희끗희끗해져가고 이제는 전처럼 날렵하지 않았지만 그래도 여전히 일주일에 몇 번씩 놀라운 말을 했고, 열심히 일했고, 도박장 근처에는 얼씬도 하지 않았다. 술을 과하게 마시지도 않았다. 그건 특히 폭음을 일삼는 사람들에게 존경받는 부분이었다. 그는 이방인 특유의 중립성을 아직까지도 소중히 여겼고 영리하게 간직했다. 뒷담화에는 절대 끼어들지 않았고 크리스틴과 둘이서 얘기할 때도 어떤 사람의 행동에서 숨겨진 의도를 찾지 않고 가장 긍정적인 방향으로 해석했다. 처세술인지 정말 아무 생각이 없는 건지 알 수 없었지만 어느 쪽이 됐건 대체로 바람직한 일이었다.

그런가 하면 두 아이는 그보다 더 큰 자부심의 원천이었다. 그녀는 아이들에게 가장 좋은 셔츠를 입히길 잘했다는 생각을 했다. 두 아이는 앰브로즈를 사이에 두고 조금 앞장서서 부둣가를 걷고 있었다. 데클란은 빠르게 덩치가 커지고 있었고, 딱 자기 아버지처럼 얼굴이 불그스름했으며, 눈썹이 새까매서 성질을 내면 실제보다 더 화난 것처럼 보였다. 혼자 있을 때 성격이 제일 좋아서 가끔 재미있는 말로 그녀를 웃기고, 난로 주변을 쓸고 빨래를 돌리는 등 집안일도 잘 도와주었다. 브렌던은 너무 심한 몽상가라 그런 면에서는 쓸모가 없었다. 머리는 까맸지만 눈썹은 거의 보이지 않을 정도로 색이 연해서 솔직하고 순수해 보였다. 아직 어려서 지금도 손을 내밀어 아버지의 손을 잡았다.

데클란은 단박에 그걸 알아차렸고 크리스틴은 데클란의 인상이 구겨지는 것을 보았다. 얼마 전 같았으면 소외되기 싫어서 앰브로즈의 다른 쪽 손을 잡고 심지어 꾀를 내서 아버지를 자기 쪽으로 끌어당겼을지 모른다. 하지만 이제 손을 잡기에는 너무 나이가 많다는 생각이 들었는지 속도를 높여 할아버지 곁으로 갔다. 크리스틴은 데클란이 유넌과 정서적으로 점점 가까워지고 있는 것을 전부터 느끼고 있었다.

유넌은 앰브로즈의 배가 가장 잘 보일 만한 자리가 눈에 들어오자 그쪽으로 걸음을 옮겼다. 사람들이 알아서 길을 터줄 거라고 생각했고 우리는 정말로 그랬다. 보너 가족은 그의 뒤로 옹기종기 모였다. 앰브로즈는 아이들을 가장자리로 데려가며 물에 빠지지 않게 조심하라고 했다. 줄줄이 정박한 선단 때문에 주교는 보이지 않았지만 털털거리는 선외 엔진 소리만 들려도 다들 목소리를 낮췄고 담배를 피우던 사람들은 밟아서 껐다. "이제 나오신다." 맥캐퍼티 집안의 여자아이 한 명이 말하기 무섭게 겹판식 선체 뒤편에서 주교가 등장해 뱃머리에 섰다. 산들바람에 주교복이 부풀었다가 꺼졌고 칼라가 어깨 뒤로 날렸다. 미트라는 쓰지 않았다. 미트라를 썼다가는 감당하지 못했을 것이다. 그 배는 앨트코르 커런 집안의 에드 커런 소유였다. 아들이 의대생인 그 집안과 아들이 감옥에 있는 부냐고 커런 집안을 헷갈리면 안 됐다. 에드는 선외 엔진이 달린 뒤편에 웅크리고 있었는데, 평소에는 잘 빗어서 대머리를 덮었던 흰머리가 이리저리 휘날렸다. 어업협회의 조 맥기도 머리에 바른 기름을 햇빛에 반짝이며 양복 차림으로 배 위에 서 있었다. 그들은 선외 엔진 돌아가는 소리를 내며 선단을 따라 움직였고, 주교는 이 일을 위해 들고 온 반짝이는 뿌리개로 각 배의 뱃머리에 성수를 뿌렸다. 그가 외는 기도문은 들리지 않았지만 입술이 달싹이는 것은 보였다. 거세어진 바람이 물살을 일으키자, 배가 심하게 흔들리지는 않았지만 주교는 서서 하면 안 되겠다 싶었는지 거기서부터는 앞쪽 의자에 앉아서 축도했다. 이로 인해 행사의 볼거리가 줄어들자 사람들이 웅성거렸다. 50킬로미터 가까운 먼 거리를 왔는데 주교의 뒷모습만 보게 된 사람도 있었던 것이다. 유넌도 투덜대는 사람 중 한 명이었다.

"아유, 아버지, 저분 일흔이 넘었어요." 크리스틴이 말했다.

"나도 일흔이 넘었다만 저런 식으로 나이 먹은 티를 낼 일은 없을 거다." 유넌이 말했다.

주교가 던호 앞에 다다르자 앰브로즈는 두 아들의 어깨에 한 손씩 얹고 행사에 참석하길 잘했다는 생각을 했다. 보람 있는 순간이었다.

"성수를 제대로 뿌려주지도 않네." 유넌이 말했다.

주교가 탄 배가 움직이자 우리도 계속 보고 싶은 마음에 따라서 움직였다. 앰브로즈와 크리스틴은 사람들과 속도를 맞췄지만 주교의 점수를 깎은 유넌은 부아가 나서 천천히 걸었다. 데클란이 할아버지와 함께 뒤로 처지자 형의 관심을 받고 싶었던 브렌던도 덩달아 뒤에서 걸었다. "나 4펜스만 더 있으면 마스 초코바 살 수 있어." 브렌던이 데클란에게 말했다.

The Boy from the Sea

"꺼져." 데클란은 말했다.

좀 더 큰 어선들이 바람을 막아주는 곳에 다다르자 주교의 기도문이 들렸고 상황이 어느 정도 진정되자 그는 다시 일어났다. 우리는 기뻐하며 모든 걸 용서할 수 있었지만, 유넌은 주교가 바뀔 때까지 이후로 모든 축복식을 거부할 태세였다. 마지막 트롤선까지 축복이 끝나자 주교가 탄 배는 선착장 쪽으로 다시 사라졌고 우리는 담뱃불을 붙이며 뿔뿔이 흩어졌다. 크리스틴과 앰브로즈는 부둣가의 마을 방향 끝 쪽에서 유넌과 데클란을 만났다. "브렌던은요?" 크리스틴이 물었다.

"너랑 같이 있는 거 아니었냐?" 유넌이 말했다.

크리스틴은 손으로 입을 막았다. 데클란은 배의 밧줄을 매는 말뚝 위로 올라가 부두 이쪽저쪽을 살폈다. 책임감이 갑작스럽게, 예상보다 훨씬 강력하게 데클란을 엄습했다. 앰브로즈는 몸을 홱 돌렸지만 브렌던이 보이지 않자 부둣가로 달려가 수면을 살폈다. 남자아이가 사람 많은 부두에서 아무도 모르게 바다로 떨어질 수 있다는 것을 못 믿을 사람도 있겠지만 앰브로즈는 그렇게 어리석지 않았다. 그는 어느 날 캐슬타운베어에서 출항한 아드 로넌호의 갑판 위에서 선원 네 명과 흰살 생선에 무릎까지 파묻은 채로 생선을 분류하고 손질해서 상자에 담는 작업을 한 적이 있었다. 그들은 고개를 숙이고 열심히 일했다. 파도가 일었지만 특별할 건 없었고 비도 보슬비였는데, 꼬박 1분이 지난 다음에서야 그중 한 명이 보이지 않는다는 사실을 알아차렸다. 나중에 서로 확인했다시피 아무리 길어야 1분이었다. 앰브로즈는 동료가 서 있던 자리를 빤히 쳐다보다가 몇 초 뒤에 비로소 일직선으로 쭉 뻗은 수평선의 의미를 알아차렸다. 발을 헛디뎠을까, 정신을 잃었을까, 핏물에 미끄러졌을까? 알 길이 없었지만 일주일 뒤에 그의 시신이 떠밀려 왔고 앰브로즈는 깊은 깨달음을 얻었다. 바다는 조용히 우리를 삼킬 수 있었다. 우리는 식욕이 어마어마한 괴물 옆에서 살며 일을 하고 있었다. 한 발짝만 너무 가까이 다가가도 비명조차 지를 겨를 없이 마지막 숨결 말고는 아무것도 남기지 못한 채 사라질 수 있었다.

앰브로즈는 소리를 지르며 부둣가를 달렸고, 상황을 알아차린 다른 사람들이 앞쪽으로 소식을 전했다. "브렌던 보너가 물에 빠졌대!" 그런 비상사태가 벌어지면 가장 덩치가 큰 어부들도 사슴처럼 벌떡 일어날 수 있었기에 그들은 이제 사다리 쪽으로 달려갔다. 어떤 아이였어도 우리는 똑같이 신속하게 대처하고 걱정했겠지만 분명 공동체적이고 적극적인, 남다른 느낌이 있었다. 이 아이는 조금 신비로운 경로로 우리 곁을 찾아왔다고 누구나 인정할 수밖에 없는 브렌던 보너였다. 항상 각별하게 지켜보던 아이였고, 대놓고 시인하지는 않았을지라도 이 아이로 인해 우리는 잠깐 동안이나마 절대 잊을 수 없을 감당 못할 경이로움을 느꼈었다.

앰브로즈는 사다리를 타고 발목이 잠길 때까지 내려가 부두의 어두컴컴한 아래쪽을 살폈다. 가로, 세로, 대각선으로 놓인 콘크리트 기둥이 부두를 받치고 있었고 기름 막이 낀 시커먼 바닷물이 그 기둥을 찰싹찰싹 때렸다. 브렌던은 코빼기도 보

The Boy from the Sea

이지 않았다. 그렇게 많은 배가 매여 있으니 누구라도 추락했다면 갑판으로 떨어졌을 가능성이 컸지만, 작은 아이는 선체와 부두 사이로 빠질 수도 있었다. 다른 남자들도 갑판 위로 뛰어내려 바다를 살폈고, 여기저기서 고함을 지르는 소리와 뱃머리를 돌리는 에드 커런호의 선외 엔진 소리가 들렸다. 앰브로즈는 기도를 하는 사람이 아니었지만 하느님을 떠올리며 말없이 하지만 단호하게 말했다. "브렌던을 빼앗아 간다면 당신이 보는 앞에서 저 주교를 죽여버릴 거예요. 칼로 목을 찌르겠어요."

위에서 말소리가 들렸다. 믹 캐넌이 사다리 꼭대기에 서 있었다. "걱정 마, 앰브로즈." 그는 말하며 부두 쪽이 아니라 앰브로즈의 머리 너머를 가리켰다. "그 아이가 보여, 무사해."

공포의 순간은 기껏해야 30초였지만 극도로 긴장하기에 충분한 시간이었고 이제 앰브로즈의 몸은 완전히, 아무짝에도 쓸모가 없을 만큼 축 늘어졌다. 두 팔을 난간 위에 걸치고 간신히 매달려 있는 거라면 모를까, 아직은 사다리를 올라갈 기운이 없었다. 어느 트롤선 뒤편에서 에드, 조, 주교를 태운 겹판식 선체가 등장했는데, 그 뱃머리에 브렌던이 있었다. 얼굴이 무표정했고 물에 젖지도 다치지도 않았다. 에드가 앰브로즈에게 외쳤다. "애가 사다리를 타고 내려와서 우리 쪽으로 손을 뻗길래 떨어질까 봐 여기 태웠어."

"배 대는 슬로프 쪽으로 데리고 와줘." 앰브로즈는 말했다.

앰브로즈는 너무 피곤해서 잠깐 그렇게 매달려 있다가 사다리를 올라가 그 좋은 구두에서 더러운 물을 질질 흘리며 부둣가에 섰다. 우리는 그를 에워싸고 기다리되 충분한 거리를 두었고 성가시게 말을 걸지 않았다. 믹 캐넌의 눈에 눈물이 맺혀 있었지만 그는 원래 성격이 물렀다. 앰브로즈가 움직이자 우리도 모두 따라 움직여 배가 브렌던을 내려놓고 떠난 슬로프까지 침묵의 행진을 했다. 여자 대여섯 명이 동그랗게 서서 그를 야단쳤고, 크리스틴은 브렌던의 얼굴 바로 위로 얼굴을 숙이고서 위팔을 잡고 소리를 지르고 있었다.

그날부터 뭔지 모를 것이 시작됐다. 집 밖을 걸어 다니느라 브렌던이 몇 시간씩 사라지기 시작했다. 아이들이 쏘다니는 것 자체에는 아무 문제가 없었다. 우리 마을에는 놀이터가 없는 데다 온종일 옆에 끼고 있을 수는 없으니 자기 나름대로 놀 거리를 찾으면 좋았다. 데클란도 샤키 집안의 남자아이 둘과 종종 시내를 배회했고 대부분 별 탈이 없었다. 하지만 브렌던의 스타일은 전혀 달라서 항상 혼자 다녔고 반경이 훨씬 넓었다. 먼 시골길이나 이탄지 아니면 해안가를 따라 멀리까지 다녀왔다. 우리는 브렌던의 산책을 '사냥'이라고 부르기 시작했다. 딱 맞는 단어 같았다. 부모는 아이를 집에 붙잡아놓으려고 했지만 할 일이 많았고, 브렌던은 항상 사냥을 떠날 기회를 잘도 찾아냈다. 브렌던은 길을 가다가 여느 아이처럼 걸음을 멈추고 그루터기나 죽은 양에 정신을 팔 때도 있었지만 다니는 거리를 보면 얼마나 의지가 강한지 알 수 있었다. 우리는 그 아이의 얼굴을 알았기에 집에서 너무 멀리 떨어진 곳을 돌아다니고 있는 것이 보이

The Boy from the Sea

면 가던 걸음을 멈추었다. 아이는 우리를 만나면 어색해하면서 등 뒤로 손을 맞잡고 좌우를 흘끗거렸고, 우리가 어디 가는 길이냐고 물으면 턱으로 앞을 가리키며 "그냥 이 길 저쪽이요" 아니면 "저 너머요"라고 대답했다. 시선을 옆으로 돌려 먼 곳을 바라보며 한숨을 섞어서 말했기에, 우리처럼 멍청한 사람들은 설명을 해줘도 이해 못 할 중요한 일을 하고 있는데 우리가 방해를 하고 있는 것처럼 느껴졌다. "크리스틴이 그 아이 때문에 얼마나 걱정을 하나 몰라요." 필리스는 가게나 병원 대기실에서 이렇게 말했다. 자기도 어찌 보면 크리스틴의 걱정거리라는 말은 쏙 뺐다. 크리스틴이 눈가에 주름이 생기고 여유로워 보이지 않는 건 사실이었다. 돈에 쪼들려서 불안해졌을 가능성이 컸지만, 브렌던 때문이라고 주장하는 사람이 필리스 말고도 여럿이었다. "그 아이를 거두었다니 용감하기도 하지." 그들은 말했다. "뿌리도 전혀 모르고 통 안에서 보낸 시간이 어떤 영향을 미쳤을지도 전혀 모르는데. 애가 제멋대로 자란 것도 놀랄 일이 아니야."

아이가 없는 사람들은 자신 있게 맞장구쳤지만 아이를 둔 부모들은 맥주가 됐건 차가 됐건 앞에 놓인 것을 한 모금 마시고 아무 말도 하지 않았다. 그들은 브렌던보다 나이가 많고 다 커서 독립했을지 몰라도 여전히 인내와 돈이 필요한 골칫덩어리 문제아를 둔 부모들이었다. 사람들과 같이 있는 자리를 너무 불편해하거나 술을 너무 좋아하거나 어떤 식으로든 안 좋은 방향으로 균형이 어그러진 아이들 말이다. 이런 부모들은 친자식이든 아니든 아이의 미래를 절대 장담할 수 없다는 것을 알았다.

그들은 기본적으로 모든 아이가 파도에 쓸려서 부모의 발치로 배달된다는 것을, 두 팔을 뻗은 그 아이는 부모의 손에 빚어질 준비가 되어 있지만 절대 알 수 없는 어떤 기질이 내면 깊숙이 이미 자리 잡고 있다는 것을 깨달았다.

이듬해 봄 어느 따뜻한 일요일에 데클란과 샤키 집안의 두 아들은 수산물 가공 공장의 작업장을 탐험하고 있었다. 작업장은 양쪽 끝에 우뚝한 슬라이딩 도어가 달려 있어서 비행기 격납고처럼 보였다. 안에서는 기계 윤활유와 생선 냄새가 났다. 썩은 생선 냄새는 아니었다. 썩은 내는 쇠퇴를 의미했지만 이건 수년 동안 켜켜이 쌓인 차분한 냄새였다. 짙고 짭짤했고 햇빛을 받으면 더 날카로워졌다. 어떤 표면이든 손끝으로 훑으면 마른 생선 비늘이 색종이 조각처럼 후두둑 떨어졌다. 주말이라 공장들이 문을 닫았기에 아이들은 탑처럼 쌓인 나무 상자 위로 올라가고 통 안에 누굴 넣어서 굴리고 뭔가를 부숴가며 마음대로 놀았다. 모든 건 데클란이 결정했다. 데클란이 대장이었다. 경멸하는 분위기를 뿜어낼 수 있었기에 얻어낸 자리였고 그건 브렌던과 살면서 갈고닦은 기술이었다. 데클란은 속마음을 어느 정도 감출 줄 알았다. 다른 아이가 하는 것을 보고 재밌겠다는 생각이 들고 따라 하고 싶어지더라도 무관심한 척할 수 있었다.

그들은 갤러거의 생선 공장 벽에 가로로 쌓여 있는 파란색 플라스틱 통 앞으로 다가갔다. 쐐기 모양의 받침대가 통을 막고 있어서 그걸 빼면 신나는 산사태를 볼 수 있을 것이었다. 데클란이 받침대를 빼려는 찰나 철조망 너머 덤불 속에서 부스럭거리는 소리와 함께 어떤 형체가 등장했다. 사냥에 나선 브렌던이었다. 브렌던은 작업장엔 별 관심이 없고 공장 뒤편의 잡초가 무성한 땅, 개쑥갓과 가시나무와 어린 플라타너스가 자라는 반쯤 야생인 지역을 더 좋아했다. 찢어진 컨베이어 벨트, 딱딱하게 덩어리진 낡은 그물 더미 같은 수산업 폐기물이 뿌리 사이에 흩뿌려져 있었다. 지금 브렌던은 녹이 슬어서 U자 모양으로 굳어진 쇠사슬을 손에 쥐고 있었다. 브렌던이 그걸 들어 보이며 말했다. "내가 뭘 찾았게?"

샤키 집안의 아이들은 자기들만 있었다면 브렌던에게 미친놈이라고 했겠지만 데클란이 형 아니면 그 비슷한 존재였기에 데클란을 쳐다보았다. 그런데 데클란은 벌써 반대편으로 걸음을 옮기고 있었다. "가자." 데클란은 뒤도 돌아보지 않고 그들에게 외쳤다.

브렌던은 덤불 속으로 다시 들어갔다.

데클란은 마음이 불편해졌다. 정처 없이 돌아다니는 것은 브렌던이 하던 짓이었는데 이제 보니 자기도 그러고 있었다. 데클란은 이제 그만하기로, 다시는 돌아다니지 않기로 마음먹었다. 스스로 내린 결정이었지만 그래도 마음이 불편했기에 아버지를 찾아 나섰다. 부두로 가는 동안 데클란은 뒤에서 따라오던 샤키 형제가 원하는 걸 알면서도 어느 작업장에도 들르지 않았다. 던호는 밧줄로 묶여 있었고 앰브로즈는 데릭기중기의 블록과 도르래에 기름칠을 하며 출항 준비를 하고 있었다. 데클란은 사다리를 타고 내려가 갑판으로 올라갔다. 샤키 형제는 가족 우선주의와 배의 상징성을 알기에 거기까지 따라가지는 않고 부두에 남았다. 데클란이 거들떠보지도 않자 그들은 배신감을 느끼고 이내 자리를 떴지만 다시는 데클란을 따라다니지 않을 만큼 심하게 느낀 건 아니었다.

데클란의 조용한 모습에 앰브로즈까지 당황스러워져서 갑판의 상태가 갑자기 그의 눈에 거슬렸다. "페인트를 다시 칠해야 할 때가 된 것 같네." 앰브로즈가 명랑한 투로 말했다. 브렌던이 같이 있었다면 데클란은 앰브로즈의 관심을 두고 경쟁하느라 말이 많아졌겠지만 혼자라 그럴 필요가 없어서인지 그 자리에 가만히 서 있었다. "이거 괜찮은 녀석이야." 앰브로즈가 기중기의 레버 하나를 툭 치자 레버가 홈 안에서 튀어 올랐다. "켜줄 테니까 조종해볼래?"

데클란은 고개를 저었다. 갑판 장비를 봐도 조금도 설레지 않았다. 하나같이 결핍과 불안으로 얼룩진 것처럼 느껴질 뿐이었다. 아이의 부모는 거의 날마다 어떤 가게에 남은 외상값이나 전기 요금을 운운했다. 데클란은 열 살인 지금 이미 어부가 안정적이지 못한 직업이라는 사실을 알았다. 데클란이 대신 조리실로 들어가자 아버지도 바지에 손을 닦으며 따라갔다. 앰브로즈는 함박웃음을 지으며 눈썹을 들어서 순종에 가까운 표정을 지었다. "스티비가 필요한 물품을 아직 사다 놓질 않아서 줄 비스킷이 없네. 하지만 자……." 그는 테이블 위에 놓인 설탕 봉지를 열고, 거기 아예 꽂혀 있는 티스푼으로 설탕을 가득 퍼서 아들에게 내밀었다.

"저 이제는 그런 거 안 해요." 데클란이 말했다.

아이들은 일정한 속도로 자라고 있었겠지만 앰브로즈는 계단식으로 느끼고 있었기에 엄지손가락을 청바지 주머니에 꽂고서 있는 자세에서 풍기는 데클란의 성숙하고 솔직한 분위기에 문득 충격을 받았다. "아." 앰브로즈는 말하고 설탕을 쳐다보다 자기 입에 넣고는 한 톨도 흘리지 않게 입을 다물고 숟가락을 뺐다. "이 안에 열량이 많거든."

겉으로 티가 나지는 않았지만 데클란은 조리실을 좋아했다. 거기 있는 모든 것은 모서리가 단단하고 기능에 충실한 동시에 세심한 관리와 깊은 이해를 요구했다. 화구 두 개짜리 레인지와 움푹 들어갔지만 튼튼한 그릴. 손으로 써서 무전기에 테이프로 붙여놓은 주파수 리스트, 낡은 타이어 튜브로 고정해놓은 조리대 아래 가스통, 벽에 나사로 박아서 손잡이가 바깥쪽을 향하도록 머그를 걸어놓은 나무 걸이. 이 모든 것이 황홀했다. 이 안에는 가정적인 분위기가 감돌았다. 바로 여기에서 요리와 식사를 하지만 법석을 떨거나 위생에 지나치게 집착하진 않는, 남성적인 분위기였다. 여기는 엄마들이 있을 자리가 아니었다. 집에 있는 부엌과 한 가지 공통점이 있다면 개수대 옆에 길쭉하고 하얀 페어리 리퀴드 주방용 세제가 놓여 있다는 거였지만 던호의 세제통은 시커먼 지문으로 뒤덮여 있었다. 데클란은 집에서 아버지가 하는 걸 보았기에 선원들이 그걸 짜서 손은 물론이고 얼굴까지 씻는다는 걸 알았다. 이건 남자들의 페어리 리

퀴드였다.

앰브로즈는 테이블에 앉아 재떨이에서 피우다 만 담배꽁초를 다시 집었다. 요즘은 돈을 아끼려고 직접 말아서 피우고 있었다. "네 동생은 어디 있는지 아니?" 앰브로즈가 물었다.

"걔는 제 동생이 아니에요." 데클란이 대꾸했다.

앰브로즈는 웃으며 성냥을 빠르게 흔들어서 껐다. "친한 친구처럼 지내게 되는 날이 올 거야. 두고 봐."

데클란은 조리실을 다시 두리번거렸고 앰브로즈는 너무 낯설어서 뭐라 설명하기도 힘든 감정을 느꼈다. 당혹감이었다. 우글쭈글한 그릴이 마음에 들지 않았고 가스통은 누가 봐도 위험했다.

"얘를 타고 로컬까지 가지는 못할 거야." 앰브로즈는 아쉽지만 인정하는 투로 말했다. "그래도 웬만큼 멀리는 갈 수 있어."

"로컬이 뭐예요?" 데클란이 물었다.

"전설 같은 곳이지." 앰브로즈는 낭만적인 기분에 휩싸이자 당혹감을 쉽게 떨쳐버릴 수 있었다. 그는 바다의 전설로 아들의 마음을 사로잡을 수 있다는 걸 알았다. 전에도 여러 번 그런 적이 있었다. 이런 이야기는 해로울 게 전혀 없었고 데클란의 시야를 넓히는 데 도움이 될지 몰랐다. "바다 밑바닥이 주먹 마디처럼 불룩 솟은 곳에 자리 잡은 바위 하나짜리 조그만 섬이야. 여기랑 아이슬란드의 중간 지점에 있고 지구상에서 가장 외딴 점이지." 앰브로즈는 스스로 그 환상에 사로잡혀 북서쪽을 바라보았지만, 긴 의자에서 보이는 것이라고는 합판 벽을 타고 흐르는 얼룩덜룩한 자국뿐이었다.

"고기가 잘 잡히는 곳인가 봐요?" 데클란이 물었다.

"맞아. 하지만 그게 다가 아니야." 앰브로즈는 말하며 두 손을 크게 벌렸다. "로컬에 가면 모든 시름을 잊을 수 있어."

상상이 떠오르자 데클란도 남서쪽으로 고개를 돌렸다. "아빠는 거기 가봤어요?"

"아니, 아니." 앰브로즈는 웃으며 고개를 저었다. 데클란은 남에게 잘 보이려고 애를 쓰는 성격은 아니었지만 아버지를 대단한 사람으로 여기고 싶어 하는 아이였다. 앰브로즈는 아들과 어쩌면 자신의 욕구 충족을 위해 가능성을 암시하는 뜻에서 집게 손가락을 들어 보였다. "언젠가는 갈 수 있을지 모르지."

잠시 후에 데클란은 집으로 돌아갔지만 앰브로즈는 아들을 만나고서 엄청난 동기를 부여받았다. 그는 던호의 가동부에 기름을 칠하고 선창을 정리하며 선원들이 모두 승선하면 바로 출항할 준비를 했다. 맨 먼저 등장한 조지프가 갑판에 오르자마자 앰브로즈가 말했다. "결심했어. 더 큰 배를 살 거야. 돌아오자마자 은행으로 가서 모든 걸 걸겠어."

조지프는 파이프 담배를 한 모금 빨고는 입에서 뗐다. "약속을 잡고 가야 할 거예요."

그래서 앰브로즈는 돌아온 지 며칠 지났을 때 화장실에서 한참 동안 손톱 아래를 씻었다. 크리스틴에게는 면담 약속에 대해 알리지 않았다. 깜짝 놀라게 해주고 싶었고, 대출을 거절당하면 기회를 봐서 얘기하거나 아예 함구하거나 둘 중 하나를 선택하는 기회를 누리고 싶었다. 기분 좋게 걸으면 생각을 정리하는 데 도움이 되기에 은행까지 걸어갔다. 은행에 도착해 보니 지프 세 대와 장갑차 한 대로 이루어진 군용 호송대가 현금수송차와 함께 이제 막 출발하고 있었다. 앰브로즈는 그 광경을 즐겁게 지켜보았다. 좋은 징조였다. 지점장은 오늘 그에게 현금이 추가로 많이 필요하다는 걸 아는 것이다. 앰브로즈는 계단을 성큼성큼 올라가 지점장실로 곧장 들어가려고 했지만, 직원이 기다리는 사람들이 있다고 알려주었다. 그들은 창구 앞에 일렬로 서서 숫자를 더하며 앰브로즈와 다르게 불안한 표정을 짓고 있었다. 탱크 맥휴는 계산을 하다가 펜에 달린 줄이 짧아서 짜증을 내고 있었다. 앰브로즈는 막판에 아무것도 할 필요가 없었다. 서류철 안에 아일랜드 수산청에서 받은 편지와 톰의 도움을 받아가며 작성한 사업계획서가 들어 있었다.

윌버 케인은 문 앞으로 나와 앰브로즈를 맞았다. 안경이 제격이기는 했지만 그래도 그런 직책을 맡기에는 젊은 나이였다. 앰브로즈는 얼굴이 불그스름하고 명랑했으며, 부업으로 소를 팔고 자기는 타자를 칠 줄 모른다고 스스럼없이 말하던 전임자가 더 좋았다. 그는 1년 전에 심장마비로 세상을 떠났다. 앰브로즈는 윌버의 책상에 놓인 물건을 물끄러미 바라보았다. 어군탐지기 화면에 키보드가 달린 것처럼 생긴 컴퓨터가 있고, 그 옆에는 정육면체 모양의 프레임 안에 구슬만 한 공 다섯 개가 한 줄로 매달려 있는 반짝이는 장난감이 있었다. 뉴턴의 요람은 그 당시 세련된 사무실 소품의 정점이었고, 별다른 취미가 없는 은행 지점장 삼촌에게 선물하기 딱 좋은 물건이었다. 그게 그 장난감이 월버의 책상에 놓이게 된 이유였다. 그 장난감은 월버의 집에도 두 개 더 있었다. "이쪽에 앉을까요?" 월버는 말하며 커피 테이블과 격식을 덜 차린 의자로 앰브로즈를 안내했지만 거기 앉은 뒤에도 격식을 내려놓지 못했다. "두 아드님은 잘 지내지요?"

"건강합니다." 앰브로즈는 대답하고, 요즘 들어 브렌던이 말썽을 피우고 있으니 좋은 아버지 어쩌고 하는 말이 이어지길 기다렸다. 평소에는 그런 인사치레를 듣지 않아도 상관없었지만 오늘은 월버가 건너뛰니 아쉬웠다. "다행입니다." 그는 이렇게 말할 뿐, 별다른 관심을 보이지 않았다.

"새 배를 장만하려는 사람들에게 대출을 해주신다고 들어서요." 앰브로즈가 말했다.

"그건 고액 대출이죠." 월버는 말하고, 그렇다면 대출을 받지 않겠다고 말해주길 바라는 듯한 의미심장한 표정으로 앰브로즈를 바라보았다. 앰브로즈의 낙관주의가 다시 한번 타격을 입었다.

"토미 오가라가 저의 자문을 맡고 있어요. 그 친구가 저를 잘 인도해줄 겁니다."

"오가라 씨는 잘 알고 대처하시는 분이죠."

앰브로즈는 이 남자에게서 웃음을 유도하고 싶었다. 그러면 다시 자신감을 얻을 수 있을 것 같았다. "토미가 아는 건 전부 저한테서 배운 거예요." 그는 미소를 지으며 말했다.

월버가 미소를 짓기는 했지만 앰브로즈가 기대했던 식의 미소는 아니었다. "설마 *전부*는 아니겠죠."

"네, 전부는 아니죠." 앰브로즈는 시인했다.

"그게 이 마을의 문제입니다." 월버는 말했다. "사람들이 서로 솔직하지 않은 거요. 좋은 뜻에서 그런 거겠죠. 같이 살고 같이 일을 하니 모든 일을 평화롭게 처리하고 싶어서요. 어느 누구도 간섭하거나 분란을 일으키지 않으려 하죠. 하지만 이 말은, 내가 잘못하고 있는 것이 뻔히 보이더라도 아무도 알려주지 않는다는 뜻이 되기도 합니다. 보너 씨, 당신의 소중한 시간을 낭비하거나 중요한 정보를 누락해 오해를 심어드리고 싶지 않으니 단도직입적으로 말씀드리겠습니다. 당신은 대출 상환이 여러 번 연체됐기 때문에 대출을 받을 수 없습니다. 이것이 솔직히 말씀드리는 현재 상황입니다."

"상환이 연체됐다고요?" 앰브로즈는 의자에 몸을 묻으며 반문했다. "그런 적이 없는데요."

"배가 아니라 주택 담보 대출이요." 월버는 말했다.

앰브로즈는 3초 동안 기억을 더듬었다. "아."

얼마 안 있어 앰브로즈는 다시 밖으로 나왔지만 곧장 집으로 들어갈 일은 없었다. 우리는 그가 부두 쪽으로 걸어가는 것을 보았다. 그가 우리 중 한 명을 발견하고는 뻣뻣하게 한쪽 손을 들었다. 인사인 동시에 대화를 나누고 싶지 않다는 의사 표현이었다. 가족 관광객이 부둣가를 기웃거리다 크리스틴 던호의 사진을 찍고 있었다. 앰브로즈는 귀찮은 질문 공세를 피하고 싶어서 그들이 떠날 때까지 기다렸다가 갑판으로 내려갔다. 냄비에 물을 끓여 조리실을 청소하고 뒤쪽 갑판에 물을 뿌려 거기도 솔로 문질렀다. 비눗물이 뱃전에 뚫린 배수구로 흘러 나갔다. 부두에 있던 사람들은 그가 욕하는 것을 두어 번 들었다. 그는 차를 한 잔 마시거나 담배를 한 대 피우지 않고 곧장 중앙과 앞쪽 갑판에 호스로 물을 뿌리고 솔로 문질렀다. 그의 팔과 상체 전체가 기계처럼 움직였다. 청소가 전부 끝나자 집으로 돌아갈 각오가 섰다.

앰브로즈가 거실로 들어갔을 때 크리스틴과 아이들은 그의 기척을 느꼈지만 엄청나게 집중해가며 〈인크레더블 헐크〉를 보고 있었기에 아는 체하지 않았다. 어느 바보 같은 남자가 배너를 자극하고 심지어 뺨까지 때렸다. "내가 화가 나면 재미없을 텐데." 배너는 이렇게 말했지만 이 멍청이는 계속 그를 괴롭혔다. 크리스틴은 옆자리에 재떨이를 놓고 2인용 소파에서 텔레비전을 보고 있었다. 브렌던은 평소처럼 소파의 나무 팔걸이에 몸을 기대고 그녀의 다리 옆 카펫 타일 위에 앉아 있었다. 데클란은 한 세트인 1인용 소파에 앉아서 무릎을 가슴에 대고 실제로 공포를 느끼는 것처럼 꼭 붙들고 있었다. 데클란의 성격에서 신기한 부분이 있다면 텔레비전에 쉽게 동화된다는 것이었다. 배너가 헐크로 변신하기 시작했다. 몸이 파래졌고 포효하며 입고 있던 옷을 찢었다. "멀쩡한 셔츠였는데 아까워라." 크리스틴이 말했다.

앰브로즈는 팔짱을 껴서 모두가 곁눈으로 그의 귀가를 다시 한번 상기할 수 있게 했다. "어디 다녀왔어?" 크리스틴이 물었지만 시선은 여전히 텔레비전에 고정돼 있었다.

헐크가 남자를 들어서 벽을 뚫고 던졌다.

"배에서 일하고 왔어." 앰브로즈는 말했다.

30초 동안 침묵이 흘렀다. 바보 같은 남자가 슬로모션으로 몇 번 더 내동댕이쳐졌다.

"윌버 케인이랑 이야기를 나누고 왔어." 앰브로즈가 말했다.

"예전에 우리 신발 가게 손님이었는데." 크리스틴이 말했다.

"우리 집 대출금 상환이 연체됐다고 하더군."

"여러 사람이 그래." 그녀는 말하고 그를 쳐다보았다. "그래서 싫은 소리 해? 신경 쓸 것 없어. 몇천 밀렸다고 은행에서 이 집을 압류할 일은 없을 테니까. 그러면 더니골 주민 절반이 길거리로 나앉게 될걸? 연체된 거야 내면 되지."

앰브로즈는 아무 말도 하지 않았다. 남자가 부스러진 석고보드 아래에서 신음했다. 헐크는 다가오는 경찰 사이렌 소리가 들리자 언덕 쪽으로 껑충껑충 도망쳤다.

"언니랑 아버지 생활비에 보태느라 그 돈을 쓸 수밖에 없었어."

"그런 줄 알았어." 그가 재떨이를 치우고 그녀 옆에 앉았을 때 광고가 나왔다.

"무슨 문제 있어?" 크리스틴이 물었다.

"아니." 앰브로즈는 말했다. "저녁은 뭐야?"

6

계절이 바뀌었다. 이동식 놀이공원은 왔다가 떠났고, 아이들은 학교로 복귀했고, 크리스마스가 지났다. 서리가 내렸고, 빨랫줄에 넌 빨래가 뻣뻣해졌고, 운전할 때 블랙 아이스를 조심해야 했다. 현관 계단 옆에 배달된 우유를 가지러 나가서 보면 지방을 먹으려는 조그만 새들이 위를 쪼아서 구멍을 뚫어놓았다. 노린 코일의 집 배수관이 터져서 카펫을 못 쓰게 됐다. 캐슬린 커닝엄은 검사를 받느라 병원을 들락거렸다. 우리는 모두 금리가 또 올랐다고 수군댔다. "황당한 수준을 넘어섰어." 우리는 이렇게 말했지만 아마 아무 말도 하지 않은 사람들의 상황이 최악이었을 것이다. 드림바티의 대니얼 맥기니스는 채권추심업체 사람들이 와서 가구를 전부 들고 갔지만 석 달 동안 모두에게 비밀로 했다.

여태껏 1980년대는 우리 중 많은 이들에게 가혹했다. 풀린 돈은 점점 더 소수에게 몰렸고 그 밖의 사람들은 쪼들렸다. 내 집을 짓겠다는 의지는 여전히 투철했지만, 수많은 프로젝트가 경제 상황의 피해를 입어 짓다 만 집들이 길가에 즐비했다. 건설 도중에 자금이 바닥나 경량 콘크리트 블록으로 쌓아서 창문과 문짝을 달려고 구멍을 뚫은 네 개의 벽만 남아 몇 년 동안 건축 허가를 유지하는 것 말고는 아무것도 하지 않는, 일종의 건설된 폐허였다. 집이 완공되더라도 은행에 넘어가지 않게 25년 동안 사투를 벌여야 했으니 편히 쉴 수 없었다. 부지를 확보하고 집을 짓고 거기서 살다가 죽는 것이 우리의 집착이었다.

그러니 우리 아이들도 영향을 받을 수밖에 없었다. 아이들이 아지트를 만드는 데 들이는 노력을 보면 그렇다는 걸 알 수 있었다. 우리 마을에는 팔레트, 나무통, 나무 상자 같은 재료가 널려 있었다. 아지트를 만드는 아이들을 멀리서 보면 재미있어하는 것처럼 보이기도 했다. 하지만 아니었다. 그들의 머릿속은 집을 짓고 유지해야 한다는 책임감, 부모로부터 흡수한 걱정으로 가득했다.

데클란이 열한 살이었을 때 어떤 프로젝트를 시작하고 싶은 충동을 느껴, 샤키 형제를 꼬드겨서 같이 그물 공장으로 울타리를 넘어가 밧줄을 훔친 날이 있었다. 데클란은 심지어 그들을 잘 구슬려 팔레트를 하나 들어서 800미터를 끌고 가게 했다. 그들은 장비를 데클란의 집 근처에 조성된 가문비나무 숲으로 운반했다. 도로를 면하고 있지만 이제 우뚝하게 자란 나무들에 가려져 몸을 숨기기에 좋은 곳이었다. 그들은 데클란의 다그침을 받아가며 아지트 바닥이 평평해질 수 있게 흙을 한가득 파내고 이리저리 돌아다니며 필요한 재료를 수집했다. 네 번째 팔레트를 거기까지 옮겨야 하는 때가 되자 샤키 형제가 시들해졌다. 너무 잘 숨어 있어서 다른 애들은 보지도 못하는 거면 뭐 하러 만드느냐고 했다. 아지트의 가장 큰 묘미란 침입자들로부터 그걸 지켜내는 데 있지 않은가. "이걸 다 만들면 뭐 할 건데?"

"그냥 그 안에 들어가 있어도 되지." 데클란이 말했다.

샤키 형제는 서로 쳐다보았다.

"내가 가스스토브랑 접시랑 그런 것들을 들고 올게. 그럼 여기서 파티를 열 수 있어." 데클란이 말했다.

샤키 형제는 비웃으며 데클란을 버리고 집으로 갔다. 거부당해도 마음이 상하지는 않았다. 데클란은 원래 남을 잘 믿지 않았다. 데클란은 엄청난 인내심을 발휘해 마지막 팔레트를 혼자 옮겼다. 옆으로 세워서 사각형 바퀴인 것처럼 계속 굴렸다. 숲에 도착하자 팔레트를 한데 묶어서 바닥과 벽을 만들고, 플라스틱 시트로 그 위를 덮어서 못을 박은 뒤 텐트 플랩처럼 앞으로 늘어뜨렸다. 데클란은 그 안으로 들어가 그냥 앉아 있었다. 한참 동안 앉아서 도피처가 주는 만족감을 음미했다. 소리도 편안했다. 사실 소리라기보다 어떤 껍데기 안에 들어와 있는 것처럼 계속 나지막이 웅웅거리는 정적이었다. 그 소리에 안심이 돼서 배가 고파질 때까지 거길 떠나지 않았다.

데클란은 나무 아래에서 나와 라이언스의 집으로 들어갔다.

이제는 크리스틴이 호텔에서 일하는 날이면 아이들이 필리스에게 저녁을 얻어먹었다. 돈에 쪼들려서 나온 궁여지책이긴 해도 오솔길 이쪽 집과 저쪽 집이 서로 돕고 살아서 다행이었다. 브렌던도 바닷가를 따라 배의 무덤까지 갔다가 마을 뒤편으로 돌아오는 긴 사냥을 마치고 그 집으로 왔다. 필리스는 그들에게 식탁을 차리게 했다. 하얀 식빵이 대용량 케첩, 소금통과 함께 한가운데에 놓였다. 후추는 크리스마스 때나 볼 수 있었다. 아이들은 안락의자에서 텔레비전을 보고 있던 유넌에게 인사했다. 브렌던이 버터를 가지러 부엌으로 가자 유넌은 데클란을 옆으로 불러 박하사탕을 슬쩍 쥐여주었다. 폭스 글레이셔 민츠는 인기가 없는 사탕이었지만 데클란은 할아버지와 친손자 간의 진정한 유대 관계를 다시금 확인시켜주는 거라면 뭐든 좋았다.

유넌이 상석에 앉고 필리스가 감자와 흰살 생선이 담긴 접시를 들고 오자 다 같이 먹기 시작했다. 평소에 필리스는 아무래도 데클란에게 좀 더 관심을 보였지만 오늘은 평소와 달리 브렌던에게 먼저 물었다. "그래, 오늘 오후에는 어디 다녀왔니?"

"별로 간 데 없어요." 브렌던은 그녀가 관심을 보이자 경계심이 생겼는지 시선을 떨구고 생선을 한 입 먹었다.

"사냥 다녀왔어?" 그녀는 물었다.

브렌던은 너무 맛있어서 그녀의 말이 들리지 않는 것처럼 계속 *냠냠*거렸다.

"윗길에서 너를 봤다는 사람이 있던데." 필리스가 캐물었다.

"그냥 여기저기 산책했어요." 아이는 눈을 내리깔고 눈썹을 치켜들며 말했다. 자신의 하루 일과는 중요하지도 않고 거기엔 관심도 없다는 표정이었다.

"산책이라고!" 유넌이 그 행동과 그걸 표현하는 거창한 단어를 비웃으며 외쳤다.

"네가 비디 도너휴의 집에서 나오는 걸 봤다는 사람이 있던데." 필리스는 말했다. 그러고는 브렌던에게 시선을 고정한 채 이번에는 자기 아버지에게 말했다. "아버지, 젊었을 때 비디랑 춤추러 몇 번 같이 다니지 않았어요?"

"으웨에엑." 목에 걸린 생선 때문에 유넌의 음색이 특이해졌다. "그 여자는 반쯤 정신이 나갔는걸."

"네가 그 여자에게 무슨 볼일이 있을까?" 필리스는 브렌던에게 물었다.

"볼일 아니에요." 브렌던이 말했다.

필리스는 고개를 갸우뚱했다. "그럼 *뭔데*?"

정말 뭐였을까. 브렌던은 최근 몇 주 동안 비디의 집을 여러 번 찾아갔다. 그녀가 브렌던을 보면 반가워했기 때문이지만, 시간이 멈춘 듯한 그녀의 오두막집도 좋았다. 그곳은 브렌던이 존재하기 훨씬 전부터 달라진 게 아무것도 없었다. 비디의 집 안으로 들어가면 세상 밖으로 빠져나가는 듯한 기분이 들었고 얼른 돌아가고 싶지 않았다. "같이 얘기 나누고 차 얻어 마셔요." 브렌던이 말했다.

"애랑 차를 마시다니!" 유넌은 말하고 바람 소리를 내며 길게 웃었다. 음식을 허겁지겁 먹느라 얼굴이 시뻘게졌다.

"저는 차 좋아요." 브렌던이 가볍게 반박했다.

"거기서 케이크도 먹어?" 데클란이 묻자 브렌던은 고개를 저었다. 비디는 설탕을 뿌린 하얀 빵이라면 모를까, 케이크를 쟁일 만한 타입이 아니었다.

"그분이 슬픈 일을 겪고 있어요." 브렌던이 말했다.

"그럼 우리처럼 혼자 마음속에 간직해야지." 필리스가 말했다.

"아이들이 캐나다에 있는데 한 번도 다녀가질 않는데요." 브렌던이 말했다.

유넌의 바람 소리가 툴툴대는 소리로 바뀌었다. "내가 그래서 자식을 곁에 두라고 하잖니. 안 그러면 뭐 하러 자식을 낳겠어?"

필리스는 아버지를 쳐다보다가 포크를 내려놓고 접시를 옆으로 치웠다. 유넌은 다시 감자를 먹기 시작했다. 아이들은 더 이상 아무 말도 하지 않고 먹는 데 집중했다. 필리스는 얼마 후에 자기 아버지를 다시 쳐다보았다. 그는 식사를 멈추고 두 손을 무릎 위에 얹어놓고 있었다. "다 드셨어요?" 그녀가 물었다.

"그래." 그가 말했다.

그의 접시에 생선이 남아 있었기에 그녀는 반신반의하며 그를 계속 쳐다보았다. 그의 딸들도 익히 알다시피 유넌은 음식을 남기는 것을 질색했다. 그는 창피한 기억이 떠오른 사람처럼 이상한 표정을 짓고 있었다. 창피해하는 것도 기억을 떠올리는 것도 그답지 않은 일이었다. 아이들은 아무것도 모르는 채 계속 음식을 먹고 있었다.

"안락의자로 가서 뉴스 보실 거예요?" 필리스가 물었다.

"아니, 여기가 좋다."

필리스는 함정일지도 모른다는 듯 천천히 그의 접시와 그녀의 접시를 들어서 부엌으로 옮겼다. 데클란은 고개를 들었다가 유넌의 표정을 보고 입을 벌린 채 식사를 멈췄다. "괜찮으세요?"

"괜찮다." 유넌은 이렇게 대답했지만 불편한 기색이 역력했다.

5분이 지나 필리스는 부엌에서 설거지를 시작했고, 아이들은 빵으로 접시를 닦아가며 식사를 마쳤다. 그러는 동안 유넌은 테이블 상석에 앉아 아무 말도 하지 않고 테이블 모서리를 손으로 꼭 붙잡거나 손바닥을 위로 펼쳐서 무릎 위에 올려놓았다. "뭐 필요한 거 있으세요?" 데클란이 한 번, 그리고 또 한 번 물었다.

유넌은 입 모양으로 말했다. *괜찮다.*

필리스가 돌아와 두 손을 허리춤에 얹고 서서 유넌을 유심히 살폈다. 백내장이 진행되고 있는 그의 부연 눈에서 새로운 현상이 벌어지고 있었다. 그녀는 허리를 숙여 좀 더 가까이 갔다. 그녀의 그림자가 드리워지자 그의 한쪽 동공이 수축되고 다른 쪽은 확장됐다. 그가 의자에서 쓰러지는 순간 그녀가 달려가서 붙잡았다. 그가 뇌졸중을 일으킨 것이다.

필리스는 차를 몰고 레터케니 종합병원으로 구급차를 따라갔다. 유넌은 도착 당시 의식이 없었고, 처음에는 링거와 심장 모니터가 연결됐다가 나중에는 급식 튜브가 삽입됐다. 필리스는 밤새 그의 곁을 지켰다. 그녀는 아버지가 뇌졸중을 인지했음에도 법석을 떨고 싶지 않아서 아무 말도 하지 않았다는 것을 깨달았다. 아침에 크리스틴과 앰브로즈가 왔다. 데클란도 따라가겠다고 고집을 피웠지만 학교에 가는 날이었다. 앰브로즈는 씻고 옷을 갈아입었지만 사흘 동안 바다에 나가 있느라 면도를 하지 못했고 눈이 충혈되어 있었다. 크리스틴은 고꾸라진 아버지를 보고 충격을 받아서 맞은편 벽에 잠깐 서 있다가 그에게로 다가갔다. 그들은 아이들이 편지지를 접어서 만든 카드를 들고 왔다. 데클란은 앞면에 "얼른 나으세요!"라고 쓰고 식칼이 꽂힌 바닷가재를 그렸다. 브렌던의 카드 앞면에는 아무것도 적혀 있지 않았고 그림은 난해했다. 검은색 볼펜으로 소용돌이와 원을 잔뜩 그려놓았다. 꽃다발일 수도 과일나무일 수도 낯선 태양계를 빙글빙글 도는 행성일 수도 있었다. "이게 뭐니?" 필리스가 따지듯 물었다.

"브렌던이 만든 카드." 크리스틴이 말했다.

"꼭 무덤가에 놓을 법한 카드 같네."

"애가 감수성이 풍부해."

"그렇게 표현할 수도 있겠네. 이거 여기 못 놔. 아버지가 깨어나서 이걸 보면 다시 혼수상태로 돌아가실 테니까." 필리스는 카드를 펼쳤다. 안에 브렌던의 조그만 글씨로 이렇게 적혀 있었다. "상황이 호전되길 바라요."

"두 분 가서 뭐 좀 먹고 와요. 여긴 내가 지키고 있을 테니까." 앰브로즈가 말했다.

필리스는 어려운 일이 닥치면 극기로 대응하는 성격이라 열다섯 시간 동안 굶었는데도 망설였다.

"걱정 마세요. 호스를 빼거나 그럴 일은 없으니까." 앰브로즈가 웃으며 말했다.

필리스는 동생이 앞장서는 대로 따라 나갔다.

유년의 침대는 병실 끝이라 주차장과 저 멀리 푸르스름한 산이 내다보였다. 앰브로즈는 산을 잠깐 쳐다보다가 창문을 살짝 열고 손을 내밀어 습한 공기를 느꼈다. 옆에 누워 있는 유년은 의식이 없었다. 앰브로즈는 의자에 앉아 이참에 그를 찬찬히 뜯어보았다. 벗겨져가는 두피, 절여진 피가 흐르는 핏줄, 도마뱀의 몸에 귀를 갖다 대면 들릴 법한 가늘고 건조한 숨소리. 그의 가슴팍에는 뭐든 붙어 있질 않아서 모니터 전극이 계속 떨어지는 바람에 간호사들이 테이프를 몇 겹으로 붙여야 했다. 앰브로즈는 여태껏 유년을 이런 식으로 지긋이 쳐다본 적도, 이렇게 유년 가까이 앉아본 적도 없었다. 그는 앞으로 몸을 숙여서 속삭였다. "이제 그만 놓으시면 어떨까요? 따님들도 자유로워질 수 있게요."

아래층에 있는 구내식당은 빈 테이블이 없었지만 손님들이 모두 소곤소곤 대화를 나눴기에 조용했다. 필리스는 테이블 위에 놓인 설탕 그릇과 양념통을 멍하니 바라보았다. 이 건물의 다른 데서 쓰이는 의료용 트레이나 겸자처럼 재질이 스테인리스 스틸이었다. 그녀는 진이 다 빠졌고 누군가에게 보살핌을 받고 싶은 마음이 간절했다. 크리스틴이 그녀에게 차를 따라주고 우유와 설탕 반 개를 넣었다. 필리스는 울부짖듯 말했다. "내가 차를 어떤 식으로 마시는지 아는 사람은 이 세상에서 너 하나뿐이야."

크리스틴은 언니의 손 위에 자기 손을 얹었고 필리스는 거부하지 않았다. 그들은 아무 말도 하지 않고 잠깐 그렇게 앉아 있었다. "아버지는 걱정하지 마." 이윽고 크리스틴이 말했다. "일주일 안에 퇴원하실 거야."

필리스는 코를 훌쩍였다. "이참에 냉동실 성에나 없애야겠다."

"그래, 몸을 계속 움직여야 해." 크리스틴은 말했다.

"그리고 아버지 방도 제대로 환기하고." 필리스는 곰곰이 생각하며 덧붙였다.

"좋은 생각이야." 크리스틴이 말했다.

필리스는 문득 여러 가지 가능성에 사로잡혔다. "정말이지 페인트칠도 다시 해야 하는데."

"그렇지." 크리스틴은 말했다.

유년은 계속 의식을 되찾지 못했고 필리스는 날마다 그의 곁을 지켰다. 병원에서는 음악을 들려주거나 책을 읽어주면 좋다고 했지만 유년은 음악을 좋아하지 않았고 책은 싫어했기에 필리스는 지역신문을 읽어주었다. 도로 포트홀에 문제를 제기하는 《더니골 데모크래트》 기사를 듣고 그의 눈꺼풀이 떨리긴 했지만 지속적인 변화는 없었다. 입원한 지 8일째 되던 날 심박수가 위험한 수준으로 떨어지자 그는 집중치료실로 옮겨졌다. 필

The Boy from the Sea

리스는 한 간호사가 임종할 날이 분명 얼마 남지 않았다고 하는 말을 우연히 들었다.

집에서는 크리스틴이 근무하는 날이면 앰브로즈가 저녁을 준비했다. 그는 튀긴 간을 좋아했고, 남들도 당연히 그럴 거라는 확신 아래 아무리 껍질 색이 칙칙해도 깎지 않고 그대로 삶은 감자와 함께 간을 내놓았으니 아이들에게는 반가운 소식이 아니었다. 그가 할 줄 아는 요리는 그게 거의 다였다. 유년이 입원한 지 2주째로 접어든 어느 날 저녁에 앰브로즈는 게 다리가 잔뜩 담긴 비닐봉지를 들고 퇴근해 그걸 의기양양하게 들어 보이며 데클란에게 커다란 냄비에 물을 끓이라고 했다. 문제의 게 다리는 사실 커다란 집게발이었고 손바닥 위에 얹어보면 무게가 당구공에 버금갔다. "믹 캐넌이 경매장에서 부르는 값을 보더니 속이 뒤틀린다며, 차라리 그냥 공짜로 나눠줘버리기로 마음먹었다면서 줬어." 앰브로즈는 말했다.

그날 크리스틴이 퇴근해 보니 앰브로즈가 아들을 양옆에 한 명씩 거느리고 레인지 앞에 서서 부글부글 끓는 냄비를 같이 들여다보고 있었다. 아홉 살이고 체구가 작은 브렌던은 낮은 의자를 밟고 올라서 있었다. "오늘 저녁에는 왕처럼 먹어보자." 앰브로즈가 그녀에게 말했다.

"가서 이모 모셔 와. 이모도 좋아할지 모르니까." 크리스틴이 데클란에게 말했다.

필리스는 매일 밤 집에 혼자 있으려니 처음에는 고역이었는데, 점점 신기하게 느껴지더니 이제는 그 평화로움과 고요함을 즐기기 시작했다. 텔레비전은 끄고 화면 위에 덮개를 닫아놓았다. 유년의 방에 페인트를 다시 칠한 것이 그녀의 마음속 무언가를 터뜨렸기에 필리스는 그 이후로 J. J. 브라운을 계속해서 다시 불렀다. J. J. 브라운은 복도 칠을 끝냈고 필리스의 방은 《홈스 앤드 가든스》에서 본 옅은 파란색으로 칠했다. 10분 동안 이 방에서 저 방으로 걸어 다니기만 해도 그 산뜻함을 만끽할 수 있었다. 거실은 포근한 노란색으로 주문하고 같은 색의 꽃무늬 커튼을 달았다. 이런 고풍스러운 배치가 1950년대에 지어진 그들의 단층집에 잘 어울렸다. 필리스는 색깔과 조화를 보는 안목이 있었다. 우리 중 몇 사람이 필리스가 어머니의 묘지에 가져다 놓은 우아한 꽃다발을 보고 칭찬한 적이 있지만, 그녀의 눈썰미를 아는 사람은 별로 없었다. 데클란이 집에 들어가 보니 그녀는 복도에 서서 변신한 집을 감상하고 있었다.

그녀는 데클란과 함께 오솔길을 내려갔다. 보너의 집 창문에는 김이 서려 있었고 그녀는 뒷문으로 들어가는 순간 격한 감정을 달래려고 데클란에게 그 말을 꺼냈다. 부엌에서는 더운 날 바위 사이에 고인 웅덩이에서 나는 것 같은 냄새가 풍겼고 모두 일어나 있었다. 필리스는 흥분한 분위기를 감지했고, 보너의 집이 매일 저녁 이렇지는 않다는 건 알았지만 그래도 그녀 없이 오랫동안 열리던 파티장에 들어선 듯한 기분을 느꼈다. 크리스틴이 그녀의 팔에 잠깐 손을 얹었고 앰브로즈가 외쳤다. "들어오세요! 어서요!"

삶은 지 5분이 지났기에 앰브로즈는 마개를 뽑아놓은 싱크대에 집게발을 냄비째 쏟았다. 동전처럼 덜거덕거리며 와르르 쏟아진 게 다리가 싱크대를 가득 채웠다. 잘린 단면에서 스며 나온 육즙이 뜨거운 물 속에서 하얀 깃털 모양의 지방으로 굳었다. 싱크대에서 물이 다 빠지자 그가 맨손으로 게 다리를 절거덕절거덕 휘저어 남은 물기를 없앴다.

필리스는 예전에 앉던 의자가 그 자리에 그대로 놓여 있기에 그쪽으로 걸어갔지만 앰브로즈가 그걸 보고 외쳤다. "아우, 식탁에 앉으세요."

그녀는 앰브로즈가 시킨 대로 했다.

앰브로즈는 아이들을 돌아보았다. "데클란, 가서 의자 하나 들고 올래? 그리고 브렌던은 망치 들고 오고."

두 아이가 한 팀으로 움직이는 건 자주 없는 일이었지만 오늘이 그런 날이었다.

앰브로즈는 아직 뜨거운데도 아랑곳하지 않고 게 다리를 두 손으로 떠서 마른 냄비에 다시 담았다. 데클란이 그걸 보고 말했다. "파슬리를 좀 다져서 뿌리면 좋지 않을까요?"

모두들 데클란을 빤히 쳐다보았다.

"그럼 보기가 좋잖아요." 데클란은 텔레비전으로 요리 프로그램을 막 보기 시작한 참이었다. "어떤 식으로 서빙하실 거예요?"

"서빙이라니!" 앰브로즈가 폭소를 터뜨렸다.

앰브로즈가 냄비를 들고 식탁 앞으로 가서 한가운데에 쏟자 게 다리가 20센티미터도 넘게 쌓였다. 그들 가족은 둘러앉아 각자 다리를 하나씩 집고 망치로 번갈아 껍데기를 부순 다음 박살 난 조각을 떼어냈다. 접시는 없었고 필리스만 포크를 썼다. 나머지는 손으로 야들야들하고 새하얀 속살을 끄집어냈다. 오가는 대화는 주제가 모두 음식이었다. 살이 잘 벗겨진다고 감탄하거나 집게 끝 쪽은 식감이 버터 같다고 하는 식이었다. 망치가 다리를 내리치면 식탁이 덜커덩거렸다. 아이들은 조각을 남기지 않고 깨끗하게 껍데기를 부수는 방법을 금세 터득했다. 다들 속도를 높였고 필리스도 포크를 내려놓고 손으로 잔치에 동참했다. 빈 껍데기는 바닥에 놓인 냄비로 던졌다. 껍데기가 냄비 안쪽에 부딪치는 소리가 종소리처럼 울렸다.

앰브로즈는 기분이 좋았다. 평생을 17미터급 배의 선장으로 살아야 하는 운명이라면 받아들이기로 마음먹었다. 그보다 훨씬 운이 없는 사람도 많았다. 그에게는 집과 예쁜 아내와 건강한 두 아들이 있었고, 하느님 아니면 다른 누군가가 드디어 장인을 데려가려 하고 있었다. 앰브로즈는 타고난 성격대로 살았고 크리스틴도 그랬다. 그리고 그는 그들의 천성에 만족했으니 그에 따른 결과물에 별다른 어려움 없이 만족할 수 있었다. 그들은 누가 봐도 노르웨이에서 제작된 30미터급 선박이나 차고가 딸린 방 다섯 개짜리 집을 소유할 부류는 아니었다. 그는 은행에서 대출을 거절당했을 때 관광객들이 크리스틴 던호를 보고 "배가 예쁘네"라고 했던 것을 기억했다. 그들의 말마따나 던호는 우리 선단에서 전체가 나무로 건조된 마지막 배였다. 앰브로즈는 전통의 가치를 인정했다. 그는 대부분의 다른 어부에 비해 자신의 영혼이 더 풍요롭다고 생각했다. 만 위로 지는 붉은 노을, 갑판 위로 부서지는 하얀 파도, 그물 안에서 몸부림치는 청새리상어를 보면 가슴이 요동치는데, 다른 어부들도 과연 그럴까 싶었다. 토미 같은 남자들은 바다를 작업 현장으로 여겼다. 토미가 전자 장비를 써서 편안하게 고기 잡는 것을 좋아한다면 그러거나 말거나 앰브로즈는 바다와 날것 그대로 맞닥뜨리기 위해 살았다. 그는 창이나 그 당시 구할 수 있던 도구를 들고 이 바닷가에서 처음으로 고기를 잡았던 남자들처럼 사냥꾼이자 부양자였다. 앰브로즈는 중개업자에게 몇 푼 안 되는 돈을 받으려고 경매장에서 줄을 서느니 친구들에게 나누어주는 편을 선택한 믹 캐넌에게 동질감을 느꼈다. 믹은 사업 수완은 뛰어나지 않을지 몰라도 품위 있고 본성이 선했다. 앰브로즈는 그런 것들이 더 값지다고, 인간이 가질 수 있는 것 중에 가장 값지다고 믿었다.

데클란이 먹다 말고 다른 가족을 쳐다보고 있었다. "할아버지도 같이 계시면 좋았을 텐데."

크리스틴이 데클란의 손을 토닥였다. "할아버지는 우리 곁을 떠나시려는 것 같아." 그녀는 게살을 한입 가득 물고 있는 상태에서 표현할 수 있는 최대한도로 연민을 담아 말했다.

앰브로즈는 계속 먹는 데 집중하며 말했다. "많이 편찮으시거든. 하지만 오래 사셨는걸."

"아버지는 어차피 게를 질색하셨어." 필리스도 거들었다.

이런 말을 듣고 데클란은 더욱 심란해졌다. 거의 겁에 질린 것처럼 목소리 톤이 높아졌다. "할아버지도 여기 같이 계시면 좋겠어요. 저한테는 좋은 분이에요!"

크리스틴은 게살을 삼켰다. "아유, 알지. 할아버지가 보고 싶은 거잖아. 극복하기가 쉽지 않지."

"우리 모두 네 할아버지를 그리워하고 있잖니?" 앰브로즈가 다트 선수처럼 냄비를 겨냥해 빈 껍데기를 던지며 말했다.

"네 할아버지 없이도 지내는 법을 어찌어찌 배워야겠지." 필리스가 냄비 울리는 소리와 함께 말했다.

데클란이 의자를 뒤로 밀자 의자 다리가 리놀륨 바닥을 긁는 요란한 소리가 났다. "할아버지가 여기 계셔야 해요! 다섯 번째 의자에 앉아야 하는 사람은 할아버지라고요!" 데클란은 외쳤다.

필리스는 잔치를 벌이는 와중에도 모욕적인 발언에 예리하게 반응했다. "그러니까 나 말고?"

"아뇨, 쟤 말고요!" 데클란은 자리를 박차고 일어나 브렌던을 가리켰다. "B로 시작되는 쟤는 이 집에서 살 자격이 없어요."

앰브로즈가 벌떡 일어났지만 크리스틴이 손을 들어 그를 제지했다. 앰브로즈의 격한 움직임에도 데클란은 겁먹지 않고 대담하게 그를 노려보았다. "네 동생을 그런 식으로 말하지 마라." 앰브로즈가 말했다.

데클란은 아버지를 쳐다보며 차분하게 말했다. "꺼지시죠."

한바탕 난리가 났다. 앰브로즈는 이리저리 왔다 갔다 하며 데클란에게 소리를 질렀고, 크리스틴은 스토브 옆 의자에 앉아서 화를 내며 몇 마디 거들었고, 브렌던은 방으로 도망쳤다.

The Boy from the Sea

필리스는 집으로 갔다. 저녁 새 너무 많은 일이 벌어졌다. 그녀는 기뻐하며 현관문을 닫았다. 조용한 그녀의 집이 안식처였다. 필리스는 복도에서 잠시 걸음을 멈추고 페인트 냄새를 음미했다.

일주일이 지났다. 밤새 천둥 번개가 몰아쳐 몇 시간 동안 전기가 나갔다. 다행히 집집마다 싱크대 아래에 양초를 잔뜩 쟁여놓고 있었다. 우리 마을의 15세 이하 팀이 더니골 지역 대회에서 우승했다. 우리는 유넌 라이언스의 안부를 물었지만 그의 상태에는 변화가 없었다.

그러던 어느 날 아침, 필리스가 병원 구내식당에서 《우먼스웨이》를 보고 있었을 때 간호사가 찾아와 그가 눈을 떴다고 알렸다. 필리스는 자리를 비운 자신을 책망하며 병상으로 달려갔다. 그녀를 알아보는지 여부는 불분명했지만 유넌은 의식을 되찾은 상태에 가까웠다. 필리스는 옆에 앉아 힘없이 미소를 지어보였다. 욕조에 몸을 담그는 것처럼 다리에서부터 시작된 압박감이 상체와 팔을 거쳐 온몸으로 번지는 것이 느껴졌다. 그녀는 몇 초 만에 그 압박감의 정체를 알아차렸다. 온전함이 그녀에게로 돌아와 손끝과 발끝까지 번지고 있었다. 그 느낌은 그녀를 압도했다.

불과 며칠 만에 유넌은 일어나서 앉았고 왕성한 식욕을 되찾았다. 그가 맨 처음으로 내뱉은 온전한 문장은 병실에서 코 고는 소리가 들린다는 불평이었다. 그는 끊임없이 뭔가를 가져다 달라거나 고쳐달라고 했고, 간호사들은 필리스가 오면 숨을 돌릴 수 있게 됐다며 반가워했다. 유넌은 얼굴이 처지고 머리가 빠져서 10년은 늙은 것 같아 보였지만 날마다 운동을 하기 시작했고 그 습관을 결연히 유지했다. 침대를 오르내릴 때는 도움이 필요했지만 이내 네 발 달린 지팡이를 짚고 걸을 수 있게 됐다. "기적이에요." 물리치료사는 이렇게 말했다.

유넌은 두 번 다시 애정이 담긴 목소리로 죽음을 운운하지 않고 이제는 반드시 살겠다고 마음먹었다. "나는 아직 살날이 몇 년 남았어. 몇 년!"

어느 날 저녁에 필리스가 병원을 나서려는데, 의사가 접수처에서 잠깐 대화를 나누자고 했다. 그녀는 앞서 걱정하며 의자 끝에 걸터앉았다. 의사는 좋은 소식을 전하게 돼서 기쁜 마음에 활짝 웃었다. "아버님 퇴원하셔도 되겠어요."

필리스는 핸드백을 단단히 움켜쥐고 자기 몸쪽으로 끌어당겼다. 이런 순간이 올 줄은 알았지만 아직 마음의 준비가 되지 않았다. 그녀는 협상을 시도하거나 불만을 토로하거나 시간이 좀 더 있으면 좋겠다고, 시간이 좀 더 필요하다고 그냥 설명할까 고민했다. 의사는 이해심이 많고 좋은 사람 같아 보였다. 두 손은 매끈했고, 한쪽에 파란색 잉크 얼룩이 조그맣게 묻어 있긴 했지만 셔츠 소매도 잘 다려져 있었다. 그녀라면 그 얼룩을 지워줄 수 있을 텐데. "물리치료를 1, 2주 더 받으시면 저희 아버지가 엄청 좋아지실 것 같은데요." 필리스는 말했다.

"내일 퇴원하세요." 의사는 말했다. "따님이 간병인 맞죠?"

"내일이요." 필리스는 말했다.

의사가 말을 이었다. "아버님이 대소변을 가리실 순 있지만 변기 옆에 안전 바를 설치해야 하고 밤에는 방에 환자용 변기를 두는 게 좋을 거예요. 안면 마비가 조금, 아주 살짝 남아 있으니까 식사하실 때 옆에서 잘 지켜보세요. 음식물이 목에 걸리면 안 되니까요! 어떤 식으로 아버님을 부축하면 되는지 보고 배우실 수 있게 안내 책자를 드릴게요."

필리스는 넣어둔 안내 책자가 워낙 많아서 이미 불룩한 핸드백을 꼭 쥐었다. 그녀는 병원에 올 때마다 안내 책자를 읽지 않는 것에 대한 보상 반응으로 책자를 계속 챙겼다. 그녀는 속으로 자신을 책망했다. 매일 저녁에 뭐 했니? 정신이 나갔었니? 의사가 걱정하는 표정으로 뭐라고 말하기에 그녀는 애써 정신을 집중했다. "……간병인 맞으시죠?"

"네, 맞아요." 필리스는 얼른 대답했다.

"좋습니다. 잘하실 수 있을 거예요. 환자분에게 뭐가 필요한지 누가 봐도 잘 파악하고 계시니까요. 간호사들이 인내심이 대단하시다고 다들 칭찬하더군요. 아버님은 전과 다른 신체적인 한계뿐 아니라 인지적인 한계 때문에 좌절하실 거예요. 저희가 보기에는 뇌졸중의 후유증으로 어휘력 손실이 조금 있으신 것 같은데. 느끼셨나요?"

그녀는 느끼지 못했다. "조금요."

"여기 직원들 말로는 의사소통이 기본적인 수준에 머물 거라고 해요. 아버님이 호통치며 명령을 내리는 것처럼 들릴 수도 있어요."

필리스는 아무 말도 하지 않았다.

다음 날 오후에는 폭우가 쏟아졌고, 필리스는 어두침침한 날씨에도 불을 끄고 식탁 앞에 앉아서 기다렸다. 두 손에 머리를 묻고 있었기에 구급차가 도착한 것을 눈보다 귀로 먼저 알았다. 빗방울이 지붕을 어찌나 세게 때리는지 자갈인가 싶었다. 운전사가 구급차를 세우고 뒤로 돌아가 문을 활짝 열고 발판을 설치하고서 내려오는 유넌을 부축했다. 뒤에 동승한 간호사는 짜증 난 표정이었고 같이 내리길 거부했다. 필리스는 우산을 쓰고 아버지를 인계받기 위해 다가갔다. 유넌은 고무를 씌운 세 발 지팡이를 지급받았지만 그래도 울퉁불퉁한 돌이 박힌 오솔길을 걷기 힘들어했다. 필리스가 팔을 잡자 유넌이 그녀를 쳐다보았다. "너로구나." 그가 흡족한 투로 말했다.

현관문 앞 두 개의 계단이 난관이었다. 필리스는 그가 천천히 발을 드는 것을 지켜보다가 삐걱거리며 걸음을 옮기면 옆에서 잡아주었다. 그는 무사히 문을 통과했고, 가끔 걸음을 멈추고 앞에 아무것도 없는지 확인한 뒤 다시 걸음을 옮겨가며 천천히, 조심스럽게 복도를 이동했다. 그녀가 보기에는 아버지가 달라진 거실을 알아차린 눈치였지만 그는 아무 말도 하지 않았다. 벽에는 무슨 색이든 칠해야 했고 그게 노란색이면 안 될 이유는 없었다. 필리스는 문 앞에 남았다. 마침내 안락의자 앞에 다다른 유넌이 환한 배경 때문에 더욱 병적으로 창백해 보이는 얼굴을 돌려 그녀를 보았다. "차."

필리스는 아무 대꾸도 하지 않았지만 유년은 그런 줄도 모른 채 안락의자에 자기 몸을 앉히는 데 전념했다. 무릎을 구부려 한쪽으로 몸을 낮추었다가 멈추더니 다시 몸을 폈다. 다른 쪽으로 시도했지만 역시 실패했다. 뇌졸중으로 지을 수 있는 표정에 한계가 생겼지만 무언가를 조금씩 실감하는 기색이 역력했다. 그는 서 있다가 그대로 털썩 주저앉을 생각에 이번에는 지팡이에 모든 체중을 실어보려고 했지만 또다시 중간에 멈추었다. 너무 위험했다. 유년은 선 채로 필리스를 바라보았다. 그녀도 그를 마주 보았다.

THE BOY FROM THE SEA

7

며칠 동안 굵은 보슬비가 내리더니 계절이 바뀌었다. 대서양에서 건너온 거대한 비구름이 마을 위에 걸터앉았다. "꼭 구름 속에서 사는 것 같네." 우리는 말했다. 수전 맥기는 인공 고관절 수술을 받았다. 지도에 없던 암초 탓에 아드 바라호의 조업 일기가 끝났다. 탱크 맥휴는 더니골 시내의 어느 가게에서 스테이크를 훔치다 걸렸다. 만에서 범고래가 목격됐다. 샐리 키니가 옆집 마당이 다 내려다보이게, 그것도 허가도 받지 않은 채 집을 증축하는 바람에 논란이 벌어졌다. 유넌 라이언스는 퇴원해 딸 필리스의 보살핌을 받고 있었다.

헤거티스 통로에서 늘 사던 물건을 고를 때면 모를까, 이제 더는 마을에서 필리스가 자주 보이지 않았다. 헤거티스 카운터에서 계산을 할 때 보면 그녀는 어딘지 모르게 로봇 같았다.

"딱해라, 필리스가 너무 많이 참고 있네." 그녀가 나가면 우리는 이렇게 말하곤 했다. 유넌은 다행히 혼자 옷을 갈아입을 수 있었고 침대에 눕는 것도 넓고 푹신한 매트리스 위로 쓰러지면 돼서 어찌어찌 가능했지만 아침에는 필리스가 일으켜야 했고, 의자에 앉거나 일어날 때도 겨드랑이 아래로 팔을 넣어서 어깨뼈를 잡아주어야 했다. 살가죽이 하도 늘어져 있어서 그럴 때면 그의 해골을 상상하지 않을 도리가 없었다. 한 달도 되지 않는 기간 동안 아버지와 신체적인 접촉을 한 회수가 이전 45년을 모두 합한 것보다 더 많았다.

어느 날 저녁에 필리스는 새로운 방법을 시도해보기로 했다. 유넌을 안락의자에서 일으켜 식탁까지 부축해 가느니 거기 그냥 앉혀놓고 커다란 쟁반에 식사를 차려주기로 한 것이다. 그는 싫어하겠지만 그녀에게는 숨을 돌릴 자격이 있었다. 필리스는 자신에게 벌어진 변화를 알아차리기까지 오랜 시간이 걸렸지만 이제는 아버지가 별로 무섭지 않았다. 그는 뇌졸중으로 약해졌다. 목소리가 떨렸고 엄한 표정이 사라졌고 심지어 키까지 작아졌다. 필리스는 자신에게 선택의 여지가 있다는 사실을 깨달았다. 그녀는 거실로 들어가 딴 데 정신 팔린 사람처럼 경쾌하게 흥얼거리며 의자 팔걸이 위에 쟁반을 걸쳐놓았다. 쟁반은 아기용 식탁 의자에 달린 식판처럼 그의 무릎에 닿지 않았다. 유넌은 그걸 보며 처음에는 혼란스러워하다가 분개했다. "싫다."

필리스는 그의 말을 못 들은 척하며 부엌으로 가서 식사를 들고 왔다. 찌릿한 죄책감이 느껴졌다. 그녀도 자신이 잘못된 행동을 하고 있다는 걸 알았다. 보는 사람이 있으면 하지 않았을 행동이라는 게 그 증거였다. 거실로 돌아가 보니 아버지가 뿌듯해하는 표정을 짓고 있었다. 쟁반을 쳐서 바닥으로 떨어뜨린 것이다. 필리스는 식사를 찬장에 내려놓고 쟁반을 그의 의자에 다시 얹었다. "이러면 텔레비전을 보면서 식사하실 수 있어요." 그녀는 억지로 밝은 목소리를 내며 말했다. "좋아하시게 될 거예요."

그녀가 몸을 돌려서 접시를 집는 새 그가 쟁반을 다시 치워버렸다.

"허, 허, 아버지." 필리스는 나무라며 쟁반을 다시 얹고 고정시키려는 듯 손끝으로 쟁반을 두드렸다. 유넌은 으르렁거리며 두 팔을 위로 던졌다. 필리스는 펄쩍 뒤로 물러났고 쟁반은 허공에서 재주넘기를 하다가 벽난로 선반 위에 있던 벨리크 도자기 인형을 쳐서 떨어뜨렸다. 드레스를 입고 도도한 표정을 지으며 새침하게 발목 위로 치맛자락을 들고 있는 여자 인형이었는데, 벽난로 타일 모서리에 부딪혀 세 동강이 났다. 유넌은 아내가 그걸 얼마나 좋아했는지 생각이 났는지 파편을 보며 나지막이 끙끙거렸다. 필리스는 깨진 인형을 보고 깨달았다. 그녀는 아쉽지가 않았다. 조심스럽게 먼지를 털어야 하는 장식이 하나 줄었으니 깨져줘서 고마웠다. 그녀가 박살 내고 싶은 물건이 그 주변에 몇 개 더 있었다. "아주 그냥 폭군이네요?" 그녀는 아버지에게 말했다.

유넌은 손깍지를 끼고 자신이 만든 난장판을 쳐다보았다. 그가 침을 삼키자 턱살이 출렁거렸다.

필리스는 식탁 의자에 털썩 주저앉아 화난 표정으로 웃으며 말했다. "폭군이야!"

유년은 고개를 들었다가 그녀의 표정에 겁을 먹고 몸을 사렸다.

그녀의 목소리가 이제는 날카로워졌다. "하지만 아버지는 옛날부터 폭군이었죠. 안 그래요, 아버지?"

유년은 자기 몸을 보호하려는 듯 어깨를 움츠렸다.

"폭군." 그녀는 의자에 몸을 기대며 이번에는 나지막이 중얼거렸다.

우리 모두에게는 사악한 면모가 있으니 완전히 엇나가지 않도록 방지해주는 죄책감이라는 것이 있어서 다행일지 모른다. 필리스는 나중에, 유년이 잠자리에 들고 난 뒤에 뼈저린 죄책감을 느꼈다. 그녀는 돋보기안경을 쓰고 100와트짜리 전구가 달린 스탠드를 식탁 위에 놓고는 깨진 조각들을 모았다. 고요한 밤이었다. 들리는 소리라고는 조그만 탁상시계가 째깍거리는 소리뿐이었다. 필리스는 파편을 만지작거리며 반질반질한 유약과 손끝을 찌르는 날카로운 단면의 대조를 느꼈다. 앉아서 인형을 다시 붙였다. 어렸을 때 마을에서 찾아온 남자들이 남들을 대할 때와는 다르게 깍듯한 말투로 아버지와 대화를 나누는 것을 듣고 자부심을 느꼈던 기억이 났다. 그렇다, 그는 가끔씩 며칠간 언짢은 표정을 지을 때도 있었지만 먹을 음식과 난방용 기름이 떨어지지 않게 했다. 그렇다, 그는 종종 무섭게 소리를 질렀지만 그들에게 손찌검을 한 적은 없었다. 그렇다, 크리스틴이 여덟 살이었을 때 그녀를 반나절 동안 방에 가둬놓고 문손잡이 아래를 의자로 막은 적이 있었지만, 둘이 벽을 사이에 두고 대화를 나눈다는 것을 알면서도 필리스까지 자기 방에 들어가지 못하게 막지는 않았다.

필리스는 인형을 다시 붙였지만 달걀 껍데기처럼 얇고 조그만 유약 부스러기를 모두 찾아서 붙일 도리는 없었다. 인형은 누가 봐도 알 법하게 떨어져서 깨졌던 흔적이 남았다.

이렇게 해서 라이언스의 집 안에 어떤 삶의 리듬이 생겼다. 몇 주 동안은 만족스러운 생활이 이어졌고 모든 게 아무 문제 없어 보였다. 아이들이 저녁을 먹으러 오면 필리스는 호들갑스럽게 챙기며 브렌던에게 상냥하게 말을 걸었고, 데클란에게는 당근을 썰거나 할아버지가 마실 차를 끓이는 등 간단한 부엌일을 맡겼다. 하지만 결국에는 과로와 불만에 시달렸고 이게 끝이라는, 그녀가 누릴 수 있는 삶은 이게 전부라는 사실에 매몰됐다. 분위기가 우울해질 때는 며칠 전부터 조짐이 보였고 유년은 그 조짐을 알아차리게 됐다. 몸놀림이 갑작스러워지고, 그의 말에 대답하기 전에 뜸을 들이고, 목소리가 단조로워졌다. 유년은 필리스의 심리 상태를 유심히 살폈다. 그녀의 기분 변화를 읽는 것이 빠릿빠릿한 정신을 유지하는 훈련이었다. 이런 걸 의미한 건 아니겠지만 병원에서도 날마다 두뇌 운동을 하라고 했었다.

유년은 평생 집으로 찾아오는 손님을 질색했는데 이제는 목을 빼고 기다렸다. 직접 문을 열어줄 수는 없었지만 관할 간호사라도 만나면 반가웠다. 어느 날 오후 유년이 안락의자에 앉아 있었을 때 초인종이 울렸다. 녹음된 종소리가 대성당에서처럼 차례대로 울렸다. 필리스가 야심만만하게 고른 효과음이었다. 그녀는 창가에서 제일 가까운 식탁 의자에 앉아서 《홈스 앤드 가든스》를 보고 있었고, 유년은 그녀를 예의 주시했다. 그런 주제넘은 태도에 그녀는 부아가 났다. "저 만나러 올 손님 없는데. 아버지는 있어요?"

그는 고개를 돌리고 아무 말도 하지 않았다.

필리스는 다리를 길게 뻗어 의자를 뒤로 비스듬히 기울이고 는 망사 커튼 사이로 현관 앞 계단을 내다보았다. 벨라 파워가 문 앞에 서 있었다. 무슨 일로 찾아왔나 싶어서 궁금했지만 그 보다 더 재미있는 것이 생각났기에 궁금한 걸 참을 수 있었다. 그녀는 만화영화에서처럼 헉하고 숨을 토했다. "저승사자가 왔 어요! 우와, 대단하네! 낫까지 들고 왔지 뭐예요. 누굴 찾아온 건지 모르겠네. 저일까요, 아버지일까요?" 그녀는 의자 다리를 카펫 위로 다시 내리고 자기 아버지를 빤히 쳐다보았다. "확인할 수 있게 문 열어줄까요?"

초인종 소리가 집 안에 다시 울려 퍼지자 유년이 앉은 자리 에서 움찔했다.

"안 열어줄래요." 종소리가 점점 희미해지는 동안 필리스가 말했다. "우리 둘이서 오붓한 시간을 보내고 있었잖아요."

그녀는 잡지를 다시 집었고 의자에서 일어나지 않았다.

벨라 파워는 포기하고 차에 다시 올라타 찾아온 목적을 달성하지 못한 채 떠났다. 그녀가 이 집은 찾은 이유는 브렌던의 행동에 대해 의논하고 싶어서였다. 브렌던은 이제 겨우 열 살인데 점점 이상해져가고 있었다. 이리저리 싸돌아다니는 건 둘째 치고 이제는 비디 도너휴뿐만 아니라 다른 사람들의 집까지 찾아다녔다. 그레그 도리언은 단골이었고 완전히 제정신이 아닌 메리 팻 케네디도 마찬가지였다. 이그네이셔스 디니의 집에 들어가는 것을 봤다는 사람도 있었는데, 이그네이셔스는 발작을 자주 일으키는 환자라 더욱 걱정이었다. 브렌던은 특이한 사람들, 노인과 고립된 사람들에게 마음이 끌리는 듯했다. 아니면 그들이 브렌던에게 마음이 끌리는 것일 수도 있었다. 벨라는 성냥갑 조니가 자기 연립주택으로 브렌던을 부르는 것을 직접 목격하고 놀라서 따라 들어간 적이 있었다. 노크도 없이 범죄 현장을 급습하듯 문을 박차고 들어갔다. 하지만 들이닥쳐 보니 조니가 아이에게 400개도 넘게 모아서 테이블 위에 진열해놓은 자기 성냥갑을 보여주고 있었다. 그들은 벨라가 들이닥치자 놀라서 고개를 들었다.

벨라는 며칠 뒤에 헤거티스의 유제품 코너에서 필리스를 만나자 이 집, 저 집 찾아다니는 브렌던을 두고 말이 많다고 전했다. 가장 최근에 열린 아일랜드 농촌 여성회 지부 회의 때 안건으로 상정되기까지 했다고 말했다. "걔가 무슨 생각으로 그러는 걸까요?" 벨라는 계속 물었다. 필리스는 가족 문제가 마을 사람들 입방아에 오르내리는 것이 싫었고, 그 아이에 대한 분노가 다시금 불타올랐다. 그녀는 1리터짜리 우유통을 앞뒤로 흔들며 질문에 아무 대답 없이 빠져나갔다.

어느 날 저녁에 브렌던이 저녁을 먹으러 오지 않자 필리스는 호텔로 전화해 크리스틴에게 당장 집으로 오라고 닦달했다. 크리스틴이 그 집에 들어가 보니 필리스는 이리저리 서성이고 유년과 데클란은 식탁에서 저녁을 먹고 있었다. 브렌던의 저녁은 차갑게 식어가고 있었고 필리스의 저녁도 건드리지 않은 채였다. "나는 속이 뒤집히면 아무것도 못 먹거든." 그녀가 말했다.

크리스틴은 창문 앞으로 다가가 가문비나무를 내다보았고 필리스도 그 옆으로 와서 섰다. "비다나 이그네이셔스 집에서 저녁을 얻어먹고 있나?" 크리스틴은 궁금해했다.

필리스가 고개를 젓고 말했다. "소다빵이랑 관할 간호사가 따라주는 영양 보충 음료만 먹고 사는 사람들인걸."

"학교 마치고 길에서 브렌던 못 봤니?" 크리스틴은 어깨 너머로 데클란에게 물었다.

"제가 걔 보디가드도 아니잖아요." 데클란은 대꾸했다. 크리스틴은 한소리 하려고 고개를 돌렸다가 눈앞에 펼쳐진 광경을 보고 멈췄다. 데클란이 할아버지와 거의 머리가 맞닿을 만큼 몸을 앞으로 내밀어 유년의 생선을 자기 나이프 옆면으로 눌러 살을 발라주고 있었다. 유년이 그 정도로 섬세하게 손을 쓸 수 없었기에 데클란이 엄지와 검지로 가시를 집어서 옆으로 던지고 있었다. 크리스틴이 지금까지 보아온 데클란의 모습 중에서 가장 다정한 모습이었다.

브렌던은 감감무소식이었지만 앰브로즈가 왔다. "다들 안심

해도 돼요." 그가 안으로 들어오며 말했다. "커닝엄네 집에 있대요. 그 집에서 연락 왔어요."

"어느 커닝엄이요?" 필리스는 따져 물었다.

"캐슬린하고 그쪽 식구요." 앰브로즈는 대답했다.

캐슬린은 뇌종양에 걸려서 체중이 줄고 머리가 빠지고 잇몸이 내려앉아 이가 점점 커지고 튀어나왔다. 어느 날 성당에서 성체강복을 하는 동안 그녀가 자리에서 일어나 남편의 부축을 받으며 밖으로 나가느라 술렁인 적이 있었다. 그녀는 그 이후로 성당을 다시는 찾지 않았고, 지금은 아무 데도 가지 않고 침대에서 누워 지냈다. "알고 보니 브렌던이 그 집으로 가끔 병문안을 갔나 봐요." 앰브로즈가 말했다.

"그런데 두 사람 다 전혀 몰랐다고요?" 필리스가 쏘아붙였다.

앰브로즈가 요란하게 한숨을 토했다. 그는 이런 식으로 힐난을 당한 이유가 없었다. "네, 잘 몰랐어요."

"*잘 몰랐다.*" 필리스는 못마땅하게 여기는 투로 말했다. "그래서 그 여자가 얻는 건 뭔데요?"

"그 아이를 만나면 마음이 편안해지나 봐요. 첫 등장도 그렇고 해서 그 아이가 특별하다고 믿는 마을 사람들이 더러 있으니까요." 앰브로즈는 말했다.

"사회 낙오자가 거친 풍랑 속으로 내다 버린 아이라서요?" 필리스가 반문했다.

앰브로즈는 그 말을 못 들은 척했다. "사람들은 브렌던에게 고민을 털어놓는 걸 좋아해요. 그리고 내가 듣기로는 그 아이가 사람들에게 축복 비슷한 걸 해준대요."

"축복이라니!" 필리스가 외쳤다.

"그런가 봐요." 앰브로즈는 말했다.

옆에서 듣고 있던 데클란이 물었다. "그러고 돈을 받아요?"

앰브로즈는 고개를 저었다. "그냥 그 사람들 어깨에 손을 얹고 듣기 좋은 말을 몇 마디 해주는 거야. 걱정할 일이 전혀 아니라고 본다만."

앰브로즈는 크리스틴을 보았다. 그녀가 별일 아니라고 하면 별일 아닌 거였다. 필리스도 앰브로즈를 포기하고 크리스틴을 공략했다. "정신 나간 짓 이제 그만하게 해야 해. 길거리를 돌아다닐 게 아니라 집에 있어야지. 누굴 축복할 자격도 없는 아이고."

"나는 다시 일하러 갈게." 크리스틴은 말하고 그 집에서 나왔다.

필리스는 오솔길까지 따라 나와 차 옆에서 그녀를 가로막았다. "내가 진심으로 걱정되는 건 너야. 그 아이가 좀 힘들게 굴어야 말이지. 네 입장에서는 너무 억울하잖아."

크리스틴은 열린 차 문 옆에 서서 언니의 얼굴을 유심히 들여다보았다. 어렸을 때 필리스는 그녀에게 종종 보호 본능을 발휘했지만 대개는 보호를 가장한 억압이었다. 지금도 그녀가 비슷한 단어를 쓰고 있지만 크리스틴이 판단컨대 의도는 전과 달랐다. 필리스는 브렌던을 곁에 두고 싶어 한 적이 한 번도 없었고, 그 아이를 온전히 받아들이지 못했으며, 문제아 취급했다.

매정한 태도였기에 크리스틴은 서로 부딪치지 않고 지내려면 언니도 어쩔 수 없어서 그러는 거라고 믿어야 했다. 지난 갈등을 이제 막 극복하기 시작한 상황에서 또 다른 갈등을 만들고 싶진 않았다. 인내심을 발휘해야 했다. 크리스틴은 결국 그녀는 탈출했지만 필리스는 그러지 못했다는 것을 알았기에 필요하면 얼마든지 인내심을 발휘할 수 있었다. "다들 브렌던이 무슨 끔찍한 짐이라도 되는 줄 아는 눈치인데, 솔직히 내가 맡은 일 중에 제일 신경을 안 써도 되는 항목이 걔야."

크리스틴은 차를 몰고 떠났고, 오솔길에 남겨진 언니는 그 뒷모습을 물끄러미 바라보았다.

우리 호텔은 부두 근처 마을 중심가에 있었다. 크리스틴이 거기서 하는 일은 집에서 하는 일과 비슷했지만 강도는 몇 배였다. 침구류는 서른 배, 필요한 세제는 열 배 더 많았고, 세탁 바구니는 세 배 더 컸고, 같이 일하는 여직원 중 최고 연장자에 비해 그녀의 나이가 두 배 더 많았다. 크리스틴은 혼자 일하는 세탁실을 가장 좋아했지만 경우에 따라 그 10대 여자아이들 중 한 명과 2인 1조로 움직여야 할 때도 있었다. 그날 저녁에는 신입에게 업무 안내를 해주어야 했다. 라지나그리나에 사는 프링글 집안의 데비 프링글이었다. 이 아이는 느리고 대답이 없었지만 크리스틴은 그녀의 10대 시절도 쉽지 않았기에 판단을 유보하기로 했다. 프런트에는 커다란 거울이 세 개 달려 있었다. 크리스틴은 데비에게 자국이 남지 않게 신문지로 거울 닦는 법을 가르쳐주었다. 그녀는 자기 덕분에 이제 전 직원이 신문지로 거울을 닦는 걸 보고 직업적인 자부심을 느꼈지만, 결혼하고 아이를 키우는 동안 청소를 가장 잘하는 여자가 되었다는 데 짜증이 나고 심지어 슬퍼질 때도 있었다.

성공적인 결과물을 보여주어도 데비는 신문지의 효능을 의심스러워하는 눈치였다. 다음으로 크리스틴은 프런트 데스크 뒤편에 있는 황동 판을 닦는 데 쓸 식초, 소금, 베이킹소다 풀을 만들었다. 발판을 딛고 올라가 그걸 판에 바른 다음 닦아냈다. "알겠지?" 그녀는 물었다. 황동 판이 이제는 반짝거렸다.

"무슨 마술 같아요." 데비가 말했다. 크리스틴은 웃음을 터뜨렸다가 고개를 돌렸을 때 섬뜩하게 놀란 데비의 표정을 보고는 웃음을 그쳤다.

그다음 차례는 위층 객실이었다. 스위트룸이 공실이라 화장실에서 담배 한 대 피우기 좋았다. 데비는 담배를 피우지 않아서 크리스틴이 변기 뚜껑 위로 올라가 천창 밖으로 고개를 내밀고 실크 컷 레드를 피우는 동안 욕조 가장자리에 걸터앉아 손톱을 뜯었다. "앞으로 어쩔 생각이야?" 크리스틴이 물었다.

"다른 애들 어쩌나 보고 결정하려고요." 데비는 대답했다.

"오늘 저녁에 어디 갈 거냐고 묻는 게 아니야. 미래 계획 말이야. 앞으로 어떻게 살 생각이냐고."

데비는 이런 질문을 받아본 적이 없는지 10초 동안 곰곰이 생각한 뒤에 대답했다. "다른 애들 어쩌나 보고 결정하려고요."

크리스틴은 더 이상 아무 말도 하지 않았다. 그녀는 까치발

The Boy from the Sea

을 들고 목을 길게 빼서 바깥 풍경을 눈에 담았다. 정박한 트롤선의 조명이 시커먼 물 위로 반사돼 길고 하얀 수직선을 남겼다. 그보다 가까이에서는 젖은 도로가 가로등 불빛을 받고 반짝거렸다. 비를 피해 웅크리고 걸어가는 사람들은 모두 저마다의 고민을 안고 있을 것이었다. 예견했던 것처럼 그녀와 브렌던은 많은 경험을 공유했지만 그 아이는 가장 중요한 부분에서 그녀와 멀어졌고 사랑은 많은 걱정을 낳았다. 데클란의 공격적인 태도도 까다로운 문제였지만 그 아이는 어떤 식으로 이끌면 진정시킬 수 있을지 알 것도 같았다. 하지만 브렌던을 떠올리면 명확한 길이 보이지 않았다. 그 아이가 침구를 빨거나 고기잡이로 근근이 먹고 사는 것이 인생의 전부라고 생각하지는 않길 바랐지만 그녀와 앰브로즈가 보인 본보기가 그것뿐이었다. 대부분의 엄마는 아이가 골목길을 걸어 다니며 병약자에게 축복을 전한다고 하면 못 하게 하겠지만, 브렌던에게 가장 좋은 길이 그녀도 뭔지 모르겠는 상황에서 그걸 직접 찾으러 나선 아이를 말려야 할까? 어쩌면 브렌던이 잘하고 있는 것일지 몰랐다. 그게 아니더라도 자기 길을 걷고 있는 것만큼은 분명했다.

크리스틴이 퇴근해 보니 앰브로즈가 이불도 덮지 않은 채 조업을 앞두고 잠깐 눈을 붙이고 있었다. 그녀가 옆에 눕자 그가 끙끙대며 눈을 떴다. 워낙 작은 집이라 아이들 이야기를 나눌 때 두 사람이 내는 조그만 목소리가 있었다. 그녀는 그의 어깨에 턱을 얹고 말했다. "그냥 돌아다니게 내버려두자. 브렌던은 착한 아이이니까 자기 길을 찾게 두자."

"내 생각도 그래." 앰브로즈는 말했다.

그들은 잠이 들었다.

하지만 필리스는 잠을 이룰 수가 없었다. 동생은 브렌던의 기행을 말릴 생각이 없어 보이니 대신 그녀가 나서기로 마음먹었다. 나중에 크리스틴이 고마워하는 날이 올 거라고 그녀는 스스로 주문을 걸었다. 필리스가 해야 하는 일이 이미 산더미이지 않은가 싶겠지만, 해야 하는 일이 산더미면 그건 통째로 외면하고 다른 일을 벌이려는 사람들도 있다. 게다가 필리스는 그즈음 조그만 일에도 쉽게 감정적으로 흔들렸는데, 어쩌면 그럴 만한 일을 찾아다닌 것인지도 몰랐다. 아니, 축복이라니! 그녀는 데클란을 끌어들이기로 했다. 조금만 자극해도 질투를 유발할 수 있을 것이다. 여기저기서 다들 브렌던 얘기뿐이라고 하면 치를 떨 것이다. 이 마을에서 브렌던이 맡고 있는 역할에 앰브로즈가 기뻐하는 눈치라고 슬쩍 흘리면 더욱 치를 떨겠지.

우리가 문득 정신을 차려보니 데클란이 매일 오후에 브렌던과 함께 하교하고 있었다. 몇 년 만에 처음 있는 일이었고, 큰길을 따라 걷는 내내 종알거리는 것을 보면 브렌던이 얼마나 행복해하는지 알 수 있었다. 데클란이 워낙 성큼성큼 걸었으니 그걸 따라잡으려면 브렌던은 네다섯 걸음마다 폴짝 뛰어야 했다. 우리도 보면서 흐뭇해했지만 브렌던이 돌아다니며 이 집, 저 집 찾아다니는 것을 막기 위한 조치란 건 나중에 깨달았다. 그 방법은 효과가 있었다. 브렌던은 형과 같이 집까지 걸어갈 기회가 생기자마자 다른 곳에 발길을 딱 끊었다.

　주말에는 브렌던의 이른바 '사이비 행각'을 차단하려고 필리스가 추가로 생각해놓은 방편이 있었다. 마을에 조그만 영화관이 있어서 토요일마다 영화표와 오팔 프루츠 사탕 두 봉지를 살 수 있게 아이들 손에 돈을 쥐여주었던 것이다. 영화가 끝나면 그녀가 가서 아이들을 태우고 곧장 집으로 데려갔다. 브렌던은 너무 조잡하고 너무 시끄러워서 영화를 좋아하지 않았지만 형과 함께 하면 뭐든 즐거웠다. 반면에 데클란은 극적인 상황과 원초적인 감정에 매번 넋을 잃었다. 그 생명체는 우주로 돌아가는 편이 낫다는 것이 우리 마을 사람들의 전반적인 의견이었음에도 데클란은 〈ET〉 마지막 장면에서 눈물을 흘렸다. 〈슈퍼맨 3〉에 보인 감정은 더욱 인상적이었다. 슈퍼맨이 비뚤어져서 악당으로 변신하자 바지에 오줌을 싸버린 것이다. 그는 아무 말 없이 외투로 무릎을 덮고 마지막이다 싶은 장면이 나올 때까지 자리에 앉아 있다가 잽싸게 도망쳤다. 브렌던도 얼른 쫓아 나가 아무도 눈치챌 수 없게 자기 몸으로 형을 가렸다. 그들은 무사히 차에 올라탔지만 필리스가 냄새를 맡고 바지가 축축해진 것을 보았다. "네 덩치에!" 그녀는 그렇게 외치고 나서 나중에 데클란의 엄마에게 그 사실을 일러바쳤다.

　"힘든 나이잖아." 크리스틴은 말했다.

　계절이 바뀌었다. 흰털발제비들이 다시 떠났다. 우리는 4대 1로 낙태 합법화에 반대했다. 도박용 기계에 반대하는 단체가 지지층 확보를 위해 마을 회관에서 집회를 열었다. 데클란은 직업학교에 입학했고, 신중하고 심사가 사나운 열세 살이 되었다. 브렌던은 조용하고 속을 알 수 없는 열한 살이 되었다. 모든 나이가 힘든 나이인 듯했다.

40대도 보내기 힘든 나이일 수 있어서 어느 날 오후에 필리스가 마침내 무너졌다. 고통스러웠지만 한편으로는 후련했다.

크리스틴은 설거지를 하고 데클란은 식탁에서 숙제를 하고 있었을 때 필리스가 들어와 평소처럼 등받이 없는 의자에 앉았다. "요즘 통 잠을 못 자겠어." 그녀가 고개를 떨구고서 말했다.

"아이고. 퀸 선생님을 찾아가면 약을 처방해주실 거야." 크리스틴이 말했다.

필리스는 눈을 들어 크리스틴을 보았다. "네가 밤에 몇 번만 와서 아버지 시중을 들어주면 정말 좋겠는데."

크리스틴은 다시 설거지를 했다.

"부탁이야." 필리스는 말했다. 그녀답지 않았다.

크리스틴은 언니가 왔을 때 설거지를 하고 있어서 다행이라는 생각을 했다. 바쁜 티를 내서 나쁠 건 없었다. 그녀는 설거지를 계속하려고 컵을 몇 개 비눗물에 담갔다. 언니의 부탁이 별것 아닌 것처럼 들릴 수 있을지 몰라도 크리스틴은 자신의 삶을 지켜야 할 필요성을 느꼈다. 하룻밤이라도 위험할 수 있었다. 유년 라이언스는 이탄지의 싱크홀 같아서 가까이 다가갔다가는 빨려 들어갈 수 있었다. 세상 사람들 눈에는 보이지 않는, 끈적끈적한 어둠 속을 영원히 부유하는 자신의 모습이 그려지는 듯했다. "나는 이 집 살림에 호텔 일에 애네들 먹이고 공부까지 시켜야 해." 크리스틴은 데클란 쪽으로 고개를 까딱였다.

데클란은 과학책 뒤표지에 AC/DC 로고를 그리고 있다가 순간 엄청 집중한 표정을 지었다.

필리스는 아무 말도 하지 않았지만, 원망의 침묵이라기보다 그냥 기운을 완전히 소진한 것 같았다. 그녀는 턱을 천천히 숙여 바닥을 보았다.

"아버지를 좀 더 일찍 주무시게 하면 어때? 아버지를 9시에 눕혀드리고 여기 와서 나랑 같이 텔레비전 보자. BBC에 일반인의 도움으로 범죄 사건을 해결하는 〈크라임워치〉라는 프로그램이 있거든. 사건을 제대로 재구성한 〈가더 패트롤〉이라고 보면 돼. 대형 절도 사건에 심지어 살인 사건까지 등장해. 언니도 보면 재밌을 거야." 크리스틴은 말했다.

라이언스의 집에서 볼 수 있는 건 아일랜드의 두 개 방송국 채널뿐이라 선택 범위가 좁았고, 중간에 GAA 선수들이 쏟아져 나와 사료와 가축용 구충제를 추천하는 광고를 봐야만 했다. 아무튼 문제는 시간이 아니라 날이면 날마다 잠옷을 갈아입히는 데 따르는 고충이었다. 쭈글쭈글하게 늘어진 사타구니 살, 섬뜩하리만치 뾰족한 골반, 칙칙한 성기와 음모. 관할 간호사는 아버지가 어렸을 때 그녀의 기저귀를 얼마나 갈아주었는지 생각하면 도움이 될 거라고 했지만, 그 간호사도 알고 온 마을 사람들도 알다시피 유넌은 평생 아이 기저귀를 한 번도 갈아준 적이 없었다. 필리스의 몸이 부들부들 떨리기 시작했다.

"왜 그래?" 크리스틴은 물으며 그녀에게로 두 발짝 다가갔다.

필리스는 손을 쥐었다 폈다 하면서 손바닥을 보여주었다가 감추길 반복했다. "내가 가끔 아버지한테 못되게 굴 때가 있어." 필리스는 마침내 고백했다.

"아우, 그럴 리가." 크리스틴은 말했다.

"금요일에 다른 채널에서는 〈나바론의 대포〉가 방송되고 있는데, 아버지한테 〈레이트 레이트 쇼〉를 보게 했어."

"걱정 마. 아버지는 아마 그게 나오는 줄도 몰랐을 거야."

"알았어! 내가 일부러 안 알려드렸겠니?"

크리스틴은 그 말을 듣고 놀랐다.

필리스는 하던 이야기를 계속했다. "나는 아버지가 뭘 떨어뜨리면 버럭 화를 내. 몇 시간 동안 없는 사람 취급하기도 해. 아버지가 좋아하는 빵은 사지 않아. 오늘 아침에는 아버지가 마멀레이드를 먹고 싶어 했는데, 마멀레이드가 없다고 거짓말했어. 하지만 있었거든, 당연히 있었지." 목소리가 갈라졌고 그녀는 울음을 터뜨렸다. "마멀레이드는 없었던 적이 없어!"

고백을 하고 탈진한 필리스는 빨개진 눈을 들어 크리스틴을 보며 판결을 기다렸다.

크리스틴은 흔들림 없는 눈빛으로 그녀를 바라보다가 이렇게 말했다. "아버지는 *끄떡없어*."

두 자매 사이에 침묵이 내려앉았다. 크리스틴은 마개를 뽑아서 빙글빙글 빨려 내려가는 개숫물을 쳐다보다가 찻주전자를 올렸다.

필리스는 데클란이 듣고 있는 줄도 몰랐다. 직업학교에 입학

The Boy from the Sea

했어도 그녀의 눈에는 상황 파악을 못 하는 어린아이에 불과했기에 데클란이 이런 제안을 하자 그녀는 깜짝 놀랐다. "제가 가서 밤에 할아버지 챙길게요. 잠옷 갈아입혀드리고 뭐든 해드릴게요."

크리스틴은 싱크대에 기대고 서서 그 아이의 모습을 온전히 눈에 담았다. 기쁘고 대견했다. 그녀는 언니를 보며 말했다. "그럼 되겠네."

이렇게 해서 데클란이 거의 매일 밤 9시쯤에 라이언스의 집에 가게 됐다. 텔레비전 뉴스가 시작되는 시각이 그때였고 할아버지는 뉴스를 꼬박꼬박 챙겨 봤다. 데클란은 식탁 의자를 들고 가서 같이 뉴스를 보곤 했다. 유년은 꺽꺽대긴 했지만 그래도 버터 산이나 우유 호수 같은 정책 실패 보도가 나오면 여전히 화를 냈다. "여자들한테 맡겨도 이보다는 잘하겠다." 그는 의자 팔걸이를 움켜쥐고 흥분해서 몸을 앞으로 들어 올리며 말했다. 하지만 유년이 맥락을 파악하지 못하는 것처럼 보일 때도 있어서 데클란은 할아버지가 사건을 이해한다기보다 기자의 신호에 따라 분통을 터뜨리는 건 아닌지 의심스러웠다. "이 짐승 떼를 좀 봐라." 어느 날 밤에 데클란이 들어가자 그가 말했다. "축구장을 아주 쑥대밭으로 만들어놓고 있어."

데클란이 뉴스를 보니 남자들의 행렬이 화면을 가득 메우고 있었다. 중동이었고 자동화기를 들고 있었다.

"저긴 축구장이 아닌 것 같은데요." 데클란이 말했다.

"훌리건이야." 유넌이 말했다. 그가 자기 생각을 말하면 그것으로 끝이었다. 심지어 헬리콥터가 어느 건물 위로 폭탄을 투하하는 장면이 이어져도 그의 생각에는 변함이 없었다. 데클란은 할아버지를 쳐다보았다. 텔레비전 영상들이 눈동자 위로 비치기만 할 뿐 머릿속까지 전달되지는 않는 것 같았다.

데클란은 그 집에 있으면 좋았다. 집에서는 아버지의 관심이 계속 브렌던에게로 향했다. 적어도 그가 느끼기에는 그랬지만 할아버지와 이 집과의 유대 관계는 오롯이 데클란 혼자만의 것이었다. 가 있는 동안 계속 유넌 옆에 앉아 있는 건 아니었다. 부엌에 들어가기도 했고, 하루는 뒷문 밖으로 몸을 내밀고 첫 담배를 피운 적도 있었다. 데클란은 본 적도 없는 할머니의 요리책을 연구하기 시작했다. 할머니가 여백에 적어놓은 메모가 아직도 선명했고, 종이에 옮겨 적어서 표지 안쪽에 붙여놓은 레시피는 테이프가 떨어지려 하고 있었다. 오랜 세월을 거치는 동안 용량이 수정되고 단계가 추가됐다. 데클란은 엄마에게 요리책을 한 권만이라도 집에 들고 가면 안 되느냐고 물었지만 크리스틴은 고개를 저었다. 어머니의 요리책은 끔찍한 기억들로 얼룩져 있어서 소름이 끼친다고 했다. 보너의 집 냉장고에는 가공식품이 그득했다.

어느 날 밤에 데클란은 라이언스의 집 냉장고에 남은 매시드 포테이토가 있는 것을 보고 아이디어를 떠올렸다. 자기 부엌을 건드리면 이모가 싫어할 테니 아무도 모를 만큼 조금만 덜어냈다. 거기에 크림, 달걀, 후추를 넣고 저어서 조그만 케이크 모양

The Boy from the Sea

을 두 개 만들었다. 여기에 밀가루를 입혀서 버터에 튀겼다. 데 클란과 할아버지는 텔레비전 앞에 나란히 앉아서 감자 케이크 를 하나씩 손에 들고 먹었다. 유넌은 칭찬까지 하지는 못했지만 먹는 소리가 긍정적이었다. 데클란은 미소를 지었다. "이제 주무 실 시간이에요."

　매일 밤 10시쯤 되면 데클란은 할아버지를 의자에서 부축해 일으켰다. 유넌은 시설에서 쓰는 세 발 지팡이를 거부하고 손잡 이가 뭉툭한 전형적인 나무 지팡이를 고집했는데, 그걸 짚고 숨 을 계속 거칠게 몰아쉬며 화장실에 갔다. 협응이 안 돼서 이를 제대로 닦을 수 없어도 필리스에게는 절대 맡기지 않았지만, 몇 번 어르고 달래면 데클란에게는 허락했다. 그러고 나면 필리스 가 담요 다섯 장을 합쳐서 접어놓고 잠옷을 꺼내놓은 방으로의 이동이 시작됐다. 데클란이 안경을 벗겨 침대 옆 협탁에 놓는 동안 유넌은 침대에 앉아 있었다. 그는 팔은 아무 문제 없이 들 었지만 단추는 영 채우지 못했다. 너무 말라서 밀랍 같은 가슴 과 뱃살은 처질 건더기도 없었지만 마치 그에게서 흘러내리려고 하는 것처럼 보였다. 데클란은 할아버지의 몸을 보아도 괴롭지 않았다. 데클란은 요즘 들어 거울로 자기 몸을 살피는 습관이 생겼고 자신의 모습에 만족했다. 사실 자기 몸과 할아버지 몸이 보이는 극명한 대조로 인해 생명력을 느낄 수 있었다. 그것이 결 국에는 어떤 식으로 무너지는지 가까이에서 보았기에 더욱 그 랬다.

　손자가 잘 자라고 인사하고 할아버지가 눈을 감겠거니 생각하며 문을 닫는 동안 유넌은 가만히 누워서 천장을 올려다보곤 했다. 아무도 모를 테고 유넌도 날이 밝으면 잊을지 모르지만 사실 그는 길게는 한 시간까지 뜬눈으로 누워서 집 안의 소음에 귀를 기울였다. 동풍은 그가 평생 들어온 것과 같은 소리를 냈고, 유리창을 두드리는 빗방울도 마찬가지였다. 이런 소리를 들으면 유넌은 몇십 년씩 시간을 거슬러 올라갔다. 몇 개 있지도 않은 추억을 더듬는 것이 아니라 몸, 경험, 존재 속에 갇혀 있던 감각을 해방시켰다. 턱 밑에서 바스락거리는 담요가 느껴지면 그는 다시 어린 시절로 돌아갔고, 깍지를 껴서 가슴 위에 얹어놓은 손처럼 과거와 현재가 서로 맞물렸다. 부모님의 얼굴이 보였지만 음성은 들리지 않았다. 그는 매일 밤 데클란에게 문을 살짝 열고 복도 불을 켜놓으라고 부탁하지 않은 걸 후회했지만 다음 날 밤이 되면 또 까먹었다.

한편 오솔길 아래에서 방영된 〈크라임워치 UK〉는 필리스가 꿈꾸었던 모든 것이 담긴 프로그램이었다. 생방송이라 사람들이 실시간으로 전화를 걸어 단서를 제보했고, 진행자 뒤편으로 책상 앞에 앉아서 전화를 받는 순경들이 보였다. 크리스틴과 필리스는 〈크라임워치〉 시청이 돈을 받고 하는 일이라도 되는 것처럼 굳은 표정으로 재구성된 범죄 현장을 관찰하고 잔혹한 범행 묘사를 경청했다. 브렌던은 그들과 같이 방송을 보았지만 앰브로즈는 아예 자리를 피했다. 텔레비전을 보는 동안 두 자매는 끈끈한 연대감을 과시했고 앰브로즈는 그 안에서 자신의 자리를 찾을 수가 없었다. 그들 자매가 그 시간 동안에는 그가 그

The Boy from the Sea

들의 삶 속으로 비집고 들어오기 이전 시절로 돌아가기 때문일지 몰랐다. 그들은 2인용 소파에 나란히 앉아서 소녀 시절로 돌아갔다. 나이가 들어서 이제는 예전처럼 미친 듯이 깔깔대며 웃지는 않았지만 대신 엄청난 집중력을 발휘해가며 인간이 저지를 수 있는 가장 끔찍한 범죄를 멀찍이서 목격하고야 말겠다는 열의를 불태웠다. 노려보는 강도들의 몽타주가 화면에 등장하면 필리스는 공포에 들뜬 것 같은 목소리로 이렇게 말했다. "나쁜 놈처럼 생겼네." 〈크라임워치 UK〉에서 유일하게 무섭지 않은 순간이 있다면 계속 긴장감을 조성해놓고 맨 마지막에 진행자가 등장해 시청자들을 안심시키는 때였다. "걱정하실 필요는 없습니다. 살해당하는 피해자들의 숫자는 전반적으로 그리 많지 않으니까요." (아니면 이 비슷한 말을 했다.)

크리스틴과 필리스는 걱정하지 말라는 그의 발언을 다행으로 여겼다. 아이들과 노인들을 위해서는 그러는 편이 좋을지 몰랐다. 하지만 그들까지 배려받고 싶은 마음은 없었다. 그들은 현실을 알았다. 우리들 대부분은 살해당하지 않겠지만 일부는 살해당할 테고 그렇지 않은 척해봐야 소용없었다. 필리스의 유일한 불만이 있다면 〈크라임워치〉가 너무 영국에만 집중한다는 것이었다. "가끔은 아일랜드에서 벌어진 살인 사건도 다뤄야 하는 거 아니야?" 그녀는 말했다.

"우리는 TV 수신료를 내지 않으니까 우리 사건은 우리가 해결해야지." 크리스틴은 말했다.

당시는 제3차 세계대전에 대한 공포가 어마어마한 시기였고,

특별히 한 주 동안 핵전쟁과 그 충격적인 위력을 다룬 프로그램이 방영됐다. 그런 프로그램이라면 단 1초도 놓칠 수 없었기에 크리스틴과 필리스는 매일 밤 나란히 앉아 몰입하느라 딱딱하게 굳은 표정으로 문명의 붕괴를 지켜보았다. 그 프로그램에서는 핵무기가 터지면 이후 사회가 어떤 식으로 무너지는지 영상으로 보여주었다. 사람들이 울부짖고, 히스테리 환자처럼 이리저리 뛰어다니고, 셰필드에서 하나 남은 스팸을 두고 싸웠다. 필리스와 크리스틴은 차를 마시며 인류의 종말을 넋 놓고 지켜보았다.

"살아남아서 저런 걸 겪느니 폭탄에 직격당하는 편이 낫겠다." 어느 재연 영상이 나오는 동안 화면에 시선을 고정한 채 크리스틴이 말했다. "하지만 여기에는 폭탄을 투하할 이유가 없겠지. 더니골은 또다시 패스당할 거야."

"그러게, 우리에게는 핵겨울이 찾아오겠지. 그걸 묵묵히 견뎌내야겠지." 필리스는 씁쓸하게 말했다.

이런 밤을 보내고 나면 필리스는 상쾌한 마음으로 집에 돌아갈 수 있었다. 잠깐의 여유가 많은 도움이 돼서 어느 정도 시간이 지나자 브렌던의 행동에도 전처럼 짜증을 내지 않게 됐다. 하지만 데클란은 여전했고 사춘기로 접어들면서 못된 성격이 더욱 뾰족해졌다. 직업학교가 초등학교보다 수업이 늦게 끝났으니 이제 더는 브렌던을 집까지 호송할 수 없었고 그래서 데클란은 좌절했다. 자유롭게 쏘다닐 수 있게 되자 브렌던이 다시 이 집, 저 집 찾아다니며 축복을 빌어주기 시작했고 새로운 팬도 두어 명 추가됐던 것이다. 이런 활동이 이루어지는 날이 주로 금요일이라 어느 금요일 오후에 데클란은 학교를 몰래 조퇴하고 초등학교로 달려가 교문 앞에서 기다렸다. 몇 년 동안 적대시하는 데클란에게 시달렸는데도 가엾은 브렌던은 아직도 형제간의 우애 비슷한 것이 보이면 붙잡으려고 했다. 데클란은 교문 앞에 서 있는 자신을 보고 집까지 같이 걸어갈 생각에 바보같이 좋아하는 브렌던의 얼굴을 이미 상상할 수 있었다.

　마지막 종이 울리자 어린아이들이 운동장으로 쏟아져 나왔고, 데클란은 브렌던이 보이자 손을 들어 인사했다. 우리 초등학교는 교복이 없지만 그래도 다들 갈색 점퍼와 감색 파카를 입고 다녔다. 남자아이들 책가방은 대부분 맨유나 리버풀이라고 적힌 빨간색이었고 학교 건물 밖으로 나가면서 그걸로 서로를 때렸다. 아이들이 계속 툭탁거리며 교문을 우르르 빠져나왔지만 그중에 브렌던은 없었다. 데클란은 기다렸다. 쓰레기 트럭이 쌩하니 지나가자 먼지구름이 일었고 아이들이 뒤쫓아 달려갔다. 반대편에서 갤러거 트럭이 요란한 소리와 함께 지나가자 또다시 먼지구름이 일었고 좀 전의 아이들이 이번에는 이 트럭을 쫓아갔다. 결국 데클란은 브렌던이 자신의 눈을 피해, 어쩌면 뒷담을 타고 사라졌다고 인정하는 수밖에 없었다. 놀랍게도 공허감, 상실감이 느껴졌다. 데클란은 집으로 걸음을 옮기며 어쩌면 이 느낌이 외로움일지 모른다는 생각을 했다가 얼른 떨쳐버렸다. 짜증이 났다. 큰길로 접어들자 데클란은 걸음을 멈추고 잠시 고민하다가 방향을 돌려 버처스 레인을 따라 걸어갔다. 비디와 조니의 집을 차례로 들렀지만 브렌던이 없다길래 커닝엄의 집을 찾아갔다. 그 집은 자식들이 다 커서 일을 하지만 아직 같이 살거나 자주 드나들기 때문에 진입로에 항상 차가 빼곡했다. 데클란이 주차된 차 사이를 구불구불 지나 가까이 가보니 캐슬린의 남편이 무릎을 꿇고 앉아서 현관 앞 계단을 솔로 문지르고 있었다. 열심히 문지르며 혼잣말을 중얼거렸다. 데클란은 어색해서 조용히 걸음을 멈췄지만 뒷걸음질 칠 겨를도 없이 청소하던 커닝엄 씨가 고개를 들더니 미소를 짓고 무릎에서 우두둑하는 소리를 내가며 일어났다. "네가 브렌던의 형이로구나."

데클란은 한참 동안 무거운 침묵을 지켰다. "걔 지금 여기 있어요?"

"오늘은 안 왔는데." 커닝엄 씨는 대답했다. "하지만 또 놀러 오라고 전해줄래? 캐슬린이 그 아이가 오면 좋아하고 축복을 들으면 기운이 난다고 하거든."

데클란은 의욕을 잃었다. 더는 어디에서 브렌던을 찾으면 좋을지 알 수 없었고 커닝엄 씨의 태도 때문에 머릿속이 복잡해졌다. 이제는 집으로 가는 수밖에 없었다.

집으로 들어가자 바닥에 내팽개쳐진 브렌던의 책가방이 보였다. "브렌던?" 데클란이 큰 소리로 불렀다.

부엌에 있던 크리스틴이 문 앞으로 나와 묘한 눈빛으로 데클란을 쳐다보았다. 데클란은 한 번도 브렌던을 찾은 적이 없었다. 이번이 아마 처음이었을 것이다. "이모네 집에 간 것 같은데?"

The Boy from the Sea

데클란은 곧장 다시 밖으로 나가 오솔길을 걸어 올라갔다. 찔끔찔끔 비가 내리기 시작했다. 까마귀들이 도랑을 따라 폴짝 거리며 벌레를 쪼아 먹었다. 불길한 예감을 느끼고 달리기 시작 했을 때 데클란은 필리스의 차가 없다는 것을 알아차렸다. 문이 열려 있겠지만 데클란은 본능적으로 창문 쪽으로 다가갔다. 안에서 무슨 일이 벌어지고 있는지 알고 싶었다. 창문이 높았지만 벽을 차고 올라가 창틀로 몸을 지탱하며 거실을 들여다보았다. 유넌이 몸을 앞으로 내밀고 지팡이 꼭대기에 손을 얹고 눈을 감고 고개를 숙이고, 할아버지답지 않게 읍소하는 자세로 안락 의자에 앉아 있었다. 브렌던이 그 앞에 서서 유넌의 어깨에 손을 얹고 뭐라고 말을 하고 있었다.

데클란은 현관문을 열고 복도를 지나 거실로 달려 들어갔다. 이미 소리가 들렸기에 브렌던은 옆으로 비켰고 유넌은 안락의자에 몸을 묻었다. 등받이 쿠션이 그의 몸에 눌렸다. 데클란은 숨을 헐떡이며 서서 브렌던과 할아버지를 차례로 쳐다보았다. "얼마 전부터 이러고 있었어요?" 데클란이 따지고 들었다.

유넌은 지팡이에서 한쪽 손을 들어 빠르게 움직였다. 누가 봐도 당황한 듯했지만 그 손짓에 데클란이 이해하지 못할 다른 의미는 없었다. 마침내 유넌이 한 손가락을 구부려 데클란에게 귀를 대라는 신호를 보냈다. 데클란은 그가 시킨 대로 하며, 배신행위에 대한 사과를 들을 수 있길 바랐다. "네 동생한테 잘해라." 유넌이 한 말은 이랬다.

THE BOY FROM THE SEA

8

유년이 브렌던과 그의 축복에 마음을 빼앗길 수 있었다면 누구든 그럴 수 있다는 뜻이었고, 아닌 게 아니라 그게 사실이었다. 대다수가 한번 경험해보고 싶어 했다. 마지막 걸림돌이 있다면 체면이었다. 우리는 구경거리가 되는 것을 싫어했는데, 그아이를 만날 수 있는 유일한 장소가 길이었으니 축복을 받으려면 길에서 받아야 했던 것이다. 공개적인 자리에서 축복을 받아도 상관없는 분위기가 조성되자 모든 것이 본격적으로 탄력을받았다. 우리는 브렌던에게 다가가 걸음을 멈추고 어깨를 맡기고 원하는 것을 조그맣게 중얼거렸다. 남녀노소가 동참했고 어떤 장소든 상관없었다. 멜리스 앞일 수도 부두 근처일 수도 공포의 급커브길로 가는 도로일 수도 있었다. 그러면 브렌던은 걸음을 멈추고 한 손을 우리에게 얹고서 "모든 게 잘되길 바라요"

이 비슷한 말을 했다. 몇 초면 끝났고 로스노울라 수도사의 느린 속도나 낭랑한 기도와는 전혀 달랐다. 브렌던의 축복은 영적이기는 하지만 기독교적이지는 않았다. 신부는 그의 영역을 침범하는 이 아이에게 신경이 쓰였지만 예배 시간에 안 좋은 소리를 했다가는 아이의 매력이 증폭되기만 할 뿐이라는 것을 알았다. 그래서 브렌던의 인기를 이용할 속셈으로 브렌던에게 복사를 맡기려고 했지만 브렌던은 누가 붙잡고 대화를 시도하려고 하면 그 자리에서 몸을 비트는, 여전히 경계심이 많은 소년이었다. 어쩌면 브렌던이 사람들을 축복한 이유도 말보다는 그게 쉬웠기 때문일지 모른다. 브렌던은 예배 시간에 절대 단상에 오르지 않았다. 그 아이 역시 구경거리가 되는 것을 싫어했다. 브렌던의 손길과 우리에게 건네는 말은 짧고 두루뭉술해서 우리 감성에 딱 맞았다. 브렌던은 우리에게 필요한 것이 무엇이고 그걸 어떻게 주면 되는지 알았다. 의구심을 품은 사람이 나중에 의문을 제기하면 우리는 대개 그냥 이렇게 대답했다. "손해 볼 일은 없잖아, 안 그래?" 하지만 그건 말로 표현할 수 없는 어떤 것을 외면하려는 회피성 발언이었다. 실은 브렌던에게 축복을 받으면 우리 대다수가 뭔지 모를 심오한 감정을 느꼈다. 그 아이의 손길이 닿으면 우리의 보잘것없음을 깨달았다. 우리는 바다를 떠다니는 나무통이었다. 하지만 선한 힘, 우리를 돕는 물살이 작동하고 있을지 모른다는 느낌을 받았고 거기에서 위안을 얻었다. 그래서 그 아이에게 축복을 청했고 일주일이 지나면 또 청했다.

반면 같은 시기 이 나라의 다른 지역에서는 어떤 사건이 벌어졌는지 보라. 저 남쪽의 어느 한적한 지역에서는 자기 마을 성소에 있는 성모마리아 상이 숨을 쉬었다고, 몇 분 동안 가슴이 들썩이는 것을 보았다고 주장하는 사람이 등장해 난리가 났다. 소문은 금세 사방으로 번졌다. 아일랜드 일대에는 야외 성소가 많았고 이내 자기 마을에서도 성모마리아 상이 움직였다고 주장하는 사람들이 등장했다. 손을 들거나 말을 하거나 울었다고 했다. 모든 주가 하나씩 차례대로 굴복했다. 이게 무슨 현상인지는 심리학 전공자가 아니라도 알 수 있었다. 일자리는 귀했고, 젊은 세대는 어른이 되기 무섭게 다른 나라로 빠져나갔고, 물가는 뛰고 핵전쟁의 위협이 도사리고 있었으니 아일랜드가 기적에 집착한 것도 놀랄 일은 아니었다. 어쩌면 우리도 그랬을지 모르지만 다른 지역에서는 유난을 떨었다. 수백 명이 성소에서 열리는 철야 집회에 참석해 기도하고 밤늦게까지 성상을 지켜보았다. 그들을 촬영한 영상이 매일 저녁 텔레비전 뉴스에 보도됐다. 우리는 그걸 보며 혐오스러워했다. 더니골에도 성상이 많았지만 모두 움직이지도 않고 아무 말도 하지 않았다. "우리 마을 성상들은 흥분을 잘 하지 않아서." 우리는 이렇게 말했지만 물론 우리 자신을 두고 하는 말이었다. 우리는 불과 80킬로미터 거리에서 사는 사람들처럼, 만 저편에 사는 사람들처럼 흥분을 잘 하지 않았다.

우리는 브렌던의 분별력을 믿었기에 얼마 지나지 않아 시간과 얼마간의 프라이버시가 허락되면 자기 고민을 조그맣게, 몇 마디로 털어놓는 사람들이 생겨나기 시작했다. 브렌던은 귀담아

듣되 고맙게도 아무 말도 하지 않았다. 우리의 걱정을 흡수한 다음 손을 내밀어 축복하고 다정한 말을 건네고는 그만이었다. 그러고 나면 우리는 금세 마음이 조금 가벼워졌다.

이 소문을 들었을 때 크리스틴은 자기 아버지도 브렌던에게 속마음을 털어놓고 있지 않을까 하는 생각이 들었다. 그녀는 세븐업을 한 병 사다 놓고 학교 수업을 마친 브렌던이 집에 들어오자 한 잔 따라주었다. 그러고는 광범위한 조사를 시작했다. "누가 무슨 말을 했는지 정확히 알고 싶은 건 아니야." 그녀는 아이와 함께 식탁에 앉으며 말했다. "그냥 사람들이 대충 어떤 이야기를 하니?"

"평범한 이야기요." 브렌던은 재미없어하는 투로 말했다. 대답을 제대로 하지 않은 이유는 원래 비밀을 꽁꽁 숨기는 성격이라서도 보안 유지를 위해서도 무관심해서도 아니었다. 그렇게 들렸겠지만 그건 아니었다. 브렌던은 공감을 잘하는 아이였지만 아직은 너무 어려서 자기가 들은 이야기를 제대로 이해하지 못했다.

"나이 많은 분들도 마찬가지야?" 그녀는 조심스럽게 물었다.

"그냥 평범한 이야기요." 브렌던은 숨을 내쉬며 확답했다.

크리스틴은 식탁 아래에서 두 손을 맞잡고 있었다. "네 할아버지는? 할아버지도 아쉬워하는 게 있어?"

"할아버지는 축복해달라고밖에 안 해요. 다른 얘기는 전혀 안 해요. 제가 '앞으로 100년 더 사세요' 하면 좋아해요."

"그뿐이야?"

"그러면 할아버지가 '고맙다' 해요."

그것도 변화라면 변화였지만 크리스틴의 성에는 못 미쳤다.
"할아버지가 할머니 얘기 한 적 있어?"

"아뇨."

"이모 얘기 한 적 있어?"

"아뇨."

"내 얘기 한 적 있어?"

"아뇨."

이후로 크리스틴은 기분이 좋지 않았다.

그녀가 드디어 브렌던의 이런 면모를 목격할 수 있었던 것은 빅 지미 덕분이었다. 그는 이런저런 데서 일을 했고 그 무렵 쉰 살을 훌쩍 넘겼고 항상 모자를 쓰고 꼬질꼬질한 셔츠에 양복 재킷을 입고 멜빵을 하고 다녔다. 그가 가끔 호텔 로비에 앉아서 관광객을 구경했기 때문에 크리스틴은 그의 존재를 알았다. 그녀는 브렌던과 같이 가던 길에 정육점 앞에서 소시지 봉지를 들고 있는 그를 만났다. 그는 그녀를 보고 함박웃음을 지으며 경례를 하더니 아이에게로 관심을 돌렸다. 이후 4초 동안 지미의 표정이 일시 정지됐다. 말을 하려고 턱을 내밀고 입을 벌린 상태에서 안 보이는 쪽 눈은 찡그리고 잘 보이는 쪽 눈은 굴리며 반짝 빛냈다. "이 아이가 바다에서 온 그 아이 맞지요?" 그가 물었다.

"저를 그렇게 부르는 분들이 있긴 해요." 브렌던이 말했다.

빅 지미는 반색했다. "우리한테 축복을 해주겠니?" 그는 말하고는 몸을 굽혀서 어깨를 내밀고 모자를 벗었다. 그는 대머리였지만…….

"그 까만 건 뭐예요?" 브렌던이 물었다. 부엌 싱크대 마개와 크기와 색이 같은 볼록한 것이 빅 지미의 정수리를 덮고 있었다.

"신경 쓰지 마라, 그냥 종양이야. 제거하려고 차례를 기다리는 중이야." 빅 지미는 말했다.

브렌던은 종양 반대쪽으로 몸을 멀찌감치 피하며 지미의 어깨에 세 손가락 끝을 얹고 말했다. "별일 없길 바랄게요."

빅 지미는 허리를 펴고 모자를 다시 썼다. "착하기도 하지." 그는 말하고 브렌던에게 윙크했다. 주머니를 뒤지다 1파운드짜리 지폐를 꺼내 주름을 펴기 시작했다.

브렌던은 걸음을 옮기며 말했다. "저 돈 받으려고 하는 거 아니에요."

빅 지미는 크리스틴을 쳐다보았지만 그녀는 아무 대꾸도 할 수 없었다. 실제로 일하는 브렌던과 그 자연스러운 태도를 보고 받은 충격에 아직 어안이 벙벙했다. 그녀의 아들은 자기에게 주어진 특이한 역할을 좋아하지도 싫어하지도 않는 것 같았다. 뿌듯해하지도 버거워하지도 않았다. 축복해달라니 축복해줄 뿐이었다. 크리스틴은 그걸 어떻게 받아들여야 할지 알 수 없었지만, 언니의 생각과 달리 창피하지는 않았다. 그건 깨달음의 순간이었다. 이번이 처음도 아니고 마지막도 아닐 테지만 매번 놀라웠다. 아이가 전적으로 독립된 인격체라는 사실을 알게 되면 크리

The Boy from the Sea

스틴뿐만 아니라 모든 부모가 그럴 것이었다.

"그럼 이거 받아라." 지미가 브렌던에게 소시지를 내밀며 말했다.

앰브로즈는 몇 주가 지난 뒤에 그 장면을 처음으로 목격했다.

앰브로즈는 어부로 살다 보니 날씨가 됐건 일하는 시간이 됐건 사람이 됐건 모든 극단적인 상황을 받아들일 수 있었다. 그래서 브렌던의 행동을 걱정하지 않았고 뭘 물어보더라도 그냥 궁금하고 재미있어서 그러는 거였다. 꼬치꼬치 캐묻지도 않고 그저 미소를 지으며 고개를 저었다. 아들이 스스로 찾은 일이 그에게는 놀랍고도 인상적이었다.

어느 날 저녁에 퇴근한 앰브로즈가 부엌 의자에 털썩 주저앉자 아이들이 다가와 근처에서 얼쩡거렸다. 그가 조업을 마치고 오면 아이들은 늘 그랬다. 앰브로즈가 브렌던에게 자기가 나가 있는 동안 누굴 축복했느냐고 묻자 브렌던은 그의 앞에 서서 상사의 책상 앞으로 불려간 직원이 승인받을 서류를 제출하듯 이름 몇 개를 말했다. 앰브로즈는 씩 웃으며 "그 사람들한테는 도움이 됐겠네!" 이 비슷한 말을 했다. 데클란은 소외감을 느끼고 부엌 쪽에서 하던 일을 계속했다. 잠시 후에 데클란이 오븐을 열자 이상하고 독한 냄새가 흘러나왔다. 앰브로즈는 데클란이 치즈 토스트를 만들고 있는 줄 알았지만 전혀 다른 음식이었고, 앰브로즈도 브렌던도 이스트 냄새가 뭔지 몰랐다. 데클란이 만든 음식을 접시에 담아 아버지 앞으로 걸어가서 내밀었다.

위에 케첩이 아니라 뭔지 모를 토마토소스를 발라서 구운 밀가루 반죽인데 반짝이는 까만 것이 열몇 개 흩뿌려져 있었다.

"저게 뭐냐?" 앰브로즈가 살짝 당황한 목소리로 물었다.

"올리브요." 데클란이 대답했다.

"그게 어디서 났어?" 그는 고개를 모로 꼬며 물었다.

"북아일랜드에서 구할 수 있어요." 데클란이 대답했다.

"이 냄새는 뭐야?" 브렌던이 궁금해서 몸을 앞으로 내밀며 물었다.

데클란은 접시를 브렌던의 코 아래에서 멀찌감치 치웠다. "마늘. 엄청 잘게 다져야 해."

바로 그때 누군가가 현관문 두드리는 소리가 들리자 앰브로즈는 얼른 일어났다. "흠, 아주 재미있어 보인다." 그는 데클란에게 말했다. "둘이서 맛있게 먹어라!"

앰브로즈는 두 아이만 나란히 남겨놓고 복도로 사라졌다.

"냄새가 좋은 것 같아." 브렌던이 형을 올려다보며 말했다. "먹어볼래."

데클란은 브렌던의 말을 못 들은 척했다.

앰브로즈가 문을 열어보니 윌버 케인이 서 있었다. 앰브로즈는 너무 당황해서 잠시 할 말을 잃었다.

"대출금을 상환받으려고 찾아왔나 보다고 생각하시는 건 아니겠죠?" 윌버는 재미있는 사람인 척하느라 억지로 미소를 짓고 가식적인 말투로 물었다가 금세 포기했다. 모두를 위해 잘한 선택이었다. "은행 일이 아니라 다른 일로 온 거예요."

앰브로즈는 들어오라는 뜻에서 옆으로 비켜섰다.

윌버는 꿈쩍하지 않았다. "미안하지만. 고모님 부탁으로 왔어요. 브렌던을 보고 싶다고 하셔서요."

앰브로즈는 다시 문을 가로막고 섰다.

"내가 권한 게 아니에요. 오히려 정반대예요. 고모님이 이제는 총기를 잃으셨고 정신도 오락가락하신데, 바다에서 온 아이를 보고 싶으시대요. 이번 주 내내 고집을 부리시네요." 윌버는 말했다.

도리스 케인은 우리가 산이라고 부르는 육지의 언덕 꼭대기 근처에 지어진, 으리으리하지만 무너져가는 고택에서 살았다. 진입로 양편으로 호랑가시나무와 가시금작화가 둑처럼 이어졌고 집 뒤편에는 가지치기가 절실한 사과나무가 열두어 그루 있었다. 창문은 뒤틀렸고 거의 젖혀진 적 없는 커튼은 회색이었다. 윌버가 열 살이었을 때 갑자기 바람이 든 부모님이 연극 일을 하겠다고 런던으로 도망치자 고모가 그를 거두었다. 지금 그는 독립해 강변 근처의 아파트에서 살았는데, 공포영화 세트장으로 써도 될 법한 그 집을 보면 그를 나무랄 수 없었다.

이제 앰브로즈는 축복에 자신이 없어졌다. 축복이 갑자기 지역사회의 복잡한 관계뿐 아니라 돈이라는 좀 더 노골적인 인연과 한데 얽힌 의무가 되어버렸다. 하지만 그는 바로 그렇기 때문에 허락해야 한다는 것을 알았다. "착한 아이죠. 내가 차에 태워서 데리고 갈게요." 앰브로즈는 말했다.

"제가 거기서 기다리고 있다가 그 아이를 데리고 안으로 들어가야 해요. 모르는 남자가 집에 들어오면 고모님이 좋아하지 않으실 거예요."

"그렇군요." 앰브로즈는 브렌던을 부르려고 몸을 돌렸다.

"앰브로즈 씨한테 무슨 문제가 있다는 게 아니에요. 그냥 처음 보는 사람이라는 거죠." 윌버는 얼른 덧붙였다.

"네, 알아들었어요."

거실에서는 브렌던이 이미 외투를 입고 서 있었다. 데클란은 누가 봐도 삐친 얼굴로 2인용 소파 깊숙이 앉아 있었다. 이제는 쓰레기통에서 마늘 냄새가 났다. "가자." 앰브로즈가 브렌던에게 말했다.

브렌던은 조수석에 올라탔고 앰브로즈는 차를 몰고 마을을 가로질렀다. 가로등이 켜졌지만 사방에는 아무도 없었다. 갈매기들이 거기 주인이라도 되는 듯 이리저리 걸어 다니고 있었다. "우유나 식빵이라도 사 가지고 갈까요?" 브렌던이 물었다.

"그런 게 필요 없는 분이야. 그냥 들어가서 네 할 일을 하면 돼."

"제 할 일이 뭔데요?"

"그걸 모른다고?" 앰브로즈는 반문하고 웃음을 터뜨렸다.

"저는 그냥 이야기를 들어드려요." 브렌던은 요란하게 어깨를 으쓱하며 당혹스러운 듯이 대답했다. "그런 다음 걱정 마세요, 잘되길 바랄게요, 잘될 거예요, 이런 평범한 말을 해요."

앰브로즈는 침묵했다. 브렌던이 한다는 말을 되새김질하자, 마음속에서 뭔지 모를 전율이 느껴졌다. "듣고 보니 솔직히 도

The Boy from the Sea

움이 되겠는데?" 그는 말했다.

그들은 언덕 지대로 들어섰다. 앰브로즈와 브렌던은 윌버의 미등과 산울타리에 반사되는 불빛을 따라갔다. 길이 좁고 구불구불한 데다 산울타리 때문에 전조등 불빛이 한곳으로 모여 그 너머의 시골 땅은 칠흑같이 어두웠다. 오르막길인데도 터널을 타고 내려가는 느낌이었다.

"사람들한테 네 얘기도 하니?" 앰브로즈가 물었다.

브렌던은 그런 생각은 해본 적이 없는지 놀란 표정을 지었다. "다들 저에 대해서는 물어보지 않아요."

"물어볼 때까지 기다리지 않아도 되지."

"뭐라고 말해요?"

"너는 보너 집안이라고 해." 앰브로즈는 힘주어 말했다. "내 아들이라고 해. 모두에게 너는 앰브로즈 보너의 아들이라고 해."

집이 보이기 시작했다. 1층 창문 하나가 가로등처럼 주황색으로 이글거렸고 나머지는 시커멨다. 그들은 대문을 지나 집 앞에 있는 빽빽한 호랑가시나무 사이로 들어섰다. 윌버가 거기에 차를 대고 있었다. 두 남자는 차에서 내려 집 앞 진입로 위에 같이 섰다. 진흙 속에 박혀 다져진 파쇄석이 이끼로 뒤덮여 있었다. 차에서 내린 브렌던이 안으로 들어가기 싫은 것처럼 반대편으로 걸음을 옮겼다. 윌버가 앰브로즈를 쳐다보자 그는 걱정하지 말라는 뜻에서 고개를 흔들었다. 브렌던은 평소처럼 다른 데 정신이 팔렸을 뿐이었다. 과연 브렌던은 집을 좀 더 제대로 쳐다보고 싶었을 뿐이라 몇 발짝 안 가서 걸음을 멈추고 집을 올려다보았다.

"저 아이, 전에도 여기에 온 적 있지 않나요? 남자아이들이 해마다 과수원을 털어 가는데요." 윌버는 물었다.

"브렌던은 그런 성격이 아니에요. 데클란이라면 모를까." 앰브로즈는 말했다.

"원하면 사과를 한 아름 따 가지고 가도 돼요."

"고모님께서 언제부터 브렌던을 만나고 싶다고 하셨나요?"

윌버는 당황한 표정을 지으며 머뭇거렸다. "1년쯤 됐어요."

1년이라니 누군가를 기다리게 하기에는 너무 긴 세월처럼 느껴졌다. 앰브로즈는 아무 말도 하고 싶지 않아서 담배를 말았지만 윌버에게 권하지는 않았다.

브렌던이 두 사람 곁으로 다가와서 말했다. "이 집이 무서워하는 것처럼 보여요."

앰브로즈는 우뚝 솟은 집의 전면을 올려다보았다. 원래는 담쟁이덩굴로 뒤덮였었는데 벽돌 외벽이 상할까 봐 염려한 윌버가 J. J. 브라운에게 줄기를 자르고 밑동에 독을 주입하게 해서 이제는 벽면이 하얀 모세혈관처럼 보이는 죽은 잔재들로 가득했다. 어두컴컴한 물결무늬 유리가 달린 창문 구멍만 빼고 온통 그랬다. 이 아이가 세상을 바라보는 시각에는 누구라도 감동을 받을 수밖에 없었다. 앰브로즈는 다시금 사랑이 샘솟는 것을 느꼈다.

윌버도 집을 올려다보았다. "저 안에서 섬뜩한 일이 몇 번 벌어지긴 했지." 그도 시인했다.

The Boy from the Sea

앰브로즈는 차에서 기다리고 윌버가 브렌던을 데리고 안으로 들어갔다. 현관이 넓고 가구가 있어서 브렌던은 거길 방으로 착각했다. 윌버가 문을 열었을 때 뜨거운 공기와 찌르는 듯한 불빛이 파도처럼 쏟아져 나오자 브렌던은 움찔했다. 막대 모양의 히터 세 개가 풀가동되며 모든 표면 위로 주황색 불빛과 건조한 열기를 뿜어내고 있었다. 윌버와 브렌던은 데워진 먼지 냄새로 매캐한 공기 속으로 들어갔다. 전축에 달린 스피커에서 2, 3초마다 한 번씩 잡음이 섞인 탁, 탁 하는 소리가 났다. 재생이 끝난 LP판이 계속 돌아가고 있었다. 유리문이 달린 장식장에 레코드판이 수백 장 들어 있었다. 벽에는 벽지가 발렸고 진짜 그림이 걸려 있었다. 소파 뒤편에는 스탠드형 옷걸이가 있었고, 석탄은 양동이 대신 네 개의 둥그스름한 다리가 달린 황동통에 담겨 있었다. 도리스 케인은 쿠션으로 허리를 받치고 큼지막한 소파 한가운데에 앉아서 들어오는 사람들을 물끄러미 바라보았다. 브렌던이 보기에 그녀는 주기적으로 잡음을 내는 전축 소리만 들으며 그 자리에 몇 시간 동안 앉아 있었던 것 같았다. 눈빛이 초롱초롱하고 적극적이며 카디건이 단정했지만 추리닝 바지를 입고 있는 것을 보면 내면의 무언가가 망가져버렸다는 것을 알 수 있었다. 윌버는 고모를 데리고 외출할 때면 머리에 스카프를 둘러주었는데, 이제 보니 희끗희끗한 머리가 뭉텅이로 빠져 군데군데 부분 탈모가 됐기 때문이었다. 윌버는 브렌던의 뒤에 서서 양쪽 어깨에 손을 얹었다. 위압적인 몸짓이라고 느낄 사람도 있겠지만 브렌던은 그런 데 익숙했다. 그 아이는 태어난 직후부터 이 사람에게서 저 사람에게로 건네어지며 살아왔다.

"데려왔어요, 도리스 고모님. 바다에서 온 아이요." 윌버가 말했다.

그녀는 미소를 지었다. 빠진 이는 없었지만 전부 아주 누렜다. 그녀는 한 손을 내밀며 말했다. "나 무서워할 것 없어."

계절이 바뀌었다. 우리는 돌아오는 흰털발제비나 금리 얘기를 하지 않았다. 브렌던 얘기를 하느라 정신이 없었다. 우리는 바다에서 온 우리 아이라며 브렌던을 반겼고 그 아이의 축복도 반겼다. 브렌던은 여전히 순순히 응했고, 그 풍습은 그 아이가 직업학교에 입학해 교복을 입기 시작한 뒤에도 계속 이어졌다. 브렌던의 축복에 우려를 나타내는 사람은 거의 없었다. 심지어 벨라 파워도 포기하고 더는 언급하지 않았다.

가장 마지막까지 브렌던의 축복에 반대한 사람은 십 인의 주인 존 코터였을 것이다. 그는 강직하고 자제력이 뛰어나며 교장 선생님 같은 인물이었고 나이는 일흔 살쯤 됐다. 지금은 고인이 된 아내가 술집 위에서 민박집을 운영했었지만 나중에 그가 민박은 접고 객실을 주거용 공간으로 썼다. 존은 아마 매일 저녁에 왁자지껄한 우리 목소리를 들었을 테고, 그래서인지 혼자서 다큐멘터리를 보거나 카운티 의원들에게 정중하지만 단호한 편지를 쓰는 자신과 달리 술과 친구를 필요로 하는 우리를 가엾게 여겼다. 우리는 그의 모습을 아침 9시에 부둣가를 산책할 때만 볼 수 있었다. 어느 날 저녁에 우리가 브렌던 얘기를 하고 있을 때 그가 호기심이 생겼는지 바 카운터 뒤편에서 이례적으로 모습을 드러냈다. 그는 브렌던이 이제 겨우 열두 살이라며 좀 더 신경 써야 한다고, 이런 일을 계속하면 아이가 정상적으로 자랄 수 없을 거라고 했다. "아이가 공허해지고 그 틀 안에 갇힐 가능성이 있어." 존이 말했다. "사람들은 그 빈 공간에 자기 불안을 토해내면서 그걸 짊어져야 하는 사람에게는 거의 관심도 기울이지 않을 거야. 그럼 그 아이는 결국 외로워지겠지."

메이너스 맥매너스가 용감하게 반박하고 나서며 아이가 자기 공동체에 기여하는 법을 배우는 것이 뭐가 문제냐고 했다. "자기 역할을 찾는 게 중요하잖아요. 일찍 시작하면 왜 안 됩니까?" 그 당시 메이너스 맥매너스는 십 인에 죽치고 앉아 있는 것이 가장 중요한 역할인 듯한 삶을 살고 있었다. 존은 이 점을 짚고 넘어갈 수도 있었겠지만 쓸데없는 말은 하지 않는 성격이었다. 그는 퉁명스러운 인사를 남기고 사라졌다.

하지만 누가 어떻게 생각하는지와는 상관없이 브렌던은 바다에서 온 아이 역할을 하고 싶어 했다. 존 코터가 우려했던 공허함을 느꼈지만 잘못 해석해 자신을 둥실둥실 떠올라 초월하게 하는 가벼움으로 받아들였다. 브렌던은 평범함을 넘어설 수 있었고 사춘기로 접어들자 초연한 태도를 보이기 시작했다. 아이의 축복은 점점 길어지고 의례적이 되었다. 우리가 축복해달라고 하면 브렌던은 걸음을 멈추고 최소 5초 동안 침묵하다가 세련되고 흔들림 없는, 어색한 목소리로 답했다. 얼마 안 있어 브렌던은 어떤 상황에서든 그런 말투만 쓰게 됐다. 학교에서는 이 가식적인 목소리 때문에 잔인하게 놀림을 당했고 학생들이 그 놀림을 대하는 태도도 그다지 부드럽지 않았다. 크리스틴은 아이의 새로운 모습 때문에 미칠 것 같아서 앰브로즈에게 말을 꺼냈다. "그냥 지금은 그럴 때라서 그래. 괜찮을 거야." 그는 말했다.

모시 쇼블린은 해변 도로에서 브렌던을 만난 날 불난 데 부채질을 했다. 그날은 입항한 배가 많아서 마을이 북적거렸다. 어분 공장에서 흘러나온 내장 냄새가 코를 찔렀고 트럭이 몇 분마다 한 번씩 지나갔다. "바다에서 온 아이로구나!" 모시는 브렌던을 보고 명랑하게 외쳤다. 둘은 예전부터 서로 어느 정도 존중하는 사이였고 수년 전의 만남이 두 사람 모두에게 삶의 중요한 전환점이 되었다. 모시는 아무도 예상하지 못했던 방향으로 바뀌어서 이제는 헤어스타일도 단정하고 구두도 반짝거렸다. 브렌던을 찾으면서부터 자존감이 높아지기 시작한 것이 분명했다. 그는 레터케니에서 객지 생활을 하며 창고에서 상근직으로 근무했고 모두에게 자신을 모리스라고 부르게 했다. 우리는 그를 만나면 계속 모시라고 불렀지만 이제는 그를 만나는 경우 자체가 많지 않았다.

"저를 그런 호칭으로 불러주시다니 감동적이네요. 하지만 실제로 바다에서 떠내려온 게 아니라는 건 저도 알아요. 적어도 육체적으로는요." 브렌던은 말했다.

모시는 브렌던의 허세에 대해 아무 말도 하지 않았다. 알아

The Boy from the Sea

차리지 못했든지 자기 재창조라는 개념을 이해했든지 둘 중 하나였다. "여기 멍청한 인간들이 뭐라고 하건 신경 쓰지 마. 내가 한 말을 받아들일 정신적인 능력이 부족해서 쉽게 받아들일 수 있는 친모 어쩌고 하는 이야기를 만들어낸 거니까. 너는 바다에서 왔고 나는 그렇다는 걸 알아. 내가 너를 건져 올렸으니까. 그날 아침은 죽을 때까지 잊지 못할 거다." 모시는 말했다.

그 말이 결정타가 돼서 이후로 브렌던은 정말이지 봐줄 수가 없게 됐다. 자기에게 어떤 재능이 있는 것이 아니라 자기 자체가 선물이라는 확신을 온몸으로 뿜어내며 다녔다. 브렌던은 그때까지 자갈 해변을 피해 다녔는데, 이제는 저녁마다 거기로 나가서 바다와 돌과 교감했다. 우리는 배의 무덤에서 흘러오는 폐유와 화학물질 때문에 기피하는 그곳에서, 브렌던은 양말과 신발을 벗고 청바지를 걷어붙이고 물속으로 들어갔다. 자기가 무슨 고대의 신비로운 존재라도 되는 줄 아는 듯했다.

한마디로 말해서 브렌던은 선을 넘기 시작했다.

우리는 더 이상 브렌던에게 축복해달라고 하지 않고, 길을 건너면서까지 그 아이를 피해 다녔다. 브렌던은 평온한 표정을 유지했지만 달라진 우리의 분위기 때문에 당황했다는 것을 알 수 있었다. 브렌던은 마을을 이리저리 서성이며 자신의 능력을 이용할 기회를 주었지만 우리는 미끼를 물지 않았다. 브렌던이 얼른 원래대로 돌아갔다면 그 풍습이 유지됐을지 모르지만, 그 아이는 오히려 청하지도 않은 사람에게 축복을 전하는 얍삽한 수법을 썼다. 우리가 헤거티스 앞에 줄을 서 있으면 브렌던이 우리 팔을 건드리고 뭐라고 중얼거리며 지나갔다. 그냥 달걀이나 커피를 사러 왔을 뿐인 우리로서는 부담스러울 따름이었다.

마을에서 마지막으로 축복을 청한 사람은 빅 지미였다. 그는 어느 날 호텔 앞 벤치에 앉아 있다가 지나가는 브렌던이 보이자 요란하게 경례하며 자기 쪽으로 불렀다. 브렌던은 침착하게 다가가 평민 한 명을 위로할 수 있다는 데 기뻐하며 손을 내밀었다. 지미는 어깨를 내밀고 고개를 숙이고서 공손하게 모자를 벗었다. 브렌던은 멈추었다. 모든 동작을 멈추고 일순 숨 쉬는 것조차 멈추었다. "고침을 받으셨네요." 브렌던은 말했다.

종양이 사라지고 그 자리가 움푹 파여서 누렇게 반짝거렸다.

지미는 고개는 계속 숙인 채 눈만 위로 들어 브렌던이 왜 자신의 몸에 손을 얹지 않는지 의아해했다. 상황을 파악하자 지미는 허리를 펴고 아이를 제대로 쳐다보며 말했다. "네 덕분은 아니야. 병원에 가서 떼어냈어. 마취해서, 하룻밤 입원하고." 그러고는 살짝 숨을 헐떡이며 덧붙였다. "간호사들이 예쁘더라."

브렌던의 손이 아래로 떨어졌다.

"너는 착한 아이야. 하지만 성인은 아니지. 내가 보기에 너는 성인들에 비해 엄청난 이점을 가지고 있어. 이 동네 사람이잖냐." 그는 다시 어깨를 내밀었다. "그러니까 자, 어깨를 두드려주려무나."

그 이후로 브렌던은 정신을 차렸고 우리는 이제 헤거티스에 들어가며 그 아이를 만날까 봐 걱정할 필요가 없어졌다. 브렌던은 평소 말투로 돌아갔고 자아도취도 사라졌다. 우리는 가끔 브렌던을 안쓰러워했다. 브렌던이 큰길을 어슬렁어슬렁 걸어다녀도 이제는 아무도 별 관심을 보이지 않았다. 그 아이로서는 괴로웠겠지만 좋은 경험이 됐을 것이다.

어느 날 크리스틴이 브렌던을 데리고 치과에 간 적이 있었다. 일찍 도착했기에 차에 앉아서 라디오에서 흘러나오는 〈에브리바디 원츠 투 룰 더 월드〉를 듣고 빗방울이 앞 유리창을 때리는 광경을 감상하며 기다렸다. "나는 세상을 다스리기 싫어." 크리스틴이 라디오를 끄면서 말했다. "안 그래도 할 일이 많은데."

"원하지도 않는 책임을 져야 하니까요." 브렌던이 유리창을 타고 흘러내리는 빗방울을 물끄러미 바라보며 말했다. "억지로 떠맡아서 거기에 붙들려 있어야 하니까요."

크리스틴은 궁금해하는 눈빛으로 아이를 바라보았다.

"궁금해하시는 것 같아서 말씀드리자면 사람들이 제게 이야기한 고민 중 하나가 그거였어요. 제가 보기에 그 고민의 비중은 원그래프로 따지면 100도 정도예요." 브렌던이 얼마 전에 받은 숙제 중에 원그래프 그리기가 있었다.

"얼마든지 이해가 되는 걱정이네." 크리스틴은 이 분위기를 유지하고 싶었기에 조용히 말했다. 전에도 깨달았다시피 서로 마주 보지 않고 차 안에 나란히 앉아 있으면 같이 사는 세 남자 모두에게서 그들의 생각과 속마음을 들을 수 있었다.

"또 다른 항목은 과거였어요. 했거나 하지 않은 말, 했거나 하지 않은 행동, 여러 해가 지난 후에도 계속 생각나는 것들. 과거가 차지하는 면적은 100도예요." 브렌던은 말했다.

크리스틴은 얘기를 계속 듣고 싶은 마음에 그냥 흐으으음, 이라고 했다.

"하지만 미래에 대한 걱정이 가장 큰 항목이었어요. 150도. 내가 결국에는 어떻게 될까? 다들 자기 아이들에 대해서도 걱정했어요, 어른이 된 아이들까지도요. 아이들이 제대로 자리를 잡고 살 수 있을까? 자기 삶에 만족할까? 그런 걱정이요."

크리스틴은 브렌던을 물끄러미 바라보며 아무 말도 하지 않았다.

브렌던은 입을 다물었다. 할 얘기가 끝난 것 같기에 마침내 크리스틴이 입을 열었다. "10도가 남았는데."

"자질구레한 것들이요." 브렌던은 대답했다.

9

보너 가족은 처음부터 끝까지 브렌던의 축복에 전염되지 않았다. 함께 살면서 그 아이가 코를 잘 후비고 화장실 물을 깜빡하고 내리지 않는 것을 익히 알고 있었으니 앰브로즈와 크리스틴은 아무리 그러고 싶어도 속아 넘어갈 수 없었다. 그들도 이런저런 걱정거리들이 있었으니 아쉬운 노릇이었지만, 그들의 문제는 근본적으로 이유가 하나였다. 돈이 없다는 것. 그러니 누가 다정한 말을 건네거나 어깨에 손을 얹어준다 한들 구멍 난 지갑은 해결될 수 없었다. 앰브로즈와 크리스틴은 자나 깨나 돈 걱정을 했다. 그들은 적어도 빚에 짓눌리지 않고 살던 시절을 기억할 수 있었지만 아이들은 빚과 더불어 성장했고 측정할 수 없는 방식으로 거기에 영향을 받았다. 크리스틴은 브렌던이 길에 떨어진 동전이 있으면 1페니짜리라도 줍는 것을 보았다. 그리고 남들이 휴가나 외식을 운운할 때 데클란이 냉소적이면서도 부러워하는 표정을 짓는 것도 보았다.

그러다 배에 부식 문제가 발생해 여기저기를 통째로 교체하는 바람에 던호가 누더기 꼴이 되었다. 그쯤 되면 아예 포기하는 선주도 있겠지만 앰브로즈는 던호가 상징하는 희망을 놓을 수 없었다. 고기가 잘 잡히는 시즌이 돌아오고 값이 오르고 드는 비용이 줄어들면 다시 큰돈을 벌 수 있었다. 배를 팔아버리면 모든 가능성이 사라지고 평생 남의 밑에서 일해야 했다. 앰브로즈는 던호를 지키기로 마음먹고, 집에서 허리띠를 더욱 졸라매기 시작했다. 히터는 딱 한 칸만 틀 수 있게 했다. "조금 춥게 지내면 정신이 초롱초롱해질 거야." 그는 말했다. 아침 메뉴로는 포리지만 허용했고 콘플레이크 같은 고급 시리얼은 사지 못하게 했다. 우유를 붓자마자 눅눅해지는 싸구려 홈스테드 제품이라도 예외는 없었다. "포리지가 건강에 더 좋아. 내가 포리지를 먹고 컸지." 티백도 두 번씩 우리기 시작했다. "두 번 우리면 맛이 부드러워져서 더 좋아." 마을에 갈 때는 기름을 한 숟가락이라도 아끼느라 시동을 끄고 관성으로 달리며 평화롭고 조용해서 좋다고 했다. "내가 어렸을 때는 일주일 내내 엔진 소리한 번 못 들을 때도 많았는데 그거 아니? 그때가 더 행복했어." 복도에는 10와트짜리 전구를 달았다. "더 밝은 전구를 쓸 필요가 뭐가 있어? 그냥 지나가거나 거기 서서 전화 통화나 할 텐데, 둘 다 전기를 낭비할 이유가 없는 일이잖아."

이 모든 연극이 앰브로즈에게는 식은 죽 먹기인 듯했다. 현실을 계속 부인하는 그의 능력이 어찌나 놀라운지 존경스러울 정도였다. 진짜였다. 부인은 과소평가된 재능이다. 요즘은 다들 그게 잘못된 거라고, 자신의 감정을 들여다보고 솔직해져야 된다고 한다. 하지만 생각해보라. 김이 나는 분뇨통에 목까지 담그고 온종일 거기 서 있게 된 두 사람이 있다고 치자. 누가 그 상황을 더 잘 견딜까? 부인을 더 잘하는 쪽이다.

전기를 아무리 잡아먹어도 차마 텔레비전을 끊지는 못했다. 그러기엔 앰브로즈가 스포츠와 옛날 카우보이 영화를 너무 좋아했다. 어느 날 저녁에 그가 뉴스를 보는데 화면에 다름 아닌 로컬섬이 등장했다. 퇴역한 영국 군인이 그 외떨어진 바위섬을 차지하고 나섰다는 보도였다. 여러 나라가 로컬을 자기 땅이라고 하니 영국 땅이 될 수 있게 거기서 40일 동안 지낼 생각이라고 했다. 영국이 포클랜드 전쟁에서 승리한 지 얼마 되지 않은 때라 그 남자가 작은 섬들을 차지하는 데 지나치게 열을 내게 된 것일 수도 있었다. 로컬보다 작은 섬은 손꼽을 정도였기에 그는 꼭대기 근처 바위 선반에 가죽끈으로 나무 상자를 묶어서 쉴 만한 곳을 만들었다. 그는 즐거운 시간을 보내고 있다며 앞으로의 40일이 기대된다고 했다.

앰브로즈는 워낙 질투를 모르는 성격이었는데, 이 순간에 그걸 느끼다니 희한한 일이었다. 질투를 느꼈다가 얼른 부인하며 꾹꾹 눌러 담느라 감정이 요동치는 바람에 자리에서 일어날 수밖에 없었지만 시선은 여전히 화면에 고정돼 있었다. 로컬의 흑백사진은 몇 번 본 적이 있었지만 이렇게 가까이서 촬영한 컬러

영상은 처음이었기에 그는 그 앞에서 넋을 잃었다. 로컬은 부러진 고깔 모양이었고 아주 단단한 화산의 잔재였다. 크기는 우리 성당만 했고 거의 전체가 직벽이거나 직벽에 가까웠다. 새들이 그 위를 빙글빙글 날아다녔고 어느 해안과도 엄청나게 멀리 떨어져 있는데도 바다가 호수처럼 잔잔했다. "브렌던!" 앰브로즈가 복도에 대고 외쳤다. "와서 이것 좀 봐!"

브렌던이 들어와 그의 옆에 서서 뉴스를 같이 보았지만 별로 관심을 기울이지는 않았다. 보도가 막 끝났을 때 데클란이 들어왔다. 데클란은 아버지와 브렌던이 텔레비전 앞에 서 있는 이상한 구도를 눈에 담았다. 앰브로즈가 뭘 보고 있었는지 데클란에게 알려주었다.

"로컬이 화면에 나왔다고요? 왜 저를 안 부르셨어요?"

"생각을 못 했어." 앰브로즈가 솔직히 말했다.

"하지만 쟤는 부르셨잖아요." 데클란은 화가 난 투로 말했다.

"마을 사람 절반이 쟤를 바다에서 온 아이라고 하니까……."

브렌던은 고개를 저었다. 대화가 잘못된 방향으로 흘러가고 있다는 것을 알 수 있었다. "별것 없었어." 브렌던이 조용히 말했다. 브렌던은 여전히 화해를 도모하는 성향의 아이였다.

데클란은 브렌던의 시도를 무시했다. "쟤는 부르면서 저는 왜 안 부르셨어요?" 데클란은 앰브로즈에게 물었다. "아빠한테 로컬에 대해서 들은 사람은 저잖아요. 쟤는 그냥 일기예보인 줄 알았을 거예요. 진짜 바위섬이라는 것도 몰랐을 거예요."

"알았던 것 같은데." 브렌던이 조용히 이의를 제기했다.

The Boy from the Sea

"로컬을 보고 싶어 했던 사람은 저라고요!" 데클란은 자기 아버지에게 고함을 질렀다.

앰브로즈는 별것 아닌 일에 호통을 듣는 것이 싫었다. 아니, 정확히 말하면 별것 아닌 일이 아니라 그의 실수였다고 인정해야 하는 것이 싫었다. 데클란의 키가 이제 그와 거의 비슷했기에 이런 식으로 유치하게 분노를 폭발하는 것이 더 한심하게 느껴졌다. 그는 로컬을 그런 식으로 눈앞에 대롱대롱 매달아 모두를 흥분시킨 텔레비전 쪽으로 비난의 화살을 돌렸다. "그럼 이렇게 하자." 앰브로즈가 버럭 쏘아붙였다. "앞으로 텔레비전은 보지 말자. 어차피 쓰레기잖니. 라디오가 정신 건강에 더 좋고 전기도 덜 쓰지. 내가 어렸을 때는 라디오밖에 없었어, 그게 뇌 발달에도 도움이 돼."

그는 텔레비전 스위치를 돌리다가 하마터면 부러뜨릴 뻔했다. 화면이 꺼졌다. 앰브로즈가 고개를 돌려보니 데클란은 이미 사라져서 보이지 않았다.

우리 마을의 호텔 지배인은 크리스틴의 업무 능력을 존경했지만 겨울에는 그녀의 근무시간이 길지 않았고, 이번에는 던호의 구동축에 금이 가서 엔진을 교체하느라 시즌의 절반이 날아가버렸다. 빨간색으로 적힌 경고장이 잇달아 날아들자 크리스틴은 이제 더는 참을 수 없는 지경에 이르렀다. 크리스틴은 앰브로즈의 현실 부인을 상대로 전쟁을 선포해, 가감 없는 사실과 냉정한 수치로 그를 몰아붙였다. 크리스틴은 눈물을 흘리며 호소하는 성격이 아니었다. 그녀는 라이언스 집안의 후손이었다. "그냥 악재가 겹친 거야." 앰브로즈는 후퇴하며 이렇게 말하곤 했지만 단층집에 숨을 곳은 없었다.

어느 날 아침에 아이들을 등교시킨 뒤 그녀가 드디어 말을 꺼냈다. "일정한 수입이 있어야 해, 손에 잡히는 수입이. 당신 이 제 고기 잡는 일 그만 접어."

앰브로즈는 아무 대답도 할 수가 없었다. 하지만 바로 그때 전화벨이 울려 그는 구명 튜브라도 되는 듯 수화기를 냉큼 낚아 챘다. 필리스였고 유넌이 넘어졌으니 일으킬 수 있게 와서 도와 달라는 전화였다. "내가 갈게요." 앰브로즈는 수화기를 내려놓 고 얼른 문밖으로 뛰쳐나갔다. 크리스틴도 그와 함께 오솔길을 걸어갔지만, 앰브로즈가 둘 사이의 분위기를 바꾸는 데 성공한 덕분에 고기 잡는 일을 그만하라는 얘기는 더 이상 하지 않았 다. 그는 여세를 몰아서 이렇게 물었다. "처형이 요즘도 아버님에 게 땍땍거리나?"

"아니. 데클란 덕분에 잠깐씩 숨을 돌리니까 감정을 다스리면 서 아버지를 관리할 수 있게 됐어." 크리스틴은 대답했다.

"*관리한다고?* 아버님이 관리해야 하는 대상이란 말이지?" 앰 브로즈는 물었다.

"응, 맞아." 크리스틴은 약간 반항조로 말했다.

그와 크리스틴이 들어가 보니 유넌이 안락의자에서 그냥 미 끄러진 것처럼 한 손으로 벽난로 덮개를 잡고 의자 앞에 꼿꼿이 앉아 있었다. 의자에서 떨어졌을 때는 놀랐을지 몰라도 이제는 그 사실 자체를 거부하는 중이었다. 천장을 올려다보며 남 일 대하듯 이 시련이 끝나기만을 기다리고 있었다. 필리스는 창가에 서서 두 손을 맞잡은 채 쥐어뜯고 있었다. "물을 잘 안 드셔서 탈수증에 정신이 오락가락하셔. 혼자 일어나려다 저렇게 되셨지 뭐야."

크리스틴은 딸이라기보다 관할 간호사처럼 창문 맞은편에 놓인 식탁에 앉았다. "언니가 물 갖다 드리면 드셔야죠." 그녀는 필리스가 그를 대할 때 쓰는 크고 단호한 목소리로 말했다.

유넌은 윗입술을 뒤틀며 혐오감을 드러냈다.

"수돗물을 마시기는 싫다 이거지. 내가 한가해 보이는지, 마티 번의 샘물을 떠다 바치길 원하셔." 필리스는 말했다.

앰브로즈는 유넌 앞에 쭈그리고 앉아 눈높이를 맞췄다. "아, 가엾은 우리 아버님." 앰브로즈는 엄청나게 감정이 실린 목소리로 말했다.

필리스는 *저 인간 왜 저러니?* 라고 묻는 표정으로 자기 여동생을 쳐다보았다. 크리스틴도 마주 보았지만 아무 말도 하지 않았다.

앰브로즈는 유넌의 자세를 살핀 뒤 한쪽 팔로 그를 안았다. 유넌은 앰브로즈의 어깨에 턱을 걸치고는 그의 귀에 대고 마른 숨을 헐떡였다. 앰브로즈는 노인을 단단히 끌어안은 다음 다른 쪽 손으로 의자를 붙잡고 유넌과 함께 일어났다. 앰브로즈는 그 무렵 40대 중반이었지만 아직도 파이어 바에서 아무하고든 팔씨름을 벌일 수 있었다. 그는 유넌을 가만히 다시 의자에 앉혔다. 유년은 아무 말도 하지 않고 고마워하는 내색도 없이 두 손을 무릎 위에 얹고 꼿꼿하게 앉아 방금 전과 지금의 간극을 최대한 좁혀보려 했다. 속수무책으로 바닥에 앉아 있었던 모습을 그들에게 보이지 않은 척했다.

앰브로즈는 두 자매를 돌아보았다. "아버님은 날마다 바다에 나가서 가족을 위해 일하셨잖아요. 샘물 좀 떠다 드릴 수 있는 거 아니에요?"

앰브로즈는 두 자매를 번갈아 쳐다보다가 반항의 눈빛을 읽었다. "알겠어요." 그는 말하고, 자기 집으로 돌아갔다. 뒤편 창고에서 38리터짜리 플라스틱 통을 챙겨 들고 차에 올라탔다. 도로를 달리는데, 얼굴이 어마어마하게 화끈거리고 눈이 따끔거렸다. 마티의 집 앞에서 브레이크를 밟자 자갈이 으드득 밟혔지만 앰브로즈는 차에서 내리지 않았다. 주먹을 쥐어서 운전대에 올려놓았다가 잠시 후에는 이마를 얹고 다시 세상을 마주할 준비가 될 때까지 그렇게 앉아 있었다. 마침내 앰브로즈는 차에서 내려 38리터짜리 통을 높이 들고 명랑하게 "안녕하세요!"라고 외치며 마티의 집 대문 앞으로 다가갔다.

몇 주 뒤 어느 일요일에 크리스틴은 현관 문 안쪽 매트에 두툼한 봉투가 놓여 있는 것을 보고 그 봉투를 집었다. 봉투에 떨리는 글씨체로 '친구로부터'라고 적혀 있었고 안에 제법 많은 돈이 들어 있었다. 그녀는 식탁에 앉아 있는 앰브로즈의 앞에 봉투를 내려놓았다. "어젯밤에 누가 우편함에 넣고 갔어."

앰브로즈는 놀란 얼굴로 아무 말도 하지 않고 그 안에 담긴 의미를 해석하려고 했다. 300파운드가 넘었다. "누가 술에 취해서 넣고 갔나 보네." 그는 한참 만에 말했다. "조만간 왜 그랬지 하면서 찾아와서 돌려달라고 할 거야."

"그러게." 크리스틴은 말했다. 동의하지 않는다는 뜻이었다.

"아무도 찾아오지 않으면 성당에 들고 가서 헌금함에 넣든지."

"그래?" 크리스틴은 재미있어하는 투로 반문했다. 앰브로즈는 난처한 상황에 놓이면 선장으로 돌변해 명령을 내릴 때가 많았다.

앰브로즈는 윌버가 놓고 간 돈이 아닐까 생각했다. 브렌던은 요즘도 가끔 그의 고모를 찾아가 말동무가 되어주고 있었다. 하지만 은행원이라면 이렇게 뒤죽박죽 넣는 게 아니라 20파운드나 10파운드짜리 지폐로 통일했을 테고 글씨도 이보다 잘 썼을 것 같았다. 그러다 윌버가 의심을 피하려고 일부러 이렇게 한 건 아닌가 하는 생각이 들자 그가 더욱 의심스러워졌다. 앰브로즈는 이런 생각을 아내에게 털어놓지 않고 혼자만 간직하고 있기로 했다.

크리스틴이 그를 가만히 쳐다보다가 말했다. "아무래도 윌버가 아닐까 싶어."

"우리한테 돈이 필요하다는 걸 윌버 말고 또 누가 알겠어?" 그가 짜증 섞인 목소리로 대꾸했다.

남들에게 물려받은 아이들 옷이 라디에이터에 널려 있었고,

모든 테두리에 녹이 슬고 한쪽 전조등은 케이블 타이로 묶어놓은 그들의 차가 창밖으로 보였다. "사람들이 그렇게 멍청하진 않아." 크리스틴이 말했다.

앰브로즈가 나가자 크리스틴은 돈을 세어보았다. 378파운드가 봉투 가득 뒤죽박죽으로 담겨 있었다. 20파운드짜리도 있었지만 10파운드짜리가 더 많았고, 새 돈과 헌 돈이 섞여 있었고, 5파운드짜리 꽤 여러 장과 1파운드짜리 스물세 장이었다. 아무리 봐도 여럿이 모은 돈이었다. 크리스틴은 결혼하기 전에 십 인에서 일했기에 어떻게 된 일인지 짐작할 수 있었다. 십 인은 라운지와 바, 이렇게 두 구역으로 나뉘었다. 라운지는 결혼한 부부나 독일에서 온 배낭여행객이 책 한 권을 들고 가는 곳이었다. 카펫이 깔렸고 의자는 푹신했고, 가끔 벽난로에서 불을 땔 때도 있었다. 반면에 바는 리놀륨 바닥에 등받이 없는 의자가 놓인 게 전부였다. 남자 전용이라는 원칙은 없었지만 그쪽에는 여자 화장실이 없다는 것이 모종의 메시지였기에 여자 손님은 어쩌다 한두 명이 전부였다. 거의 매일 저녁에 남자들이 삼삼오오 모여서 조용히 대화를 나누었고, 맥주잔을 앞에 두고 혼자 말없이 앉아 있는 손님도 한두 명 있었지만, 가끔 어떤 사람이 흥미진진한 화제를 꺼내면 의자를 서로 마주 보도록 돌리고 바 전체를 토론의 장으로 만들었다. 도로 상황, 북아일랜드 상황, 어획 할당량, 리머릭으로 가는 가장 빠른 길. 이런 토론이 격해질 때도 있었다. 크리스틴은 앰브로즈를 주제로 사람들이 큰 소리로 떠들며 그가 도움을 받을 자격이 있다고 말하는 광경을

The Boy from the Sea

쉽게 상상할 수 있었다. 에밋 커런이 그물을 잃어버렸을 때 자기 그물을 2주 동안 빌려줬잖아? 팻시 존이 땔감을 나를 때 도와 줬잖아, 못돼 처먹어서 아무도 상대하지 않는 인간인데 말이지? 무엇보다 그들 부부가 버려진 아이를 거두어서 친자식처럼 키 웠잖아, 애가 좀 특이한데도?

그것이 결정타였을 것이다. 그중 한 명이 나서서 돕자고 하자 다들 어떤 식으로 도우면 좋을지 차분하지만 긴박하게 의논하 는 모습이 크리스틴의 눈에 선했다. 마을 사람들은 간섭이나 개 입을 꺼렸다. 누군가가 의문을 제기했다가 설득됐을 것이다. 투 표하고 말고 할 것도 없이 공감대가 이미 형성됐을 것이다. 이 런 문제에 관한 한 그들은 한 토끼굴의 토끼 전체를 합한 것만 큼 촉이 좋았다. "거기 혹시 봉투 있어?" 그들은 그날 저녁 담당 직원에게 물었을 것이다. 한 사람이 봉투에 뭐라도 써야 한다고, 그러지 않으면 어리둥절한 것을 넘어 무서울 수도 있다고 말하 자 다들 일리가 있다고 생각했을 것이다. 그들은 봉투를 한 바 퀴 돌려서 돈을 모았고, 그중 한 명이 집에 가는 길에 보너의 집 우편함에 넣었을 것이다.

크리스틴은 앰브로즈에게 정확한 액수를 알려주었다.

"찾으러 오는 사람이 있을지 모르니까 쓰지 말고 두자." 그가 말했다.

크리스틴은 좋은 생각이라고 말했다.

시간이 지나면 그들은 돈을 찾으러 올 사람이 없다는 사실 을 알게 될 것이다. 앰브로즈와 크리스틴은 1, 2주 묵혀두었다가 기부할지, 자기들이 쓸지 결정할 것이다. 그 돈으로 뭘 하든 그건 그들 마음이었다. 우리는 그들이 써주길 바랐다.

계절이 바뀌었다. 이동식 놀이공원이 왔다가 떠났다. 필로미나 버크는 맹장 수술을 받았다. 쇼번호에서 조업하던 프랜시스 오코넬의 오른팔이 케이블에 걸려서 통째로 절단됐다. 연안의 제한구역에서 조업하던 스페인 어선이 해군에 나포돼 우리 항구로 압송됐는데, 구경하러 간 우리 모두가 하나같이 비열해 보인다고 입을 모았다. 어느 날 밤에는 사나운 폭풍이 몰아쳐 머크로스 인근 해안 도로가 산산조각 났다. 소용돌이치는 바다가 내동댕이친 시커멓고 평평한 바위에 부딪쳐 수천 톤의 단단한 매립재가 큼지막한 돌덩이로 부서졌고, 그 파편들은 몰아치는 파도에 이리저리 휩쓸리다가 온 사방에 널브러졌다. 우리는 대다수가 파괴된 현장을 보러 갔다. 앰브로즈도 두 아들과 가만히 서서 산산이 부서진 도로를 위아래로 훑어보았다.

앰브로즈의 현실 부인 능력은 아내와 심지어 익명의 기부자까지 상대할 수 있을 정도였지만 마침내 강적을 만났다. 조지프 맥브라이드가 크리스틴 던호에서 43미터급 신형 슈퍼트롤선 걸재클린호로 자리를 옮긴 것이다. 고등어는 대량으로 잡아야 수익이 나는 어종이지만 큰 물고기 떼가 있는 곳까지 나갈 수 있고 그물과 저장 탱크가 충분히 크면 대박을 터뜨릴 수 있었다. 흰살 생선을 잡는 조그만 어선을 때려치웠다고 그를 나무랄 사람은 없었고, 특히 앰브로즈가 그랬다. 우정이 현실을 계속 부인할 수 있게 도와주는 것을 의미할 때도 많아서 조지프는 주변의 예상보다 오래 있었지만, 결국에는 돈을 더 많이 벌 수 있다는 희망에 넘어갔고 어쩌면 던호에 얽힌 몇 가지 안전상의 문제도 마음에 걸렸을 것이다. 마지막 조업을 마친 뒤에 앰브로즈와 조지프는 파이어 바에서 좋았던 시절과 큰일 날 뻔했던 때를 추억했다. 조지프는 맥주 한 잔으로 충분했지만 앰브로즈가 술을 계속 주문했다. "집에 일찍 가고 싶지 않거든." 그는 솔직히 실토했다.

앰브로즈는 조지프를 생각하면 진심으로 기뻤다. 저녁 내내 기뻤고 마침내 집으로 돌아가 불편한 2인용 소파에 누웠을 때도 여전히 기뻤다. 스르르 잠이 들었을 때도 기뻤지만 아침 5시쯤에 눈을 떴을 때는 기쁘지 않았다. 비참한 기분이 근육에 들러붙어서 실제로 그를 압박하는 느낌이었고 그는 다시 잠을 청할 방법은 없겠다는 것을 알았다. 불을 켰지만 너무 환하고 너무 모든 게 드러나는 느낌이라 다시 끄고, 한 번 더 우리려고 그릇에 담아둔 티백을 꺼내 기계적으로 차를 끓였다. 앉아 있을 수가 없었기에 아이들을 들여다보려고 복도를 따라서 방으로 갔다. 그러면 대개 기분이 좋아졌다. 문 열리는 소리가 나자 데클란이 툴툴대며 몸을 뒤척였다. 데클란은 이제 키가 그만 했고 어깨가 넓은 이 집안의 또 다른 남자였다. 방에서 데클란의 운동화 냄새가 났다. 데클란은 튼튼해서 잘 살 테지만, 브렌던을 본 순간 앰브로즈는 심장이 아렸다. 그 아이는 나이에 비해 작았고 항상 어린애 같아 보이는 아담한 남자로 자랄 운명이었다.

오늘 밤에도 데클란은 방을 등지고, 브렌던을 등지고 벽에 붙어 서 자고 있었다. 전에는 쿠션을 끌어안고 데클란 쪽을 보고 누웠던 브렌던도 요즘에는 벽을 보고 자기 시작했다. 그렇게 그들은 서로를 등진 채 누워 있었다. 앰브로즈는 문에 기대고 서서 두 아이를 바라보며 평소처럼 단순한 자부심이 차오르길 바랐지만 아무것도 느껴지지 않았다.

그는 부엌으로 돌아가 어둠 속에 앉았다.

이후로 한참 동안 앰브로즈는 저기압이었다. 몇 주, 몇 달 동안 그랬다. 크리스틴은 처음에는 조심스럽게 살피며 왜 그러냐고 물었지만 알맞은 단어를 찾는 동안 전쟁터로 변하는 그의 얼굴을 지켜보다 결국 포기하고 괜찮아질 거라고 말했다. 앰브로즈는 구름의 의미, 바다의 성향, 비의 기세를 정확하게 설명하는 데 필요한 단어는 모두 알았지만, 자신의 감정 변화를 표현하는 말은 "이보다 좋을 때도 있었지", "이보다 나쁠 때도 있었지" 그리고 "말 안 해도 알잖아"밖에 몰랐다. 크리스틴은 처음 만났을 때 앰브로즈가 말을 아주 잘하는 사람인 줄 알았지만 이제는 농담밖에 할 줄 모른다는 것을 알았다. 자연스럽고 스스럼없이 자기 이야기를 하는 것처럼 들릴지 몰라도 그는 결말을 알아야 이야기를 시작하는 사람이었다.

흰살 생선은 가격이 바닥이었고 조지프의 대타를 꾸준히 구하기도 어려웠기에 앰브로즈는 조업을 쉴 때가 많았다. 그는 몇 시간 동안 창가에 앉아 있거나 어떤 문제를 해결하겠답시고 계속 왔다 갔다 했지만 크리스틴은 그 문제가 절대 해결될 리 없

The Boy from the Sea

다는 것을 알았다. 그녀는 가끔 라이언스 집안의 기질이 반항하며 이제 자기가 나설 차례라고 주장하는 것을 느낄 수 있었다. 그녀는 아버지처럼 말하고 싶지 않았지만 사고방식이 비슷했기에 쉽지 않았고, 표현은 달라도 유년의 정서가 스며 나왔다. 예를 들면 "나도 빈둥거릴 시간이 있으면 좋겠네" 아니면 "그러다 바닥에 구멍 뚫리겠어"라고 하는 식이었다. 앰브로즈가 묵묵부답이면 그녀의 표현이 독해졌다. 결국 앰브로즈는 신발을 주워 신고 성큼성큼 밖으로 나가 몇 시간 동안 이 언덕, 저 언덕을 쏘다녔다. 그는 싸우고 소리를 지르는 성격이 아니었지만, 한번은 울타리 말뚝을 걷어차는 것을 본 사람도 있었다.

어느 날 오후 마을에서 앰브로즈는 또 한 번의 충격으로 다가올 광경을 목격했다. 바다는 잔잔하고 하늘처럼 잿빛이었다. 노르웨이 화물선이 1.5킬로미터 밖에서 정박하며 법적 분쟁의 판결을 기다리고 있었다. 앰브로즈는 큰길을 따라 차를 주차한 곳으로 걸어가다가 브렌던이 주차장 담벼락에 백수들과 앉아 있는 것을 보았다. 브렌던은 곧 열네 살이었다. 눈은 아래로 떨구고 팔꿈치를 무릎에 디뎌서 몸을 앞으로 내밀고 있었다. 축복을 해주거나 뭐 그러지는 않고 그냥 그들과 함께 앉아 있었는데, 교복 차림이라 더 끔찍했다. 다른 아버지들 같았으면 당장 가서 아들을 끄집어내 집으로 끌고 갔을 것이다. 앰브로즈가 그러지 않은 것을 보면 그가 그 당시 얼마나 저기압이었는지 알 수 있었다. 그는 오히려 얼른 차를 집어타고 도망쳤다. 하지만 그냥 넘어가지는 않았다. 집에 도착하자마자 부엌에 있던 크리스틴을 붙잡고 그래도 상황 설명은 했다. "걔가 남의 말에 잘 휘둘리는 성격이라." 그녀는 말했다.

"크면 달라지겠지? 그렇겠지?" 앰브로즈는 심란한 마음을 꾹 누르고 있었지만 어리광을 피우고 싶었고 다 괜찮아질 거라는 말을 듣고 싶었다. 크리스틴이 가끔 그랬던 것처럼 그의 뺨에 손을 얹어주길 바랐다. 팔꿈치를 살짝 건드려주어도 좋았을 것이다.

하지만 오늘 크리스틴은 라이언스 모드로 팔짱을 꼈다. "당신이 걔랑 얘기 좀 해봐. 걔는 당신을 존경하잖아, 애들 둘 다. 당신도 알지, 응?"

앰브로즈는 확신이 없었다. 아이들이 어렸을 때는 그에 대한 애정을 온몸으로 표현했기에 그렇다는 걸 알았다. 그가 조업을 마치고 집에 들어가면 아이들이 달려와 한쪽 손씩 잡고 이리저리 끌고 다녔다. 하지만 나이를 먹은 뒤에는 더 이상 그렇게 티를 내지 않아서 앰브로즈는 자신이 아이들에게 얼마나 중요한 존재인지 모르고 지냈다. 그는 원래 남들의 의도를 잘 파악하지 못했다. 아이들은 다른 집 사춘기 자식들과 다르게 앰브로즈를 경멸하지는 않았지만 딱히 존경하는 것 같지도 않았다. 이제 크리스틴의 말을 듣고 아버지로서의 의무를 상기하게 된 앰브로즈는 불현듯 책임감에 휩싸였고 좋은 아버지가 되기로 결심했다. 그와 작은아들에게 공통의 관심사가 있다면 날씨를 살피고 예측하는 것이었기에 창문 앞에 앉아서 기다리고 있다가 오솔길을 걸어오는 브렌던이 보이자 현관 앞 계단으로 달려 나가 아들을 맞았다. "오늘은 어떤 날씨가 예비돼 있는지 같이 알아보자!" 앰브로즈는 명랑한 목소리로 외쳤다.

그가 현관문을 열어놓았기에 크리스틴은 복도로 나가 귀를 기울였다.

앰브로즈와 브렌던은 서쪽을 바라보며 나란히 섰다. 진회색 구름의 질감과 디테일이 어찌나 생생한지 손을 내밀면 만질 수 있을 것만 같았다. 그런가 하면 청회색 바다는 다른 행성에 있는 것처럼 아주아주 멀게 느껴졌다. 30분만 걸어가면 거기에 손을 담글 수 있다는 것이 믿기지 않았다.

"오늘 하루는 어떻게 보냈니?" 앰브로즈가 브렌던에게 물었다. 주차장 담벼락에서 브렌던을 보았다는 말은 하지 않았다.

"괜찮았어요." 브렌던이 대답했다.

"학교에서 오는 길에 어디 들른 데는 없고?"

"네."

그들은 다시 잠깐 서쪽을 바라보았다.

"조만간 비가 올 것 같네."

"한 시간 안에요."

그들은 잠시 아무 말도 하지 않았다.

"이제 다 컸네." 앰브로즈는 말했다.

그들은 안으로 들어가서 저녁을 먹으려고 몸을 돌렸다.

크리스틴은 점점 번지는 실망감을 달래며 부엌으로 후퇴했다. 앰브로즈는 자기가 잘한 줄 알 것이다. 아들과 풍성하고 화기애애한 시간을 보냈다고 생각할 것이다. 앰브로즈는 자신이 물려받은 유산을 고스란히 물려주고 있었다. 억압에 가까울 정도로 자신을 억누르는 조용한 남자들, 대대로 수평선을 바라보며 딱 1초 동안 내면을 성찰하느니 말 없는 광활한 세상을 내다보는 쪽을 선택할 남자들의 계보 속으로 브렌던을 끌어들이고 있었다. 크리스틴은 그렇게 감정 표현을 자제하는 남자와 함께하는 삶이야말로 끔찍한 올가미라는 결론을 내렸다. "저녁 알아서 챙겨 먹을 수 있지?" 앰브로즈와 브렌던이 부엌으로 들어오자 그녀는 말했다. "나 좀 누울게."

크리스틴의 끓는 속은 가라앉을 줄 몰랐다. 어느 날 아침엔가는 9시가 되도록 앰브로즈가 침대에 누워 있었다. 인력이 한 명 부족하고 그 주에는 어차피 연안 생선을 찾는 사람도 없다고 했다. 그러니 나갈 필요가 없다고, 천장을 쳐다보며 말했다. 크리스틴은 그 모습을 보고 집에서 뛰쳐나와 라이언스의 집으로 갔다. 필리스는 그녀를 식탁에 앉혀놓고 둘이 먹을 차와 토스트를 준비했다. 크리스틴은 그 무렵 언니를 자주 찾아갔다. 주로 자기에 대한 하소연을 하러 가는 것을 분명 알았을 텐데, 그래도 앰브로즈는 원망하지 않는 눈치였다. 크리스틴은 차라리 그가 불평해주길 바랐다. 그녀는 창밖으로 오솔길 너머를 물끄러미 바라보았다. 가문비나무들이 집보다 높이 자라 무시무시한 회녹색 커튼이 되었다. 그림자 사이로 보이는 쓰러진 나무 몇 그루가 견고한 수직선을 어그러뜨렸다. 숲 때문에 감금당한 듯한 느낌이 고조됐고 크리스틴은 그래서 화가 났다. 필리스가 식탁 앞에 앉자 크리스틴이 불쑥 물었다. "아일랜드에서 이혼이

The Boy from the Sea

허용되는 날이 올까?"

"이혼?!" 필리스는 경악한 표정으로 외쳤다. 그녀는 자기 집에서 그런 종류의 대화가 오가는 것을 좋아하지 않았다.

"응. 이혼. 그게 허용되는 날이 올까?"

"올 수도 있지." 필리스는 충격이 가라앉을 때를 기다려 말했다. "하지만 더니골에 적용되지는 않을 거야."

크리스틴은 아버지 쪽을 턱으로 가리키며 말했다. "만약 허용됐다면 엄마가 아버지랑 이혼했을 것 같지 않아?"

이런 대화가 이어지는 동안 유넌은 안락의자에 앉아서 고개를 뒤로 젖히고 입을 벌린 채 코를 골고 있었다. 새빨간 핏줄이 이리저리 수놓인, 거뭇거뭇하고 단단한 입천장이 보였다. 앞으로 내민 손은 다리 사이에서 혼자 똑바로 서 있는 지팡이 손잡이 위에 포개어져 있었다. 그는 잠이 들었어도 팔의 무게가 지팡이를 지탱했다.

"절대 안 했을걸? 엄마가 미치지 않고서야." 필리스는 말했다.

크리스틴은 걸고넘어지지 않았다.

그녀가 집으로 돌아가 보니 앰브로즈가 보이지 않았다. 차는 그 자리에 있는데 신발은 없었으니 이 언덕, 저 언덕 걸어 다니러 나갔을 가능성이 컸다. 말다툼을 벌이면 그럴 때가 많았는데, 지난 일주일 동안에는 크리스틴이 조심했기 때문에 싸운 적이 없었다. 뒷문으로 나가 질척질척한 언덕길을 올라가 보니 아니나 다를까, 진흙에 찍힌 지 얼마 되지 않은 발자국이 보였다. 크리스틴은 언덕 꼭대기 속새 덤불 사이에 팔짱을 끼고 서서 뭍을 물끄러미 바라보았다. 대서양에서 불어온 산들바람에 머리칼이 흩날렸다.

앰브로즈가 길을 걸으러 나서게 된 이유는 끔찍한 생각이 들어서였다. 크리스틴 던은 재수가 없는 배라는 생각이었다. 어떤 배를 두고 재수가 있네 없네 하면서 우울해하다니 우리가 들으면 웃을 일이었지만 앰브로즈로서는 어쩔 도리가 없었다. 그렇게 운수가 사나운 배에 크리스틴의 이름을 붙이다니 후회가 됐다. 어쩌면 그녀에게 사과해야 할지도 몰랐다. 앰브로즈는 곶을 한 시간 정도 걷다가 핀트라 근처의 갈대가 무성한 모래언덕으로 걸음을 옮겼다. 우리는 무겁게 내려앉은 하늘을 배경 삼아 바닷가 저편을 이리저리 서성이는 그를 몇 번 본 적이 있었다. 돌풍이 몰아치고 바다에서 물이 소나기처럼 쏟아졌지만 오늘 그를 괴롭히는 것은 오로지 이런저런 생각뿐이었다. 그는 예전에 저지른 잘못을 되새김질하고 있었고 가까이서 보면 입술을 달싹거렸다. *실수를 저질렀다*고 생각하는 것만으로는 부족했다. 앰브로즈는 모래언덕을 걸으며 자책의 늪에 빠졌다. 나쁜 생각들이 그의 속을 파고들었다. *내가 저지른 실수가 너무 많아.*

잠시 후 모랫길을 따라 차량 한 대가 달려왔다. 토미였다. 돈을 많이 벌고 있으니 으리으리한 새 차를 몰겠거니 생각할 수도 있겠지만 토미는 그렇게 분별력이 없지 않았다. 그는 길가에 차를 대고 앰브로즈를 향해 모래언덕을 올라왔다. 꼭대기에 다다랐을 무렵에는 젖은 속새 때문에 그의 무릎까지 흠뻑 젖었다. 그는 바람을 피해 실눈을 뜨고 앞을 쳐다보았다. 웬만하면 외출을 자제하고 싶은 날씨였다. 열쇠를 손에 쥐고 있었는데, 가운뎃손가락에 고리가 걸린 열쇠 뭉치가 테니스공만 했다. 더니골의 남자들은 어마어마하게 큰 열쇠 뭉치를 들고 다녔다. 사는 동안 챙겨야 할 자물쇠가 많았기 때문이다. 토미는 머리가 희끗희끗해졌지만 여전히 동안이었고, 결혼을 했고, 아내의 설득에 넘어가 치아 미백 시술과 교정을 받았다. 어마어마하게 돈이 들었지만 아내가 하자는 대로 했다. 그런 게 사랑이다. "요즘 어찌 지내?" 토미가 물었다.

"말 안 해도 알잖아." 앰브로즈가 대답했다.

토미는 뒤로 물러났다. 앰브로즈는 가시를 잔뜩 세운 채 웅크리고 있었고, 탁 트인 수평선이 내려다보이는 곳에 있는데도 궁지에 몰린 듯한 표정을 짓고 있었다. 두 사람 모두 알은체하지 않았지만, 누가 봐도 토미의 등장은 우연이 아니었다. "워리어 2호에 네 자리가 있어." 토미는 말했다.

그는 앰브로즈가 발끈할 거라고 생각했겠지만 대답하는 앰브로즈의 목소리에는 피곤한 기색만 가득했다. "그럼 교육을 받아야 하나?"

"천만에. 일반 선원은 안 받아도 돼."

일반 선원. 토미는 갑판원이라고 하지 않는 배려심을 발휘했고 앰브로즈도 그렇다는 걸 알았다.

"이런 신형 선박은 적응해야 하는 부분이 많아. 하지만 내가 했으니까 너도 금세 배울 수 있을 거야." 그는 미소를 지었다. "네가 항상 나보다 체스를 잘 뒀잖아."

"다른 모든 건 네가 항상 더 잘했고." 앰브로즈는 말했다.

토미는 앰브로즈의 말을 농담으로 받아넘기듯 폭소를 터뜨렸다. "네가 와주면 좋겠다. 우리 둘이 다시 뭉치면 좋지 않겠어? 워리어가 마음에 들 수도 있어. 깔끔하게 정리하고 최신 장비를 장착했거든."

"하지만 실제로 고기를 잡던 시절이 그립지 않아?" 앰브로즈가 물었다.

토미의 얼굴에서 웃음기가 사라졌다. "먹여 살려야 할 사람이 많거든, 앰브로즈."

앰브로즈는 시선을 돌렸다.

"이제 집까지 태워다 줄까?" 토미가 물었다.

"아냐, 괜찮아."

토미는 잠시 머뭇거리다가 말했다. "좋을 대로 해." 그는 걸음을 옮겼다.

앰브로즈는 이게 어떻게 된 일인지 알고도 남았다. 크리스틴이 토미에게 전화해 남편을 찾아달라고, 남편이 보이거든 일자리를 제안해달라고, 어떻게 해서든 던호에서 떼어내달라고 부탁했을 것이다. 앰브로즈는 집으로 출발했다. 언덕을 넘는 동안 그는 발걸음이 호전적으로 변했고 턱을 내밀고 팔을 어찌나 점점 더 심하게 흔들었는지, 화가 머리끝까지 났다는 것을 멀리에서도 알 수 있을 정도였다. 그의 앞에서 양들이 뿔뿔이 흩어졌다. 앰브로즈는 이제 그 여자와 이름이 같은 모든 배가 불쌍해졌다. 화를 부르는 사람이 크리스틴일지도 몰랐다. 그게 집안 내

The Boy from the Sea

력인 듯했다. 그는 비탈길을 넘어 집에 도착했지만 차가 보이지 않았고 혼자 오솔길을 서성이며 씩씩거렸다. 크리스틴은 그를 찾으러 나갔을 수도 있고, 자기도 사라질 수 있다는 걸 과시하고 있는지도 몰랐다. 어느 쪽이 됐건 싸움을 벌일 수 없게 됐으니 앰브로즈는 대신 뭔가를 박살 내기로 했다. 그는 안으로 들어가 신발 앞코에 들이받힌 화면이 와장창 깨지는 광경을 상상하며 텔레비전을 향해 가다 걸음을 멈췄다. 텔레비전은 50파운드였다. 그는 우왕좌왕 집 안을 돌아다니며 속 시원하게 박살 낼 수 있는 물건을 찾았지만 본전 생각이 발목을 잡았다. 커피 테이블, 찻주전자, 토스터, 모든 게 한두 푼이 아니었다. 결국 그는 파이렉스 유리 그릇을 떠올리고 찬장에서 꺼냈다. 우묵하고 양쪽으로 손잡이가 달렸고 살짝 반투명한 주황색 꽃무늬 그릇이었다. 크리스틴이 깨진 그릇을 보면 자기가 얼마나 잘못했는지 알 수 있을 것이다. 이건 결혼 선물이었다. 요리나 요리 도구에는 전혀 관심이 없는 그녀조차 일품이라고 항상 감탄하던 그릇이었다. 하지만 오븐에 구운 감자칩을 담을 때나 썼다. 오븐에 구운 감자칩이라니! 그게 그녀의 수준이었다. 앰브로즈는 다시금 정나미가 떨어졌다. 필리스도 이 그릇을 가끔 빌려 갔고, 뭘 칭찬하는 경우가 거의 없는 그녀조차 일품이라고 했다. 심지어 데클란도 셰퍼드 파이를 만들 때 좋다고 했다. 앰브로즈는 그릇을 머리 위로 들었다. 기분 좋게 묵직했고 그에게 필요한 것을 선물할 준비가 되어 있었다. 돌이킬 수 없는 폭력이 눈부시게 작열하는 순간, 그는 그릇을 그냥 떨어뜨린 게 아니라 내동댕이쳤다. 부엌 바닥에 깔린 리놀륨은 거의 송판 수준으로 딱딱했지만, 그릇은 깨지지 않고 바닥을 맞고 튀어서 멀쩡하게 착지했다. 앰브로즈는 동작을 멈췄다. 모래언덕을 나선 이래 처음으로 들끓던 속이 가라앉았다. 그는 그릇을 물끄러미 바라보다가 쭈그리고 앉아 그릇을 집었다. 양 손바닥으로 잡고 이리저리 돌리며 생전 처음으로 제대로 훑어보았다. 앰브로즈는 강인하고 묵묵하게 제자리를 지키는 모든 것에 동질감을 느꼈다. 이 그릇은 일품이라는 데 그도 동의하는 수밖에 없었다.

10

온 세상이 데클란에게 돈은 벌기 힘든 것이라는 시그널을 보냈다. 이런 깨달음이 열여섯 살이 됐을 무렵에는 뼛속에 새겨졌고 죽을 때까지 그에게 영향을 미칠 예정이었다. 크리스틴은 데클란에게 돈을 많이 받는 일을 하려면 학교를 제대로 마치는 것이 중요하다고 강조했다. 우리 마을의 직업학교에서는 기본적인 과목도 가르쳤지만 남학생들은 용접기와 선반 다루는 법을, 여학생들은 장부를 작성하고 닭을 잘 굽는 법을 배웠다. 학교를 졸업하자마자 취직을 하든지 적어도 집안일에 보탬이 되라는 취지에서였다. 데클란은 모든 과목에서 엉망이었다. 그에게 교실은 또래 친구들 사이에서 자신을 과시하는 공간에 불과했고, 그 목적을 달성하는 수단이 바른 행실이나 숙제는 아니었다. 그는 요즘 들어 엄마의 논리를 이해하기 시작했지만, 칠판에 적힌 것은 뭐든 만만치가 않았다.

데클란은 날이 어두워지고 혼자 있고 싶으면 라이언스의 집 뒤편의 토탄지로 올라갔다. 밤이 되면 끈끈한 이탄 냄새가 더 독해져서 바닷바람에도 사라질 줄 몰랐다. 길게 뻗은 가문비나무와 둥그스름한 봉우리에 가려 마을의 불빛은 보이지 않았고, 바다 위에 떠 있는 배마저 없으면 세상은 칠흑 같은 어둠이었다. 그는 바닥이 축축하거나 말거나 토탄 둔덕에 앉았다. 그의 집안사람들이 수 세대에 걸쳐, 역사로 기록되기 전부터 여기서 연료를 캤다. 그의 가문이 켜켜이 쌓인 이탄을 통해 대변되고 박제돼 시간을 가르며 부드럽게 울려 퍼지는 느낌이었다. 하지만 데클란이 여길 찾은 이유는 과거에 이끌려서가 아니라 손장난을 칠 수 있는 유일한 공간이기 때문이었다. 집 화장실에 빗장이 달려 있었지만 크리스틴이 집 안의 어느 문 앞에서든 다짜고짜 말을 해도 된다고 생각했기에 편하게 앉아 있을 수가 없었다. 뻥 뚫려 있다는 점을 감안할 때 토탄지가 희한한 선택처럼 느껴질지 몰라도 가뜩이나 해가 떨어진 뒤에는 이쪽으로 걸어오는 사람이 아무도 없었다. 데클란은 휴지를 들고 오거나 오래된 이탄 채취장 앞에 서서 다른 쪽 손으로 몸을 지탱하며 켜켜이 쌓인 이탄에 대고 수음을 했다. 수 세기 동안 아주 오래된 그 풍경 속에서 그의 조상들도 거기에다 그랬을 것이다.

그리고 난 다음에는 담배를 피웠다. 데클란은 제대로 된 담배를 더 좋아했지만, 담뱃잎을 말아서 피우면 아버지의 깡통에서 네다섯 대 분량을 슬쩍해도 티가 나지 않는다는 장점이 있었다. 어느 날 밤 데클란이 토탄지로 올라가 담배를 피우고 있을 때 트롤선 한 척이 부두로 돌아왔다. 투광등의 배열만 보아도 어떤 배인지 3킬로미터 멀리에서도 알 수 있었다. 던호였다. 바다를 상대로 힘겹게 움직이는 그 배를 본 순간 데클란은 뺨을 한 대 얻어맞은 듯했다. 그의 앞날에 한계가 있을지 몰라도 한 가지 사실만큼은 분명했다. 그가 고기를 잡을 일은 절대 없었다. 같은 반의 다른 친구들은 바다로 나가고 싶어서 안달이 났지만 그는 고기잡이에 매력을 느낀 적이 없었다. 거기다 집이 넘어갈까 봐 전전긍긍하는 부모님을 보면 확실했다. 고기잡이는 대가 없는 중노동이었고 노예살이와 다를 바 없었다. 담뱃잎 한 가닥이 데클란의 입술에 짜증 나게 들러붙었고 담배에서 갑자기 퀴퀴한 흙 맛이 났다. 그는 담배를 뱉고 일어나 쟁인 담뱃잎을 이리저리 흩뿌리며 쏟아버렸다. 앞으로는 제대로 된 담배 아니면 피우지 않기로 결심했다.

다음 날 아침, 하늘은 묵은 감자를 삶은 물 색이었고 데클란은 그 집에서 제일 먼저 일어났다. 그는 부엌 서랍에서 뒤집개와 고무줄 몇 개를 챙기고 집 뒤편에서 길이가 그의 키의 절반쯤 되는 튼튼하고 쭉 뻗은 나뭇가지를 주워서 길을 따라 내려갔다. 뒤집개는 보이지 않게 소매 안에 감추었다. 나뭇가지는 숨길 방법이 없었지만 상관없었다. 나뭇가지를 들고 가는 남자아이를 의심할 사람은 없었다. 데클란은 마을 밖 언덕에 외따로 있는 세인트캐서린의 우물로 향했다. 가장자리를 따라서 납작한 돌이 놓인 동그란 우물이었고 깊이는 90센티미터, 지름은 150센티미터였다. 아일랜드 일부 지역의 성스러운 우물에는 봉헌물이 넘쳐났다. 신자들이 양초, 장난감, 묵주와 같은 개인적인 의미가 담긴 조그만 물건들을 두고 가서 세월이 쌓이면 우물이 한데 모인 감정의 무게로 웅성거리는 것처럼 느껴졌다. 아주 좋은 전통이기는 했지만 우리 스타일은 아니었다. 우리 마을의 성스러운 우물은 소박했다. 콘크리트로 테두리를 둘렀고 아무 장식이 없었다. 하지만 우리가 가끔 던진 동전들이 이끼로 덮인 바닥의 돌 위에서 반짝거렸다. 데클란은 주변에 아무도 없는지 확인한 다음 우물 옆에 무릎을 꿇고 앉아 뒤집개를 나뭇가지에 고무줄로 묶어서 물속에 담갔다. 50페니짜리를 전부 줍고 얼마 전에 생긴 20페니와 10페니짜리도 몇 개 챙긴 다음 이만하면 됐다는 결론을 내리고 슬그머니 자리를 떴다. 나중에 죄책감이 들었지만 그 돈으로 담배를 살 수 있었다. 다음 달에 그는 다시 우물을 찾았다. 이번에는 엄청난 집중력을 발휘해 바닥을 깨끗하게 비웠다. 동전을 하나도 남기지 않았다.

이것이 그가 저지른 최악의 범죄도 아니었다.

몇 주 뒤 어느 날 브렌던은 손가락 사이로 훑어서 고사리 잎을 뜯으며 평소처럼 몽상하는 속도로 산을 걸어 올라가고 있었다. 화창한 오후였고 새들이 여기저기서 먹이를 쪼았고 어쩌다한 번씩 보슬비가 내렸다. 도리스 케인의 집 대문을 지나는데, 놀랍게도 데클란이 호랑가시나무 덤불에서 나왔다. 어깨에 견장이 달린 군복 스타일 점퍼를 입고 있었다. "그분 만나러 가는

The Boy from the Sea

거야?" 데클란이 진입로 위쪽을 가리키며 물었다. "그 은행원의 고모?"

브렌던은 아무 말도 하지 않았다.

"나도 같이 갈게." 데클란이 말했다.

데클란의 영향력은 브렌던의 삶에 깊게 파인 골과 같아서 그는 당장 자신에게 주어진 배역 속으로 빨려 들어갔다. 복종이 기분 좋지는 않았지만 익숙했고 피할 수 없는 느낌이었다. 그들은 집을 향해 걸어갔다. 브렌던이 앞장섰지만 데클란이 대장이었다. 문이 열려 있었지만 브렌던은 그래도 노크를 했고, 들어가면서 큰 소리로 외쳤다. "저희 형이랑 같이 왔어요." 케인 부인은 슬리퍼 위에 수건 재질의 빨간색 가운을 입고 홀의 전화기 테이블에 세트로 달린 붙박이 의자에 앉아 있었다. 통화를 하지도 않으면서 아무 이유 없이 거기 앉아서 그냥 시간을 보낸 듯했지만, 브렌던을 금세 알아보고는 사뿐히 일어났다. "이 잘생긴 청년은 누구니?" 그녀가 물었다.

"데클란 형이에요." 브렌던이 말했다.

데클란은 노파의 가운을 보고 당황했다. 발목이 맨살이라 안에 아무것도 입지 않았나 싶어서 불안했다. 헐렁하게 묶인 허리띠에 많은 것이, 너무나 많은 것이 걸려 있었다.

브렌던은 케인 부인의 스타일에 익숙했기에 동요하지 않았다. 그가 거실로 앞장섰다. 거실에는 여름인 것을 감안해 히터를 한 개만 켜놓았다. 그녀는 수많은 쿠션을 양옆으로 거느리고 소파 한가운데에 앉았다.

"차 드실래요?" 브렌던이 그녀에게 물었다.

"아, 좋지. 거기 비스킷도 있단다."

브렌던이 부엌으로 사라지자 데클란 혼자 남았다. 빈 안락의 자가 두 개 있었지만 케인 부인은 그에게 자리를 권하지 않았다. 그런 예의는 잊은 지 오래였다. 가운의 앞섶이 벌어져 한쪽 다리의 무릎 위쪽으로 듬성듬성한 체모와 파란색 핏줄이 드러났다. 데클란이 어색하게 계속 서 있는 동안 브렌던이 다기 세트가 담긴 쟁반을 들고 들어왔다. 불편한 표정으로 멍하니 두리번거리는 데클란을 보자 브렌던의 마음속에서 반항심이 고개를 들었다. 그는 케인 부인 앞쪽의 낮은 테이블에 쟁반을 내려놓고, 데클란은 계속 서 있게 내버려두었다. 그들 형제의 집에서는 티백을 머그잔에 곧바로 담가서 우렸고 쟁반이라고는 부스러기를 받으려고 토스터 아래 받쳐놓은 것이 전부였지만, 브렌던은 사기로 된 다기 세트를 능숙하게 다뤘다. 그는 전축 앞으로 다가가 덮개를 열고 음반에 달린 동그란 라벨을 살폈다. 지금까지 수없이 해온 거라 전축 다루는 것쯤은 일도 아니라고 과시하기 위해서였다. 긴 러시아 이름이라 더듬을 수도 있기에 러시아 지휘자와 피아니스트의 이름은 건너뛰고 곡명만 소리 내서 읽었다. "〈라흐마니노프 피아노협주곡 2번〉."

데클란은 '2번'이라는 말을 듣고 킬킬거렸다. 브렌던이 그를 잡아먹을 듯이 노려보았다. 데클란은 웃음을 그쳤다.

"훌륭한 작품이지." 케인 부인이 말했다.

브렌던이 바늘을 내리자 연주가 시작됐다.

데클란은 문에서 가까운 쪽 안락의자에 자리를 잡고 앉았다. 다행히 그 위치에서는 쿠션에 가려 케인 부인의 다리가 보이지 않았지만, 자리에 앉는 동안 그녀가 그를 다시 주목했다. "이 잘생긴 청년은 누구니?"

"데클란입니다." 데클란은 말했다.

브렌던은 케인 부인에게 차를 따라주고 나가서 통에 담긴 미국 비스킷을 들고 왔다. 뚜껑을 열어서 통을 쟁반 옆에 놓았다. 데클란은 위 칸에 초콜릿 비스킷이 없는 걸 보더니 칸막이를 치우고 아래 칸에서 몇 개를 집어먹었다. 위 칸에 남은 비스킷이 있는데 아래 칸을 헤집는 것은 예의에서 한참 벗어난 행동이었다. 우리 마을에서 그랬다가는 어느 집에서든 뒷말이 나오게 되어 있었다.

"다 먹지 말고 남겨." 브렌던이 말했다.

케인 부인은 상관하지 않았다. "이렇게 덩치가 큰 청년은 많이 먹어야지." 그녀는 그를 보고 웃으며 말했다. "이름이 뭐니?"

"데클란입니다." 데클란은 말했다.

그들은 잠깐 동안 가만히 앉아 있었다. 케인 부인은 음반을 들으며 만족감과 몽상에 젖었지만 데클란은 좀이 쑤셨다. 사람들이 정말 이런다고? 가만히 앉아서 음반을 듣는다고? 필리스 이모도 대니얼 오도넬을 좋아했지만 음식을 만들거나 집안일을 할 때만 그의 노래를 들었다. "대니얼이 있으면 심심하지 않거든." 그녀는 이렇게 말하곤 했다. 하지만 가만히 앉아서 〈마이 더니골 쇼어〉를 명상하는 데 전념할 생각은 한 적이 없었을 것이다. 뚱땅거리는 피아노 소리가 커졌다가 작아졌다가 멈췄다가 시작되는데, 지루한 동시에 난해했다. "너 이거 진짜 좋아서 듣는 거야?" 데클란이 브렌던에게 물었다. 케인 부인의 태도 덕분에 그녀를 없는 사람 취급하며 대화를 나눌 수 있었다.

"내가 느끼기에는 바닷소리 같아." 브렌던이 말했다.

데클란은 비난하는 눈빛으로 전축을 쳐다보았다. 음악 안에 숨겨진 비밀이 있다는 사실을 이제 막 깨달은 참이었다.

"재미없으면 가도 돼." 브렌던이 문 쪽을 턱으로 가리키며 말했다.

데클란은 그를 쏘아보았다. 브렌던에게서 전과 다르게 반항의 기미가 느껴지는 것이 마음에 들지 않았다. "내가 알아서 할게."

데클란은 자리에서 일어나 방 안을 걷기 시작했다. 브렌던은 그를 따라서 시선을 움직였지만, 케인 부인은 연주에 빠져 평온한 미소를 머금고 있을 뿐 그가 왔다 갔다 해도 알아차리지 못하는 눈치였다. 데클란은 태연한 척 뒷짐을 지고 벽에 걸린 수채화 액자를 들여다보았다. 그러고는 케인 부인의 소파 뒤편의 아무것도 없는 공간으로 들어가 잠자코 가만히 서서 그녀가 그의 존재를 잊을 때까지 기다렸다. 30초면 충분하고도 남았다. 그동안 데클란은 연주를 들었다. 정말로 너울이 해변에 부딪히는 소리 같았다.

케인 부인의 핸드백이 스탠드형 옷걸이에 걸려 있었다. 그가 한 손바닥으로 핸드백을 들어 올렸다. 브렌던은 당장이라도 벌

The Boy from the Sea

떡 일어날 것처럼 의자 팔걸이를 부여잡았지만 일어나지 않고 앉은 자리에서 괴로워하며 발을 굴렀다. 데클란은 핸드백을 그대로 걸어놓은 채 다른 손으로 덮개를 열고 안으로 손을 집어넣어 지갑을 찾아 걸쇠를 풀었다. 그러는 내내 해볼 테면 해보라는 듯이 브렌던을 똑바로 쳐다보았다. 지갑 안에는 20파운드짜리 지폐가 세 장 들어 있었다. 데클란은 한 장만 꺼내야 들킬 위험이 준다는 걸 알았지만 그래도 세 장 모두 꺼냈다. 브렌던이 "하지 마"라고 날카롭게 속삭였다. 데클란은 브렌던에게 시선을 고정한 채 돈을 주머니에 넣고 핸드백을 다시 잘 걸고는 걸음을 옮겼다. 연주가 덜거덕거리며 멈췄고, 마지막 코드가 레코드판의 지지직거리는 잡음 속으로 사라졌고, 누군가가 기침을 했다. 데클란이 안락의자로 돌아가서 앉자 케인 부인이 그를 다시 주목했다. "이 잘생긴 청년은 누구니?"

계절이 바뀌었다. 탱크 맥휴가 세인트코널스 정신병원에 잠시 입원해야 했다. "다 그 친구를 위한 거지." 우리는 이렇게 말했다. 강풍이 불어 가로수가 쓰러졌다. 저스틴 오도넬은 집 지붕이 날아가서 약을 처방받아야 했다.

브렌던은 외롭고 우울했다. 그래도 이렇게 불안한 심리 상태를 오로지 데클란 탓으로 돌리지 않고 자신에게도 책임이 있다고 생각했다. 그도 어느 정도 관련이 있다고 생각했기에 그날 데클란이 케인 부인의 집에서 저지른 짓은 아무에게도 말하지 않았다. 안 그래도 도리스 케인과 같은 사람들의 집을 찾아갈 때 불편함 느끼기 시작했기에 절도가 어느 정도 그의 범죄이기도 한 것처럼 느껴졌다. 마음속 깊은 곳에서는 그가 하는 일도 결핍에서 비롯된 수상한 행동이고 데클란의 도둑질과 별반 다를 게 없다는 생각이 들었다. 그는 다시는 케인 부인의 집을 찾아가지 않았고 이제는 빅 지미마저 축복을 구하지 않았다. 브렌던은 턱에 여드름이 나고 머리에 기름이 생기기 시작했다. 어린 아이였을 때는 설득력 있게 느껴지던 의례적인 습관이 열네 살이 되자 기이하게 느껴졌다. 얼굴이 보송보송했을 때는 신비롭게 간주되던 숫기 없는 모습이 이제는 의뭉스러워 보였다. 브렌던도 알았다. 자기가 느끼기에도 의뭉스러웠고, 파도에 쓸려 왔을 때 바닷가를 잘못 찾은 게 아닌가 싶었다. 그는 길거리나 튀김 가게에서 몰려다니는 또래 아이들을 보며 자기는 왜 그 아이들과 같은 말투를 쓰지 못하는지 고민했다. 브렌던이 보기에 그들은 대화를 나누는 게 아니라 그냥 자기 주장만 내세웠다. 여자아이들도 마찬가지로 서로 호응하는 것이 아니라 자기들 하고 싶은 말만 주거니 받거니 하며, 소속감이라는 중요한 딱 한 가지 감정만 공유했다.

데클란은 훔친 돈으로 한동안 잘 버텼다. 우리 마을은 쇼핑 천국이 아니라서 살 게 별로 없었다. 가게마다 과일 캔, 스튜용 고기, 못과 같은 필수용품만 팔았다. 한번은 데클란이 갤러거의 식품점 쇼윈도 주변에 사람들이 몰려 있는 것을 보고 무슨 일인가 싶어 다가간 적이 있었다. 쇼윈도에 우리 마을 사상 최초로 파인애플이 진열돼 있었다. 용감하게 사 가는 사람은 없었지만 주목을 받을 만한 물품이었다. 우리는 대부분 '사치품'을 탐탁지 않게 여겼다. 벽난로 선반에 얹어놓을 장식품을 사고 싶은 여자가 있으면 그 여자는 더니골 타운으로 갔다. 거기 가면 수정 구슬을 두 개 연결한 뒤 반짝이는 눈을 붙여서 만든 고양이, 개, 양을 진열장에 전시해놓은 가게가 있었다. 그걸 너무 오랫동안 들여다보면 유혹에 넘어가 2파운드 99펜스를 털리게 되어 있었다.

데클란은 돈을 쓸 만한 훌륭한 용도를 마침내 발견했다. 신디였다. 신디는 그가 어렸을 때는 몰랐던, 미처 인지하지 못했던 가게였다. 당시에는 누가 오락실과 약국 사이에 뭐가 있느냐고 물으면 그는 아무것도 없다고, 오락실과 약국이 서로 붙어 있다고 대답했을 것이다. 하지만 아니었다. 그 둘 사이에는 신디의 미용실이 있었고 그걸 알아차리자마자 데클란은 이제 엄마가 아니라 신디에게 머리를 맡기기로 했다.

신디는 아무 손님이나 받았지만 미용실의 분위기는 여성적이었다. 파마를 하거나 스프레이로 머리를 올린 여자들 포스터가 많았고, 모델이 가끔 안경을 쓴 경우도 있었으며 다들 블러셔를 잔뜩 발랐다. 창문에 붙인 포스터에는 번개 모양의 글씨체로 '새로운 감각'이라고 적혀 있었다. 그걸 보면 설레는 동시에 겁이 났다. 데클란은 들어가서 뭘 어쩌면 좋을지 몰라 문 앞에 서 있었다. 여자 둘이 기둥에 매달린 커다란 헬멧을 쓰고 앉아 있었고 신디는 다른 여자의 머리를 빗기고 있었다. "거기 앉아 계세요." 신디는 머리로 대기실 쪽을 가리키며 말했다. 데클란은 그녀가 시킨 대로 했다.

많은 사람이 신디를 '근사한 인형' 같다고 생각했다. 그녀는 키가 크고 무게중심이 높고 체격이 큰 편이라 필요하다면, 아니면 그냥 재미 삼아 어깨로 문을 부술 수도 있을 것 같았다. 머리칼은 어마어마하게 풍성했고 거기에서부터 몸이 점점 가늘어져 얇은 발목이 호피 무늬 플랫 슈즈로 이어졌다. 신디는 자신이 그냥 머리만 손질해주면 되는 것이 아니라 화려한 매력도 겸비해야 한다는 것을 알았다.

데클란은 그녀에게서 시선을 거두고 대기실 테이블에 놓인 패션 잡지를 내려다보았다. 잡지를 넘기다 여자들뿐 아니라 남자들 사진도 있는 것을 보고 놀랐다. 얼굴에 수염 자국이 있는가 하면 웃통을 벗었고, 보송보송하고 귀여운 아기를 안고 있는 남자도 여럿이었다. 이들이 텔레비전과 라디오에서 말하는 '신세대 남성'이었다. 신세대 남성은 자신의 여성적인 측면을 이해했고 돌봄에 능했고 세심했다. '연약함'을 두려워하지 않아서 자신의 감정을 표현하고 울 수 있었다. 우리는 신세대 남성을 실제로 접한 적이 없었지만 잉글랜드와 더블린의 일부 지역에서는 분명 존재했을 것이다. 그들은 우리 스타일이 아니었지만, 그래도 어쩌다 우리 마을에 흘러 들어온 신세대 남성이 무시당하지는 않았을 것이다.

"손님, 이쪽으로 오세요." 신디가 의자 옆에 서서 말했다. 데클란이 앉아서 거울을 들여다보는 동안 신디는 커다란 링 귀걸이를 흔들며 발판을 눌러서 의자의 높이를 몇 센티미터 낮췄다.

소문에 따르면 그녀는 몸에 문신이 있다고 했다. 신디는 뒤에 서서 거울에 비친 그를 노골적으로 응시했다. "자, 어떻게 해드릴까요?"

"머리 잘라주세요." 데클란은 말했다.

신디는 가위질을 시작했고 데클란에게 머리를 이쪽 아니면 저쪽으로 돌리라고 할 때만 말을 걸었다. 하지만 이내 그것마저도 말로 하지 않고 손가락을 쫙 벌려서 그의 관자놀이에 얹고서 자기가 직접 머리를 움직였다. 그녀의 손끝이 단단하게 닿자 그의 온몸으로 전율이 번졌다. 신디가 앞머리를 마무리하려고 바로 뒤에 서서 데클란의 머리를 그녀의 가슴 위에 살짝 얹는 느낌이 들 때까지 뒤로 젖혔다. 묘한 노곤함이 그를 덮쳤다. 실제로는 그의 머리가 그녀의 가슴에 닿지 않았고 그가 느낀 푹신함은 그가 그녀의 가슴을 보고 투사한 이미지 때문이었지만, 향수 냄새가 기여한 부분도 있긴 했다. 아무튼 뭐가 됐건 간에 3파운드의 값어치가 있었다. 그는 몸이 가라앉는 것처럼 느껴졌고……

출입문이 벌컥 열리면서 믹 캐넌이 등장했다. 그는 문지방을 넘기 겁이 나는지 고개만 들이밀었다. "아프리카 사람들이 네 동생을 데려갔어!" 그가 데클란에게 말했다.

모든 온기가 가시고 신디가 의자에서 뒤로 물러났다.

그 주에는 나이지리아 화물선이 정박해 고등어를 사재기하고 있었다. 영국에서 건조된 선박으로 40년쯤 된 것 같았지만 상태가 좋았고, 제2차 세계대전에 쓰인 사막용 탱크처럼 전면

이 모래색이었다. 선원들은 며칠 동안 육지에서 머물며 마을 속에 섞여 들어갔다. 그들은 하나같이 두툼한 파란색 모직 스웨터에 큼지막한 검은색 부츠를 신었고 키가 180센티미터가 넘었으며 아주 서글서글했다. 우리는 그들을 반겼다. 그들은 우리를 상대할 때는 격식을 갖춘 영어로 신중하고 아주 공손하게 말을 하고는 몸을 돌려서 자기들끼리 쓰는 말로 서로 대화를 나누었다. 삼삼오오 팔짱을 끼고 돌아다녔지만 우리는 나이지리아에서는 그러는가 보다 했다. 그들은 부지런했다. 바다에 나갔을 때 한가한 시간이 나면 밧줄과 범포 돛을 갖춘 모형 배를 만들어 마을을 돌아다니며 팔았다. 모형 배는 거대했다. 선체를 두 팔로 안으면 돛대가 그들 머리보다 높았다. 여럿이 하나씩 샀고, 몇 년이 지난 뒤에도 킬리베그스의 집집마다 찬장에 모형 배가 놓여 있었다.

그 화물선은 고등어를 가득 싣고 그날 오후에 출항했지만 배길이의 여덟아홉 배만큼 갔을 때 시동을 끄고 닻을 내렸다. 항만 책임자와 무선 교신이 이루어졌고 그가 전화를 걸자 15분 뒤에 앰브로즈가 모자를 삐딱하게 쓰고 그답지 않게 빠른 걸음으로 부두에 들이닥쳤다. 그는 경매장 옆에서 데클란과 맞닥뜨렸다. 데클란은 바뀐 헤어스타일 때문에 어색해하고 있었지만 앰브로즈는 아들의 헤어스타일이 바뀐 줄도 몰랐다. "브렌던이 어쩌다 저 배를 타게 된 거지?" 앰브로즈가 물었다.

"몰라요. 그걸 왜 저한테 물어보세요?" 데클란이 대꾸했다.

"나랑 같이 가자." 앰브로즈가 말했다.

그들은 부두를 따라 걸었다. 앰브로즈는 목을 길게 빼고 목선들을 내려다보았다. 콘이 얼마 전에 나갔다 왔는지 뱃머리에 낚싯대와 뜰채가 있고 선외 엔진도 장착돼 있었다. "저걸 빌려 타자." 앰브로즈가 말했다.

선외 엔진 상태가 엉망이라 줄을 열세 번 잡아당기고 욕을 일곱 번 퍼부은 다음에서야 시동이 걸렸다. 앰브로즈가 키를 잡고 데클란과 함께 거대한 화물선을 향해 털털거리며 갔다. 바다는 잔잔하고 바람이 없었다. 제법 여러 명의 젊은이가 부두에서 눈 위에 손을 얹고 그들의 행로를 지켜보았다. 우중충한 날이라 햇빛 때문에 손차양을 한 것이 아니라 집중하기 위해서였다. 백수들도 주차장 담벼락에서 부두 끝으로 걸어가 구경했으니 얼마나 엄청난 광경이었는지 상상할 수 있을 것이다. 데클란으로서는 정말이지 창피한 노릇이었다. "애초에 쟤를 데려오지 말았어야 해요."

"넌 아직도 그 소리냐?" 앰브로즈는 짜증이 났다기보다 슬픈 목소리로 말했다.

화물선 가까이 다가가 보니 선체가 어찌나 거대한지 그들을 에워싸는 것처럼 느껴질 정도였다. 수십 년 동안 덧칠한 페인트 때문에 이음새와 볼트 머리가 뭉툭해져 있었다. 이렇게 여기저기가 둥글둥글하고 온통 똑같은 모래색이라 배가 강철로 만들어진 것이 아니라 찰흙으로 빚어진 듯한 인상을 풍겼다. 시커먼 현창만 예외였다. 앰브로즈는 엔진을 끄고, 배가 화물선에 살짝 닿게 했다. 데클란이 사다리를 잡고 버티는 동안 앰브로즈가 밧줄로 두 배를 묶었다. 사다리는 선체에서 튀어나온 금속 봉으로 이루어졌고, 갑판까지 가는 길을 더 험난하게 하려는 듯 한 칸 너머 한 칸씩 발판이 잘려 있었다. 갑판까지는 세 층을 올라가야 했다. 앞장선 데클란은 사다리를 타고 올라가는 동안 무서웠지만 아무 말도 하지 않았다. 앰브로즈는 숨을 헐떡이며 난간을 넘었다. "몸이 예전 같지 않네." 그는 겸연쩍게 웃으며 아들에게 말했다.

앰브로즈는 가만히 서서 갑판을 구석구석 눈에 담았다. 그가 지금까지 승선했던 어느 배와도 느낌이 달랐다. 선체에 적도의 햇살이 영원히 스미기라도 한 듯 따뜻한 기운이 맴돌았다. 데클란은 마을에 더 관심이 있었기에 반대편으로 시선을 돌렸다. 마을 전체가 한눈에 들어왔다. 성당, 직업학교 그리고 그들의 집으로 가는 길. 데클란이 저지른 거의 모든 행동과 그에게 벌어진 거의 모든 일이 이 한 장면에 담겨 있었다.

선루 통로에 걸린 외투가 너무 많아서 게걸음으로 지나야 했다. 식당은 넓고 천장이 낮았고, 조리실과 연결된 철제 셔터가 열려 있었다. 칸막이 자리를 오래전에 떼어냈지만 그걸 고정하는 데 썼던 부속품의 흔적이 벽면에 남아 있었다. 선원들은 이제 나무 의자와 스툴과 독립형 테이블을 썼다. 지금은 테이블을 모두 붙여서 한 줄로 길게 연결하고 열다섯 명쯤 되는 사람이 테이블 주변에 모여 있었다. 앰브로즈와 데클란이 들어가자 전부 고개를 들었고, 가까운 쪽에 있던 선원들은 그들의 어깨 너머를 바라보았다. 앰브로즈는 모자를 벗어서 두 손으로 들었다. 모든 선원의 앞에 노란 밥과 심이 많은 주황색 감자처럼 보이는 것이 담긴 그릇이 놓여 있었다. 유리병에 하얀색 종이 빨대를 꽂은 환타도 더러 보였다. 등받이가 달린 의자는 몇 개 되지 않았고 브렌던이 귀한 손님처럼 테이블 끝 쪽의 등받이 의자에 앉아 있었다. 그의 앞에도 환타가 있었지만 그만 혼자 손에 샌드위치를 들고 있었다. 우리 입맛이 보수적인 편이라 밥과 고구마를 거부한 모양이었다. 그는 새로 등장한 인물들과 아무 상관 없는 듯 긴 테이블 너머를 무심하게 바라보며 샌드위치를 한입 베어서 씹었다. 선원 하나가 손님들을 맞이하려고 일어났지만 천장이 너무 낮아서 똑바로 서지 못했다. "어서오세요." 그가 말했다. 아무래도 그가 선장인 듯했다.

"저기 저 아이가 내 아들입니다." 앰브로즈가 말했다.

"밀항한 친구 말이지요! 저 아이를 책임질 분이 있다는 걸 알게 돼서 다행입니다!" 선장은 웃으며 말했다. 비꼬는 건지 아닌지 알 수가 없었다. "앉으시죠." 그는 손바닥을 펼치더니 테이블을 따라서 훑는 동작을 했다. 선원들이 이리저리 움직여 나란히 놓인 스툴 두 개를 비웠다. 앰브로즈는 얼른 내리고 싶었지만 호의를 거절할 수 없었기에 자리에 앉았고 데클란도 그렇게 했다. 뜻밖의 손님이 탑승하는 등의 특별한 경우에는 환타 상자를 개봉하는지, 따서 빨대를 꽂은 환타 두 병이 그들 앞에 놓였다. 자존심이 있는 더니골의 남자라면 빨대를 쓰지 않기에 앰브로즈는 빨대를 옆으로 구부리고 병째 한 모금 마셨다. 데클란도 똑같이 했다. 그러자 선원들도 빨대로 같이 마셨다. 그들이 기대하는 눈빛으로 정중하게 현지인을 바라보기에 결국 앰브로즈가 말문을 열었다. "그래, 여기서 즐거운 시간을 보내셨는지요?"

선장은 생각에 잠긴 표정으로 고개를 끄덕이고 나서 대답했다. "당신들의 문화를 높이 평가합니다."

"우리 아들이 폐를 끼쳐서 미안합니다." 앰브로즈가 말했다. 그는 브렌던을 노려보고 싶었지만 지금은 그럴 때가 아니었다. 혼쭐은 나중에 낼 것이었다.

선장은 너그러운 제스처를 보였다.

"어설픈 밀항자였어요." 한 선원이 웃으며 말했다. "출발하자마자 들켰으니 말이죠."

데클란은 냉랭한 눈빛으로 브렌던을 바라보고 있었다. 브렌던은 슬그머니 사라지는 것을 좋아해서 어디 있는지 아무도 모를 때가 태반이었다. 브렌던이 작정했다면 이 정도 크기의 선박에서는 얼마든지 숨을 만한 곳을 찾았을 것이다. 그는 브렌던이 마을의 관심을 다시 누리고 싶어서 일부러 붙들린 게 분명하다는 결론을 내렸다.

"저 아이를 맨 처음 발견한 사람이 나였어요." 한 선원이 두 팔을 뒤로 홱 젖히며 말했다. "놀라서 움찔했다니까요?" 그는 껄껄대고 웃으며 옆에 앉은 남자의 어깨를, 그도 웃음을 터뜨릴 때까지 쳤다. 나이지리아 선원들은 고향으로 돌아가고 싶은 마음이 간절했지만 이 상황에 너그럽게 대처하고 있었다. 다행히 배가 출항한 지 얼마 되지 않은 터였다. 해안을 따라서 이동한 뒤에 아이를 발견했다면 얘기가 달라졌을 것이다. 모든 이의 시선이 브렌던에게 꽂혔지만 그는 부끄러워하거나 심지어 그들의 말을 듣는 기색도 없이 샌드위치를 다 먹고 소매로 입을 닦았다.

"저 아이는 자기가 바다에서 왔다고 하던데요." 한 선원이 말했다.

"그래요?" 앰브로즈가 그를 흘끗 쳐다보며 대꾸했다.

데클란은 폭소를 터뜨리며 모자란 아이라는 뜻으로 자기 머리를 두드렸지만, 나이지리아 선원들은 그게 무슨 뜻인지 모르는 눈치였다.

앰브로즈는 자리에서 일어나 브렌던에게도 이제 그만 일어나라고 했다. 그와 데클란은 브렌던을 앞세우고 식당에서 나왔고 선장이 갑판까지 마중 나왔다. 아이들을 먼저 내려보낸 뒤 앰브로즈는 선장과 악수하고 사다리에 올랐다. 선장은 난간에서 계속 지켜보았다. 그들이 안전하게 내려가는지 확인하려고 예의상 그러는 거였지만 앰브로즈는 그가 안으로 들어가주었으면 했다. 선장은 보너 집안의 세 남자가 목선에 올라탔는데도 계속해서 지켜보았다. 앰브로즈는 줄을 일곱 번, 여덟 번, 그리고 더 여러 번 당겨야 했다. "행운을 빕니다!" 중간에 선장이 외쳤다. 마침내 시동이 걸리자 앰브로즈는 키를 잡고 부두 쪽으로 방향을 돌렸다. 데클란은 아버지와 가장 가까운 쪽 벤치에 앉았고, 브렌던은 뱃머리에 몸을 기대고 콘의 어구 사이에 앉아 두 팔에 턱을 묻고 갈라지는 물살을 멍하니 바라보았다. 앰브로즈는 화물선에서 충분히 멀어질 때까지 아무 말도 하지 않고 있다가 고함을 질렀다. "너 우라질, 지금 뭐한 거냐?" 그의 목소리는 만을 끼고 1.5킬로미터 멀리까지 울려 퍼졌다. 정확히 뭐라는지는 알 수 없었지만 말투는 분명했다. 분노에 차 있었다.

브렌던이 아버지를 돌아보며 같이 고함을 질렀다. "내가 뭘 하든 어차피 아무도 신경 쓰지 않잖아요!" 브렌던의 눈가가 반짝거렸고 그는 다시 뱃머리 쪽으로 몸을 돌려 물살만 바라보며 더 이상의 대화를 거부했다.

"아프리카까지 갔으면 어쩔 뻔했어! 네 엄마가 뭐라고 했겠냐고?" 앰브로즈는 고함을 질렀다.

브렌던은 아무 대꾸가 없었고 앰브로즈는 속으로 씩씩댔다. 그 아이는 주변과 자신을 분리하는 재주가 있었기에 소리를 질러 봐야 지른 사람만 우스워졌다.

그렇게 1분이 지났을 때 브렌던이 뜻밖의 행동을 저질렀다. 한쪽 팔을 내밀며 뱃머리에서 몸을 일으키더니 아무 소리도 내지 않고 뱃전을 넘어 마치 배 밖으로 내던져진 자루처럼 머리에서부터 물속으로 떨어진 것이다.

앰브로즈는 움찔하며 키를 버리고 데클란을 옆으로 밀치면서 앞으로 달려가 두 팔을 물속에 담가 아들을 붙잡았다. 농구 골대와 아주 비슷하게 생긴 고리 모양 뜰채가 브렌던과 함께 딸려 갔다. 앰브로즈는 뜰채가 그의 몸에 엉켜서 그렇게 된 줄 알았겠지만 그게 아니라 브렌던이 뜰채를 잡고 물속에 들어간 거였다. 앰브로즈는 한 손으로는 아들의 발목을, 한 손으로는 바지허리를 붙잡고 젊은 시절의 속도와 힘으로 그를 물에서 건져 안으로 던졌다. 브렌던이 갑판 위로 내동댕이쳐진 순간 뜰채를 놓자 어떤 것이 배 위로 풀려났다. 힘센 팔뚝 같은 근육질 덩어리가 꿈틀거렸다. 대구였고 길이가 80센티미터에 가까운 월척이었다. 브렌던이 뜰채로 잡은 건 둘째 치고 가까이 다가간 것만으로도 놀라운 일이었다. 놈은 지느러미로 미친 듯이 갑판을 때려가며 꿈틀대고 펄떡거렸다. 브렌던은 뒤로 물러나 앰브로즈에게 자리를 내어주었다. "키 잡아라." 앰브로즈는 데클란에게 명령하고, 녀석을 덮쳐 꼼짝 못 하게 양쪽 무릎으로 눌렀다. 계단 뒤편에 칼이 꽂혀 있기에 앰브로즈는 제일 작은 칼을 꺼내 뾰족한 끝으로 가슴지느러미를 찔러 머리를 잘랐다. 몸통이 계속 파닥거렸고, 차가운 피가 브렌던의 얼굴 위로 뿜어지고 앰브로즈의 손을 타고 흘렀다. 그가 칼을 떨어뜨리고 머리를 잡아 뜯자 쩍 하는 소리가 났다. 녀석은 죽음을 받아들이지 않다가 뒷지느러미에서 시작된 경련이 머리가 있어야 할 자리에 도달한 다음에서야 항복했다.

브렌던은 손바닥에 묻은 바닷물을 바지에 대고 문질러 닦으며 뱃머리에서 지켜보았다. 머리칼이 머리통에 들러붙었고 얼굴에는 생선 피가 주근깨처럼 묻었다.

"이런 녀석은 처음 본다." 앰브로즈는 머리를 배 밖으로 던지며 말했다. "이걸 그냥 뛰어들어서 잡다니." 그는 브렌던이 거둔 소득에 기뻤지만 화를 내고 있어야 한다는 사실을 떠올리며 애써 참는 중이었다.

데클란도 브렌던이 잡은 물고기에 놀라서 키를 건성으로 잡고 있었다. 아버지가 쭈그리고 앉아서 등으로 가리고 있었기에 대구를 제대로 보지는 못했지만 얼마나 큰지 알 수 있었다. 아버지를 지나 뱃머리에 앉아 있는 브렌던에게로 시선을 옮기자 오싹한 기운이 그를 관통했다. 브렌던이 그를 바라보고 있었다. 둘의 시선이 만났다. 이후 몇 초의 긴 시간에 걸쳐 브렌던의 얼굴 위로 미소가 번졌다. 데클란이 여태껏 본 적 없는 커다란 미소였지만 선의의 미소가 아니었다.

앰브로즈가 칼을 집어 뾰족한 끝을 물고기의 항문에 비틀어 넣고 배를 끝까지 갈랐다. 맨손으로 간과 위를 떼어내 바다로 던졌다. 덜 굳은 젤리 같은 부레가 저절로 쏟아져 나오자 한 손으로 모아서 다른 손에 담아 역시 뱃전 너머로 던졌다. 갈매기들이 머리 위 가까운 데서 배회했다. 바닷새들도 브렌던 보녀에 비하면 한심한 부스러기 청소부였다. "오늘 저녁이랑 내일 저녁까지 해결이 됐네." 앰브로즈가 파도에 손을 씻으려고 팔을 뻗으며 말했다. 그러고는 자기가 한 말에 고개를 끄덕였다. "네가 녀석을 낚아챘어, 타고난 어부처럼 낚아챘어!"

"맞아요. 저는 녀석을 잡았고 아빠는 저를 잡았어요. 같이 잡은 거예요." 브렌던이 말했다.

"그렇지!" 앰브로즈가 말하고 어쩌나 큰 소리로 웃음을 터뜨렸던지 부두에서까지 들릴 정도였다. 이제 그는 화는 잊고 마음껏 기뻐했다. 얼굴이 세인트존스 포인트의 등대처럼 환하게 빛났다. 앰브로즈는 물고기를 두 손으로 들어 올려 살피고 그 엄청난 무게를 실감했다. "하지만 아들. 어쩌면 마을 사람들 말마따나 너는 바다에서 온 소년인지도 모르겠다."

데클란은 전에도 아버지가 그 문구를 말하는 것을 들은 적이 있었지만 항상 농담 식이었다. 하지만 이번에는 달랐다. 말투에서 진정한 자부심이 묻어났다. 데클란은 부둣가로 나온 사람들 모두가 보며 감탄할 수 있게 그의 아버지가 머리 위로 물고기를 들어 올리는 것을 지켜보았다.

그날 저녁에 앰브로즈는 몇 달 만에 처음으로 십 인에 들렀다. 그는 나이지리아 선원들과 만난 이야기는 건성으로 건너뛰고 브렌던이 대구를 잡은 무용담을 얼른 늘어놓고 싶어 했다. "대단한 녀석이네." 우리는 존경스럽다는 뜻에서 고개를 옆으로 까딱이며 말했다. 신난 앰브로즈를 보니 기뻤고, 그가 잔뜩 흥분한 말투로 몰라도 되는 세세한 부분까지 늘어놓긴 했지만 이야기도 재밌게 들었다. 우리 마을은 바다에 얽힌 이야기로 넘쳐 났기에 보너 집안의 모험담도 다른 이야기들과 함께 묻고 일상으로 돌아갔다. 앰브로즈도 조만간 다 잊고 일상으로 돌아갈 것이었다.

하지만 이 일을 잊지 못한 한 사람이 있었다. 그는 앰브로즈와 브렌던이 등장하는 장면을 머릿속에서 몇 번이고 돌려보았다. 물고기를 잡은 것, 피, 사악한 미소. 데클란은 이 사건을 곱씹고 또 곱씹다가 새로운 결심이 굳어지자 어느 날 저녁 부모님과 대화를 나누기 위해 부엌으로 들어갔다. 잡목을 땔감으로 넣은 스토브가 돌아가고 있었다. 지독한 페인트 냄새는 별로였지만 그래도 따뜻했다. 창밖에서는 비가 내렸고 어둠에 가려 바다가 보이지 않았다. 앰브로즈는 식탁에 앉아 있었고 크리스틴이 방금 차를 끓여서 그의 앞에 놓는 걸 보고 데클란은 자기도 한 잔 달라고 했다.

"이번에는 차에 빠졌어?" 크리스틴은 이렇게 말하면서도 차를 한 잔 가져다주었다.

"바닷일을 시작하면 어떨까 하는 생각이 들었어요." 데클란이 그의 아버지에게 말했다. "얼마 안 있으면 저도 열일곱 살이잖아요. 이제 나가도 되겠어요."

앰브로즈는 일단 궁금해했다. "너 고기 잡는 거 싫어했잖아. 고생길이라고 하면서."

"생각이 바뀌었어요."

"바보 같은 인생 낭비라고도 했고."

"제 생각이 틀렸어요."

앰브로즈는 씩 웃었다. "덜 떨어진 인간이나 그런 일을 할 거라고도 했지, 상당히 흥분한 투로……."

"저, 어부가 되고 싶어요." 데클란은 딱 잘라 말했다.

앰브로즈는 스토브 옆에 자리를 잡고 앉은 크리스틴을 바라보았다. 그녀는 차분하게 그를 마주보기만 할 뿐, 아직 대화에 끼어들지는 않았다. "그래." 앰브로즈는 말하고, 고민은 해보겠다는 듯이 차를 한 모금 마셨다. "내가 알아봐줄 수는 있어. 걸 재클린호나 파 호라이즌호에 자리가 있는지. 벌이가 제법 되고 안정적일 거야."

"그게 아니고요." 데클란은 자기 말을 제대로 이해하지 못하는 아버지 때문에 괴로웠다. 그의 얼굴에서 힘이 빠지며 표정이

슬프게 바뀌었고 눈이 커졌다. "*아빠*랑 같이 고기를 잡고 싶다고요."

방금 죽을병에 걸렸다는 진단을 받은 사람처럼 앰브로즈의 얼굴이 일그러졌다. 데클란은 미처 예상치 못했던 반응이라 엄마를 돌아보았지만, 그녀도 앰브로즈만큼이나 놀란 표정이었다. "네 아버지가 너를 던호에 태우고 싶지 않아서 그러는 게 아니야." 그녀는 허리를 똑바로 펴고 앉으며 말했다. "그걸로 먹고살 수 있을지 확신이 없는 거지."

"하지만 저는 아빠랑 같이 일하고 싶어요. 다른 사람은 말고요." 데클란은 말했다. 속상해하는 말투였다.

세 사람 모두 잠시 고민에 잠겼다. 데클란은 차에 입도 대지 않았다. 빗방울이 창문을 세게 두드리다 창틀에 맞고 튀었다. 가끔 굴뚝 안으로 돌풍이 불어 스토브에서 연기가 났다. 결국 크리스틴이 말했다. "얘 데리고 나가, 여보. 고기 잡게 해."

"하지만 학교는 어쩌고? 당신이 항상 고등학교는 졸업해야 된다고 했잖아." 앰브로즈가 놀란 목소리로 물었다.

"데클란은 공부 타입 아니야. 얘의 미래는 바다에 있는데, 기다릴 필요 없잖아? 그리고 돈도 필요하고. 데클란이 한 자리를 차지하면 우리가 받는 몫이 더 커지지."

"얘는 대체 인력이 아니라 별도 인력이 될 거야. 그리고 자기들이 가르치고 계속 지켜봐야 하는 어린 녀석이 1인분을 가져간다고 하면 다른 선원들이 가만있지 않을걸? 1인분 다는 못받을 거야." 앰브로즈가 말했다.

"한 푼도 소중해." 크리스틴이 말했다.

앰브로즈는 자기 찻잔을 들여다보았다. 무슨 일이 벌어졌는지 알 수 있었다. 궁핍이 마침내 아내를 무너뜨린 것이었다. 앰브로즈의 젊은 시절만 해도 빈곤의 양상이 역사책에 나오는 것과 비슷했다. 가난한 사람들은 전기도 은행 계좌도 이도 없었지만 빚도 없었다. 그들은 물려받은 오두막집에서 친척과 공동체의 도움을 받으며 돈에 크게 얽매이지 않고 살았다. 하지만 그런 세대는 사라졌다. 이제는 충분하지만 않을 뿐, 모두에게 돈이 있었다. 궁핍이 치명적이고 전보다 알아차리기 어려워졌다. 머릿속으로 스멀스멀 파고들어 내 집이 얼마나 쉽게 무너질 수 있는지 계속 일깨우며 단 한순간도 평화를 허락하지 않았다. 그리고 이런 사실을 꺼내놓고 이야기하기란 거의 불가능했다. 많은 가정이 이런 처지였지만 저마다 그것을 혼자만의 싸움, 혼자만의 처절한 싸움이라 여겼다.

"그래, 나가자." 앰브로즈는 말했다.

세 사람 모두 차를 마셨다.

11

데클란은 다음 날 등교해야 할 이유가 없었지만 그래도 작별
인사는 하면 좋을 것 같았다. 그의 실수를 알아차리는 데에는
10분이면 충분했다. 책상 앞에 앉은 데클란은 겉보기엔 전과
같았지만 속으로는 몸부림치고 있었다. 그는 이제 가족을 부양
하는 성인 비슷한 존재가 되었으니, 교복을 입고 줄 맞춰 앉아
있는 학생들 사이에 끼어 있는 게 어울리지 않게 느껴졌다. 그
가 학교를 중퇴한다고 밝히자 남자아이들은 대단하다는 식으
로 반응했지만, 여자아이들은 딱하게 여기는 것 같아서 마음
이 불편해졌다. 로즈 오드리스콜은 대놓고 슬퍼했다. 그들은 얼
마 전에 라임라이트 디스코에 같이 춤추러 간 적이 있었고 그
는 다시 한번 거기 가려고 했는데 그 가능성이 사라져버렸음을
알 수 있었다. 돈을 많이 벌 거라고 말했지만 그녀는 등을 돌렸

다. 데클란은 점심시간에 학교에서 나왔고 그 길로 영영 돌아가지 않았다.

집에 가보니 엄마가 부엌에 있었다. "왔니?"

"아마도요." 데클란은 말하고 털썩 주저앉아 두 팔을 천근만근 무겁게 식탁 위에 얹었다. 던호를 타고 처음으로 조업에 나서기로 한 날이 내일이었다.

크리스틴이 그를 조심스럽게 쳐다보았다. "잘할 수 있을 거야."

그녀의 남편은 크리스틴이 어부가 되겠다는 데클란의 선언을 수락한 이유를 제대로 알지 못했다. 데클란에게 힘을 실어주려는 의도가 그가 생각한 것 이상으로 많이 담겨 있었다. 크리스틴은 일상적인 가계 관리와 할 수 있는 것과 없는 것을 구분하는 데 긴축재정이 필요하다는 사실을 배우긴 했지만, 경제 상황에 그저 휘둘리기만 하는 희생양은 아니었다. 그녀는 링구어폰 카세트테이프를 오래전에 돌려주었다. 데클란에게 정말로 필요한 게 무엇인지 알 수 있었기에 그걸 빨리 체득할수록 좋겠다는 생각이 들었다. 그에게 필요한 것은 삶의 역할, 목적의식이었다. 그녀의 눈에는 그의 나약한 부분이 보였다. 동생이 살아가는 방식, 동생의 존재 자체가 그를 뿌리째 흔들었다. 오랫동안 계속된 긴축재정이 그의 불안을 키웠다. 학교 공부는 그에게 아무런 자부심도 심어주지 못했다. 차라리 기술을 배우며 돈을 벌었다면 안정감을 찾았을 것이다. 크리스틴이 집안의 주도권을 행사할 시간이 족히 25년은 남았을 테니 그 시간 동안 자존감에 도움이 되는 일을 찾을 수 있도록 데클란을 유도할 수 있을 것이다. 그런 일이 없더라도 적어도 백수로 지내게는 하지 않을 것이다. 데클란이 어부 일을 시작하면 더니골에 남아서 결혼할 때까지 같이 살 테지만 그건 상관없었다. 그녀는 그때까지, 만약 유순한 여자와 결혼하면 그 이후에도 계속 지켜볼 테니까.

그리고 어처구니없는 행동은 용납하지 않을 것이었다. 두세 시간 뒤에 데클란이 집 뒤편에서 교복 셔츠를 태우려고 하는 것이 보이자 그녀는 성큼성큼 다가가 셔츠를 낚아챈 뒤 1, 2년 뒤에 브렌던에게 입혀야 한다고 말했다. 필리스가 뒷문 앞에 서 있다가 데클란의 중퇴 의식이 취소되는 것을 보고 깔깔대고 웃었다. 두 자매는 데클란을 얼른 방으로 데려가 침대에 앉히고 법석을 떨었다.

"오늘 저녁에 스테이크 먹여야겠네." 필리스가 말했다.

"그럴게." 크리스틴이 말했다. 그녀는 그의 책가방을 뒤집어서 털었다. 거기에 장비를 챙기면 딱 좋을 것이었다.

"양말이랑 속옷 넉넉히 싸줘." 필리스는 말했다. 크리스틴이 준비에 착수하자 필리스는 데클란을 돌아보았다. "마을에서 사는 그 인간들 말이야." 던호의 선원들을 말하는 거였다. "너한테 온갖 말도 안 되는 소리를 늘어놓을 거야. 신경 쓰지 마. 자꾸 그래서 짜증 나면 꺼지라고 해."

"그럴게요." 데클란은 말했다.

"무슨 소리야, 그럼 안 되지." 필리스가 말했다.

필리스는 그런 식으로 덫을 자주 놓았다. 단어를 교묘히 배치해 어떤 말을 할 수밖에 없게 만들어놓고 그 말을 하면 당장 달려들었다.

앰브로즈가 들어왔다. "좋은 생각이 있는데." 그가 데클란에게 말했다. "마을에 다녀오자. 아빠가 네 인생 첫 술을 사줄게."

필리스가 혀를 찼다. *저 멍충이가 하는 소리 좀 들어보게*, 라는 뜻이었다.

"첫 술이야 옛날 옛적에 마셨지." 크리스틴이 말했다.

앰브로즈는 어리둥절한 표정으로 모두를 둘러보았다.

"세발자전거를 타고 가도 십 인에서 술을 마실 수 있는걸요." 필리스가 말했다.

크리스틴은 맞장구 대신 코로 웃었고 앰브로즈는 거실에서 물러났다.

"너 담배 피우는 거 봤다는 사람도 있더라." 필리스가 데클란에게 말했다.

크리스틴은 그 문제에 대해서는 생각하고 싶지 않았기에 계속 등을 돌린 채 그의 옷을 개서 넣었다. "그거 나쁜 습관이야." 그녀가 한 말은 이게 전부였다.

"바다에 나가서는 우물쭈물하지 마. 특히 갑판에서는." 필리스는 말했다.

"알겠어요." 데클란은 과장해가며 반항 조로 한숨을 쉬었다.

크리스틴과 필리스는 서로 쳐다보며 자기주장을 내세우는 데클란의 모습에 웃음을 터뜨렸다. "쟤가 이제 다 컸네!" 그들은 말했다.

데클란은 그들 눈에는 영원히 어린아이로 보일 수밖에 없는 자신의 신세를 깨달았다. 어른의 얼굴 위로 어렸을 때 얼굴이 겹쳐 보일 테고, 그들 눈에 맨 처음 들어오는 것도, 그들이 상대하는 것도 그 얼굴일 것이다. 데클란은 부엌으로 도망쳤다. 브렌던이 조리대 앞에 의자를 가져다 놓고 장파 라디오를 듣고 있었는데, 마침 해상 기상예보가 끝나가고 있었다. 그는 데클란을 보더니 다시 예의 그 미소를 지었다. "풍력 5, 때로 6. 시계는 보통 혹은 불량."

"꺼져." 데클란은 이렇게 말했지만, 거기서 나온 사람은 그였다.

딱히 갈 데가 없었기에 데클란은 밖으로 나가서 보슬비를 맞으며 서 있었다. 서쪽으로 고개를 돌렸지만 바다가 잿빛 안개로 덮여서 수평선이 보이지 않았다. 굴뚝에서 연기가 흘러나왔고 그 포근한 냄새에 마음이 울컥했다. 잠시 후에 필리스도 집에서 나와 오솔길을 걸어 올라왔다. 좀 더 부드럽게 다가가야 하는 때라는 걸 그녀도 감지했는지 그에게로 다가와 주머니에서 뭔가를 꺼내 목에 걸어주었다. 가죽끈에 달린 수호성인 메달이었다. "너희 할아버지가 항상 걸고 다녔던 거야. 너를 안전하게 지켜줄 거야." 그녀가 말했다.

메달은 데클란의 조끼 아래로 들어갔고 그녀는 조끼 위로 그의 가슴을 토닥였다. 그 메달에는 가족의 의미와 이어져 내려온 세월이 담겨 있었다. 데클란은 그 기운이 피부를 간질이는 것을 느낄 수 있었다.

필리스는 뒤로 물러나 대서양 쪽을 손짓했다. "파도나 구름이

나 기타 등등에 홀리지 마. 네가 찾는 건 시가 아니니까. 바다에 나가면 나사가 풀리는 남자들도 있거든."

"안 그럴게요."

"글쎄다." 필리스는 한쪽 눈썹을 추켜세우고 그를 빤히 들여다보았다. "〈슈퍼맨 3〉 보다가 바지에 오줌 쌌던 거 기억하지?"

맨 처음 바다로 나갔을 때 데클란은 멀미가 너무 심해서 아무 도움도 되지 못했다. 상자에 기대거나 난간 위로 몸을 걸치고 개처럼 헐떡이며 침을 흘리는 것 말고는 아무것도 할 수가 없었다. 색깔들이 그의 눈동자 안에서 사납게 요동쳤다. 분홍색 아가미, 팀의 노란색 수염, 주황색 구명 튜브. 소음 공격도 괴로웠다. 나무 상자끼리 부딪치는 소리. 그의 아버지가 부는 휘파람 소리와 그의 부츠에서 들리는 질척한 소리. 멀미 때문에 생긴 현기증은 진짜 위험했다. 움직이는 데릭기중기의 아크를 잘못 읽거나 사다리 가로대까지의 거리를 잘못 판단할 수 있었다. 데클란은 이 모든 걸 거의 혼자서 처리해야 했다. 앰브로즈도 트롤선을 타고 첫 조업을 나섰을 때 챙김을 받은 적이 없었기에 그를 별로 챙기지 않았다. 어부가 된다는 것은 새로운 환경에 맞춰 자신을 완전히 개조해야 한다는 뜻인데, 결국에는 혼자 해야 하는 일이었다. 하지만 뱃전 밖으로 구역질을 하는 와중에도 데클란은 아버지와 함께 고기를 잡고 있다는 데 비장한 만족감을 느꼈다. 바다에서 온 아이는 브렌던일지 몰라도 여기 어울리는 사람은 데클란이었다.

하얀 빵 말고는 먹은 것이 없는데도 데클란의 위장은 첫 번째 그리고 두 번째 조업 내내 맹공을 퍼부었다. 그의 속은 자꾸 바깥 구경을 하려 했고 자주 원하는 바를 이루었다. 시큼한 맛이 치아 뒷면에 아예 들러붙었다. 전통상으로는 막내가 식사를 준비하는 것이 맞았지만 아무도 그에게 그 일을 맡기고 싶어 하지 않았기에 스티비 샤인이 도맡게 됐다.

스티비는 잉글랜드에 가지 않았다. 결혼해서 정착했고 딸을 낳았다. 팀은 다른 몇 군데 배를 탔다가 말썽을 일으키고 크리스틴 던호로 돌아왔다. 우리는 앰브로즈가 두 번 다시 이 마을에서 가장 훌륭한 선원을 차지하지 못할 거라는 것을 알았고 그도 알았다. 그는 얼마 전에 빅 지미를 채용했다. 그는 킬리베그스에서 가장 나이가 많은 갑판원이었지만 밧줄 다루는 솜씨가 나쁘지 않았다. 던호는 작았고 연식이 20년이었으며 벌이가 그리 좋지 못했다. 그 무렵에는 조업 내내 더니골만을 벗어나지 않았고 이니시머리섬까지가 한계였다. 앰브로즈는 던호의 유일한 장점이라고 할 수 있는 얕은 흘수를 최대한 활용했다. 만의 모래 해변에서 물고기 떼를 쫓아다닐 수 있는 몇 안 되는 트롤선 중 한 척이 던호였다. 팀은 그걸 은퇴자의 고기잡이라고 불렀다.

"나는 딱 좋아. 슬슬 은퇴 준비를 하고 있거든." 빅 지미는 말했다.

데클란은 다섯 번째로 나갔을 때부터 더는 30분마다 한 번씩 토하지 않았고, 탈진 상태에 익숙해졌으며, 주도성을 기르기 시작했다. 제법 괜찮은 시즌이라 데클란은 선창에서 몇 시간씩 생선을 얼음 속에 넣고 상자를 정리했다. 장갑을 껴도 손이 어렸다. 그는 바느질이 빨라졌고 털모자 아래로 귀 뒤에 짧은 칼을 꽂고 다녔다. "이제 제법 그럴 듯해 보이네." 앰브로즈가 말했다.

어느 잔잔한 날 아침에 던호의 선원들은 배꼬리에 서서 소다빵과 치즈를 먹으며 그날의 첫 조업을 준비했다. 날이 하도 맑아서 언덕 비탈에 있는 소가 몇 마리인지 셀 수 있을 정도였다. 저 멀리에서는 바다가 은빛으로 기분 좋게 반짝거렸고 가까운 곳의 물은 거의 2패덤까지 투명해 갈매기들이 입수하면서 남긴 물거품 자국까지 보일 정도였다. 앰브로즈와 선원들은 서대를 쫓고 있었다.

"요즘은 전갱이를 잡아야 하는데. 전갱이 값이 훨씬 좋다고요." 팀이 투덜거렸다.

데클란은 그의 말에 무슨 문제가 있는지 알 수 없었지만, 팀이 말을 꺼내자마자 아버지는 열심히 수평선을 살폈다. 빅 지미와 스티비는 고개를 옆으로 숙여 동조를 보냈지만 그걸 말로 표현하지는 않았다.

팀은 그대로 넘어가지 않았다. "바다로 나가면 전갱이가 버글버글하다고요."

앰브로즈는 이지싱글 치즈 비닐을 벗기고 반으로 접어서 입에 넣었다.

"너 같은 젊은 친구는 대서양으로 진출해야지." 팀이 이번에는 데클란에게 바로 말했다. "거길 다녀와야 진정한 어부라 할 수 있지. 좀 더 멀리 나가보고 싶지 않니?"

데클란은 조심스럽게 단어를 골라가며 천천히 대답했다. "죽기 전에 가보고 싶은 어장이 한 군데 있긴 해요."

앰브로즈는 고개를 돌려서 아들을 쳐다보았다. '죽기 전에'라니, 센 단어가 등장하자 다들 귀를 쫑긋 세웠다.

"로컬이요." 데클란은 말했다.

그의 아버지가 가장 먼저 웃음을 터뜨렸다는 것이 최악이었다. 늘 그렇듯 호탕하고 공감을 유도하는 웃음이었지만 데클란은 상처를 받았다. 지미도 씩 웃었고 스티비는 피식거리며 말했다. "점퍼를 하나 더 챙겼다면 북극권에 가서 고래를 몇 마리 잡을 텐데." 팀은 고개를 저으며 말했다. "이런 나무 궤짝이 로컬 근처에 갈 수나 있겠어?" 평소 같으면 턴호를 변호했을 앰브로즈도 웃으며 오가는 농담을 즐겼다. 너무 세상 물정 모르는 발언이었다며 함께 웃어넘기는 것이 최선이었지만 데클란은 그럴 수가 없었다. 얼굴이 벌게지는 것이 느껴지자 그는 난간 쪽으로 고개를 돌렸다.

앰브로즈는 애초에 아들의 머릿속에 로컬의 환상을 심어주고 전설 같은 이미지를 부여한 장본인이 자신이었다는 사실을 잊었기에 아들의 소원이 고기잡이와 별로 상관이 없다는 것을 이해하지 못했다. 그가 그런 소원을 품게 된 이유는 로컬이 그들 둘만의 것, 브렌던 없이 단둘이서 공유하는 것일 수 있어서였다. 하지만 데클란 자신도 왜 그런지 잘 알지 못했다. 우리가 찾는 것은 안갯속에 휩싸여 있을 때가 많다.

앰브로즈는 여전히 핵심을 제대로 파악하지 못하고 예전처럼 좀 더 멀리 나가볼까 고민하기 시작했다. 당연히 로컬은 아니었다. 거긴 미친 짓이었고 그가 고민하는 곳은 연안이었다. 어쩌면 팀의 말에도 일리가 있을지 몰랐다. 데클란에게도 망망대해를 경험하게 하는 편이 좋을지 몰랐다. 이후 몇 주 동안 그는 다른 배 선장들과 이야기를 나누었고 80~100킬로미터만 나가도 어군이 제법 풍족하다는 정보를 입수했다. "그래, 한번 해보자. 좀 더 멀리 나가보자고." 어느 날 앰브로즈가 선원들에게 선포했다.

처음 몇 차례 조업은 성공적이었다. 그물을 올려보면 얼마나 그득한지 풍선 같았다. 앰브로즈는 예전의 낙관주의가 조금 되살아나는 것을 느꼈고 그제야 그가 그걸 얼마나 그리워했는지 깨달았다. 보너 부부는 중고차를 새로 샀고, 빅 지미는 몇 년 전부터 가지고 싶어 했던 컬러텔레비전을 들였다. 그러자 어장이 복잡해졌다. 맬 도런이 스페인 어선과 충돌해 양쪽 선체가 움푹 들어갔고, 무선상으로 엄청난 욕설이 오갔다. 선창에 이미 상자가 여든 개나 실려 있었지만 앰브로즈는 더 먼바다로 나가보기로 했다. 일지를 뒤져보니 정확히 6년 전에 북서쪽에서 조업이 아주 잘된 날이 있었다. 그는 그 지역을 다시 노려보기로 마음먹었다. 밤새 배를 몰고 가서 아침에 그물을 내리면 될 것이었다. 그는 일지를 제자리에 다시 꽂고 던호의 키를 돌렸다.

이틀 뒤 9시 뉴스가 시작됐을 때 어업협회의 조 맥기가 보너 부부의 집 현관문을 두드렸다. 하늘은 어두컴컴했다. 비가 드문드문 내렸고 돌풍이 몰아쳤다. 조는 문 앞으로 나온 크리스틴에게 던호가 약속한 시각에 교신을 하지 않았고 지난 48시간 동안 그 배를 보았거나 소식을 들었다는 사람이 없다고 전했다. "지난 48시간 동안 그 배를 보았거나 소식을 들었다는 사람이 없다고요." 그녀는 말했다. 그는 날이 밝자마자 수색을 시작할 거라고, 아일랜드와 영국 합동으로 열 대가 넘는 선박이 동원될 테고 구명정이 동쪽에서 서쪽으로 격자 수색을 실시할 거라고 했다. "동쪽에서 서쪽으로 격자 수색이요." 그녀는 말했다. 조는 한 문장이 끝날 때마다 잠깐 숨을 돌렸고 크리스틴은 그가 한 모든 말을 멍하니 따라했다. 더는 할 말이 없어지자 크리스틴은 바다 쪽을 바라보았다. 보이는 것 너머에 있는 어둠이 느껴졌다. 뭍을 삼키며 그들을 향해 다가오는 블랙홀이었다. 그것은 결국 그들의 집 앞에 다다를 것이다. 처음부터 예정된 일이었다.

브렌던은 어딘가로 나가고 없어서 크리스틴 혼자였다. 그녀는 외투를 입고 팔짱을 끼고 라이언스의 집으로 걸어 올라갔다. 내리는 빗방울에 뺨이 따가웠다. 가문비나무 사이로 휘몰아치는 바람이 가득 차 숲이 삐걱거렸다. 안으로 들어가 보니 유넌은 안락의자에서 뉴스를 보고 있고 필리스는 십자말 퀴즈를 풀고 있었다. 크리스틴이 좀 더 일찍 이 집에 왔더라면 조에게 문을 열어주는 일은 없었을 것이다. 그러면 그가 다음 차례로 라이언스의 집을 찾아왔을 테니 별 차이는 없었겠지만. 필리스는 그녀를 쳐다보았고, 크리스틴의 두 팔이 시체처럼 늘어뜨려지고 표정에 넋이 빠진 것을 알아차렸다. 커튼을 쳐놓았고 불은 이글 거리고 벽은 노란색이라 동굴 같은 방이 너무 답답했지만 몸을 웅크리고 있기에는 좋았다. 크리스틴은 당장 카펫 위에서 몸을 웅크리고 싶었지만 허리를 꼿꼿하게 편 채 말했다. "던호가 실종됐대."

필리스는 텔레비전을 끄고 찻주전자에 물을 올리러 나갔다. 유넌은 어두워져가는 화면을 계속 쳐다보고 있었지만 아무 말도 하지 않는 걸 보니 크리스틴이 한 말을 듣고 이해한 모양이었다. 그녀는 구석에 있던 발 받침대를 들고 와서 아버지 바로 앞에 내려놓고 앉았다. 그녀의 머리가 그보다 몇 센티미터 낮았다. 전에는 발 받침대가 의자와 한 세트였지만 이제 유넌은 바닥을 딛고 있어야 했다. 발 받침대에 다리를 올리려고 했다가는 뼈가 부러질 수도 있었다. 그는 점점 쇠약해져가고 있었다. 단어를 잊어버리고 아래턱을 떨기 시작했다. 크리스틴은 몸을 앞으로 숙이고 아버지의 얼굴을 올려다보았다. "며칠째 그 배 소식을 들은 사람이 없대요. 실종된 것 같아요."

유넌은 전에는 느꼈을지 모르는 미묘한 감정을 모두 벗어던지고 생각 없는 로봇처럼 오로지 기계적으로 살아갔고, 남들도 모두 마찬가지일 거라고 생각했다. 인간은 견딜 만한 환경을 찾아서 자기 복제를 하도록 설정되어 있을 뿐이라고 말이다. 나쁜 일이 벌어졌다고 의기소침해지면 안 됐다. 그러면 기계가 작동을 멈췄다. 유넌은 이런 생각을 할 수밖에 없었다. 어부들은 종종 물에 빠져 죽는다고, 그들도 그렇다는 것을 알고 아내들도 마찬가지라고, 게다가 던호 같은 배를 타고 멀리 나가다니 제정신이었느냐고. 하지만 유년이 그런 말을 하면 안 된다는 걸 모를 정도로 몰지각하지는 않았다. 아무 말도 하지 않는 것이 상책이었기에 그는 그렇게 했다.

크리스틴이 고개를 들어 보니 필리스가 문 앞에 서서 아버지에게서 반응을 유도하려는 동생을 지켜보고 있었다. 크리스틴은 입술을 안 보일 정도로 꾹 다물었다. 동그랗게 뜬 눈에는 낙심한 기색이 역력했다.

"내가 아버지를 침대에 눕힐 테니까 너희 집으로 가자." 필리스가 말했다.

크리스틴과 필리스가 오솔길을 되짚어가 보니 보너 집 안의 모든 전등이 켜져 있었다. 창문을 넘어 쏟아진 불빛이 바닥을 비췄고 주차된 차가 여러 대였다. 두 자매는 서로 쳐다보았다. 현관문이 열려 있고 거실에서 서너 명이 움직이고 있었다. 그들은 한 손에 빗자루를 든 노리 코일을 복도에서 맞닥뜨렸다. 그녀는 빗자루를 던지고 크리스틴을 끌어안았다. "청소만 하고 아무것도 들여다보지 않았어." 그녀는 말했다. 안으로 들어가 보니 실라 갤러거가 집에서 들고 온 티백으로 차를 끓이고 있었다. "아직 희망이 있어." 그녀가 크리스틴의 손을 꼭 쥐며 말했다. 메리 브레슬린도 있었다. 철물점이 아니라 버스 대절업을 하는 브레슬린 집안의 메리였지만, 그쪽 메리도 조만간 올 테니 이러나저러나 상관없었다. 벨라 파워가 거실로 들어왔다. "새로운 소식 있어요?" 그녀가 묻자 다들 없다고 말했다. 크리스틴은 자기 생각을 말할 필요조차 없었다. 그것도 여자들이 알아서 해줄 것이었다. 그녀는 안락의자에 주저앉아 아무 말도 하지 않았다. 벨라는 앞 유리창을 쳐다보았다. "블라인드 칠게요." 그녀가 말했다. 이 집에 한 번도 온 적 없는 벨라가 블라인드를 자기 마음대로 하겠다는데 크리스틴은 기쁘게 주도권을 내어주었다. "저 바다, 악마 같아요." 벨라가 줄을 풀며 말했다.

고기잡이 때문에 사별한 여자들, 바다에서 실종된 남편이나 아들을 둔 여자들은 오지 않았다. 자기들이 가면 불길하게 여겨질 수 있다고 생각했는지 단순히 올 수가 없어서 그랬는지 몰라도, 다른 여자들만 밤새 들락거리며 몇몇은 아무 말 없이 크리스틴의 곁을 지켰고 몇몇은 집안일을 거들었다. 그들은 남편들이 바다에서 그러듯 완벽한 팀워크를 과시했지만, 고함과 조롱이 아니라 속삭임과 양보로 하나가 됐다. 대개 시선을 아래로 내리깔았고, 너무 티 나지 않게 도움을 주고 힘이 되어주려고 했다. 중간에 누구는 욕조를 청소하고 누구는 앞 계단에서 도어 매트를 털었다. 스티비의 집과 팀의 집에서도 이 비슷한 광경이 펼쳐졌다. 빅 지미는 가족이 없었지만 우리 마을의 애주가들이 술집에서 그를 주제로 애정 어린 대화를 나누었다. "하필이면 컬러텔레비전을 산 뒤에 이럴 게 뭐람?" 메이너스 맥매너스가 말했다.

보너의 집에서는 크리스틴이 딱 한 가지 부탁을 했다. "브렌던 좀 찾아봐줄래요?"

그녀는 아이를 가까이에, 그의 방에 불과하더라도 벽 안에

The Boy from the Sea

두고 싶었다. 이런 때에는 집이 요새가 됐다. 그 집에 속한 사람은 모두 안으로 호출됐고 일단 들어오면 아무도 딴 데로 새지 않았다. 가족은 다 같이 기다림을 견뎌야 했다. "걔가 어디 갔을까요?" 저스틴 오도넬이 물었다.

"요즘 비주류의 삶을 선택한 사람들과 어울려 다니고 있어요." 필리스가 말했다. 이렇게 인정하고 나니 마음이 불편해졌다. "그런 소문이 있더라고요."

사람들이 이리저리 전화를 돌려 브렌던의 소재를 파악했다. 비주류의 삶을 선택한 사람이 고물차에 태워서 데리고 왔다. 브렌던은 술을 마셨거나 뭔가 독한 걸 피웠는지 어디에 있으면 좋을지 몰라 하며 거실 한가운데에 서서 휘청거렸다. 그를 에워싸고 호들갑을 떠는 여자들 때문에 그의 속수무책이 한층 부각됐다. 필리스는 못마땅한 눈빛으로 그를 쳐다보았다. "네 아버지하고 형은 돈 벌러 나갔다가 실종됐는데 너는 싸돌아다니기나 하고."

"언니, 그러지 마." 크리스틴이 말했다.

브렌던은 발음에 신경을 써가며 천천히 말했다. "두 사람이 떠난 뒤로 날씨가 좋았는데요."

크리스틴은 인정하는 뜻에서 고개를 끄덕였다. 바다에서는 수십 가지가 잘못될 수 있고 날씨는 그중 하나일 뿐이라고 짚고 넘어갈 필요는 없었다. 그들도 다 알았다.

브렌던은 갑자기 단호한 표정을 지었다. "우리, 희망을 잃지 말아요." 그는 말하고, 어깨 위에 얹으려고 손을 내밀고서 크리스틴에게 다가가다 그녀의 표정을 보고 멈칫했다.

"부탁할게, 그러지 마." 그녀는 말했다.

자, 던호와 그 선원들에게 무슨 일이 벌어졌는지 전말을 공개하자면 이렇다. 북서쪽 해역은 어장이 풍성했지만 두 번째 날 밤에 문제가 생겼다. 던호는 연료 탱크가 두 개인데 둘을 연결하는 관이 터져서 기름이 배 밑바닥의 빌지로 쏟아진 것이다. 야간 당직을 서고 있던 앰브로즈와 지미가 기름 냄새를 맡았을 수도 있었겠지만, 문제는 앰브로즈가 얼마 전에 아주 기발한 장치라고 생각하며 장착한 자동 빌지 펌프였다. 액체가 감지되자 물인지 기름인지 구분하지 않고 펌프가 작동하기 시작해 바닥으로 쏟아진 기름을 신나게 밖으로 퍼냈고 새벽이 되자 엔진이 완전히 멈춰버렸다. 정적 때문에 잠에서 깬 스티비와 데클란이 침대에서 일어나 나가 보니 문제의 원인을 파악한 팀이 빌지에서 올라오고 있었다. 바다가 잔잔했지만 동력이 없으니 던호가 떠내려가기 시작했다. 연안국과 교신이 안 될 만큼 멀리 나와 있었기에 앰브로즈는 무전 채널을 이리저리 돌리며 그 근처를 지나는 배가 있는지 물었다. "메이데이"라고 하자니 너무 호들갑스러운 것 같아서 부끄러웠지만 머릿속에서 메이데이를 외칠 만한 상황이라고 말하는 조지프의 음성이 들렸다. 앰브로즈는 메이데이라고 말했지만 반쯤 장난처럼 까불거렸다. 아무 응답이 없었다. 교신 가능한 거리를 지나는 배가 없었다. 데클란은 다 같이 마실 커피를 끓이러 갔다.

"옆을 지나는 배가 등장할 때까지 여기서 기다려보자고. 몇 시간이면 되겠지." 앰브로즈는 말했다.

앰브로즈는 있으나 마나 한 키와 무전기 옆을 지켰다. 다들 잠이 완전히 깼고 담배를 피우는 것 말고는 할 일이 없었기에 닥치는 대로 담배를 피웠다. 바람은 차갑지만 희미했고, 바다는 잔잔했고, 파도는 너무 사나워지지 않고 예측 가능한 범위 안에 있었다. "그나마 평온하네." 앰브로즈는 상황에 어울리지 않는 명랑한 목소리로 말했다. 선원들이 배가 어느 방향으로 가고 있느냐고 습관적으로 물으면 그는 서쪽이라고 대답했다. 열몇 번을 물어도 답은 항상 서쪽이었고, 누가 또 물어도 앰브로즈는 짜증 난 기미를 보이지 않았다. "캐나다까지 떠내려가도 좋겠어." 그는 말했다.

여덟 시간이 지났다. 앰브로즈는 묵묵히 대처하는 데클란을 보고 다행스럽게 여겼다. 그는 한 번도 방향을 묻지 않았다. 별로 왔다 갔다 하지 않고 별말도 없이 조리실에 자리를 잡고 앉아서 훌륭한 남자로 빚어져가고 있었다. 스티비 혼자 중간에 조금 감정적인 반응을 보였다. "불안해서 못 견디겠네." 그는 차에 설탕을 한 숟가락 더 넣으며 갑자기 큰 소리로 말했다.

"나중에 손자들한테 얘기하면서 웃을 날이 올 거야." 앰브로즈는 웃으며 그에게 말했다.

그들은 무선 교신 없이 밤새 떠내려갔다. 앰브로즈는 배터리를 감안해 10분마다, 나중에는 20분마다 딱 30초씩 교신을 시도했다. 그는 보는 사람이 아무도 없으면 손을 세게 맞잡았다.

불안할 때 나타나는 습관으로 은행이나 병원 대기실이면 모를까, 바다에서는 한 번도 보인 적 없는 행동이었다. 크리스틴의 얼굴이 떠올랐지만 두 손바닥으로 눌러서 없앴다. "하루 더 편히 쉴 수 있겠네." 동쪽 하늘이 밝아오자 그는 선포했다.

스티비가 저기압이라 데클란이 베이컨 기름을 떼어내고 구워가며 정성껏 아침을 차렸다. 토스트와, 던호에서는 아무도 먹어본 적 없는 수란까지 만들었다. 하지만 아무도 알아봐주지 않았다. 팀은 자기 몫을 한입에 삼켰다.

나중에 스티비는 갑판으로 나갔다가 점보제트기가 겨우 10킬로미터 상공을 날아가는 것을 보고 공포에 휩싸였다. 그는 손을 맞잡고 비틀며 완전히 무너질 것처럼 굴다가 팀이 버럭 소리를 지르자 놀라서 정신을 차렸다. "저 비행기는 우리한테 관심 없으니까 너도 관심 꺼!" 팀은 이제 바늘처럼 얇게 담배를 말았다. 빅 지미는 아는 농담이 점점 바닥을 드러냈다. 데클란은 계속 냉정을 유지했다.

이른 오후가 되자 불길한 빛깔이 등장했다. 앰브로즈는 물보라 사이로 그걸 처음 보았다. 분홍과 주황색 안에 순금색이 섞여 있는데, 노을빛을 닮았지만 그보다 진했고 등장한 시각도 너무 일렀다. 몇 시간 뒤에는 머리 위에까지 번져 우중충한 하늘이 기이한 빛깔로 물들었다. 굽이치는 잠음 같은 바닷소리가 점점 커졌고 기압계를 보니 기압이 떨어지고 있었다. 앰브로즈는 선원들이 있는 조리실로 들어갔다. 황금빛이 그 안을 가득 채워 까칠한 수염을 한 올, 한 올 비추고 있었다. 순간 앰브로즈는 선원들의 생김새에, 특히 데클란의 이목구비에 할 말을 잃었다. 이제 보니 그의 아들은 잘생겼다. 심지어 아름다웠다. 그는 조리실 안으로 몸을 내밀었다. "자, 여러분." 그가 명랑하게 말했다. "이제 운동을 좀 해야겠어. 조그만 저기압이 발생했는데, 우리 배는 반대 방향으로 가고 있지만 대비를 하자고. 오늘 밤은 선실로 들어가 있는 게 좋겠어."

빅 지미는 선원들의 표정을 차례로 살피며 자기가 제대로 들은 게 맞는지 확인했다. 그는 귀가 별로 좋지 않았다.

팀은 처음부터 더 나빠질 줄 알고 있었다는 듯이 씩씩댔다.

데클란은 아무 말도 하지 않았다.

스티비는 손바닥의 두툼한 부분으로 눈을 비볐다. "아내는 내가 제니 생일 선물을 어디 숨겼는지 모르는데."

"그러지 마!" 앰브로즈가 말했다.

엄청난 파도가 아래로 지나가자 배가 위로 점점 올라갔다가 가만히 다시 내려왔다. "파도가 점점 심해질 텐데 피할 방법이 없네. 오늘 밤에 우리가 죽을 수도 있겠어." 팀이 덤덤하게 말했다.

앰브로즈는 짜증이 나서 툴툴대며 고개를 저었다. "그럼 다른 날 밤이랑 다를 것도 없겠네." 그는 별 해괴망측한 소리를 다 듣겠다는 듯이 이렇게 말했다.

스티비는 테이블 위로 팔짱을 끼고 거기에 얼굴을 묻었다.

데클란은 모든 걸 조리실에 들여놓고, 갑판 위로 들이친 바닷물이 최대한 빨리 흘러 내려가도록 화물칸을 칸막이로 막는 것을 도왔다. 물보라가 허공에서 채찍처럼 너울거리며 벌써부터 거센 물줄기로 몰아쳤다. 물마루가 요란한 소리와 함께 부서졌고 금빛이 납빛으로 바뀌었다. 성난 바다에도 불구하고 바람은 여전히 잔잔해서 불안했다. 북동쪽에서 먹구름이 점점 똘똘 뭉쳤다. 그들은 겹겹이 쌓인 물살과 그 먹구름을 지켜보았다. 점점 다가온 먹구름이 굽이치는 수평선으로 머리 위를 덮었고, 데클란의 눈에는 물이 세 겹으로 보였다. 맨 위층은 거미줄 같은 거품으로 얇게 덮여서 제멋대로 움직이고 접혔다. 그다음 층은 깊이가 6미터 정도 됐고 대부분 서쪽으로 흘렀으며 파도를 일으키는 물살이 보였다. 세 번째 층은 깊고 깊은 데서 육중하게 꿈틀거렸다. 거기서 생성된 거대한 파도는 그들을 쉽게 뒤집을 만했다. 데클란은 아버지가 있는 조타실로 갔다. 팀이 갑판 위에서 욕하는 소리가 들렸다. "담배가 다 떨어져서 저래요." 데클란이 말했다.

"구급상자에 비상용 잎담배가 있다고 알려줘." 앰브로즈가 말했다.

던호는 물마루 사이에서 허우적거렸고 갑판은 바닷물에 완전히 잠겼다. 앰브로즈와 데클란은 벽을 붙잡았다. 갑판이 위로 솟구치자 하얀 물이 앞뒤로 철벅이며 가장 빠른 탈출구 찾았고, 팀이 욕하는 소리가 다시 들렸다. 앰브로즈와 데클란은 벽을 잡았던 손을 놓고 서로 바짝 붙어서 섰다. "그새 훌륭한 어부가 됐구나." 앰브로즈가 말했다.

"하지만 이 길이 좋은 선택은 아니었던 것 같아요." 데클란은 말했다.

앰브로즈는 대수롭지 않다는 듯 창문 쪽을 향해 손을 흔들었다. "나는 이보다 더 험한 바다도 여러 번 경험했어."

"네, 하지만 엔진이 꺼진 적은 없었잖아요."

부인할 수 없는 사실이었다. 앰브로즈는 데클란을 선실로 보냈다.

아일랜드 서쪽 해안을 통틀어 구명정 계류장이 세 군데뿐이었는데, 그중 한 군데가 애런모어에 있었다. 앰브로즈는 구조대원 중에 사촌이 있었기에 그들이 지금 수색 중이거나 대기 중이라는 것을 알았다. 전자 장비로 정밀 수색을 하려고 북쪽에서 정찰기가 출동했을 테고 헬리콥터도 불렀을 것이었다. 아일랜드에는 헬리콥터가 여러 대 있었지만 비행 가능한 거리가 길지 않았고 무슨 이유에선지 동부 해안에 배치돼 있었다. 앰브로즈는 지금까지 이에 대해 분노를 느낀 적이 없었는데, 이번에는 집으로 돌아가자마자 장관에게 강한 어조로 항의 서한을 보내기로 작정했다. 크리스틴이 도와줄 것이다. 그녀가 그런 일을 잘했다. 앰브로즈는 미간을 찌푸렸다. 그녀를 떠올리는 실수를 저지르고 말았는데, 너무 피곤해서 떨쳐버릴 수가 없었다. 그녀가 그들 부자를 부두까지 태워다 주었을 때 그가 어떻게 했던가? 분명 "잘 지내고 있어"라고 했을 것이다. 그는 늘 그렇게 말했던 것이 이제 와 가슴에 사무쳤다. 잘 지내고 있으라니. 그들이 제대로 사랑을 나눈 지 얼마나 됐던가. 몇 달이었다.

데클란에 이어 다른 선원들도 아래로 내려가 각자 침대에 누웠고 앰브로즈 혼자 조타실에 남아 무전기와 키를 지켰다. 선원들은 소용돌이치는 파도 소리를 들으며 부딪치는 충격을 느끼는 것 말고는 아무것도 할 게 없었다. 침대는 관 같았다. 합판으로 만들어져 각자에게 혼자만의 공간을 부여했다. 선실의 대부분이 흘수선 아래라 얼굴 바로 앞에서 바닷물이 휘몰아쳤다. 데클란은 차가운 물속에서 발버둥 치며 점점 아래로 가라앉는 그들의 모습을 상상했다. 상상하기가 그리 어렵지도 않았다. 각 침대 위쪽 천장에 강력 테이프로 붙여놓은 손전등이 일말의 빛을 비쳤다. 데클란은 팀과 지미를 돌아보았다. 둘 다 무릎을 세우고 눈을 뜨고 반듯하게 누워 있었다. 그의 바로 위에서 침대를 붙잡고 있는 스티비의 손이 보였다. 침대마다 고무줄 커튼이 달려 있었다. 데클란은 커튼을 치고 베개를 껴안은 채 몸을 웅크렸다.

파도가 던호를 어찌나 격하게 때리던지 데클란과 스티비의 몸이 매트리스 위로 2, 3센티미터씩 붕 뜰 때도 있었다. 그럴 때마다 빅 지미는 "다시 강편치네"라고 중얼거렸지만 그의 몸은 무거워서 들리지 않았다. 팀도 매트리스 위에서 들썩이지 않았다. 강철 같은 분노가 그를 붙들어주었다. 15분쯤 비교적 잠잠해지면 그들은 대화를 몇 마디 나눴지만 결국 선체가 다시 흔들리면 당분간 침묵을 지켰다. 갑판이 물에 잠기면 고막이 눌리고 단단한 울림이 느껴져서 알 수 있었다. 한번은 물속에 하도 오랫동안 잠겨서 이제 끝장이구나 싶었던 적도 있었다. "얼른 끝내버려!" 팀이 고함을 지르자 목소리가 동굴처럼 울렸다.

그럴 때면 스티비는 딸을 떠올리며, 살아 있는 것이 아버지로서 최우선적이고 가장 기본적인 도리인데 그걸 지키지 못하게 됐다는 생각을 했다. 빅 지미는 전혀 다른 것을 떠올렸다. 예전에 본 적 있는 포스터를 떠올렸다. 젊었을 때 지미는 1년 동안 뉴욕에서 일을 한 적이 있었는데, 주말이면 길거리를 걸어 다니다 오후엔 맥주를 마셨다. 한번은 어느 술집에 들어갔다가 뒷벽을 독차지한 캐서린 헵번의 포스터를 보고 놀란 적이 있었다. 포스터는 거대했고 벽돌 위에 바로 붙인 실내용 광고판 같았다. 그는 그 배우를 특별히 좋아하지는 않았지만(물론 *아니 괜찮아요, 캐서린, 거기 그냥 있는 게 딱 좋아요*, 라고 할 리는 없었지만) 그 광경이 진심으로 그의 마음을 울렸다. 거침없는 에너지, 미인에게 바치는 노골적인 찬사, 모두 공감할 거라는 확신 아래 거대한 포스터를 붙인 순수한 자신감의 표현이었다. 포스터 속의 캐서린 헵번이 실제보다 열 배는 더 커 보였다. 그때의 충격을 그는 지금까지 잊지 못했다. 머리 위로 바닷물이 들이닥치는 선실에서 지미가 말했다. "아무튼 다들 내 걱정은 하지 마. 나는 여한이 없으니까."

데클란은 주먹을 꼭 쥐고 눈을 질끈 감고서 종교의 힘을 빌려보려고 했다. 첫영성체와 견진성사를 치렀어도 딱히 감화를 받은 적이 없었는데, 이제는 감정을 주체할 수가 없었다. 살려주신다면 좋은 일을 많이 할게요. 그는 하느님에게 말했다. 하느님이 좋아하실 만한 일을요. 어떤 일을 예로 들면 좋을까 고민하는 와중에도 브렌던을 제치고 도리스 케인을 떠올렸다. 그 돈을 돌려드릴게요. 그는 절박하게 매달렸다. 꼭 돌려드릴게요!

위에서는 앰브로즈가 다시 물 위로 떠오르는 뱃머리를 지켜보았다. 창문 틈새로 물이 들어와 조타실 벽이 젖었다. 앰브로즈는 흠뻑 젖은 점퍼를 벗었지만 부츠에 물이 차는 건 어쩔 수 없었다. 피로와 흥분이 한데 뒤엉켜 가끔 발을 바꿔가며 깡충깡충 뛰어야 했고 으르렁대는 바다의 포효로 귀가 아팠다. 지축이 흔들리는 소리 비슷했지만 뭔지 모를 날카로운 소리도 섞여 있었다. 수면 위에서 전기가 춤을 추듯 지지직거렸다. 던호는 파도 골 속에서 옆으로 회전한 덕분에 뒤집히지 않았지만, 지금 저 앞에서 빠른 속도로 다가오는 거대한 파도가 달려들면 어떻게 될지 몰랐다. 앰브로즈는 앞 유리창을 통해 상대의 크기를 가늠했다. 눈부시게 하얀 파도가 포식 동물처럼 결연하게 달려와 뱃머리 위로 쏟아지자 던호가 이륙하려는 비행기처럼 흔들렸다. 앰브로즈는 그를 향해 다가오는 물의 벽을 지켜보았다. "갑판 청소가 아주 제대로 되겠네." 그는 큰 소리로 중얼거렸다. 파도가 조타실을 때리자 창문이 시커메졌다가 초록색을 거쳐 다시 투명해졌다. 앰브로즈는 대서양 물에 발목까지 잠겼지만 던호가 잘 버텨주고 있었다. 뱃머리가 들리며 갑판에서 물이 길쭉하게 흘러내렸고 위로 솟구치는 힘이 앰브로즈를 바닥으로 내동댕이쳤다. 잠시 후 무전기가 빽빽거리더니 누군가의 음성이 들렸다.

선원들이 선실 침대에서 마음의 준비를 하고 있을 때 앰브로즈가 천장에 달린 해치를 열고 고개를 아래로 들이밀고서 큰 소리로 외쳤다. "희소식이야! RAF에서 우리를 발견해서 예인선을 보냈대. 한 시간 정도만 버티면 돼."

"한 시간 정도요. 아유, 고마워라." 팀이 말했다.

앰브로즈는 고개를 숙이고 소식을 전하느라 다른 중대한 사안을 간과했다. 또 다른 거대한 파도가 첫 번째 파도 뒤에 숨어 있다가 그 순간 던호를 강타한 것이다. 던호는 수천 톤의 물벼락을 맞고 옆으로 납작하게 내동댕이쳐졌다. 조타실 창문 두 개가 창틀에서 뜯겨나갔고, 밀려 들어온 물이 조리실을 채우고 앰브로즈가 방금 연 해치를 지나 데클란의 침대 위로 폭포처럼 쏟아졌다. 옆으로 누운 그의 침대에 욕조처럼 물이 채워지자 그는 그 속에 잠겨서 비명을 지르고 욕하는 다른 사람들의 소리를 들을 수가 없었다. 배가 물속으로 가라앉는가 보다는 생각이 들었다. 공포와 얼음장 같은 바닷물 때문에 온몸이 마비됐을 때 데클란은 마지막 제안을 했다. 앞으로 브렌던에게 잘할게요, 동생한테 잘할게요.

던호는 몇 초라는 긴 시간 동안 옆으로 누워서 허우적거리다 널빤지 사이로 찢어지는 소리, 물이 빨려 나가는 소리와 함께 중심을 되찾았다. 데클란의 침대에서 쏟아진 물이 바닥에 고인 물에 더해졌다. 못 읽게 된 책과 다 마신 루코제이드 에너지 드링크 병이 이리저리 찰방거렸다. 그는 일어나 앉았다가 침대 천장에 머리를 부딪치자 툴툴대며 기침했다.

바닷물이 계속 쏟아지자 앰브로즈가 발로 차서 해치를 닫았다. 그러자 발길질 때문인지 새하얀 불빛이 눈앞에서 번쩍거렸다. 그는 정신을 집중한 뒤에야 발길질과 불빛이 서로 연관이 없는 현상이라는 것을 깨달았다. 그는 눈을 깜빡여 소금물을 털어내고 일어나 창틀 밖으로 고개를 내민 순간 하강기류를 느꼈다. 영국 공군 소속의 샛노란 헬리콥터가 그들 위로 스포트라이트를 비추고 있었다. 그 눈부신 불빛이 하도 낯설어서 현실로 받아들이기가 쉽지 않았다. 헬리콥터의 화물 도어가 열려 있었고, 구조대원이 턱 밑으로 헬멧 끈을 당기며 밖을 내다보았다. 그들은 서로를 향해 엄지손가락을 들어 보였다.

던호는 몇 번 더 내동댕이쳐졌지만, 자동 펌프가 고인 바닷물을 말끔히 퍼내 던호를 단단히 단속하며 조금이나마 실수를 만회했다. 헬리콥터를 타고 온 구조대원들이 선원을 끌어 올리려는 시도가 더 위험하겠다는 판단을 내렸기에 아무도 이동하지 않았다. 그린캐슬 소속 트롤선 두 대가 합류해 던호를 구명정 계류장으로 예인했다. 해안가를 따라 전화벨이 울리기 시작했고 구조 소식이 우리에게 전달됐다.

던호는 다음 날 저녁, 날이 저문 뒤에 돌아왔다. 출항한 지 엿새, 경보가 울린 지 이틀 만이었다. 조 맥기 혼자 부두로 나가서 그들을 맞았고 우리는 나서지 않았다. "교신이 가능한 지역에서 벗어났을 때 엔진이 완전히 꺼졌어요." 앰브로즈는 부두에서 조에게 말했다. "파도 때문에 밤에 고생하긴 했지만 던호가 잘 버텨줘서 심하게 다친 사람은 없어요. 우리가 보낸 신호를 수신한 헬리콥터가 우리 위치를 파악해서 예인선이 출동했고요. 모두 무사하지만 잡은 고기는 버리는 수밖에 없었어요."

　조가 앰브로즈를 차에 태우고 크리스틴과 브렌던이 서 있는 오솔길 입구까지 데려다주었다. 모퉁이에서 기다리고 있던 그들은 전조등 불빛을 비추자 유령처럼 보였다. 조는 제삼자에 불과했는데도 그 광경에 울컥해 앰브로즈가 내리자마자 차를 돌려 자갈을 튕겨내며 얼른 사라졌다. 앰브로즈는 크리스틴과 브렌던을 향해 다가가는 동안 숨을 쉬기가 점점 힘들어졌고, 거의 공포에 가까운 삐죽빼죽한 감정이 그를 집어삼킬 듯 밀려왔다. 그는 크리스틴의 몇 미터 앞에서 걸음을 멈추었다. 그녀를 처음 만난 순간처럼 느껴져 손을 내밀고 싶었지만 그러면 너무 성급해 보일 수 있었다. 그는 이번 일로 인해 영원히 달라질 게 분명했다. "이렇게 그럭저럭 살아남았어." 그는 말했다.

　"데클란은?" 크리스틴은 물었다.

　"친구들이랑 파이어 바에 갔어."

　"거의 죽을 뻔했는데 엄마한테 먼저 얼굴을 보여줘야 하는 거 아니야?" 크리스틴은 이렇게 말했지만 어쩌면 그는 영원히 그런 식일지 모른다는 것을 알았다. 단단하고 꿋꿋하지만 한계가 있을 것이다. 그래도 맞는 자리를 찾았으니 됐다.

　"어떻게 된 거예요?" 브렌던이 물었다.

　"교신이 안 되는 지역에서 엔진이 꺼져버렸어. 끔찍한 밤을 하루 보내긴 했지만 던호가 잘 버텨줘서 아무도 다치지 않았어. 구조대가 우리 위치를 파악해서 인양해주었고. 다들 무사해."

　앰브로즈는 나중에 누가 물을 때마다 사건을 요약하고 또

요약해 결국에는 먼 산을 바라보며 "끔찍한 밤이었지"라고 두 마디로 압축했다.

마을에서 어떤 여자가 사기그릇에 담아서 들고 온 셰퍼드 파이가 식탁 위에 놓여 있었다. 앰브로즈는 그걸 냉장고로 들고 갔지만 먼저 들어간 셰퍼드 파이가 이미 다섯 개라 자리가 없었다. 크리스틴은 브렌던에게 파이를 들려서 필리스에게 보냈다. 그녀는 강렬한 욕구가 뜨겁게 솟는 것을 느꼈지만 앰브로즈를 먼저 씻게 하고 문 앞에서 서성이며 그가 비누칠하는 소리를 들었다. 그라는 묵직한 존재가 집으로 돌아오자 다시 균형이 잡힌 느낌이 들었다. 그녀는 옷을 벗었고 그가 욕실에서 나오자 침대로 데려가 눕히고는 그 위에 무릎을 꿇고 앉아 손으로 애무하기 시작했다. 앰브로즈는 온몸으로 다급한 분위기를 풍기는 그녀에게 그냥 몸을 맡겼다. 오늘 밤에는 아무것도 책임지고 싶지 않았다. 어쩌면 영영 그럴지도 몰랐다. 그녀가 목에 입을 맞추자 그는 간신히 한숨을 몇 번 쉬었다. 풀어서 내려뜨린 그녀의 머리칼이 가슴에 닿아서 숨결처럼 살랑거리자 하마터면 사정할 뻔했다. 이제 앰브로즈는 군살이 생겼지만 만져보면 손끝으로 근육이 느껴졌고 그래서 크리스틴은 예전처럼 흥분할 수 있었다. 그녀도 둔부에 살이 붙었지만 앰브로즈는 그녀를 꼭 끌어안았을 때 드는 느낌이 좋았다. 크리스틴은 앰브로즈가 제대로 들어올 수 있게 자세를 잡았다.

이후 얼마 동안 크리스틴과 앰브로즈는 뜨거운 시간을 보냈다. 하마터면 죽을 뻔했다는 것이, 하마터면 과부가 될 뻔했다는 것이 그들의 열정에 불을 지폈다. 슬레이트 위로 돌풍이 부는 소리에 새벽 4시에 잠에서 깨자 그들은 아무 말 없이 손끝으로 더듬어 전율을 유도하며 다시 시작했다. 엄청난 건 없었다. 그들은 서로 어떤 걸 좋아하는지 알았다.

어느 날 새벽, 다시 기분 좋은 정사를 즐긴 뒤 앰브로즈는 팔다리를 뻗고 침대에 대자로 누웠고 크리스틴은 그에게 몸을 바짝 대고 옆으로 누웠다. 젊은 연인처럼 알몸으로 흥분을 달래는 모습이 그들은 흡족했다. 크리스틴은 몸을 일으켜 한 손으로 머리를 괴고 남편을 구석구석 뜯어보았다. 새벽 햇살에 명암이 부각돼 묵은 흉터가 도드라져 보였다. 팔뚝에 남은 흉터는 길이와 두께가 크레용만 한데, 두툼한 보라색이고 아주 선명했다. 그녀는 한 손가락으로 그 흉터를 쓰다듬었다. "이건 어쩌다 생긴 거였더라?"

"밧줄에 쓸려서. 오래전에 아드 키아란호에서. 해덕 사냥을 하다가."

앰브로즈는 한쪽 팔꿈치를 뒤로 돌려서 머리를 얹고 아내를 좀 더 제대로 쳐다보았다. 입을 맞출 것처럼 다른 쪽 손으로 그녀의 손가락을 잡더니 주먹 마디에 남은 하얀 흉터를 햇빛이 비추는 쪽으로 돌렸다. "이건 어쩌다 생긴 건지 다시 한번 알려줘."

"껍질 깎는 칼에 베여서. 당근 사냥을 하다가."

앰브로즈는 한쪽 손에 2,3센티미터 길이의 흉터가 있었다. 그걸 그녀의 흉터 옆에 나란히 댔다. "이것도 칼에 베여서 생긴 흉터인데. 흰살 생선 내장 손질하다가. 토미가 두어 바늘 꿰매줬지."

크리스틴은 그 흉터를 잠깐 물끄러미 바라보다가 무릎을 꿇고 앉아서 어깨를 덮고 있던 머리칼을 쓸어 넘겼다. "그렇게 보이지 않겠지만 이것도 흉터야." 그녀는 갈색으로 살짝 부풀어 올라서 주근깨처럼 보이는 위 팔뚝의 한 지점을 가리키며 말했다. "애들 주려고 프렌치프라이 튀기다가 기름이 튀었거든. 처음에는 기름이 튄 줄도 몰랐어."

"신경이 죽으면 어떤 것까지 느끼지 못하는지 놀랍다니까." 앰브로즈는 말했다. 그는 등을 대고 누운 상태 그대로 바닥과 거의 직각이 될 때까지 한쪽 다리를 가뿐하게 들었다. 나잇살에도 불구하고 발레리노처럼 다리를 드는 중년의 이 어부들을 보면 누구든 놀랄 수밖에 없을 것이다. 요동치는 갑판 위에서 보낸 세월 덕분인데, 앰브로즈는 유난히 다리가 예뻤다. 이제 머리가 빠지는 나이라 크리스틴이 그의 몸 중에서 가장 좋아하는 곳이 그 다리였다. 그는 그녀의 손가락을 잡아서 종아리의 검은 털 사이로 불룩 튀어나온 부분에 갖다 댔다. "이건 한 번 낚시하러 갔다가 생긴 거야. 바늘이 없어져서 이리저리 찾았더니 내 다리에 박혀 있지 뭐야!"

"나도 여기 안 보이는 흉터가 있는데." 크리스틴은 먼저 자기 손가락으로 더듬어 위치를 확인한 다음 그의 손가락을 잡아서 머리칼 사이로 가져갔다. "데클란이 의자에서 떨어지길래 잡으러 가다가 식탁에 머리를 부딪쳤어."

앰브로즈는 단단한 혹을 손끝으로 두 번 문지른 다음 손을 내려서 짧은 분홍색 흉터를 그녀가 볼 수 있게 어깨 살을 잡아당겼다. "이건 끔찍한 흉터야. 나무 궤짝을 들어서 어깨 위에 얹었는데, 밖으로 튀어나온 뾰족한 유리 조각을 못 본 거지."

크리스틴은 그의 손가락을 잡아서 2, 3센티미터짜리 실이 허벅지에 박힌 것처럼 보이는 얇은 선 위로 가져갔다. "이건 철조망 때문에 생긴 거야. 브렌던이 네 살인가 다섯 살이었을 때 맥의 밭 속으로 뛰어 들어가서 안 나오겠다고 하는 걸 끄집어내다가. 치마도 찢어졌지."

앰브로즈는 깍지 낀 손으로 머리를 받치고 다른 쪽 다리를 들어서 이리저리 돌렸다. 얇은 흉터 여러 개가 햇빛을 받아 도드라져 보였다. 한 달 전에 긁힌 자국처럼 보였지만 실은 10년 전에 악상어에게 물린 자국이었다. 녀석이 산 채로 그물에 잡혀 갑판 위에서 미친 듯이 요동치는 동안, 그가 발로 차서 녀석을 배 밖으로 던지려고 춤을 추었다. "엄청난 싸움이었지." 앰브로즈는 말했다.

그가 자기 다리를 필요 이상으로 물끄러미 올려다보기에 크리스틴이 대신 내려주고는 양 손가락을 배에 대고 늘려 시커멓고 두툼한 흉터를 드러냈다. 길이는 15센티미터였고, 만져보면 반질반질했고, 군데군데 울퉁불퉁하게 튀어나왔고, 스테이플러 자국이 위아래로 점처럼 여섯 개 남아 있었다. 수 시간 동안 겪은 고통과 공포를 떠올리게 하는 상처였다. 다른 방법으로는 나오지 않겠다는 데클란을 끄집어내려고 의사가 복부와 자궁을 칼로 가른 자국이었다.

"이거야말로 정말 엄청난 싸움이었지." 크리스틴은 말했다.

THE BOY FROM THE SEA

12

계절이 바뀌었고 한 주 동안 폭풍이 들이닥쳐 작은 어선들은 발이 묶였다. 비가 그칠 줄 몰랐고, 우리 아이들은 파카 모자 지퍼를 끝까지 채워 현창처럼 동그랗게 얼굴만 내놓은 채로 세인트브리지드의 십자가를 만드는 데 쓸 골풀을 주우러 다녔다. 몇 년 전에 문을 닫은 극장이 의자를 철거하고 중고 가구점으로 재개장했다. 우리는 구경하러 갔다가 공간이 그렇게 작은 걸 보고 놀라워했다. 탱크 맥휴가 세인트코널스 정신병원에서 퇴원해 어머니에게서 보살핌을 받았다.

마침내 더는 피할 수 없게 되자 앰브로즈는 부두로 나가서 던호를 살폈다. 유리 없이 창틀만 남아서 그런지 지쳐 보였는데, 그런 구멍이 두 개였다. 예인용 밧줄 때문에 뱃머리에 홈이 파였고, 데릭기중기에서 붐이 떨어져 나갔다. 대부분 피상적인 수

준의 피해였지만 앰브로즈가 느끼기에는 근본적인 무언가가 부러져 수명이 다한 것 같았다. 놀랍게도 가슴이 아프진 않았다. 그는 던호를 매물로 내놓았다. 운항에 문제가 없지만 점검이 필요한 트롤선을 판다는 광고가 《스키퍼》에 실렸다. "그 배에 문제가 없으면 어떤 배에 문제가 있는 거야?" 벨라 파워는 이렇게 말했다.

사겠다는 사람이 없었고 계류비도 문제였다. 망가진 17미터급 트롤선들은 이런 과정을 거쳐 우리 마을 해안가의 잔잔한 포구에 방치됐다. 선주는 수리비가 생기거나 팔릴 때까지 거기두는 거라고 했지만, 그 돈은 절대 생기지 않을 테고 사겠다는 사람도 나타나지 않을 테니 그 배는 결국 편안한 각도로 기울어진 채 해체될 것이었다. 더니골 일대의 모래 포구에는 그런 폐선이 많았다. 그걸 멋지다고 생각해 폐선 사진을 찍어서 엽서로 만든 사람도 있었다. 영국의 폐광 사진으로 엽서를 만드는 것만큼이나 어이없는 행동이었지만 그런 엽서를 만든 사람도 있었을 것이다.

앰브로즈는 아직 포기하지 않았다. 영국의 매물 공고란에 레저용으로 개조해서 쓸 만한 배가 있다고 광고를 실었다. 우리 트롤선 중에 여럿이 그 길을 걸었지만 우리가 그런 식의 개조를 마음 편하게 받아들지는 못했다. 우리 배를 가족의 역사와 이야기가 가득 담긴 고귀한 노동자로 여겼기 때문이었다. 우리 트롤선이 고귀함을 잃고, 런던 여피족이 칵테일을 마시고 코카인을 흡입하고 난잡한 파티를 벌이는 식의 경박한 취미 생활을 즐기는 무대로 전락하는 모습은 떠올리고 싶지 않았다.

앰브로즈와 크리스틴은 저녁 늦게까지 미래에 대해 의논했다. 기운이 남아 있는 향후 10년에서 20년 동안 그가 어떤 일을 하면 좋을지 고민했다. 그는 수산물 가공 공장에서는 일하고 싶지 않다며 박봉이라 그렇다고 했지만, 크리스틴은 그가 수산물 가공이라는 지루한 내근직을 견디지 못할 성격이라는 걸 알았다. 그는 선장을 하지 못할 거면 수산업과는 이별하고 싶었다. 그에게는 영국 각지의 건설 현장에서 일하는 형제가 많았다. 그들의 소식을 파악하기가 쉽진 않았지만 어딘가 처박혀 있던 주소록을 끄집어내 그들 모두에게 전화를 돌리거나 편지를 보냈다. "영국에 가면 어떨까 생각 중이야." 그는 크리스틴에게 말했다.

크리스틴은 놀라워했다. "애들이 보고 싶어 할 텐데."

"이제 다 컸는걸." 앰브로즈는 말했다.

"무슨 소리야, 브렌던은 아직 학교를 졸업하지도 않았잖아."

"얼마 있으면 졸업이야."

크리스틴은 그를 유심히 들여다보았다. 표정이 묘하게 명랑했다.

"건설 현장에서 일하면 돈을 많이 벌 수 있대."

앰브로즈는 쓸모 있는 사람이 되고 싶었고, 그저 돈을 벌어다 주는 것이 그가 수행할 수 있는 최선의 역할이자 어쩌면 그가 잘하는 딱 한 가지일지 모른다고 결론을 내린 참이었다. 선원은 물론이고 어린 아들까지 하마터면 물에 빠뜨려 죽일 뻔했다니 심란할 따름이었고, 당분간 따로 사는 편이 그의 가족에게는 더 좋을지 모르겠다는 슬픈 예감이 들었다. 돈은 버는 족족 집으로 보낼 것이다. 먹고사는 데 문제가 없게 할 것이다. 브렌던은 괜찮을 것이다. 앰브로즈가 내린 결론에 따르면 브렌던은 걱정했던 것처럼 쉽게 휘둘리는 아이가 아니었다. 브렌던의 내성적인 성향은 사실 일종의 자기통제였다. 남들과 그토록 다르게 사는 건 엄청난 용기가 필요한 일인데, 그런 용기는 언제나 그에게 큰 힘이 되어줄 것이다. 브렌던은 비주류의 삶을 선택한 사람들과 가깝게 지내는 듯했다. 특이한 집단이기는 했지만 일종의 소속 집단을 찾았다니 다행이었다.

"그럼 데클란은 어떻게 해?" 크리스틴은 물었다.

앰브로즈는 고개를 끄덕이며 계획을 세웠다. "데클란은 장점이 많은 아이야. 할 일만 있으면 돼. 나한테 맡겨."

다음 날 앰브로즈는 마을로 가서 부둣가에 차를 대고 새로 지은 지 얼마 되지 않은 대형 경매장 안으로 들어갔다. 부두 중앙을 따라서 이어지는 거대한 공간이었다. 그날은 잡힌 고기가 없어서 대성당처럼 소리가 울렸고, 표백제와 소금 냄새가 났다. 하트 집안의 한 남자아이가 흰색 외투에 노란색 고무장화를 신고, 반질반질한 콘크리트 바닥에 고인 물을 넓은 고무 솔로 쓸어서 수챗구멍으로 흘려보내고 있었다. 토미는 중개업자와 양복을 입은 동양인 신사 두 명과 잡담을 나누고 있었다. 그는 앰브로즈가 걸어오는 걸 보더니 얼른 대화를 끊고 그들과 악수했다. 앰브로즈가 나가서 같이 걷자고 말을 꺼낼 필요도 없이 토미가 턱짓을 했고 그들은 건물 끝에 달린 문 밖으로 나갔다. 부두의 이쪽은 초록색과 흰색으로 이루어진 거대한 워리어 3호가 장악하고 있었다. 길이가 60미터가 훨씬 넘어서 당시 아일랜드에서 가장 큰 트롤선이었던 워리어 3호는 겨우 이틀 전에 시험 운항을 마친 참이었다. "청대구하고 전갱이를 잡으려고. EU에서 그 어종에는 아직 할당량을 정하지 않았는데, 일본 고객들 사이에서 인기가 많거든." 토미는 말했다.

고객이라. 토미와 나누는 대화란 이런 수준이었다.

"할당량이 정해지기 전에 먼저 움직여야지." 앰브로즈도 동의했다.

"잡은 고기의 신선도, 선원들의 안전과 편의를 최대한 도모할 수 있게 만들어진 배야. 한번 둘러볼래?"

"아냐, 바쁘잖아. 여기서 보는 걸로 만족해."

워리어 3호는 하나의 기계처럼 모든 요소가 서로 맞물렸고 모든 곳이 기계로 이루어져 있었다. 선원의 역할은 장비를 보조하는 것에 불과했고 선원 중 3분의 1이 엔지니어였다. 윈치가 사람 키의 두 배만 했고 갑판 중앙에는 그물에 걸린 고기를 빨아들여 차가운 바닷물이 담긴 하단의 탱크로 곧장 보내는 두 개의 펌프가 우뚝 서 있었다. 이런 식으로 조업할 때는 내장을 제거하거나 가공할 필요가 없었다. 선실은 호텔 같았다. 휴게실도 있었고, 슬리퍼로 갈아 신지 않고 부츠를 신고 카펫 위를 돌아다니면 벌금을 내야 했다. 주방장은 실제 요리사였다.

"대부분의 남자가 저런 데서 일할 수 있다면 자기…… 거의 모든 걸 아까워하지 않겠네." 앰브로즈는 선수에서부터 선미까지 눈으로 훑으며 말했다. (우리는 프랜시스 오코넬이 쇼번호에서 사고를 당한 이후로 '자기 오른팔을 내어주어도'라는 표현을 쓰지 않게 됐다. 예의에 어긋나는 표현으로 간주했기 때문이다.) "자리 경쟁이 치열할 테지?"

토미는 잠깐 머뭇거리다가 말했다. "자리 하나쯤이야 당연히 만들 수 있지." 그의 눈빛이 부드러워졌다. 그는 다리를 벌리고 좀 더 안정적인 자세로 섰다.

앰브로즈는 얼른 설명했다. "내가 아니라 데클란을 생각해서 한 말이야."

토미는 무겁게 한숨을 토하며 고개를 저었다. "이제 좀 넘어설 때도 되지 않았어?" 수년 동안 쌓인 불만이 그의 말투에서 배어 나왔다. "우리 둘이 다시 뭉치면 얼마나 좋겠어?"

앰브로즈는 팔짱을 꼈다. 엔지니어들이 워리어호의 전파탐지기를 테스트하고 있는지 머리 위에서 막대가 돌아갔고 획획 하는 소리가 들렸다. "데클란이 나가면 잘해." 앰브로즈는 밀어붙였다. "딴눈 팔지 않고 끈기 있고 무슨 일에도 당황하지 않아."

토미는 슬픈 표정으로 고개를 끄덕였다. 그는 당연히 앰브로즈의 아들을 배에 태울 것이다. 앰브로즈가 부탁하면 심지어 브렌던에게도 기회를 줄 것이다. "데클란하고 같이 일하게 돼서 기쁘구먼."

앰브로즈는 신이 나서 집으로 돌아가 휘파람을 불며 안으로 들어갔다. 데클란이 싱크대 앞에서 감자를 깎고 있다가 명랑한 소리에 고개를 돌렸다. "새로 건조된 워리어호에 네 자리 마련해

The Boy from the Sea

났다. 너 계속 고기 잡을 수 있어!" 앰브로즈가 선포했다.

데클란의 팔이 아래로 축 늘어졌고 눈에서 빛이 사라졌다. 앰브로즈는 알아차렸다 한들 모르는 체했지만 크리스틴은 부엌에 들어왔다가 아들의 표정을 단박에 눈치챘다. "왜 그래?"

"내가 저 녀석 문제를 해결했어!" 앰브로즈는 씩 웃으며 말했다. "워리어에서 일하는 걸로."

데클란은 엄마를 쳐다보았다. 그녀가 뭐라고 말을 해줄지 몰랐다. 대안을 제시할지 몰랐다. 그는 아버지와 고기를 잡고 싶었을 뿐, 이런 결말은 원한 적 없었다. 크리스틴은 아들을 조심스럽게 살핀 뒤 이렇게 말했다. "자랑스러워할 만한 일이 되겠네."

데클란은 싱크대 앞으로 몸을 돌리고 다시 감자를 깎기 시작했다.

앰브로즈는 이제 두 아들에게 자신이 더는 필요 없다고 확실하게 마음을 정했다. 우리가 만약 이래라저래라 하는 스타일이었다면 그건 너무 무시무시한 발상이라고 알려주었을 것이다. 아이들이 아직 어렸으니 맞는 생각도 아니었다. 게다가 다 큰 어른이었다 한들 어쩔 건가. 부모는 죽을 때까지 부모고, 안타깝게도 아이는 부모가 죽은 뒤에까지도 아이로 남는다.

이후 1, 2주 동안 앰브로즈의 형제들이 이런저런 일자리를 소개해주었고, 그는 단순히 봉급이 가장 많고 숙소가 가장 저렴한 곳을 선택했다. 그는 크리스틴과 함께 〈레이트 레이트 쇼〉를 보던 중에 조만간 떠날 것 같다고, 미적댈 이유가 없다고 말을 꺼냈다. 그녀는 일어나서 텔레비전을 끄고 그를 쳐다보았다.

앰브로즈가 피하고 싶었던 상황이 벌어졌다.

"자주 왔다 갔다 할 수 있을 거야. 통장에 돈이 좀 모이면." 그가 말했다.

크리스틴은 못마땅하게 여기는 표정을 짓고 있었다.

"몇 달만 해볼게. 그때 가서 상황을 보자고."

"그걸로 끝이야?" 그녀는 물었다.

"이게 특별한 상황도 아니잖아." 앰브로즈는 말했다.

맞는 말이었지만 그가 그래서 슬퍼하는 투였다면 좋았을 것이다. 크리스틴은 앰브로즈의 대답에서 특유의 운명론을 느꼈다. 그는 자기 힘으로 어쩔 수 없다고 여기는 환경 속에서 사는데 만족하는 듯했다. 바다에서 오랜 세월을 보내는 동안 그렇게됐다. 어부가 자기 힘으로 어쩔 수 없는 부분이 많다는 것을 인정하지 않는다면 미쳐버릴 수밖에 없을 것이다. 앰브로즈는 이제 예전에 사흘 동안 조업하러 나가기 전에 했던 말과 똑같은말을 하고 있었다. 그는 이미 그녀와 집으로부터 마음이 멀어지고 있었으니 막을 방법이 없었다. 돈을 벌려면 낯선 데로 가야한다, 영국에 가서 하는 일도 일종의 조업과 다를 바 없다는 생각이 그의 머릿속에 박혔을지도 모를 일이었다. "가겠다는 데가정확히 어디야?" 그녀는 물었다.

"허더즈필드." 그는 말했다.

"거기가 어딘데?"

"나도 잘 몰라. 육지 어디겠지."

결국 거기로 간 걸 보면 앰브로즈는 거기가 어디인지 알아낸 모양이었다. 우리는 그가 사무용 건물 건설 현장에서 거푸집을 설치하고 콘크리트를 붓는 단순노동을 하게 됐다는 소식을 들었다. 거기서 잘 버티지 못하고 식사를 차려주는 사람이나 가족이 필요하다는 사실을 깨닫고서 2주 만에 돌아오는 남자도 있었다. 우리 중 일부는 앰브로즈도 그럴 거라고 넘겨짚었지만 보기 좋게 틀렸다. 그는 돌아오지 않았고 그렇게 몇 달이 흘렀다. 영국에서 단단한 모자를 쓰고, 똑같이 단단한 모자를 쓴 다른 남자들과 함께 지시에 따라 일을 하는 앰브로즈의 모습은 상상이 잘 되지 않았다. 제법 많은 액수가 크리스틴에게 꼬박꼬박 건너왔고, 앰브로즈는 생활비를 최대한 아꼈다. 매일 화구 하나짜리 레인지에서 저녁을 직접 만들어 먹고 샌드위치는 절대 사 먹지 않았다. 토요일 저녁에 허락하는 맥주 몇 잔이 전부였다. 그는 복도에 공용 화장실이 있고 계단통에 공중전화가 설치된 건물의 방 한 칸을 얻어서 살았다. 공중전화 부스에는 카레 가게와 택시 회사 광고가 덕지덕지 붙어 있었다. 그는 열흘에 한 번쯤 집에 연락했다. 요금이 비싸기도 했을뿐더러 원래 통화를 길게 하는 성격이 아니었다. 앰브로즈에게 전화의 용도는 필요한 정보를 짧게 전달하는 것 하나였다. 앰브로즈는 어렸을 때 미국에서 건너온 편지를 떠올렸다. 반듯하게 접힌 종이가 그들이 사는 섬까지 배달되다니 매번 경이롭게 느껴졌다. 편지가 배달되면 열댓 명이 돌려보며 단어 하나하나를 음미하고 되새겼고 우표는 유물이라도 되는 것처럼 이리저리 살펴보며 엄청난 관심을 쏟았다. 그는 이런 전통에 동참하고 싶었기에 편지지와 볼펜을 사서 글씨체에 엄청 신경을 써가며 매주 집으로 편지를 보냈다. 그러면서 이게 가보가 되지 않을까 생각했는데, 그의 짐작이 맞았다. 그 편지는 영원히 간직됐다. 앰브로즈는 편지에서든 전화 통화를 할 때든 거기서 얼마나 우울하게 지내고 있는지 티를 낸 적이 없었다.

데클란도 열심히 일하고 말을 아끼는 법을 배워나가고 있었다. 그는 이제, 우리가 쓴 표현을 빌리자면, 워리어호의 남자가 되었다. 워리어 3호에서 일하는 건 그가 익숙해진 고기잡이라기보다 공장 일에 더 가까웠다. 종이 울리면 일어나 조리실에서 배를 채우고 작업 위치로 갔다. 자고 먹고 일하는 주기는 시간과 전혀 상관없이 전적으로 조업 일정에 따라 결정됐다. 열다섯 시간이 지나도록 바깥바람을 쐬지 못할 수도 있었다. 맨 처음 조업에 나섰을 때 데클란은 곳곳의 통로에 붙어 있는 갑판 지도를 보고 길을 찾아야 했다. 방수복과 구명조끼를 지급받았지만 계속 분류와 그물 수선만 했다. 데클란도 나중에 깨달았다시피 그러면서 얼마를 벌고 있는지 생각하면 도움이 됐다.

그는 과거에 저지른 죄를 마음에 새기며 성당 헌금함에 지폐를 쾌척했지만 오직 예방 차원이었고 브렌던과는 계속 거리를 두었다. 던호를 타고 마지막으로 떠났던 조업은 현실과 동떨어진 꿈 같은 일이 되었다. 그날의 강렬했던 경험을 육지에서 이해한다는 건 불가능했다. 감정이 극으로 치달았고 소란스럽고 어처구니없는 밤이었다. 브렌던을 두고 어떤 황당한 생각을 했건

간에 까맣게 잊혔다.

　워리어 3호를 타고 세 번째로 조업에 나섰을 때, 하늘은 짙고 쨍한 파란색에 추위가 기승을 부리고 비는 주룩주룩 내리던 날 아침에 데클란에게 드디어 갑판 일이 맡겨졌다. 그는 다른 네 명과 함께 고물로 가서 그물을 끌어 올리게 됐다. 1.5센티미터 정도 되는 바닷물이 강철 갑판 위에서 이리저리 찰랑거리다 그들의 장화와 만나 잔물결을 일으켰다. 갈매기들이 머리 위에서 빙글빙글 맴돌며 울부짖었다. 바다는 켜켜이 쌓이는 게 아니라 온 사방에서 회색과 흰색으로 길게 부서졌다. 워리어호의 속도가 몇 노트로 줄었을 때 윈치 모터가 철커덩거리며 돌아가기 시작했다. 고물에 설치된 갠트리가 수평선을 액자처럼 에워쌌고 무게가 대형 승용차만큼 되는 강철 문이 밖으로 열려서 배의 측면에 쿵 하고 부딪치자 데클란은 경외감을 느꼈다. 그는 같이 나온 남자들을 쳐다보았지만 다들 무심한 표정을 짓고 있었다. 비 때문에 얼굴을 찡그리고서 각오를 다지고 있을 따름이었다. 윈치 드럼이 오른쪽과 왼쪽에서 400미터 길이의 강철 케이블을 끌어당기기 시작했다. 램프 위로 동그란 주황색 부표와 검은 고무 디스크 수십 개가 줄줄이 딸려 올라왔다. 고무 디스크는 크기가 외바퀴 손수레의 바퀴만 했다. 그 뒤로 금속끼리 부딪치는 소리와 함께 연결 고리가 램프를 지났고, 쇠사슬이 물을 뚝뚝 흘리며 끌려 올라왔을 때는 철커덩거리는 소리가 워리어호 전체로 울려 퍼졌다. 데클란은 어깨 너머로 선교를 올려다보며 유리창에 비친 여러 사람 중에서 토미를 찾았다. 그는 고물을 바라보는 콘솔 앞에서 창문이나 CCTV를 통해 모든 상황을 살피며 장비를 조작하고 있었다. 며칠이 지나도록 이 정도 거리에서 밖에 그를 볼 수 없을지 몰랐다. 그는 선장이라기보다 회사 경영인에 더 가까웠다.

윈치가 멈춰 견인 와이어를 분리할 수 있게 되자 데클란은 얼른 작업이라는 군무 속으로 들어갔다. 잡은 고기를 우현의 앞쪽으로 운반하는 굴절식 크레인에 그물이 연결돼 있었다. 데클란은 다른 선원들과 함께 굽이치는 갑판 위를 지그재그로 걸었다. 그는 난간을 잡지 않고 이동하는 것을 즐겼다. 시간을 때우려고 만들어낸 여러 가지 소소한 도전 과제 가운데 하나였다. 높은 파도가 뱃전을 때리는 소리가 마치 총성 같았다. 토미가 좌현으로 바람을 맞도록 워리어호의 방향을 돌려 좀 더 안정적으로 작업할 수 있게 했다. 그물이 감겨 올라오자 그 안에 걸린 물고기 몇 마리가 모습을 드러냈고 이후로 수 톤이 줄줄이 딸려 왔다. 중층에서 잡힌 물고기들이라 수압의 변화로 눈이 튀어나오고 가스로 배가 부풀어 올랐다. 수많은 물고기가 그물 안에 빽빽하게 갇혀서 입을 뻐끔거렸고, 입을 벌린 채 내장을 쏟아내는 녀석들도 있었다. 그물에서 찢어진 부분을 발견한 일등항해사가 데클란에게 바늘로 꿰매야겠다고 했다.

그다음으로 그물의 끝 자루가 끌려 올라왔다. 잡힌 물고기들이 거대한 공처럼 똘똘 뭉쳐 있는 이 부분에서는 바닷물뿐만 아니라 적출된 뇌처럼 피와 회색 체액이 줄줄 흘렀다. 바다 생물의 악취가 코를 찔렀다. 데클란은 펌프 입구 연결하는 일을 거들었고 그물은 다시 내려갔다. 펌프가 제 할 일을 마칠 때까지 물속에 담가두는 편이 나을 것이었다. 펌프가 물고기를 빨아들여 갑판 아래로 보내기 시작하자 다들 모자를 올려 쏟아지는 비를 막으며 뒤로 물러나 담배에 불을 붙였다. 벨트를 지키고 선 선원들은 반갑지 않은 녀석들을 선별하느라 바빴다. 죽은 대형 문어가 등장하자 다들 폭소를 터뜨리며 놀라워했다. 그 문어는 수많은 납작금눈돔과, 들어 올리면 썩은 덩어리처럼 부스러지는 길쭉하고 반쯤 뭉개진 젤리 같은 물질과 함께 쓰레기 배출구로 버려졌다. 선창이라는 밀폐된 공간에서 그 지독한 냄새 때문에 얼마나 숨이 막혔을지는 상상이 되고도 남을 것이다. 거기엔 산소를 만나서 활성화된 기름 냄새 같은 것도 섞여 있었다.

게들은 대부분 고압에도 살아남았고 몇십 마리가 종종걸음으로 숨을 곳을 찾아다녔다. 하지만 녀석들도 쓰레기 배출구 신세를 면치 못했다. 값나가는 물고기들은 모두 선창의 탱크로 옮겨졌고, 데클란은 사다리를 타고 내려가 탱크가 채워지는 것을 지켜보며 샘플 삼아 몇 마리를 집어서 상태를 살폈다. 거기는 추운 게 좋았다. 그래야 냄새가 덜 났다. 워리어호에는 탱크가 여덟 개인데, 전부 오솔길 옆 오두막집보다 컸다. 이 배가 한 번 출어하면 그의 아버지가 20년 동안 잡은 것보다 더 많은 물고기를 잡아서 귀항할 수 있었다.

모두가 분주하게 다음 조업을 준비했다. 90분 안에 준비를 마치면 토미가 좋아할 테고 다들 토미가 좋아하길 바랐다. 데클란이 고물에서 엘로이시어스 콘캐넌과 함께 그물을 꿰매고 있을 때 일등항해사가 인터컴을 통해 그를 선교로 불렀다. 그가 걱정하는 눈빛으로 쳐다보자 엘로이시어스는 갑판에서 작업할 때 아무 문제가 없었다고 알려주었다. "하지만 토미가 핑계를 찾아서 너를 혼내려고 부르는 것일 수도 있어. 선장들은 신입이 타면 누가 보스인지 알려주고 싶어 하거든." 엘로이시어스가 말했다.

데클란은 잔교에 와본 적이 없었는데, 옅은색 나무와 단말기 때문에 학교 과학 실험실이 연상됐다. 아주 깨끗했고 커피 냄새가 났다. 투명 아크릴판 아래에 해도가 들어 있었고, 의자는 〈스타트렉〉에 나오는 것과 비슷한데 다리가 더 길었다. 안쪽으로 기울어진 창문을 통해 굽이치는 바다가 몇 킬로미터 멀리까지 보였다. 그는 안정적으로 물살을 헤치며 나아가는 워리어호에 다시금 감탄했다. 하늘과 바다는 똑같이 우중충했지만 이 안은 여러 불빛 덕분에 따뜻했다. 스탠드가 깜빡거리며 알록달록한 점과 데이터를 보여주는 음파탐지기 화면과 해도를 비추고 있었다. 토미는 한 화면 옆에 서 있다가 데클란을 불러 정보를 어떤 식으로 해석하면 되는지, 어군의 깊이와 어종을 어떤 식으로 파악하면 되는지 알려주었다. 데클란은 잘못해서 불려온 게 아니라는 걸 깨달았다.

"아버지가 집에 안 계시니까 지내기가 쉽지 않지?" 토미가 물었다.

"그래도 잘 지내고 있어요." 데클란은 성찰이 필요한 문제가 제기되면 항상 본능적으로 밀어내버렸다. 지내기가 쉽지 않았을 수도 있겠지만 그는 이에 대해 진지하게 생각해본 적이 없었다.

"아버지가 보고 싶지?" 토미가 물었다.

데클란은 어정쩡하게 고개를 움직였다.

"앞으로 계속 고기 잡는 일을 할 것 같니?"

"아마도요."

확실히 대답했더라면 토미가 좋아했겠지만 데클란은 이제 겨우 열여덟 살이었다. 토미는 그의 어깨를 한 팔로 감싸안고 토닥이는 동시에 꾹 누르며 말했다. "뭐든 필요한 게 있으면 찾아와, 알겠지?"

"네."

앰브로즈가 애정 표현을 적극적으로 하는 아버지가 아니었기에 데클란은 그의 팔이 어색하게 느껴졌다. 그게 표정으로 드러났는지 토미는 얼른 팔을 거두었지만 기분 나빠하지는 않았다. 데클란은 원래 곁을 잘 주지 않는 성격이었다. 토미는 미소를 지었다. "뭐든 말해." 그는 다시 한번 말했다. "여기에서는 육지에서든."

데클란에게 가장 세심한 보살핌이 필요한 곳은 육지였다. 우리는 그가 바다에 있을 때 더 안전하다고 얘기하곤 했다. 그는 귀항할 때마다 정신을 못 차리고 술집으로 직행해 밤마다 마을을 배회하는 술꾼들과 어울렸다. 데클란은 차를 샀고 어디서 모인다는 말만 들리면 미친 듯이 질주하며 찾아다녔다. 그때는 우리가 음주 운전에 대해 경각심을 가지기 전이었다. 그는 파이어 바나 십 인에서 맥주 한잔하고 오겠다며 나갔다가, 이틀 뒤에 토미가 선원을 호출할 때 보면 반도에서 모르는 사람들에게 소시지를 구워주고 있거나 어떤 아가씨와 함께 시간을 보내고 있거나 문을 걸어 잠그고 술을 마시며 새벽을 맞이하고 있었다. "아버지가 없으면 폭주하는 남자애들이 많지." 우리 중 몇몇은 불길한 예감을 느끼며 이렇게 말했다. "저러다 잠잠해지겠지." 다른 몇몇은 이렇게 말했다. 하지만 한곳에 정착하지 못하는 혈기 왕성한 남자들도 있다는 걸 우리 모두 알고 있었다. 우리 중에도 어디에도 마음을 붙이지 못하는 사람이 있었고, 데클란을 보면 억누를 수는 있을지 몰라도 절대 가만히 있지는 못하는 그들이 떠올랐다. 그들은 혼자 있는 것을 견디지 못해서 밖으로 나돌았다. 사람이 만족스러워하며 집에 있지 못하면 사달이 나기 마련이다. 이런 사람들은 자기들이 왜 그러는지 전혀 몰랐고, 자기들의 충동을 절대 이해하지 못할 수 있었다. 아니면 삶에 만족할 수 있는 마지막 기회가 언제 영영 날아가버렸는지 정확히 아는지도 몰랐다. 청혼을 거절당했을 때였을까 아니면 달랠 길 없는 슬픔을 경험했을 때였을까. 그래서 그들은 즉각적인 자극, 알록달록한 빛깔, 폭소, 알코올로 인해 더욱 선명해진 감각을 추구했다. 그래서 계속 술잔을 기울였고 더니골 남쪽이나 가끔 레터케니까지 가는 것에 불과하더라도 계속 돌아다녔다.

비주류의 삶을 선택한 사람들 가운데 일부도 이런 식이라 동질감을 느낀 양쪽 집단이 한데 어울려 같이 돌아다닐 수도 있었다. 비주류의 삶을 선택한 사람들의 충동적인 성향이 훨씬 강했을 것이다. 그들은 모두 외지인이었는데, 그 충동이 얼마나 강하면 이 먼 구석 마을까지 흘러 들어왔겠는가 말이다. 우리는 더니골을 좋아했지만 대다수가 기꺼이 시인하다시피 태어난 곳이 여기라 여기서 살고 있을 따름이었다. 비주류의 삶을 선택한 사람들 가운데 일부는 엄청난 걱정거리를 안고 있는지 눈빛이 슬퍼 보였고 한 가지 일을 오래 하지 못했다. 어떤 남자는 드럼베그에서 신발과 양말을 바위 위에 얌전히 벗어놓고 옷을 입은 채 바닷속으로 들어가 익사했다. 우리 모두 그랬을 거라고 생각했지만 아무도 내색하지는 않았다.

하지만 비주류의 삶을 선택한 사람이 모두 그렇게 사는 건 아니었다. 대부분 정처 없을지언정 느긋했고 아니면 세상 구경을 하러 나선 젊은이들에 불과했다. 그들은 유럽 전역에서 건너왔고 가끔 미국 출신도 있었다. 히피 스타일을 추구하는 경우도 있었지만 대부분 우리처럼 평범한 옷을 입고 다녔고, 평범하게 대화를 나누다가도 어느 순간 이상한 말을 해서 정체를 간파당했다. 그들은 한 번도 미사에 참석한 적이 없었다. 우리는 지역 정치 이야기를 좋아하는 반면 그들은 세계 정치에 관심이 많았다. 그들은 핵무기에 반대했고 우리도 당연히 반대했지만 그걸 중언부언 강조할 필요성을 느끼지는 못했다. 그들은 대부분 텔레비전에 반대했고 그들에게 어떤 연속극에서 벌어진 일에 대해 어떻게 생각하느냐고 물었다가는 바보가 된 기분을 느끼기 십상이었다. 우리 중에서 나서기 좋아하는 사람이 그들 중 한 명을 붙잡고 이렇게 물어봤을 수도 있다. "어쩐 일로 여기까지 오게 됐어요?" 그러면 그들은 자연과 좀 더 가까운 데서 지내고 싶었다고 대답하곤 했고, 우리에게 자연이 넘쳐나는 건 사실이었다. 개중 일부는 우리의 단순한 삶에 매력을 느꼈다고 말하기도 했는데, 그러면 우리는 단순해 보일 뿐이라고 당장 바로잡았다.

손에 새 문신을 새겼고 머리를 땋고 다니던 유럽 출신의 여자아이가 한동안 그들과 함께 어울려 다닌 적이 있었다. 네덜란드 아니면 독일 아니면 덴마크, 그중 한 나라 출신이었다. 그녀는 자유로운 영혼이었고 십 인에 와서 우리와 함께 바에 앉곤 했지만, 항상 헐렁한 니트를 입고 다녀서 체형을 알 수가 없었다. 한번은 그녀가 옷소매에서 주석 피리를 꺼내 분답시고 끔찍한 소음을 유발한 적이 있었다. 나쁜 뜻으로 그런 게 아니라 우리가 그런 걸 좋아하는 줄 알았던 것 같다. 그것 때문에 라운지로 피신했던 메이너스 맥매너스가 나중에 무슨 탐험가처럼 돌아와서 말하길 거기도 상당히 쾌적하더라고 했다. 그런데 피리의 위협에도 불구하고 데클란이 이 여자아이에게 반해 바에서 접근한 적이 있었다. 그는 이 동네 청년치고 스타일이 괜찮았다. 차도 있고 일정한 직업도 있어서 견실해 보였고, 분위기가 괜찮아질 것 같다 싶으면 매서운 입담을 과시했다. 하지만 너무 투박하게 접근했거나 장발, 사회주의, 기타 연주 등등을 선호하는 그들 입장에서는 너무 반듯하게 느껴졌는지 분위기가 그의 뜻대로 흘러가지 않았고 그녀는 이제 그만 가야겠다며 자리에서 일어났다. 데클란은 집까지 태워다주겠다며 마지막으로 승부수

를 던졌다. 그녀는 좋다고 했지만, 그가 엉뚱한 생각을 하지 못
하게 가는 내내 조잘거렸다.

그녀는 전에 맥게티건이 살았던 빈로의 단층집을 빌려서 비
슷한 사람 네댓 명과 함께 살고 있었다. 맥게티건 가족은 영국
으로 이사했다. 그 집은 가시금작화로 거의 에워싸이다시피 했
고 뒤편 덤불을 지나면 바위와 바닷가가 나왔다. 번듯한 주택이
었던 시절의 온실이 남아 있었지만 이제는 몇 군데 유리에 금이
갔다. 데클란은 진입로에 자동차 네 대와 승합차 한 대가 세워
져 있는 것을 보고 실망했다. 파티가 벌어지고 있는지 창문 너
머로 사람들의 형체가 보였다. 데클란은 그 여자아이와 일대일
로 시간을 보낼 수 있길 바랐지만 그래도 안으로 들어갔다. 널
찍한 거실에 스무 명 남짓한 사람이 모여 있는데, 술집에 같이
있다가 '떨'을 피우고 싸구려 캔맥주를 마시러 여기로 온 게 분
명했다. 우리 마을 출신도 몇 명 휩쓸려 와서 데릭 길이 맥주
를 들고 씩 웃는 얼굴로 부엌 문 앞에 서 있었는데, 여기 있어
서 좋지만 무서워서 옴짝달싹도 하지 못하는 표정이었다. 그는
말을 웅얼거렸고 주변에서 너그럽게 이해해주는 동네 바보였다.
데클란은 그를 본 순간 어떤 인상을 풍기면 안 되는지 알 수 있
었기에 빈자리냐고 묻지도 않고 거실 한가운데에 놓인 의자에
앉았다. 주변에서 네댓 가지 대화가 오갔고, 전축에서는 허스키
한 가수의 노래가 너무 우렁차게 흘러나왔고, 대마초 냄새가 코
를 찔렀다. 유럽에서 온 여자아이는 데클란에게 캔맥주를 하나
주고 사라졌다. 그는 앞으로 두 번 다시 그녀를 만나지 못할 것

이었다. 그는 사방을 둘러보았다. 풀사이즈 하프와 보면대가 있었고, 수백 권의 책이 옆으로 쌓여 있었고, 촛농이 뚝뚝 흐르는 양초를 좋아하는 취향이 느껴졌고, 더니골로 반입된 가구 중에서 가장 황당하달 수 있는 빈백이 있었다. 어떤 사내 녀석이 거기 앉아 있는데, 덜떨어져 보였다. 그뿐 아니라 그들은 불릿이라는 이름의 휜담비까지 반려동물로 키우고 있었고, 바로 그때 녀석이 샌드라의 무릎 위에 대자로 누워 기분 좋게 쓰다듬어주는 손길을 만끽하고 있었다. 샌드라는 데클란의 맞은편 소파에 앉아 있었고, 지중해 출신 같은 분위기를 풍겼지만 실은 더블린이 고향이었다. 스물일곱 살쯤 된 듯했고 매력적일 수도 있는 외모였지만 코 피어싱과 삭발 때문에 거부감을 주었다. 오코너라는 그 가수의 영향을 받은 모양이었다. 정치색이 드러나는 배지를 달고 다녔고 수녀에게 함부로 대하는 모습을 한 번 보인 적이 있었다. 그 소파의 맞은편 끝에는 히피 저스틴이 앉아 있었다. 그는 희끗희끗한 수염을 길게 길렀고 원래 군대에 끌려가지 않으려고 아일랜드로 도망 온 미국인이었다. 그 둘 사이에 브렌던 보너가 앉아 있었다. 그는 제집인 양 편안히 앉아 있었지만 동공이 확대됐고 멍해 보였다. 누가 봐도 대마초 때문이라 데클란은 앞으로 절대 대마는 하지 않고 술만 마시겠다고 다짐하고서 결연하게 캔 뚜껑을 땄다. 그와 브렌던은 서로 쳐다보았지만 아무 말도 하지 않았다.

샌드라가 환영하는 뜻에서 미소를 지어 보였다. 그녀는 이 집에서 가장 오래 살았고 엄마 역할을 맡고 있었다. 부둣가에서 데클란을 본 적 있는지 이렇게 물었다. "요즘도 고등어 많이 잡혀?"

"이 일대에 고등어가 있다 한들 외로울 거야. 지금은 친구들이 전부 노르웨이로 떠났거든." 데클란은 그녀의 착각을 바로잡아주는 것으로 대화의 물꼬를 터서 좋았다. 이 방 안에 있는 사람들은 모두 바로잡아야 하는 부분이 있어 보였다. 저들의 꼬락서니를 보라. 남자들이 계집애처럼 키득거리는가 하면 절반은 실업수당을 받고 있었다.

샌드라는 그를 계속 쳐다보며 뒷말이 이어지길 기다렸지만 데클란은 아무 말도 하지 않았다. 결국 그녀는 브렌던의 손목에 손을 얹고 말했다. "이쪽은 바다에서 온 소년이야. 만난 적 있어?"

데클란은 이것이 시험일 가능성을 고민하다가 아니라는 결론을 내렸다. 마을 주민들은 대부분 보너 형제와 그들의 과거를 알았지만 샌드라나 저스틴 같은 외지인은 모르기 십상이었다. 음악 소리가 시끄럽게 울려 퍼지고 여기저기서 대화가 계속 이어지고 있었으니 그녀에게 사실대로 알려줄 다른 사람이 없었다. 브렌던은 약에 취해 멍한 표정을 짓고 있었지만, 데클란이 보기에는 귀를 쫑긋 세우고 있었다. 데클란이 그를 모른다고 하길, 그 말을 근거로 그를 판단할 때가 오길 기다리고 있었다. 데클란은 그런 만족감을 허락하고 싶지 않았기에 답을 피했다. "쟤 본명은 따로 있잖아."

샌드라는 미소를 지었다. 비주류의 삶을 선택한 이 사람들은 상당히 재수 없게 굴 때가 있었다. "맞아, 그게 본명이면 너무 길겠지? 얘 이름은 브렌던이야."

데클란은 맥주를 마시고 아무 대답도 하지 않았다.

"얘는 여기가 고향이야. 너도 그렇지?"

그녀는 그냥 지나갈 생각이 없었다. 나이가 비슷한 이 동네 주민이 어떻게 모를 수가 있냐는 것이었다. "쟤는 나 알아." 데클란이 말했다.

샌드라는 갑자기 호감을 보이며 손깍지를 꼈다. "나는 너희들이 그런 식으로 맞받아치는 거 마음에 들더라. *나는 쟤를 안다고 하지 않고 쟤는 나를 안다*고 하는 거 말이야. 그런 식으로 말하는 이유가 뭐야?"

그건 원래 데클란이 자주 쓰던 문구였지만 이 외부인에게 설명할 생각은 없었다. 게다가 이유도 몰랐다. 그냥 아버지에게 물려받은 말투일 뿐이었다. 그의 침묵으로 히피 저스틴이 가설을 제시할 기회를 잡았다. "여기 사람들은 아주 상반되는 측면이 있어. 그래서 말에 반전의 묘미가 생긴 것일 수 있지."

데클란은 그 헛소리가 마뜩잖았고 분명하게 악의가 느껴졌다. 히피들은 태평하고 서글서글하다는 말도 다 뻥이었다. 이보다 그럴듯한 답변을 찾아야 한다는 압박감이 데클란의 머릿속에 좋은 생각이 떠오르게 했다. "아냐, 우리가 아는 척하지 않는 성격이라 그래. 사람들에게는 사생활이 있고 그걸 누릴 권리가 있잖아. 우리는 속을 훤히 들여다보기라도 한 것처럼 누군가를 완벽하게 파악했다고 장담하지 않아. 그건 오만한 발상이니까.

우린 누군가를 *안다*고 장담하지 않아."

"하지만 남들이 너를 안다고 말하는 건 괜찮고?" 샌드라가 물었다.

"남들이 우리보다 아는 게 더 많을 수도 있다고 인정할 준비는 되어 있지. 하지만 자기 자신을 낮추는 게 아니라 그냥 너그럽게 생각하는 거야."

"와, 흥미진진하다." 샌드라는 말했다. 책으로 출간할 만한 주제를 발견한 인류학자 같은 말투였다. 부디 그녀가 더블린의 번듯한 근교에서도 여러 부족이 탄생됐고 그들 특유의 말투 또한 이 못지않게 흥미진진하다는 사실을 깨달을 수 있을 만한 지적 능력을 갖추고 있을 바랄 따름이었다.

이런 대화가 오가는 동안 브렌던은 어쩌다 한 번씩 천천히 눈을 깜빡인 게 전부였다. 샌드라는 다시 소파에 몸을 묻고 흰 담비를 쓰다듬기 시작했다. 녀석은 황홀한 쾌감에 못 이겨 팔다리를 완전히 뻗었다. 데클란은 샌드라가 다리를 무릎에서부터 골반까지 필요 이상으로 다정하게 브렌던에게 바짝 댔고 머리와 어깨 역시 그쪽으로 기울이고 있다는 것을 알아차렸다. 둘 사이에 뭔가가 있는 건 아니겠지, 설마? 데클란의 머릿속이 복잡해졌다. 그게 불법은 아닌가? 그때 샌드라가 한 손을 브렌던의 팔에 얹자 데클란은 못 본 척하며 그 몸짓에 담긴 의미를 해석하느라 열심히 머리를 굴렸다. 여자친구로서 보인 행동이라기보다 요양원에 사는 치매 삼촌에게 손을 얹는 분위기에 더 가까웠지만 그래도 한참을 그러고 있었다. 그녀는 자기 얼굴을 브렌던의 얼굴 쪽으로 점점 더 가까이 갖다 대다 딱 멈추고 반쯤 혼수상태인 그의 표정을 물끄러미 들여다보았다. "비밀의 물 속으로 떠났네." 그녀는 마치 진단을 내리듯 이렇게 말했다. "바다에서 온 소년이 이런 식으로 정신을 놓았다는 건 물이 시작되는 곳으로 떠났다는 뜻이거든. 우리의 몸은 거의 대부분이 수분이야. 그 사실을 받아들이면 생명이 시작됐고 지혜를 찾을 수 있는 바다의 힘을 직접 끌어다 쓸 수 있어. 브렌던은 지금 바다와 함께 있으니까 걱정되는 게 있으면 물어봐. 얘가 그 지혜를 끌어다가 너를 도와줄 거야."

그러니까 브렌던이 자신의 긍정 선언에 귀 기울여주는 사람들을 새로 찾은 모양이었다. 데클란은 그의 곤궁함, 그의 절박함에 경멸을 느꼈다가 바로 다음 순간 브렌던이 그 정도 수준의 어릿광대는 아니라는 사실을, 학교를 때려치우지 않을 정도의 지각은 있다는 사실을 기억해냈다. 한 번도 깊숙이 가라앉은 적 없었던 데클란의 분노가 되살아났다. 그는 포큐파인 뱅크에서 엿새 동안 무료함과 구역질과 싸우고 온 참이었다.

"나도 쟤한테 훌륭한 조언을 두어 번 들은 적이 있지." 히피 저스틴이 이렇게 말하면서 미소를 지었는데, 샌드라처럼 존경이 담긴 미소는 아니었다. 그 방 안에 있던 다른 사람들이 주목할 만한 일이 벌어지려는 것을 감지하고 대화를 멈췄다. 그들 역시 그걸 진지하게 받아들이지는 않았을지 몰라도 궁금해하긴 했다. 음악이 꺼졌고 그 자리에 있던 모든 사람이 데클란 쪽을 쳐다보았다.

The Boy from the Sea

데클란은 그 의자가 비어 있었던 이유를 그제야 깨달았다.

"바다에서 온 소년에게 묻고 싶은 게 있어?" 샌드라가 데클란에게 묻자 모두들 그의 대답을 기다렸다.

데클란은 브렌던을 쳐다보았다. 사실 묻고 싶은 게 하나 있긴 했다. 그는 맥주를 바닥에 내려놓고 한 손을 한쪽 무릎에 얹고서 몸을 앞으로 숙였다. 자세를 살짝 바꾼 것에 불과했지만 브렌던의 시선이 그를 따라다니는지 확인하기엔 충분했고, 데클란은 그가 자신의 존재를 인식하고 있다는 것을 처음으로 100퍼센트 확신할 수 있었다. 그는 다른 쪽 손으로 샌드라를 유쾌하게 가리키며 물었다. "너 얘랑 붙어먹었냐?"

브렌던이 번쩍 정신을 차렸다. 샌드라의 놀란 표정은 금세 새침하고 냉랭하게 바뀌었다. "아니, 뭐야." 그녀의 손이 흰담비 위에서 그대로 굳었다. 흰담비는 몸을 구부려 데클란을 노려보며 조그만 이빨을 드러냈고, 히피 저스틴도 비슷한 표정을 지었다. 데클란은 남들이 어떻게 생각하든 상관없었다. 뿌듯했다. 비밀의 바다에서 돌아왔는지 브렌던의 얼굴이 다시 활기를 띠었다. "이친구는 신경 쓰지 마세요, 그럴 가치가 없어요." 브렌던이 모두에게 말했다. "나는 저 사람을 알아요, 어느 누구보다 잘 알아요."

THE BOY FROM THE SEA

13

샌드라의 집에서 그런 일이 벌어지고 한참이 지난 뒤에 브렌던은 자기가 데클란을 두고 했던 말에 대해 생각했다. 데클란은 그에게 속이 빤히 들여다보이는 존재였지만 그래서 부럽기도 했다. 그는 규칙적이고 단순했고 자기 자신을 제대로 아는 것처럼 보였다. 사람들은 이런 성격에 호감을 느꼈다. 우리가 데클란과는 편안하게 어울리지만, 자신은 다르게 받아들인다는 것을 브렌던은 알았다. 그는 어설프고 자신이 없고 자기 자신조차 예측할 수 없는 존재였다. 브렌던에게 다른 사람과의 만남은 숨겨진 장치와 뭔지 모를 버튼이 달린, 뭘 만드는 건지 모르겠는 복잡한 기기와 같았다. 그와 대화를 나눠보면 상대가 자기에게 뭘 원하는지, 자기는 어떻게 해야 하는지 고민하고 있다는 것을 눈빛을 통해 알 수 있었다. 우리는 데클란이 그랬듯 그 역시 아버지에게 도움을 받을 수 있었더라면 얼마나 좋았을까 하고 생각했다. 그저 본보기를 보여주는 것만으로도 충분했을 텐데, 앰브로즈는 계속 영국에 있었다.

달리 뭘 하면 좋을지 알 수 없었기에 브렌던은 우월 의식에 빠져들기 시작했다. 우리는 너무 한심해서 자기처럼 개성이 뚜렷한 사람을 이해하지 못할 거라고 판단했다. 비주류의 삶을 선택한 사람들의 상상력이 좀 더 풍부했고 브렌던은 그들에게 매력을 느꼈다. 그들 역시 관습에서 벗어난 존재였다. 하지만 이런 끌림은 욕구로 변질됐고, 브렌던은 그들이 자신에게 짜증을 느끼기 시작했다는 것을 알 수 있었다. 그는 이제 겨우 열여섯 살이었고 아직 미완성이었다. 그가 소속감을 느낄 수 있는 곳이 필요해서, 하지만 거의 빈손으로 예고 없이 찾아가면 그들은 실망한 표정을 지었다.

어느 날 밤에 브렌던은 샌드라의 집에 갔다가 불은 켜져 있는데 거실에 아무도 없는 것을 보았다. 뒷문이 열려 있었지만 부엌에도 아무도 없었다. 가시금작화 덤불 너머 해변에서 처절한 울부짖음이 들리자 그는 놀라서 움찔했다. 짐승이 아니라 인간이 낸 소리였고, 인정의 뜻이 담긴 고함과 폭소가 뒤따라 들렸다. 브렌던은 긴장했다. 울부짖음이 아니라 그 뒤에 들린 소리 때문이었다. 고함은 비열했고 폭소에는 연대감이 없었다. 그는 덤불 사이로 밟혀서 난 길을 따라갔다. 부엌의 형광등 불빛이 뒤에서 비추었다. 가시금작화에 긁히지 않게 한쪽 팔로 얼굴을 가린 한 인물이 해변에서 비틀비틀 걸어왔다. 데릭 길이었다.

The Boy from the Sea

그는 브렌던을 보더니 "저기 가지 마, 쟤네들 미쳤어"라고 하고는 도망쳤다.

브렌던은 계속 걸어갔다. 해초 냄새가 코를 찔렀지만 근처 어분 공장에서 뿜어져 나오는 분쇄된 뼈, 머리와 내장 냄새에 비하면 약과였다. 그날 밤은 잔잔해서 무겁게 가라앉은 냄새가 공기 중에 짙게 스몄다. 시커먼 수면 위로 마을의 불빛이 흔들리며 길게 비쳤고, 만 저편에서는 빨간색 신호등이 연어 양식장을 에두른 부표의 위치를 알려주었다. 히피 저스틴이 우뚝한 바위 위에 웅크리고 앉았고, 비주류의 삶을 선택한 사람 다섯이 그 아래에서 한데 엉킨 해초 덩어리 사이에 서 있었다. 저스틴은 브렌던을 보고 포효했다. 학교 운동장을 연상시키는, 군림하려는 자의 인사였다. 샌드라도 그 자리에 있었기에 브렌던은 그녀의 옆으로 다가갔다. 그녀는 접의자를 들고 와서, 자기는 동참자가 아니라 구경꾼인 것처럼 찻잔을 들고 의자에 앉아 있었다.

저스틴이 일어나 허리춤에 두 손을 얹고 몸을 뒤로 젖혀 하늘에 대고 울부짖었다. 인상적이고 약간 구슬프게 들리는 늑대 울음소리가 길게 이어졌다. 바다 저 멀리에서도 들렸을 것이다. 브렌던은 그대로 얼어붙었다. 그 소리가 점점 희미해지는 동안 비주류의 삶을 선택한 사람들이 아래에서 칭찬을 한마디씩 했다. 잠시 후 저스틴이 숨을 헐떡이며 브렌던을 가리켰다. "자, 너도 토해봐."

브렌던은 어색하게 미소를 지었다. "토하다니 뭘요?"

"네 괴로움을 발산하라고!" 저스틴은 소리를 지르며 서쪽으

로 바다 너머를 가리켰다. "태어났을 때 그랬던 것처럼 울부짖어
봐!"

눈 한 번 깜빡이는 시간 동안 그 안의 모든 것이 브렌던에게
전달됐다. 자갈 해변의 환상이 너무나 선명하게 떠오르자 그는
자기도 모르게 뒷걸음질 쳤다. 샌드라의 말을 듣고 그는 현실로
돌아왔다. "저스틴이 가끔 이럴 때가 있어."

그렇다, 그런 식의 추태가 그날 밤이 처음은 아니었다. 우리
는 몇 달 동안 어쩌다 한 번씩 울부짖는 소리를 들었다. 잔잔한
날 밤이면 부두까지 소리가 들렸다. 누가 아니면 무엇이 내는
소리인지는 몰랐지만 우리가 바보는 아니라서, 골웨이에서 놀러
온 사람이 밴시(아일랜드 민화에 등장하는 여자 유령. 가족 중에서 누
가 죽게 되면 구슬픈 울음소리로 알려준다고 한다. ─옮긴이) 소리 아
니냐고 했다가 비웃음을 당했다. 결국 우리는 비주류의 삶을 선
택한 사람들이 범인이라는 것을 알게 됐다. "그 인간들이 또 울
부짖네." 우리는 날씨 얘기하듯 이렇게 말하곤 했다. 우리가 느
끼기에 그런 식의 공개적인 발산은 과하고 유치했다. 그래서 기
분이 좋아진다면 얼마든지 상관없지만 그럴 거면 집에서 창문
을 닫고 울부짖을 일이었다. 우리가 그랬다.

"다들 뭐 해? 저 아이한테 보여주자고!" 저스틴이 소리를 질
렀다.

다른 사람들도 울부짖기 시작했다. 목의 핏대를 세워가며 소
름 끼치도록 처절한 흐느낌을 터뜨렸다. 개중 일부는 얼굴이 하
도 시뻘게져서 괜찮은지 걱정이 될 정도였다. 샌드라도 따라했

The Boy from the Sea

지만 앉아 있었고 찻잔을 내려놓지 않았기에 다소 여성스러워 보였다. 다른 사람들은 발뒤꿈치에서부터 일그러뜨린 얼굴까지 몸을 쭉 폈고, 그들이 울부짖는 소리가 서로 포개졌다. 점수를 매긴다면 저스틴은 전달력 면에서는 높은 점수를 받겠지만 살아 있다기보다 연출이 가미된 공연에 가까웠고, 더는 도움이 안 되는지 좌절하고 있었다. 다른 사람들은 그 정도로 능숙하지는 않았지만 잊지 못할 장면을 연출했다. 떨리는 비명을 들어보면 아픈 것을 넘어 다칠 수도 있겠다 싶었지만 그들은 진정성으로 온몸을 불살랐다. 그들의 울부짖음은 납득이 됐다.

브렌던은 이 광경을 오래 지켜보지 않았다. 섬뜩해하며 일찌감치 뒷걸음질 쳐서 도망쳤다.

집에서 데클란은 가끔 비주류의 삶을 선택한 사람들을 언급했다. "그런 사람들이랑 어울리면 안 돼." 그는 브렌던에게 말했다.

"내 친구들이야." 브렌던은 이렇게 말했지만 자신없어하는 말투였다.

"너는 그 인간들한테 일종의 반려동물이야. 그들은 너를 등신 취급한다고."

"얘들아, 그만해라." 크리스틴이 말했다.

그래도 둘이 대화를 나누고 있어서 다행이었다. 데클란이 가끔 형처럼 굴 때도 있었다. 시비 걸기 좋아하고 못돼먹었고 독설을 일삼고 변덕스러운 형이었지만 그래도 형은 형이었다. 크리스틴은 아버지의 부재로 가능해진 일인가 하는 생각이 들었다. 아버지를 두고 싸울 일이 없으니 마침내 서로를 받아들일 방법을 찾은 건지 몰랐다.

데클란은 심지어 어느 날 브렌던에게 저녁을 차려주었다. 아니, 그랬다기보다는 크리스틴이 저녁 준비를 부탁해도 반발하지 않았다. 데클란이 프랑스 어선의 주방장에게 받았다며 화이트 와인 한 병과 아귀 꼬리 한 봉지를 들고 온 날이었다. 그는 아귀 꼬리 두 개를 도마에 얹었다. "브렌던도 있어. 자기 방에서 숙제하는 중이야. 내 저녁 만들 거면 브렌던 저녁도 같이 만들어줄래?" 크리스틴이 말했다. 데클란은 꼬리를 하나 더 꺼내서 도마 위로 던지고는 냄비와 단지와 자기 돈으로 산 집게를 꺼냈다.

"밤 12시에 워리어호를 타고 나가서 일주일 뒤에 돌아올 거예요." 데클란은 하소연을 늘어놓고 싶은 마음이 굴뚝같았지만 고기잡이를 얼마나 싫어하는지 브렌던에게 들키고 싶지 않았다. 그러면 그에게 승리를 안기는 것처럼 느껴질 것 아닌가. 데클란은 문을 닫고 나서 덧붙였다. "그리고 그 일주일 동안 24시간 내내 육지를 그리워할 거예요."

"그렇게 거창하게 일을 벌일 필요는 없지 않니?" 크리스틴은 식탁 앞에 앉아서 데클란이 늘어놓은 장비를 보며 말했다. 입장이 바뀌어서 누가 차려주는 식사를 하게 되면 기뻐할 엄마가 많겠지만 크리스틴은 고작 세 명의 상을 차리려고 데클란이 쓰겠다는 온갖 기구를 보고 예민해졌다. 그걸 씻어야 하는 사람이 그녀이기 때문이었다. 데클란이 또다시 하는 일을 두고 징징거

The Boy from the Sea

리는 것도 듣고 싶지 않았다. 그녀도 하루 종일 호텔에서 청소기를 돌렸지만 힘들다는 말은 한 번도 한 적이 없었다.

"바다에 나가면 진이 빠져요." 데클란은 칼을 갈면서 말했다. "단조롭고 피곤하고 냄새가 나서."

그는 끝을 잘라서 버리고, 검은색과 은색이 섞인 껍질을 벗기고, 지느러미를 잘랐다. 그런 다음 버터와 함께 달군 냄비에 넣어 옆면을 익힌 뒤 남겨둔 육수를 부었다. 마늘 다지기가 우리 마을에서는 아직 생소한 물건이라 한 알씩 강판에 갈아서 어마어마하게 많은 양을 넣었다. 그 냄비를 통째로 예열한 오븐에 넣고 쌀을 넉넉히 얹은 다음 브로콜리를 길게 썰어서 가장 작은 냄비에 담았다. 그 집에는 찜기가 없었지만 바닥에 물을 살짝 부으면 똑같은 효과를 낼 수 있었다. "다른 인간들은 골탕먹일 생각뿐이에요. 벨트 앞에 서서 웃는 얼굴로 지켜보면서 기다려요. 실수하면 놀려먹으려고." 그는 말했다.

데클란은 냉장고에서 파슬리를 꺼내 도마에 놓고 어마어마한 속도로 다졌다. 기계로 돌리는 것처럼 칼날이 보이지 않을 정도였다. 생선이 다 익자 와인을 따서 냄비에 조금 부었다. 접시 몇 장을 오븐에 넣어서 데우고 파슬리를 긁어서 냄비에 넣고 크림을 살짝 추가했다. 그리고 국물의 간을 맞췄다. 크리스틴이 소금을 더 넣으면 그는 이미 간이 '딱 맞는다'며 뭐라 할 것이다. 케첩을 쳐서 먹으려고 했다가는 더 난리가 날 것이다.

"바다에 있으면 돌아버리겠다 싶을 때가 많아요. 한번은 그 배가 가라앉는 꿈을 꿨는데, 일어나서 꿈이라는 걸 알았을 때

실망했어요."

그는 세 번에 걸쳐 밥을 사발에 담은 뒤 접시에 대고 뒤집어 깔끔한 돔 모양으로 만들었다. 이걸 보며 좋아할 사람도 있겠지만, 크리스틴의 눈에는 쓸데없이 씻어야 하는 사발만 보였다. 데클란은 밥 옆에 브로콜리와 생선을 담고 김이 모락모락 나는 국물을 골고루 부었다. 은은한 색감 속에서 파슬리가 도드라져 보였다. "토미는 버티라고, 적응하려면 시간이 걸린다고 해요." 그는 뒤로 물러나 담음새를 확인하며 말했다. "하지만 솔직히 어부 일이 저한테 잘 맞는지 잘 모르겠어요." 데클란은 행주를 어깨에 걸친 채 접시를 한 개씩 식탁으로 나르고 엄마와 함께 앉았다.

"네가 할 만한 다른 직업이 뭐가 있을지 모르겠네." 그녀는 말했다.

잠시 후에 브렌던이 들어와서 앉았다. 무슨 바람이 불었는지 머리를 기르고 있었다. 그들은 식사를 시작했다. 브렌던은 감동한 표정으로 한 입 먹을 때마다 자세히 들여다보고 음미해가며 감탄하는 소리를 냈다. 삶에 찌든 크리스틴은 자기 아버지처럼 급하고 무표정하게 먹었다. 아버지하고는 소리를 내지 않는 것만 달랐다. 먼저 식사를 마친 그녀가 집안일을 하러 안방으로 건너가자 식탁에는 두 아이만 남았다. 브렌던은 마지막으로 남은 생선 조각을 포크로 집어서 생각에 잠긴 표정으로 쳐다보며 말했다. 데클란은 그가 그들의 부모님을 아빠나 엄마라고 부르지 않는 걸 듣고 깜짝 놀랐다. "크리스틴과 앰브로즈 보너." 브렌던은 말했다. "그들은 자기들만의 한계가 있어서 형에게 가장 좋은 길이 뭔지 절대 모를 거야. 어부 일이 잘 맞는지 모르겠거든 형의 길을 스스로 찾아봐."

데클란은 갑자기 분노가 치밀었다. "꺼져." 이렇게 말했지만 벌떡 일어난 쪽은 그였다. 그는 어깨에 잔뜩 힘을 주고 창문 앞으로 가서 몸을 돌리고는 브렌던을 노려보았다. 브렌던은 평온하게, 기분 상하게 하려고 한 얘기는 아니라는 듯이 두 손을 들었다. '수동 공격적'이라는 용어는 우리 사이에서 아직 생소했지만 행위 자체는 그렇지 않았다. 하지만 브렌던이 한 말이 거짓말은 아니었고 거기엔 진실이 담겨 있었다. 데클란조차도 그걸 부인할 순 없었다. 어느 정도 정적이 흐른 뒤 브렌던은 식사를 재개해 마지막 남은 한 입을 맛있게 해치웠다. 부엌 저편에서 뿜어져 나오는 증오의 기운에는 무관심했다.

전화벨이 울렸다. 아버지는 그 주에 이미 전화를 했지만 시간 대상 아버지일 가능성이 컸다. 브렌던이 전화를 받으려고 자리에서 일어났지만 데클란이 총알같이 그를 지나서 복도로 달려나갔다. 아버지와 맨 처음 통화하는 사람은 그라야 했다. 그것만큼은 놓칠 수 없었다. 데클란은 수화기를 낚아챘지만 앰브로즈가 아니라 앰브로즈의 형제 중 한 명이었고 크리스틴을 찾았다. 데클란과 브렌던은 수상한 기운을 감지하고 엄마 옆에서 기다렸다. 그 형제의 목소리가 작지 않았기에 그가 한 말을 데클란와 브렌던은 또렷하게 들었다. "앰브로즈가 죽었어요."

"죽었다고요?" 크리스틴이 물었다.

우리는 죽음을 알았다. 죽음에 대비하는 삶을 살았다. 젊은 이와 늙은이가 함께 어울려 나이를 먹었고, 저세상으로 떠나는 것은 비밀스러운 과정이 아니었다. 위험한 도로와 우리가 하는 바다 일과 응급실과의 거리를 감안하면 우리 중 아무라도 언제든 목숨을 잃을 수 있었다. 묘지의 비석을 보면 온갖 연령대가 적혀 있었다. 그럼에도 정작 접촉하는 순간에는, 남겨진 가족들에게는 죽음이 여전히 충격이었다. 우리는 앰브로즈가 두 아들에게 끈끈한 정을 유산으로 남기지 못했다는 것을 알았다. 그런데 바로 그때가 그들에게 끈끈한 정이 필요한 순간이었고 우리에게는 가장 똘똘 뭉치는 순간이었기에 우리는 분주하게 움직이기 시작했다. 우리가 가장 먼저 한 일은 알아야 할 사람들에게 알린 것이고, 두 번째로 한 일은 알고 싶어 할 사람들에게도 알린 것이었다. 앰브로즈는 유명하고 인기가 많았고, 가족이 많았고, 여러 배에서 일했기에 연락해야 하는 사람이 수십 명이었다. 친인척 네트워크가 가동돼 이모들, 삼촌들, 사촌들의 입에서 입으로 소식이 전달됐다. 멀리 있는 사람의 경우에는 더욱 만전을 기해, 모든 단서와 가능성을 하나씩 짚어가며 연락이 닿을 때까지 전화 릴레이를 펼쳤다.

다들 앰브로즈의 사인을 궁금해했다. 그가 일하던 공사 현장에서 드럼통의 무게를 이기지 못하고 비계 발판이 뒤틀려 무너지는 사고가 벌어졌다. 그가 그 사이로 추락한 건 아니었지만 옆으로 피하려다가 콘크리트에 수직으로 박혀 있던 여섯 개의 철근 위로 떨어지고 말았다. 옆구리를 찔린 건 버틸 수 있었을

지 모르지만 목은 치명적이라 피를 너무 많이 흘렸고 그렇게 앰브로즈는 숨을 거두었다. "그래도 오래 고생하지는 않았다니 다행이네." 우리는 이렇게 말했다. 그 주 내내 마을에서는 모든 화제가 앰브로즈로 귀결됐고 길거리에서도 가게 안에서도 똑같은 말이 들렸다. "그래도 오래 고생하지는 않았다니 다행이네."

앰브로즈의 시신은 더블린으로 옮겨졌고 바니 램이 시신을 수습하러 간 동안 보너의 집에서는 준비가 시작됐다. J. J. 브라운이 찻주전자와 새하얗고 빳빳한 리넨 시트를 한 세트 들고 오는 등 많은 도움을 주었다. 그는 바닥에 닿을 만큼 큼지막한 그 시트로 침대를 헤드보드까지 덮어 평안하고 고요한 제단처럼 만들었다. 필리스는 분위기 조성에 도움이 안 되는 것들을 모두 치웠다. 문 옆에 놓여 있던 슬리퍼와 서랍장 위에 세워져 있던 립스틱을 어디 넣거나 방 밖으로 아예 치웠다. 라디오는 나중에 크리스틴이 침대 옆에 도로 가져다 놓았다. 앰브로즈에게서 라디오를 빼앗는 것은 너무 끔찍한 처사인 것 같았다. 바니가 영구차를 집 앞에 대는 동안 두 자매는 유리창 앞으로 다가갔다. 바니가 아들을 교육시키던 때라 아이를 데려와 운구를 거들게 했다.

"저 어린애가 감당할 수 있어야 할 텐데." 크리스틴은 남편이 누운 관을 물끄러미 바라보며 말했다.

"애들이 가서 거들어야 하는 거 아니니?" 필리스는 냉랭하게 말했다.

크리스틴은 아무 대꾸도 하지 않았다. 두 아이가 어디 멀리에 같이 있으면 좋겠지만 그녀는 그럴 리 없다는 것을 알았다. 데클란은 아직 이른 시각이지만 어느 술집에 있을 테고 브렌던은 혼자서 바닷가를 걷거나 이 길, 저 길을 배회하고 있을 것이었다.

이 집의 좁은 모서리가 바니 램에게는 아무 문제가 되지 않았고, 그는 차근차근 일러주며 아들을 이리저리 이끌었다. 우리는 장의사로서 바니의 능력을 높이 샀지만 그의 아들도 아버지처럼 훌륭한 판단력을 갖추게 될지는 의문이었다. 바니는 관을 리넨 위로 올려놓고 특유의 부드러운 미성으로 뚜껑을 여는 것이 좋겠느냐고 크리스틴에게 물었다. 그녀는 그렇다고 대답했지만 자리를 피했다. 램 부자가 밖으로 나오자 필리스가 차를 권했다. 아들은 차를 받아서 비스킷이 있는지 두리번거렸을 테지만, 바니는 차를 마셔도 되는 때와 마시면 안 되는 때를 정확히 알았고 지금은 마시면 안 되는 때였다. 그는 크리스틴에게 검안서가 담긴 봉투를 건네고 아들과 함께 떠났다. 그제야 크리스틴은 관 앞으로 다가갔다. 거기에 그가 누워 있었다. 육신만 남은 앰브로즈 보너가. 머리카락은 눌러서 딱 붙여놓았고, 피부는 부자연스럽게 번들거렸고, 한쪽 눈 아래에 든 멍은 화장으로도 가려지지 않았다. 크리스틴은 한 손을 자기 얼굴에 댔다. 충격으로 입을 가린 것이 아니라 고민해야 하는 문제가 생긴 것처럼 뺨에 댔다.

필리스가 그녀의 옆으로 와서 섰다. "단장을 아주 잘했네." 그녀는 훌륭한 작품을 보았을 때 평가가 가장 후했다.

"하지만 매력이 사라졌어." 크리스틴은 말했다.

앰브로즈는 양복을 입고 넥타이를 맸다. 브렌던의 견진성사 이후 처음인데 셔츠 칼라를 위로 바짝 올려 목을 가렸다. 필리스는 하얀 소맷단이 양쪽 모두 똑같이 보이게 소매를 정리했다.

"사실 그이의 매력 포인트는 얼굴 생김새가 아니었던 것 같아." 크리스틴은 생각에 잠긴 목소리로 말했다. "무슨 생각을 하는지 궁금하게 만드는 거였지."

그들은 다시 잠깐 동안 그를 물끄러미 바라보았다.

"뚜껑을 다시 덮으면 좋겠는데. 하지만 그이 가족들은 오자마자 뚜껑을 열고 싶어 하겠지." 크리스틴이 말했다.

"아직 오지 않았잖아."

그들은 양쪽에서 끝을 잡고 뚜껑을 들었다. 뚜껑에 발린 광택제를 뚫고 유대감이 느껴졌다. "그이 가족은 눈에 동전을 얹고 싶어 할 사람들이야. 하지만 나는 싫어, 섬뜩하잖아." 크리스틴은 말했다.

필리스는 흔들림 없는 눈빛으로 그녀를 바라보았다. "걱정 마. 내가 허락하지 않을 테니까."

그들은 뚜껑을 덮고 뒤로 물러나 배치를 살폈다. 필리스는 숨을 마시고 아주 결연하게 말했다. "됐다."

사흘 저녁 동안 그 집은 북적거렸다. 우리 모두 최소 한 번씩은 다녀왔다. 언제 가도 한두 명은 방으로 가서 앰브로즈를 마지막으로 일견하고, 열두어 명은 거실에 있었다. 우리는 서 있는 쪽을 더 좋아했지만 주전자로 따라주는 차를 받아 마시고 샌드위치를 먹었다. 앰브로즈의 성격이 드러나는 일화를 주거니 받거니 늘어놓았다. 스티비 샤인은 그가 물속으로 들어가 프로펠러에 걸린 어구를 풀 테니 선원들에게 발목을 붙잡아달라고 한 적이 있었다고 했다. 빅 지미는 그가 날달걀을 좋아했다고 말했다. 팀 오보이스는 그의 양심적인 거래 스타일을 언급했다. 조지프 맥브라이드는 그의 할아버지가 쓰던 스토브, 바로 저기 저 스토브를 건지러 애런모어까지 다녀왔던 때 이야기를 했다. 그 얘기를 하고 싶어 한 사람은 많았지만 함께 다녀온 사람이 조지프였으니 항상 그에게 발언권이 주어졌다. 크리스틴은 멍하니 듣기만 했다. 차를 끓여서 주전자에 담는 것이나 컵 씻기처럼 해야 하는 일들을 중얼거리며 계속 바쁘게 움직였다. 여자들이 안아주면 그녀는 사무적으로 등을 토닥여주고 포옹을 풀었다. 데클란은 첫째 날과 둘째 날 둘 다 아예 보이지 않았고 브렌던은 둘째 날에 30분쯤 얼굴을 비치고 다시 어디론가 사라졌다. 크리스틴은 그것도 처리해야 하는 일로 간주하고 열심히 돌아다닌 끝에 자동차 뒷자리에 앉아 있는 브렌던을 찾아냈다. "사람들이 너무 많아서 그렇지? 나와. 엄마가 어떻게 하면 되는지 알려줄게."

브렌던은 순순히 내려서 차 옆에 섰다. 추워서 몸을 떨었다.

"너희 아버지는 힘없이 악수하는 남자는 좋아하지 않았거든." 크리스틴이 손을 내밀며 말했다. "자. 그런 다음 상대방 눈을 쳐다보면서 이렇게 해. *와주셔서 감사합니다, 별일 없으시죠?*"

"와주셔서 감사합니다, 별일 없으시죠?" 브렌던은 딱 중간 정도로 힘을 주며 말했다.

"응. *너도 별일 없지?*" 크리스틴은 그의 손을 꽉 잡고, 브렌던도 그만큼 힘을 실을 때까지 위아래로 흔들며 시범을 보였다. "그래, 그거야."

필리스가 보너의 집을 금주 지역으로 선포했지만, 당연히 맥주를 몇 잔 걸치고 온 사람이 더러 있었다. 토미는 누가 봐도 취기가 도는 얼굴로 둘째 날 밤늦게 찾아왔지만 샌드위치를 집으러 가느라 거실을 가로지를 때 비틀거리지는 않았다. 우리가 반갑게 맞았지만 그는 건드리지 말라는 듯이 어깨를 흔들기만 했다. 대화가 불가능할 정도로 심기가 불편해 보였고, 뻣뻣한 표정으로 그냥 서서 무언가를 골똘히 생각하다가 우리가 어떤 어선의 이름을 잘못 기억하거나 어떤 이야기에 별 뜻 없이 양념을 치면 그때만 입을 열어 날카롭게 바로잡았다. 그러면 우리는 조심스럽게 알았으니 신경 *끄*라고 했다. 크리스틴이 들어오자 토미는 성큼성큼 그녀에게 다가갔다. 하도 절망한 표정이라 그녀는 불안해했는데, 알고 보니 그가 울고 있었다. "나는 그 친구를 항상 형제로 여겼어요. 그 친구도 그걸 알았을까요?"

"알았을 거예요, 토미. 알았을 거예요."

셋째 날 밤에 데클란이 얼굴을 비쳤고 거기다 앰브로즈의 남녀 형제들도 모두 도착하자 거실이 그들만으로도 꽉 찼다. 우리는 보너의 형제가 몇 명인지 정확히 파악하지 못했지만 적어도 열댓 명은 됐고 모두 생김새가 비슷하고 체구가 건장했다. 우리 눈에는 앰브로즈가 항상 독특해 보였기에 다양하게 변형된 앰브로즈가 다른 세상에서 살고 있었다니, 거기다 여자 버전까지 있었다니 기분이 이상했다. 그들은 영국에서 살았다. 남자들은 전부 건설 현장 아니면 공장에서 일했고 여자들은 전부 간호사 아니면 다른 의료계 종사자였다. 그 주 주말에 의료계에서는 심각한 인력난에 시달렸을 것이다. 여자 형제들은 특이한 구두를 신고 밝은 색상의 고급 외투를 입고 그쪽 억양을 심하게 썼기에 영국에서 사는 티가 났지만, 남자 형제들은 애런모어 연락선에서 방금 내렸다 해도 믿길 정도였다. 영국이 그들의 발음이나 옷차림이나 행동거지에 아무 영향을 미치지 못한 듯했다. 제일 맏이가 누나인데, 제일 늦게 도착해 식탁에 자리를 차지하고 앉았다. 그녀는 거구였고, 한번 앉으면 웬만해서는 다시 일어나지 않을 듯한 인상을 풍겼다. 의자에 앉은 채 인자하게 침묵을 지키며 모두의 대화에 귀를 기울이다가 갑자기 큰 소리로 무섭게 호통치며 독재자처럼 굴기를 반복했다. 불똥은 대부분 그녀의 형제들에게 튀었지만 우리 중 몇 명도 뜨거운 맛을 보았다. 영국에서 그녀가 맡은 환자들은 국물도 없을 테고, 다리가 양쪽 모두 절단당하지 않은 이상 그녀가 의자를 권할 일은 없을 것 같았다. 브렌던이 그 옆을 지나가자 그녀가 그의 손목을 붙잡았다. "네가 그 통에 누워 있던 아이니?"

"네." 브렌던은 대답했다.

그녀는 그를 꽉 끌어안아서 무릎이 꺾이게 하고, 턱을 그의 머리에 얹어서 3초 동안 꾹 눌렀다. 그런 다음 내쳤지만 손목은 계속 붙잡고 있었다. "어렸을 때 앰브로즈가 밖에서 주운 갈매기를 집에 데려온 기억이 나네. 날개가 부러졌다며 고쳐주려고 했어. 먹이를 주고 말을 걸었고."

"날개를 고쳐주셨나요? 그 아이를 살리셨나요?" 브렌던은 반색하며 물었다.

"당연히 살리지 못했지." 그녀는 자기 이야기를 치유라는 엉뚱한 곁길로 끌고 가려는 아이에게 짜증을 냈다. 그녀가 그 이야기를 꺼낸 이유는 오로지 어렸을 때 앰브로즈가 얼마나 다정하고 순진했는지 알리고 싶어서였다. "갈매기가 자라면 얼마나 크고 얼마나 사나워지겠니. 우리 아버지가 그 녀석의 고통을 끝내주셨지." 그녀는 얼굴을 찡그리고 손을 갈퀴처럼 웅크리고서 돌로 갈매기를 치는 흉내를 냈다.

"앰브로즈 아니야." 스토브 옆, 크리스틴의 지정석에 앉아 있던 다른 형제가 말했다. "날개가 부러진 갈매기를 집에 데려온 사람은 나였어."

"그만!" 그의 누이가 성난 목소리로 외쳤다. "이 아이한테 그냥 재미있는 얘기 하나 해주려고 그런 거잖아."

"나는 그 갈매기를 반려동물처럼 기르려고 했어." 그녀의 남동생은 기억을 더듬었다. "밥이라고 이름도 지어주었고. 하지만 아버지 말이 맞았어. 그 녀석을 고칠 방법은 없었지. 그보다 더 따뜻할 수 없는 배려를 하신 거야."

그의 누이는 브렌던의 손목을 더욱 세게 쥐고, 창턱에 혼자 앉아 있던 데클란을 불렀다. 데클란은 순순히 창턱에서 내려왔지만 어느 정도 거리를 두고 멈추어 섰다. "너희 둘, 어머니 잘 보살펴드려라. 이제는 너희들이 이 집의 가장이야." 그녀는 말했다.

브렌던과 데클란은 서로 쳐다보았다. 둘 다 아무 말도 하지 않았다.

우리 중에는 앰브로즈가 차라리 바다에서 죽었더라면 더 좋았을 거라고 생각한 사람도 있었다. 상갓집에서는 잠자코 있다가 나중에 십 인에서 그 말을 꺼냈다. 본연의 터전과 멀리 떨어진 그곳에서 콘크리트 가루를 얇게 뒤집어쓰고 철근 사이에 직각으로 누워 점점 스러져갔을 그의 모습은 떠올리고 싶지 않았다. 시신을 못 찾았을 가능성이 크긴 해도 물에 빠져 죽는 편이 훨씬 어울렸을 것이다. 이런 의견이 대두되자 찜찜해져서, 여간해서는 흥분하지 않는 남자들이 흥분했고 언성이 높아졌다. 바 뒤편에서 존 코터가 등장했다. 코터 씨는 아무 말도 할 필요가 없었다. 우리는 그를 보자마자 조용해졌다. "사람이 죽었는데 어떻게 보이는지가 뭐가 중요해. 어느 쪽이 더 *어울리는지*가 뭐가 중요해." 그는 말했다.

하지만 이후에도 많은 사람이 그의 죽음을 속으로 그렇게 받아들였고, 그래서 비극의 여파를 더욱 강하게 느꼈다. 그랬다고 우리를 함부로 평가하지는 말기 바란다. 그것이 우리의 대처 방식이었다. 앰브로즈가 그를 '미숙련자'로 간주하는 타국의 건설 현장에서 눈을 감았다는 잔혹한 현실로 인해 그의 죽음이 강력하고 완전한 어떤 것으로 심화됐다. 우리는 충격에서 벗어나지 못했다.

우리는 모두 장례식에 참석했고 1979년에 치러진 톰 헌트의 장례식 때보다 인원이 더 많았다. 아니라고 하는 사람은 당장 면박을 당했다. 사람이 너무 많아서 예배당이 찜통 같았고 소리도 울리지 않았다. 앰브로즈의 관은 제단 앞의 바퀴 달린 받침대에 놓여 있었고, 제법 화창한 햇빛 덕분에 그 위에 달린 스테인드글라스가 근사하게 빛났다. 직계가족과 형제들이 앞줄에 앉았다. 데클란은 유년의 휠체어를 통로 쪽 끝에 세워놓고 그의 다리에 담요를 덮어주었다. 우리로서는 유년을 한참 만에 만나는 거였다. 높은 천장과 많은 사람 때문에 불안해진 그가 좌우를 두리번거리자 턱과 귀에 난 듬성듬성한 털이 햇빛을 받아 반짝거렸다. 그는 안경을 쓰지 않았다. 안색은 창백했지만 눈 밑으로 늘어진 살은 불룩하고 발그스름했다.

신부님이 강대상 앞에 서서 친구와 가족에 대한 사랑을 강조하고 브렌던을 입양한 것을 언급해가며 앰브로즈를 근사하게 묘사했다. 그의 표현을 빌리자면 "바위 위에 버려진 가엾은 아이를 거두었다"고 했다. 가끔 나오는 버릇과 달리 그는 팔을 별로 흔들지 않았고 추도사는 수위 조절이 아주 잘돼서 다행이었다. 미사가 끝나자 우리는 한 줄로 서서 꼬박 30분 동안 가족들과 악수했다. 앰브로즈의 남녀 형제들은 두 손으로 다정하게 우리 손을 잡았다. 유년은 이제 더는 악수를 할 수 없었기에 경례를 하려다 중간에 지겨워진 사람처럼 한쪽 팔을 그냥 들었다 내리며 인사했다. 브렌던은 조금 기계 같았지만 이제는 악수 전문가가 됐고, 데클란 역시 듬직했다. 이제 보니 두 아이가 앞줄의 이쪽 끝과 저쪽 끝에 앉아 있었다. 우리가 걱정했던 것처럼 서로 너무 겉돌았는데, 이제 와서 엄마가 무슨 도움이 될까 싶었다. 크리스틴은 힘 있게 우리 손을 잡았지만 표정을 보면 누가 누군지 알아보지 못하는 눈치였다.

앰브로즈의 관이 통로를 따라 이동하자 우리는 뒤따라 나가서 그가 영구차에 실리는 동안 예배당 앞에 둥그렇게 섰다. 예배당에서 묘지까지는 1.5킬로미터 정도 되는 거리라 평소 같으면 차를 타고 가서 다시 모였을 텐데, 무슨 바람이 불었는지 거의 한 마디 말도 없이 다들 영구차를 따라서 걷기 시작했다. 장담컨대 바니는 모든 걸 파악하고 상황을 정확히 읽었다. 그는 도로 끝에 도착했을 때 사이드미러로 행렬을 확인하고 우리가 올 때까지 차를 세웠다가 우리 속도에 맞춰서 다시 움직였다. 화창하고 건조한 아침이었고, 우리는 좌우로 서로 쳐다보며 이 행렬과 압도적인 인원에 감동을 받아서 속절없이 미소를 지었다.

묘지에 도착하자 바니는 후진으로 정문을 통과해 영구차 뒷문을 열었다. 앰브로즈의 형제들이 다가가 관 앞에 모였다. 모두 검은색 재킷을 입고 넓은 등판으로 벽을 쌓았다가 한쪽을 벌려서 데클란이 들어오게 하고 다른 쪽을 벌려서 브렌던이 들어오게 했다. 상실의 충격이 다시금 우리를 강타하자 가슴이 조여왔다. 누가 지시를 내릴 필요도 없이 보너 집안의 모든 남자가 관을 부드럽게 들었다. 이후에 벌어진 일은 변명의 여지가 없었다. 관을 같이 머리 위로 들고 있던 데클란이 브렌던을 노려보며 짐승처럼 으르렁거렸다. 브렌던은 영문을 몰라 하며 마주 보았다. 두 손으로 관을 들고 있던 데클란이 한 손을 놓고 그 손으로 브

The Boy from the Sea

렌던을 밀쳤다. 브렌던은 휘청거렸다. 넘어지지는 않았지만 관을 놓쳤다. 관을 떠받치는 데 브렌던이 기여한 부분이 워낙 작았으니 관이 기우뚱했던 건 데클란이 힘을 뺀 탓이 더 컸다. 관이 불안하게 움직이자 우리는 각자 좋아하는 소리를 냈다. 헉하며 숨을 토하고, 욕을 하고, 가냘프게 탄성을 지르고, 팔을 뻗었다. 앰브로즈의 형제들이 집중하느라 끙 하는 소리를 내며 잽싸게 잡는 위치를 바꿨다. 너무 다급한 순간이라 말을 할 겨를이 없었다. 관은 떨어지지 않았고 데클란은 다시 두 손으로 관을 잡았다. 브렌던은 허리를 숙이고 있었기에 아무도 주먹을 쥐는 것을 보지 못했다. 그가 허리를 펴고 관 밑으로 들어가 팔꿈치를 뒤로 뺐다가 데클란을 한 대 친 다음에서야 다들 알아차렸다. 그 주먹에 가슴 위쪽을 맞은 데클란은 뒤로 한 발 휘청거렸다. 앰브로즈의 형제들이 너무 과도하게 반응하자 관이 반대편으로 휘청거렸고 우리는 다시 다급한 소리를 냈다.

앰브로즈의 여자 형제 몇 명이 당장 성큼성큼 다가가 두 아이의 팔을 잡고 매섭게 다그쳤다. "해야 할 일을 생각해야지." 그중 한 명은 이렇게 말했다. 관은 떨어지지 않았고 소동은 진정됐지만 망쳐진 분위기는 되돌릴 수 없었다. 그들은 데클란과 브렌던을 운구에서 배제하지는 않았지만 예의 주시했다. 모두의 어깨 위로 관이 얹히는 동안 두 아들은 몸을 돌려서 잔뜩 일그러진 얼굴로 앞을 응시했다. 브렌던은 키가 가장 작았기에 아랫면에 손을 대는 것으로 만족해야 했다. 그들은 무덤 앞으로 걸어갔고 하관식이 끝나자 앰브로즈는 땅에 묻혔다. 그날 저녁에 십 인에서는 특히 묘지에서 벌어진 사건을 중심으로 광범위한 분석이 이루어졌다. 우리는 오랫동안 가장 기억에 남았을 수도 있는 장례식을 망쳐놓은 두 청년을 금세 용서하지 못했다.

14

딱하게도 크리스틴은 그 둘에게 아무 말도 할 수 없었다. 그날
은 물론이고 이후에도 그들을 상대할 겨를이 없었으니 둘이 알
아서 해결해야 했다. 크리스틴은 다른 고민을 하느라 정신이 없
었다. 검안서 생각이 머릿속에서 떠날 줄을 몰랐다. 검안서를 읽
은 건 아니었다. 봉투를 뜯어서 검안서를 읽어보아야 하느냐 마
느냐가 관건이었다. 앰브로즈의 죽음에 얽힌 자세한 내막은 마
주하기 두려웠지만 검안서를 읽으면 현장과 가장 가까워질 수
있는 데다 비계 밑에 쓰러져 있는 앰브로즈의 손을 잡아주는
것과 가장 비슷해질 수 있었고, 그러고 싶은 마음이 간절했다.
크리스틴은 검안서가 담긴 봉투를 부엌 서랍에 넣어두고 가끔
한 번씩 꺼냈다가 그냥 다시 넣기를 반복했다.

장례식을 마치고 일주일이 지나자 크리스틴의 머릿속에 일상

적인 생각들이 떠오르기 시작했다. 집에 먹을 것이 없었고, 차는 보험을 들어야 했고, 뿌리 염색을 할 때가 지났다. 이런 생각들이 침범하자 그녀는 극심한 공허감을 느꼈다. 공허감은 그녀의 안에서 점점 부풀어 올라 괴로울 지경에 이르렀다. 크리스틴은 서랍을 열어서 봉투를 뜯고 창가에 서서 검안서를 읽었다. 앰브로즈를 설명한 첫 문장에 '백인 남성'이라고 되어 있는 것을 보고 그녀는 미소를 지었다. 그가 알았다면 자신이 속한 종족 집단은 더니골 남자라고 주장했을 것이다. 그녀는 계속 읽었다. 잉크가 희미해서 고도로 집중해야 했고, 그래서 일부 용어들이 더욱 충격적으로 다가왔다. '둔자상', '경정맥 파열', '근육 절단', '내부 손상'. 내용은 몇 문단에 불과했지만 철근에 찔린 데 얽힌 진상이 크리스틴의 머릿속에 생생한 이미지를 심어주었다. 검안서를 읽은 건 실수였다.

크리스틴은 잠을 한숨도 자지 못했고 다음 날이 되자 검안서를 다시 읽으면 머릿속에 심긴 이미지가 지워질지 모른다는 생각이 들었다. 그래서 이번에는 천천히 읽어보기로 마음먹었다. 온몸으로 용감하게 맞닥뜨리면 느낌이 무뎌질지 몰랐다. 그녀는 차를 한 잔 들고 앉아서 마음을 가라앉히고 뛰어들었다. 하지만 다시 읽어도 소용이 없었다. 오히려 이미지만 더욱 머릿속 깊숙이 박혔다. 그녀는 자리에서 일어나 창가로 가서 섰다. 몇 시간이 증발했다.

강철로 된 물건들이 크리스틴의 신경을 건드리기 시작했다. 강철은 사람 안으로 들어오고 싶어 하니 경계해야 한다는 것을 깨달았다. 서랍 안에 든 칼과 포크를 보면 심장이 두근거렸다. 심지어 숟가락도 걱정이었다. 찔릴 수가 있으니 마음을 놓으면 안 됐다. 마음이 조금 평온해지면 그녀도 평생 식사 도구를 무서워하며 살 수는 없다는 것을 알았다. 불안을 낮출 수 없으면 설정을 변경해 불안의 초점을 다른 데로 돌려야 한다는 것을 알았다. 그래서 어느 늦은 밤에 그녀는 상황을 반전하기 위해 검안서를 다시 읽었다. 과연 식사 도구에 대한 과민반응은 사라졌지만 이제 그녀는 모든 걸 무서워하게 됐다. 우리 마을 전체가 위험지역이었다. 안전장치가 없는 낭떠러지, 10톤짜리 트럭, 돌발성 파도 그리고 공포의 급커브길. 어느 늦은 밤에는 뒤틀리고 망가진 채 마을로 가는 길가의 산울타리 속에 방치된 철문이 생각났다. 경첩에서 떨어져 나왔지만 무성한 풀과 한데 뒤엉켜 그 자리에 서 있었고, 뒤편의 공간은 점점 세력을 넓힌 가시덤불과 찔레나무로 덮여 완전히 막힌 지 오래였다. 철문은 예전부터 그 자리에 있었고 그녀는 평생 그 문에 신경을 쓴 적이 거의 없었는데도, 이제는 그 문이 생각나면 견딜 수가 없었다. 튀어나온 창살이 수많은 위험 요소를 내포하고 있었다. 삐죽빼죽한 데 베일 수도 있고 찔릴 수도 있고 파상풍에 걸릴 수도 있었다. 그 위로 잘못 떨어지면 즉사할 수도 있었다. 그녀는 아이들 방으로 들어가 브렌던을 깨웠다. 침대 가에 걸터앉아 눈 한 번 깜빡이지 않고, 생생한 꿈을 재현하듯 철문에 대해 이야기하기 시작했다. 시계에 새벽 2시라고 되어 있었지만 브렌던은 군소리 없이 일어나 앉아서 조심스럽게 그녀를 지켜보았다.

"나랑 같이 가줄래? 그 문을 치워버리고 싶은데."

브렌던은 천천히 고개를 끄덕였다.

"데클란은 어디 갔니?" 그녀는 빈 침대를 보며 물었다.

"안 들어온 지 며칠 됐어요." 브렌던은 말했다.

"일하러 갔나?"

"아니면 마을을 쏘다닐 수도 있고요."

인적 없는 길을 걷는 엄마와 아들이라니 희한하고 조촐한 행렬이었다. 크리스틴은 영업 사원처럼 살살 구슬리는 투로 말했고 브렌던은 해명하지 않아도 된다고, 기쁜 마음으로 하겠다고 열심히 그녀를 안심시켰다. 그들은 문 앞에서 걸음을 멈추었다. 문이 보이자 크리스틴은 조용해졌다. 그녀가 부엌에서 고무장갑을 두 개 챙겨 왔다. 그들은 보호 차원에서 고무장갑을 끼고, 나란히 서서 몸을 앞으로 숙이고 문을 잡아당겼다. 찔레나무에 맺혀 있던 이슬이 산울타리 안쪽에서 비처럼 후드득 떨어졌다. 그들은 뒤엉킨 풀이 끊기고 문이 쓰러질 때까지 열심히 잡아당겼다. 전자 제품 수리점 옆에 빈 폐기물 수거함이 있었다. 문을 거기 던지자 바닥에 부딪혀 철커덩하는 소리가 났다. "적어도 저 끔찍한 건 없앴네." 그녀는 그날 밤에 거둔 성과에 뿌듯해하며 녹이 묻은 고무장갑을 잡아당겼다. 탁 하는 소리와 함께 장갑이 벗겨졌다.

"이제는 주무실 수 있겠어요?" 브렌던이 물었다.

"그럴 것 같아." 그녀는 말했고 정말 그랬다.

약 3주가 지나 그녀의 남편을 추도하는 미사가 열렸을 즈음에는 검안서에 적힌 세부 내용이 크리스틴의 안에서 소진됐다. 이미지가 떠오르지 않았고 그 검안서를 생각하거나 심지어 입에 올려도 그다지 괴롭지 않았다. 그녀는 어느 이른 아침에 앰브로즈의 맏형을 태우고 더니골 시내의 공항버스 정거장으로 가던 길에 그 얘기를 꺼냈다. 그는 11년 만에 처음 내려온 참이었고 현실적으로 어쩌면 마지막일 거라며 장례식이 끝난 뒤에도 한참 동안 머물러 있었다. 그는 조수석에서 넓어진 도로와 훌륭한 신호체계를 번번이 칭찬했다. 나라 경제는 파탄 났지만 대규모 원양어업으로 우리 지역은 현금 유동성이 좋아서 돈을 많이 버는 사람들이나 많이 번 사람들이 계속 대저택을 짓고 있었다. 앰브로즈의 형은 그걸 보고 놀라워하는 동시에 재미있어했다. "괴물 같은 집이 여기 또 있네." 그는 모퉁이를 돌 때마다 말했다. 이 형이 앰브로즈와 같이 일했기에 앰브로즈의 살아생전 모습을 가장 마지막으로 보았다. 크리스틴은 그에게 앰브로즈가 돌아왔을 때 눈 밑에 보이던 멍 자국에 대해 물었다. "검안서에는 그 얘기가 없더라고요."

"왜냐면 이미 있었던 거거든. 추락한 것과는 상관없이 주말에 생긴 상처야."

그가 이쯤에서 말을 끊길래 그녀는 좀 더 자세히 설명해달라고 했다.

"그냥 살짝 긁힌 거야, 심각한 건 아니고."

그는 또다시 이쯤에서 말을 끊었고 그녀는 또다시 좀 더 자세히 설명해달라고 했다. 그는 그 전주 토요일 저녁에 앰브로즈가 길거리에서 싸움을 벌였다고 했다. "상대방이 먼저 시비를 건 거겠죠?" 크리스틴이 물었다.

형은 입을 꾹 다물고, *그렇지만은 않다*는 듯 고개를 저었다.

"하지만 그이는 평생 아무도 때린 적이 없는걸요!" 크리스틴이 말했다.

"그럼 거기서 그걸 만회하고 있었나 보네." 형이 말했다.

크리스틴은 뒷차가 경적을 울릴 때까지 자기가 속도를 늦춘 줄도 몰랐다. 그녀는 침묵했다. 내적 갈등을 암시하는, 오래가지 않을 침묵이었다. "그이가 거기서 싸움을 여러 번 벌였다는 말씀이세요?"

"가끔가다 한 번씩 문제를 일으켰다고 할까. 우리가 예의 주시하긴 했지만 아무 것도 아닌 일에 흥분해서 옆에 있던 사람에게 시비를 걸곤 했지. 심각해진 적은 없었어. 뭐, 경찰에 넘겨진 적은 없었으니까."

정거장에 도착해 크리스틴은 대기 중인 버스 뒤에 차를 댔다. 백미러에 매달려 대롱거리던 소나무 모양의 방향제가 정지했다. 비가 내려서 앞 유리창에 떨어진 빗방울 때문에 아침 풍경이 흐릿하게 굴절됐다. 온통 파란색 아니면 회색인 세상 속에서 버스의 미등만이 새빨간 파편이었다. 크리스틴에게는 모든 것이 끔찍하리만치 생생하고 단호하게 느껴졌다. 계기판의 감촉, 서랍형 재떨이 안의 담배꽁초, 핸들을 잡고 있는 그녀의 파리한 손가락. 그들은 버스 운전사가 짐칸을 열자 대부분 20대이고 몇 달 혹은 몇 년 동안 길을 나선 남자들과 여자들이 짐을 넣는 것을 지켜보았다.

"저 나이대에게는 모험이지." 형이 말했다. "나이가 들수록 힘들어져서 쉰이 되면 아무도 새로운 나라에서 다시 시작하고 싶어 하지 않아. 지난 몇 년 동안 공사 현장에서 그런 남자들을 얼마나 많이 만났는지 몰라. 와서 최선을 다하지만 고향을 떠나게 된 이유가 머릿속에서 떠날 줄 모르고, 영국은 그 자리에 버티고 서서 실패의 기억을 계속 떠올리게 하거든. 거기에서 벗어나질 못해서 좌절하게 되지."

그는 트렁크에서 캐리어를 꺼냈다. 그들은 작별 인사를 했고 버스가 떠나자 크리스틴은 집 쪽으로 차를 돌렸다. 반쯤 갔을 때 얼굴이 이상하게 저려서 갓길에 차를 댔다. 저린 건 사라졌지만 그녀는 5분 동안 거기에 차를 대고 있었다. 그녀가 서서히 알아차린 바에 따르면 그 감정은 분노였다. 정체를 알아차리지 못할 만큼 순수한 분노였다. 형이 한 말에 따르면 앰브로즈도 생의 마지막 몇 달 동안 이 감정을 가끔 느낀 모양이었으니 그녀는 모든 희망을 포기한 뒤에 마침내 남편과 하나가 되는 결정적인 순간을 맞이했다. 그녀는 그의 손을 잡았다. 세상 모든 것과 온몸으로 맞서고 있다는 교감이 흘렀다.

크리스틴은 혼자만의 시간이 필요하다는 결론을 내렸다. 그녀는 차를 돌려서 무작정 달렸다.

THE BOY FROM THE SEA

15

데클란은 흘수선 아래에 있었다. 수면 아래로 내려와 있다는 것
을 알면 지극히 외로운 동시에 그게 당연하게 느껴졌다. 그의
상심은 아무와도 나눌 수 없는 것이었다. 그는 워리어호의 다른
선원들과 말을 거의 하지 않았고, 슈트 작업을 할 때는 맨 끝에
섰으며, 농담과 수다에서 서서히 발을 뺐다. 일에만 집중했고 자
신을 기계장치의 부속품, 뇌에 근육과 뼈가 달려 있고 스튜와
매주 받는 돈 봉투에서 에너지를 얻는 존재로 여겨지게 했다.
이것 역시 외롭고 당연하게 느껴졌다.

날씨가 양호해서 나흘 동안 고기가 많이 잡혔다. 데클란이
탱크 사이 통로를 솔로 문지르고 있을 때 토미가 등장했다. 그
는 대개 선교에 편히 있다가 가끔 내려와 이리저리 돌아다니며
누가 게으름을 피우지는 않는지, 작업에 구멍 난 데는 없는지

살폈다. 또다시 엄청나게 많은 양의 어획물이 탱크를 채우고 있었다. 맨 위층에 놓인 고기들이 은색과 파란색으로 짠 돗자리처럼 보였다. 데클란은 토미가 그의 아버지를 두고 무슨 말을 하려는 참이라는 것을 알았기에 듣고 싶지 않은 마음에 이렇게 물었다. "고등어를 너무 많이 잡은 것 같지 않아요?"

토미는 고개를 끄덕여 그의 말을 들었다는 표시는 하되 대꾸는 하지 않고 선교로 돌아갔다.

열아홉 시간 뒤에 타이어섬 인근에서 조그만 배가 옆으로 다가오더니 조사관 두 명이 워리어호에 승선했다. 그들은 안전모와 구명조끼를 착용했고 한 명은 분홍색, 초록색, 흰색 서류가 담긴 안감 달린 배낭을 메고 있었다. 스코틀랜드인들이었지만 EU의 법을 집행하고 있었다. 그들은 차를 사양하고, 항해일지를 체크하고, 탱크 사이를 걸어 다녔다. 일등항해사 케빈 베티는 이미 앞치마를 벗어서 치우고 수면 양말로 갈아 신고 있었다. 다들 그들이 어획 한도를 초과했다는 것을 알았고 다르게 둘러댈 여지가 없었다.

조사관들은 보고서를 작성하는 동안 선원들에게 식당에서 기다리라고 했다. 타원형 테이블에 다 같이 앉았지만 아무도 카드를 치자고 하지 않았다. 체포되면 수입에 타격을 입을 수 있었기에 노름할 맛이 나지 않았다. 텔레비전은 전파가 잡히지 않았고, 토미가 워리어호의 전자 장비에 거금을 들이면서도 선원들이 몰래 포르노를 볼 수 있다며 설치하지 않았기에 비디오플레이어는 없다. 속도가 겨우 2노트라 배가 좌우로 성가시게

The Boy from the Sea

흔들렸다. 앉아서 멀뚱멀뚱 서로를 쳐다보면서 차를 마시고 담배를 피우며 기다리는 수밖에 없었다. 다들 재떨이에 대고 쓸데없이 세게 담뱃재를 털었다. 데클란 옆자리에 앉은 로리 머린이 불편하게 데클란에게 브렌던에 대해 묻기 시작했다. 묘지에서 벌어진 소동에 대해 듣지 못했는지 별 뜻 없이 묻는 거였다. 브렌던이 등장했을 때 로리는 다섯 살이었고 흥분한 마을 사람들을 보며 깊은 인상을 받았었다. 어린 시절의 가장 선명한 기억도 창가에 놓인 촛불과 꽉 찬 예배당이었다. 그는 브렌던에게 몇 번 축복을 받았고 그때를 그리워했다. "네 동생이 여기 없는 게 아쉽다." 로리는 데클란이 자기가 아니라 테이블 중앙 쪽을 쳐다보며 손가락을 구부렸다 폈다 하는 것을 알아차리지 못했다. 그는 영 눈치가 빠르지 못했다. "바다에서 온 소년이 있었다면 좀 덜 불안했을 텐데."

데클란은 벌떡 일어나 지시를 어기고 아래로 내려갔다. 아까 딸려 온 고기를 담아두는 상자에 조그만 오징어가 몇 마리 있는 것을 보았기에 그걸 찾으러 갔다. 차가운 젤리 같은 오징어를 집어서 조리실로 들고 갔다. 내장을 벗겨서 먹물을 깨끗이 씻고 톱니 칼로 다리를 자르고 몸통을 고리 모양으로 썰었다. 튀김기를 켜자 뜨거운 기름 냄새가 스멀스멀 올라왔다. 출어할 때마다 반죽용 맥주를 딱 한 병만 실을 수 있기에 주방장이 길길이 날뛰겠지만 데클란은 그걸 쓸 수밖에 없었다. 그가 이 잔치를 준비하는 이유는 마음을 가라앉히기 위해서가 아니라 자신이 실은 어떤 사람인지 선포할 필요성을 느껴서였다. 우리가 곧잘 하는 일은 아니었지만 데클란은 자신을 표현하고 싶어 했다. 그는 반죽을 만들어 오징어에 입혀 튀기고, 키친타월로 기름을 흡수한 뒤 가장 큼지막한 접시에 담고, 암염을 잔뜩 뿌리고 레몬 조각을 몇 개 얹었다. 그러고 나서 웨이터처럼 우아하게 접시를 높이 들고 식당으로 돌아가 테이블 한가운데에 내려놓았다.

선원들은 산더미처럼 쌓인 두족류 튀김을 쳐다보았다. 엘로이시어스 콘캐넌은 입술을 오므리고 얼굴을 찡그리며 창밖을 내다보더니 누가 자기 집 마당에 오줌을 싸고 있었을 때 넴 직한 소리를 내며 숨을 토했다. "나는 얘네들 절대 먹을 일 없어." 그가 말했다. 다들 대체로 의견이 같았다. 어니언 링이라면 모를까 이건 전혀 다른 문제였다. 케빈 비티가 접시를 멀리 치우자 그쪽에서 다시 밀었다. 접시는 이런 식으로 몇 번 왔다 갔다 하다가 가장 만만한 곳에 자리를 잡았다. 데클란은 굴욕감에 속이 뒤틀렸다. 좀 더 나이가 많았더라면 그런 선원들을 비웃었을지 모르겠지만 지금은 그럴 만한 지위도 아니었고 자신감도 없었다.

로리 머린 혼자 예의상 튀김을 한 개 집어서 끝을 조금 뜯어 먹었다. "네 동생은 해산물 좋아하겠다, 그치?"

"걔는 내 동생이 아니야!" 데클란이 고함을 지르자 로리는 앉은 자리에서 움찔했고 다들 그들 쪽을 돌아보았다. 데클란은 로리가 당황스러워하거나 어쩌면 사과를 할지 모르겠다고 생각했지만, 그는 허리를 펴고 미소에 가까운 너그러운 표정을 지었다. "그래, 알겠어."

데클란은 좌우를 살폈지만 다른 선원들은 그의 시선을 피했다. 개입하고 싶지 않은 티가 났다.

인터컴에서 지직거리는 소리에 이어 토미의 음성이 들렸다. "제군들, 집에 가자." 선원들은 할 일이 생겼다는 데 기뻐하며 청소하고 장비를 정리하러 일어났다. 조사관들은 자기들 배로 돌아갔고 워리어호의 속도를 높이자 흔들림도 진정됐다. 데클란은 로리의 표정이 마음에 걸려서 엘로이시어스에게 물어보았지만 그는 신경 쓰지 말라고 했다.

하지만 데클란은 그가 신경 쓰였다. 곰곰이 생각하느라 일이 느려질 정도로 그랬다. 아무도 뭐라고 하지는 않았지만 사실 속도가 느려도 너무 느렸다. 워리어호가 힘차게 귀항을 시작하고 다 같이 눈을 붙일 틈이 생겼을 때에도 데클란은 침대에 뜬 눈으로 누워 코 고는 소리를 들으며 로리의 표정을 집요하게 떠올렸다.

다음 날 저녁 식사가 끝난 뒤 기분이 좋아진 다른 선원들은 서로 차를 따라주며 명랑하게 잡담을 나누었다. 이유가 어찌 됐건 집으로 돌아가는 길은 항상 즐거웠다. 창문 너머는 온통 어둠이었고 모든 조명이 환하게 켜진 식당은 세상과 격리된 마법의 공간 같은 분위기를 풍겼다. 반경 80킬로미터 이내에 보이는 빛이라고는 여기뿐이었다. 바닐라 아이스크림을 담은 그릇이 옆으로 전달되는 동안 데클란은 자기 자리에서 일어나 로리 옆으로 가서 앉았다. 화기애애한 느낌이 아니라는 것을 알아차리고 다들 곁눈으로 흘끗거렸다. "그래서, 브렌던에 대해서 무슨 할 말 있어?" 데클란은 물었다.

로리는 조용히 있고 싶었을 것이다. 그는 덩치 큰 어린애처럼 아이스크림을 한 입 먹고 고개를 저었다.

선원들 사이로 정적이 흘렀다. 그들은 데클란의 공격적인 태도를 모르는 척할 수 없었지만 도움을 청하는 로리의 눈을 쳐다보지도 않았다. 데클란은 이때 깨달은 게 있었다. 그로 인해 로리가 겁에 질렸다는 것이었다. 그의 안에서 묵직한 변화가 느껴졌고 돌덩이가 들리면서 새로운 가능성이 모습을 드러냈다. 데클란은 자신이 상대를 위협할 수 있을 만한 육체적인 존재감을 갖추었고 험상궂은 표정을 지으면 무서울 수도 있다는 것을 미처 몰랐다. 하지만 이제는 알았고 잊지 않을 작정이었다. 그의 심장이 뛰는 속도는 한 단계 올라갔지만 목소리는 낮아졌다. "네가 나한테 뭘 숨기는 것 같아서." 그는 말했다.

아이스크림 그릇을 내려다보는 로리의 얼굴이 점점 벌게졌다. 케빈 비티가 이 보고 있기 괴로운 광경을 나서서 정리해야겠다는 책임감을 느꼈다. "잘 들어, 데클란. 아무도 너희 아버지를 두고 이러쿵저러쿵하지 않아. 견실하고 흠잡을 데 없는 분이었으니까."

여기저기서 맞다고 중얼거렸다. "훌륭한 남자의 전형이었지." 몇 명은 이렇게 말했다.

데클란은 혼란스러워하며 좌우를 두리번거렸다.

"진짜로 아무도 너희 아버지를 나쁘게 말하지 않아. 신부님이라면 모를까." 엘로이시어스가 말했다.

"그리고 신부님이 하는 말은 아무도 신경 쓰지 않지." 케빈이 말했다.

"지금 무슨 얘기들 하는 거야?" 데클란이 그들의 얼굴을 차례대로 살피며 따져 물었다.

"다들 알아, 남자가 살다 보면 유혹에 넘어갈 수도 있다는 거." 엘로이시어스는 심리학적인 분석을 곁들이기로 마음먹은 듯했다. "그러니까, 얼마든지 마음이 흔들릴 수 있다고."

데클란은 다들 무슨 말인지 알아들었나 싶어서 다른 선원들의 표정을 살폈고 서서히 깨달았다.

"너희 아버지가 브렌던의 친아버지였어." 엘로이시어스가 말했다.

"그래서 걔를 입양했던 거야." 로리는 데클란이 한 대 칠까 봐 겁이 나는지 멀찌감치 몸을 피하며 말했다.

"누가 그래?" 데클란이 물었다.

"다들." 케빈이 말했다.

"걔는 내 동생이 아니야!" 데클란은 말했지만 목소리가 변성기를 지나지 않은 어린애처럼 높고 힘이 없었다.

"다들 걔가 네 동생 맞다는데." 엘로이시어스가 말했다.

그가 허락하지도, 부추기지도 않은 나지막한 신음이 데클란의 입에서 새어 나왔다. *내 동생이라니.* 그는 신음을 삼키며 벌떡 일어나 선원들을 마지막으로 한 번 미친 듯이 훑어보고 밖으로 뛰쳐나갔다. 계단을 내려가다가 하마터면 구를 뻔했고 이리저리 비틀거리며 하갑판을 헤맸다. 불빛이 눈을 찔렀고 바닥은 요동쳤고 난간은 미끄러웠다. 뱃머리에 있는 제빙실이 가장 춥고 그래서 아무도 없는 곳이었다. 데클란이 그 안으로 들어가 문을 닫자마자 냉기가 온몸을 찔렀다. V자 모양의 앞쪽 끝까지 조각 얼음이 높이 쌓였고, 머리 위에서 갈라지는 물살이 선체를 뚫고 느껴졌다. 그는 냉기로 뱃속이 따끔거리도록 숨을 들이마셨다. 아버지가 그렇게까지 음흉할 수 있었을까?

영하 5도의 추위를 오래 버틸 수 있는 사람은 없고 다른 선택지라고는 침대뿐이라 데클란은 공용 선실로 들어가 침대에 누워서 커튼을 쳤다. 그렇다, 그의 아버지는 그렇게까지 음흉할 수 있었다. 인간에게는 누구나 음흉한 면모가 있고, 다른 아이를 안고 들어온 날 이런 불신을 데클란의 마음속에 깊숙이 심은 사람이 바로 아버지였다. 데클란은 신발을 신은 채 선실을 등지고 누워서 누가 불러도 일어나지 않기로 마음먹었다.

그런 결심은 할 필요가 없긴 했다. 선원들은 그에게서 벗어났다는 데 안도할 뿐, 아무도 말을 걸지 않았다. 데클란은 더니골만까지 가는 내내 혼자 남겨졌다.

워리어호가 부두를 향해 다가가자 데클란은 침대에서 일어나 현창을 내다보았다. 비가 내리는 밤이었지만 우리가 젖은 얼굴로 활기차게 부두를 가득 메우고서 기다리고 있었다. RTE 뉴스 중계차가 우리 가운데 자리하고 있었다. 삼각대 위에 카메라를 얹고 비닐을 씌웠는데, 워리어호를 비추는 스포트라이트 불빛을 가르며 빗줄기가 쏟아져 은빛 화살이 어둠을 가로질렀다. 데클란은 워낙 신경이 곤두서서 중계진이 일기예보 전에 나오는 그 황당한 '믿거나 말거나' 코너를 찍으려고 자기를 기다리는 줄 알았다. 자기가 친아버지인 걸 밝히지 않고 키우려고 아이를 입양한 남자를 주제로 촬영을 진행하는 데 온 마을이 협조하는 듯했다. 하지만 잠시 후 '어획 한도를 증량하라', '바다에는 물고기가 많다', 기타 등등의 문구가 적힌 피켓이 데클란의 눈에 들어왔다. 더블린 방송국에서 워리어호의 나포 소식을 보도할 만하다고 판단한 결과 중계진이 부두에서 대기 중이라는 소식이 전해지자 우리도 시청자들에게 우리 뜻을 전할 수 있게 시위대를 결성한 것이었다.

토미가 선교 창문을 내리고 몸을 밖으로 내밀어 미소를 짓자 우리는 일제히 환호성을 지르고 외쳤다. "잘했어!" 토미는 만선으로 귀항할 때마다 중계진과 환호하는 팬들이 거기서 기다리고 있어야 한다고 생각하는 사람처럼 관심을 만끽하는 듯해 보였다. 이러니저러니 해도 우리 마을에는 그와 같은 사람이 있어야 했다. 그는 창가에서 사라졌다가 갑판으로 다시 등장해 부두로 올라왔다. 토미는 카메라를 잘 받았다. 눈빛은 수줍었지만 치아는 영화배우 부럽지 않았다. 주인공은 아닐지 몰라도 결정적인 순간에 상황을 정리하는 친구는 됐다. 그는 중계진을 훑어보았고, 해야 할 임무를 수행하기로 결심하는 듯한 표정을 지었다. 토미가 카메라 앞으로 곧장 다가가자 우리는 카메라에 대고 전 국민을 상대로 선언하려나 보다고 생각하고 흥분했다. 하지만 아니었다. 그랬으면 조금 도가 지나쳤을 텐데, 그는 기자 옆에서 걸음을 멈추었다. 피켓과 진지한 우리의 표정이 배경으로 텔레비전에 나올 수 있게 대규모 인원이 뒤를 받쳤다. 젊은 청년 두엇은 우스꽝스러운 표정을 짓고 버릇없이 굴어서 분위기를 망쳤다가 나중에 한 소리를 들었다.

기자가 자초지종을 묻자 토미는 이렇게 대답했다. "우리는 조업선에서 열심히 일하는 어부고 오늘도 나가서 열심히 일을 하고 있었습니다. 이 나라는 몇 년 전, 수십 년 전, 우리가 나무배를 타고 다니며 고기를 몇 통씩 잡던 시절부터 우리와 행복한 공존을 유지했죠. 이후에 우리는 부단한 노력을 통해 수익이 좋고 안전한 어업 체계를 구축했습니다. 그런데 이제는 우리더러 너무 크다고, 예전이 더 좋았다고 하네요. 유럽의 과학자들은 바다에 고기가 부족하다고, 수산 자원이 점점 줄고 있다고 하면서 우리의 어획 할당량을 마음대로 삭감하고요. 우리 스캐너는 뭐라고 하고, 우리 트롤은 뭐라고 하는지 와서 직접 보라고 하고 싶네요. 그럴 게 아니면 우리한테 맡겨주세요. 우리가 제일 잘하는 일을 할 수 있게 내버려두세요." 그가 워리어호를 향해 손짓하자 여기저기서 옳다고 외쳤다. "이제 괜찮으시면 일 좀 하겠습니다." 토미는 이런 말로 마무리했다. "잡은 고기를 옮겨야 하거든요. 단백질이 필요한 사람이 많으니까요."

토미가 연설을 마치고 몸을 돌려 왕처럼 손을 들어 보이자 우리는 일제히 환호성을 질렀다.

데클란은 예외였다. 그는 이미 사라지고 없었다.

데클란은 부두로 올라와 마을을 가로질러서 집까지 걸어가는 동안 아무하고도 말을 섞지 않았다. 공포의 급커브길이 가까위지자 등 뒤로 차가운 바람이 불었고, 1분에 두 번꼴로 돌풍이 몰아쳤고, 빗방울이 모자를 때리는 요란한 소리가 귓전에서 더욱 크게 울렸다. 집 앞에 도착해 보니 못 보던 스탠드가 창문 옆에서 집 안을 비추고 있었다. 안으로 들어가자 그런 심리 상태인데도 엄마가 앉아 있는 의자에 놓인 못 보던 고급스러운 쿠션과 그녀가 손 내밀면 닿을 거리에 있는 사기 찻주전자와 발치에 깔린 못 보던 양가죽 러그가 데클란의 눈에 들어왔다. 스토브에서 불똥이 튀면 타서 얼룩덜룩 자국이 남을 텐데 러그라니 말도 안 되는 선택이었지만, 하도 보들보들하고 밝은색이라 거기 아니면 어울릴 만한 자리가 없긴 했다. 원래는 바다로 나갔던 사람이 돌아오면 자리에서 일어나서 맞이하는데, 크리스틴은 그 자리에 앉은 채 그가 장식품을 두고 싫은 소리를 할 거라고 예상하는 듯 오만한 눈빛으로 쳐다보기만 했다.

"아빠가 브렌던 친아버지예요?" 데클란이 물었다.

크리스틴은 눈을 깜빡였다. "아니, 그렇지 않아."

데클란이 계속 모자를 쓰고 있었던 터라 그에게서 떨어진 빗물이 바닥에 검은 동그라미를 만들었다. "마을 사람들은 그렇다는데요."

"아니야."

"그래서 아빠가 브렌던을 데려온 거래요."

"그럼 내가 몰랐을 리 있니." 그녀는 데클란처럼 당황하지 않고, 10분의 1초 동안 생각해보고는 바로 일축했다. 10분의 1초면 충분했다. 그녀에게 앰브로즈는 속을 알 수 없는 사람이 아니었다. 그가 잠깐이나마 다른 여자와 바람을 피웠을 거라니 어이없는 발상이었다. 그녀는 그의 행적을 항상 파악하고 있었다.

데클란은 2인용 소파에 털썩 주저앉아 두 팔을 양옆으로 늘어뜨렸다.

"그러면 소파 축축해지잖아." 크리스틴이 말했다.

그는 일어나서 외투를 벗고 다시 소파에 앉았다. "사람들이 그렇게 얘기해요."

"더러는 그렇겠지. 할 일 없는 사람들, 생각 없는 사람들은. 그런 일이 그 오랜 세월 동안 비밀로 유지될 수 있었을 거라고 생각하니? 절대 아니지. 너희 아버지가 죽고 없으니까 뒤에서 못된 말도 하고 그러는데, 그런 얘기는 오래가지 않아. 너희 아버지가 어떤 사람인지 다들 알거든. 비밀이라고는 없었던 사람이라는 걸. 그러니까 아무리 멍청한 인간이라도 조만간 정신 차릴 거다."

그녀의 말이 맞았다. 누가 봐도 그랬다. 안도의 눈물이 데클란의 두 눈에 고였다. 크리스틴은 그 눈물을 잠깐 주시했다. "그럴 필요 없어." 그녀는 말했다.

데클란은 다음 날 기분 좋게 일어나 침대에서 기지개를 켰다. 그의 아버지는 거짓말을 하지 않았고 브렌던은 그의 혈육이 아니었다. 하지만 그걸 알게 됐다고 해서 아버지를 오해하기 전으로 그냥 돌아가게 된 건 아니었다. 24시간 동안 그 얘기를 철석같이 믿고 난 다음이라 해방감이 그를 변화시키기에 충분할 만

The Boy from the Sea

큼 압도적이었다. 그는 갑자기 전보다 더 똑똑하고 인정이 많아
졌다. 데클란은 자기 가족이 아버지의 죽음에 얼마나 서툴게 대
처했는지 알 수 있었다. 세 사람 모두 이리저리 빙글빙글 돌며
멀어지고 있었다. 전날 밤에 어머니는 아버지에게 화가 나서 마
을 경계를 넘어 스트러밴에 있는 비싼 가게에 가 돈을 펑펑 쓰
고 왔다고 고백했다. 그러면 그가 얼마나 싫어할지 알기에 저지
른 일이었다. 데클란은 이제 보너 집안을 바로잡기로, 자기 자신
부터 그러기로 마음먹었다. 그는 자신이 고마워해야 한다는 것
을 알게 됐다. 그는 이 집안의 친아들이었고 그건 아무도 앗아
갈 수 없으니, 입양된 아이에게 잘해주기로 얼마든지 마음먹을
수 있었다. 그는 자리에서 일어나 동생을 찾으러 나갔다. 동생은
식탁에 앉아 교과서에 적힌 숫자를 옮겨 적고 있었다. 데클란은
그 맞은편에 앉아 다정하달 수 있는 목소리로 물었다. "그거 뭐
야?"

브렌던은 경계하는 눈빛으로 그를 올려다보았다가 교과서를
내려다보았다가 다시 데클란을 보았다. "회계."

원래 여학생들이 배우는 과목이라 평소 데클란 같았으면 놀
리거나 최소한 코웃음을 쳤을 테지만 그는 대신 이렇게 말했다.
"역시. 그런 거 알아둬서 나쁠 건 없지."

브렌던이 학구파가 된 것은 근래에 생긴 변화였다. 그는 원래
중간쯤 가는 학생이었고 앰브로즈가 죽은 뒤에는 공부에서 아
예 손을 놓았다. 시험 성적도 형편없어서 크리스틴이 몇몇 선
장을 만나 자리가 있는지 알아봐야겠다고 할 정도였다. 그 말을

듣고 브렌던은 의욕을 불태우며 공부 계획을 세웠다. "학교 졸업하고 회계 강좌를 하나 들으려고 신청해놨어." 브렌던은 공책에 적힌 숫자 위로 연필을 든 채 데클란에게 말했다. "3개월 듣고 현장 실습 나간대."

"훌륭하네." 데클란은 말했다.

예전 같으면 브렌던이 웃으며 화답했겠지만 너무 많은 세월이 흘러버렸다. 브렌던은 아무 감정 없는 표정으로 데클란을 물끄러미 바라보며 그의 헐렁하고 바보 같은 표정을 눈에 담을 뿐 아무 말도 하지 않았다. 데클란이 좀 더 고개를 숙이는 것을 보고 싶었다.

"저기, 장례식 때는 미안했다. 너를 밀치다니 뭐에 씌어서 그랬는지 모르겠어." 데클란은 말했다.

브렌던은 연필을 쥔 채 계속 아무 말도 하지 않았다. 같이 사과할 수도 있겠지만 그래야 한다는 생각이 들지 않았다. 쌓인 빚이 많은 쪽은 데클란이었다. 그는 가만히 기다렸다.

"너한테 미안한 일이 많아." 데클란은 한 손을 들어 오랜 세월을 몸짓으로 표현했지만 말로 하지는 못했다. 평생 속내를 이정도로 드러낸 건 처음이라 어색함이 몸으로 드러났다. 상반신이 뻣뻣해지고 목이 멨다. 몸을 앞으로 숙이자 도움이 됐다. 담아두었던 말들이 데클란의 입에서 한꺼번에 쏟아져 나왔다. "너랑 놀아주지 않아서 미안해. 못되게 굴어서 미안해. 네 카세트 테이프 위에 다른 걸 덮어써서, 애스트로 워스 게임기 박살 내서 미안해. 그리고…… 아이린 털리인 척 고백 편지 쓴 거 나였

The Boy from the Sea

어." 그는 여기서 멈췄다.

"나도 그런가 보다 했어." 브렌던은 말했다.

별것 아니었지만 데클란은 이참에 둘이 대화를 나누었다고 믿기로 했다. "역시." 그는 말하고, 이 순간을 망칠 만한 일이 벌어지기 전에 벌떡 일어나 밖으로 뛰쳐나갔다.

데클란의 좋았던 기분은 겨우 하루 만에 끝났다. 여전히 뭔가가 그의 신경을 건드렸다. 동생과의 싸움은 끝냈지만 분란을 일으키기 좋아하는 본바탕은 온전히 그의 안에 남아 있었다. 그의 성격이 그 위에 형성됐으니 그냥 해체할 수가 없었다. 그의 가족을 두고 헛소리를 늘어놓는 이 마을 주민들이 다음 표적이었다. 이제 그 가족 안에 브렌던도 포함됐고 그의 분노는 우리에게로 향했다.

앰브로즈가 브렌던의 친아버지일 가능성은 이미 모두가 부정하고 있었다. 브렌던의 외모만 봐도 알 수 있었다. 유난히 좁은 코와 까맣고 숱이 많은 곱슬머리는 보너 집안의 생김새와 전혀 달랐다. 게다가 앰브로즈와 데클란은 구름 사이로 5분만 해가 비쳐도 벌겋게 익는 반면 브렌던은 잘 탔다. 하지만 우리의 깨달음은 늦었고 데클란은 이미 선전포고를 하고 나섰다. 그는 맨 처음 소문을 퍼뜨린 사람이 누군지, 최초 유포자를 찾으려고 했다. 찾으면 무슨 일이 벌어질지 아무도 알 수 없었다.

대형 트럭이 큰길을 오가고 500마리쯤 되는 갈매기 떼가 머리 위를 맴돌며 시끄럽게 울부짖던 그날 데클란은 신디를 찾아갔다. 그녀는 미용실 입구에 몸을 기대고서 담배를 피우고 있었다. "우리 아버지를 둘러싸고 어떤 소문이 돌고 있는데요. 당신도 들었어요?" 그는 그녀에게 물었다.

"들었지." 그녀는 말했다.

"여기서 시작됐을 거라고 보는데요."

"왜 그렇게 생각하는데?" 신디는 물었고, 뭐라고 답을 할지 진심으로 궁금해하며 답을 들을 때까지 얼마든지 기다릴 용의가 있는 사람처럼 그를 빤히 쳐다보았다.

데클란은 반격에 대비가 되어 있지 않았다. 그는 여자들이 워낙 험담과 분란 일으키기를 좋아한다고, 원래 그렇다고 신디가 당장 시인할 줄 알았다. 그는 그녀를 지나 미용실 안을 들여다보았다. 여자들이 끊임없이 수다를 떨고 찻주전자에서 끊임없이 김이 뿜어져 나오는 그곳이야말로 분명 온갖 황당한 이야기들이 부화되는 곳일 텐데, 혐의를 어떤 식으로 제기하면 좋을지 알 수가 없었다.

신디가 그의 고통을 금방 끝내주었다. "네가 너무 단정 지은 거 아닐까?" 그녀는 말하고 담배를 길게 한 모금 빨았다. 데클란이 후퇴하려는 찰나 신디가 입을 오므리고 아주 가늘게 연기를 내뱉었다. 데클란은 눈으로 연기를 좇았다. 그녀는 담벼락에 앉아 있는 백수들에게로 그의 관심을 유도하고 있었다.

데클란은 길을 건넜다. 의분이 되살아나 최고조에 달했다. 그는 그들 앞에 서서 지나가는 대형 트럭들이 내뿜는 배기가스를 마시며 말했다. "그러니까 댁들이 앰브로즈가 브렌던의 친아버지라고 맨 처음 떠들기 시작한 사람들이로군요."

남자들은 실눈을 뜨고 켕기는 눈빛으로 그를 올려다보며 손톱을 후비고 코를 긁었다. "우리가 맨 처음은 아니야."

"그럼 누군데요?" 데클란은 물었다.

"걔가 자기 존재는 비밀로 해달라고 했는데." 다른 남자가 말했다.

"누가요?"

"쟤가." 세 번째 남자가 말했다. 남자는 기말고사를 마치고 헤거티스 앞을 지나 집으로 걸어가는 남자아이를 쳐다보고 있었다. 브렌던 보너는 자기에게 꽂히는 시선을 느꼈는지 걸음을 멈추고 좌우를 두리번거렸다. 그러다 그 자리에서 그대로 얼어붙었다.

데클란과 브렌던의 시선이 만났다.

브렌던이 다시 걸음을 옮겼고, 데클란은 뛰어가는 브렌던을 지켜보다가 무슨 속셈인지 알아차렸다. 엄마에게 먼저 가서 말하려는 것이었다. 그것만큼은 용납할 수 없었고 데클란에게는 차라는 강력한 무기가 있었다. 그는 주차장에서 빠져나왔지만, 트럭과 지게차에 막혀서 시간이 지체됐다. 브렌던이 얼마나 기록적인 속도로 달렸는지 데클란이 집까지 절반을 다 가는 동안에도 따라잡지 못했지만, 그는 길가에 버려진 브렌던의 책가방을 지나쳤다. 데클란은 공포의 급커브길에서 앞서가는 브렌던과 맞닥뜨렸다. 허리를 숙여 배를 부여잡고 괴로워하면서도 그는 계속 뛰려고 하고 있었다. 데클란은 핸들을 급하게 틀어 브렌던을 울타리 쪽으로 내몰고 흡족해했다. 오솔길 한복판에 차를 대고 으드득하는 소리를 내며 핸드브레이크를 당기고는 차에서 내렸다. 브렌던이 달음박질로 헤더를 가로질러 현관문 앞에 먼저 도착해 있었다. 브렌던이 비틀비틀 복도를 지나 크리스틴 앞에서 쓰러지는 동안 데클란은 침착하게 뒤따라갔다. 그녀는 부엌 싱크대 앞에 서서 걱정스러운 눈빛으로 그를 쳐다보고 있었다. 세탁기가 덜커덩거리며 맨 마지막 코스를 마무리하고 있었다. 브렌던은 아무 말도 못 하고 숨만 헐떡거렸다. 데클란이 안으로 들어가서 말했다. "쟤였어요. 아빠가 다른 여자를 임신시켰다고 온 마을에 소문을 퍼뜨린 사람이 쟤였어요."

크리스틴은 브렌던을 쳐다보았다. 이후 5초에 걸쳐 그녀의 표정이 딱딱하고 매서워졌다. "그이가 너를 거둬서 키워줬는데."

브렌던은 아무 말도 하지 않았다. 싱크대에 몸을 기대고 똑바로 서려고 애를 쓰는 것 말고는 아무것도 하지 못했다. 그가 찡그렸던 얼굴을 펴며 무슨 말인가 꺼내려고 했을 때 그의 엄마가 문을 가리키며 반려견에게 명령하듯 말했다. "나가."

브렌던은 그녀가 시킨 대로 했다. 그가 집에서 나가는 소리가 들렸을 때 딸깍하고 세탁기가 꺼졌다.

"이 집에서 아예 내쫓아야 해요." 데클란이 말했다.

크리스틴은 브렌던이 나간 문을 계속 바라보느라 데클란의 말을 듣지 못했다. 데클란이 다시 한번 말한 뒤에서야 알아듣고 경악하는 표정으로 돌아보았다. "쟤를 어떻게 내쫓니? 바보 같은 소리하지 마."

그녀는 무릎을 꿇고 앉아 세탁기에서 꺼낸 수건을 탁탁 털어 빨래 바구니에 던져 넣었다. 좌절감에 입술을 굳게 다물고 있었다.

"저놈이 우리 집안 망신을 다 시켰다고요!" 데클란은 말했다.

"망신?" 그녀는 그를 홱 하니 노려보고 일어났다. "망신? 네가 걱정하는 건 그거니? 못 봐주겠네. 너희 둘 다 못 봐주겠어." 크리스틴이 이 말과 함께 어린애 같은 행동을 저지르자 데클란은 화들짝 놀랐다. 빨래 바구니를 걷어차 수건을 바닥으로 픽 쓰러뜨린 것이었다. "자. 쓸모 있는 일을 좀 해보지 그래? 이번 한 번만이라도?"

그녀는 뒷문을 벌컥 열고 언덕 쪽으로 성큼성큼 걸어갔다. 마땅치 않은 신발을 신고 있었지만 상관하지 않았다. 골풀을 발로 차가며 집이 잿빛 하늘 아래로 조그맣게 멀어질 때까지 걸어갔다. 나오면서 싱크대에 놓아둔 담배를 챙기는 선견지명을 발휘했기에 바위에 앉아 불을 붙였다. 크리스틴은 앰브로즈가 죽은 뒤로 담배가 더 늘어서 누런 손가락이 더 누레졌고 손끝으로 필터를 굴릴 때면 기름기가 묻어났다. 그녀는 집을 지켜보았다. 굴뚝에서 나오는 연기가 서서히 옅어지고 있었다. 데클란은 불을 꺼뜨리고 있었고 수건도 널지 않았다. 잠시 후에 그의 차가 어디론가 사라졌지만 크리스틴은 집으로 돌아가지 않았다. 저녁이 찾아오는 동안 집이 내려다보이는 그 자리에 그대로 앉아 있었다.

크리스틴은 브렌던의 소설에서 그녀의 배역은 무엇인지 궁금해졌다. 아무것도 모른 채 남편의 자식을 거둬 키운 멍청한 여자? 아니면 앰브로즈가 다른 여자를 임신시킨 걸 알면서도 아무도 모르게 그 아이를 키우겠다는 말도 안 되는 계획에 자발적으로 동참한 여자? 앞 못 보는 바보 아니면 배알도 없는 멍청이, 이것이 그녀가 맡을 수 있는 배역이었다. 어린아이를 다 키워놓았더니 배신해 그런 메뉴를 내밀고 있었다.

크리스틴은 담배를 한 대 더 꺼내 불을 붙였다.

이윽고 그녀는 점점 어두워져가는 하늘 아래에 앉아서 진실은 저 너머에 있고 이보다 더 끔찍할 수 있다는 결론을 내렸다. 브렌던은 그녀의 감정을 전혀 고려하지 않았다. 이 이야기가 그녀에게 어떤 영향을 미칠지 단 1초도 고민하지 않았다. 이것이 엄마의 위치였다. 아이들에게서 헌신적인 사랑을 이끌어내지만 그와 동시에, 바로 그 아이들에게 그들이 태어나기 이전의 세상 또는 몸속의 창자처럼 간주되는, 시야 밖의 의식할 필요가 없는 존재. 브렌던이 그런 이야기를 퍼뜨린 이유를 짐작하기란 어렵지 않았다. 앰브로즈를 차지하고 싶은 절박함 때문이었겠지. 데클란도 고집불통인 것을 강한 것으로 착각하며 모든 걸 망쳐놓고 있었다. 두 아이는 성격이 영원히 굳어져가는 나이였으니 조만간 정신을 차리지 않으면 제대로 된 인생을 살 수 없을 것이었다. 누가 봐도 해답은 그녀에게 있지 않았다. 크리스틴은 그들을 전혀 감당할 수 없었다. 집에 가고 싶네. 크리스틴은 생각하다가 그녀의 집에서 시선이 떠난 것을 깨닫고 깜짝 놀랐다. 그녀의 시선은 언덕 비탈을 따라 가문비나무 숲이 삐죽삐죽하게 하늘을 가리는 곳으로 이동해 있었다. 라이언스의 집은 보이지 않

The Boy from the Sea

았지만 지붕에서 피어오르는 연기는 보였다.

브렌던은 비주류의 삶을 선택한 사람들의 집에서 신세를 지는지 그날 밤에 들어오지 않았고, 데클란은 아침에 엿새짜리 조업을 떠났다. 크리스틴은 라이언스의 집으로 걸어가 광택제 냄새를 따라 부엌으로 들어갔다. "온 마을 사람들이 브렌던의 음흉한 수작에 대해 떠들어대고 있어." 필리스가 다짜고짜 말했다. "내가 전부터 그 애 조심하라고 경고했지, 응? 내가 경고했니, 안 했니?"

크리스틴은 그건 물론이고 어떤 옥신각신에도 휘말리고 싶지 않았다. "언니 잠깐 바람 좀 쐬고 오지 그래? 아버지는 내가 돌보고 있을게."

크리스틴은 언니의 차가 멀어질 때까지 기다린 뒤 거실로 들어갔다. 유년이 안락의자에 앉아 있었는데, 낙엽 더미처럼 금방이라도 바스러질 것 같았다. 앉는 부분에 전에 못 보던 커버가 씌워져 있었다. 뭐가 묻으면 쉽게 닦을 수 있는 비닐 커버였고 병원 같은 파란색이었다. 모든 방마다 같은 색이 깃들어 있었다. 그의 방에 쌓여 있는 기저귀, 화장실 옆 물티슈, 부엌 서랍 속 플라스틱 식사 도구. 유년은 옷 속에 잠기다시피 했고 슬리퍼를 신고 있었다. 의자 팔걸이에 가로로 걸쳐진 지팡이가 마치 감옥 창살 같았다. 뾰족 튀어나온 손마디는 손가락보다 훨씬 넓었고, 순환이 잘 되지 않는 피가 고여서 거뭇거뭇했다. 크리스틴이 그와 텔레비전 불빛 사이로 들어가자 그는 고개를 들고 목구멍에서 소리를 냈다. 몇 달 전에 그가 말을 끊었을 때 크리스틴과 필리스는 그냥 저기압이라서 그런 줄 알았다가 일주일이 지난 다음에야 언어능력을 상실했다는 사실을 깨달았다. 크리스틴은 팔짱을 끼고 그를 유심히 들여다보았다. 이 집을 받아들인다는 것은 사실 아버지를 받아들인다는 뜻이었다.

유년이 다시 목구멍에서 소리를 냈다. 아무 의미 없는 소리였음에도 크리스틴은 그가 어떤 의견을 제시하기라도 한 것처럼 그를 잠깐 쳐다보았다. 그녀가 주전자에 물을 끓이러 나가자 그의 시선이 그녀의 꽁무니를 좇았다.

유년은 이제 안경을 쓰든 안 쓰든 앞을 잘 보지 못했다. 텔레비전이 종종 켜져 있었지만 웅얼거리는 음성과 희미한 불빛이 친구가 되어줄 뿐, 맞은편의 모든 것은 안개로 덮여서 두 가지 색의 흔적으로만 존재했다. 낮에는 옅은 색, 밤에는 짙은 노란색이었다. 팔 길이 정도에서 시작된 안개가 조금씩 가까워지고 있었다. 형체들이 그의 영역 안으로 들어오면 분명해졌다. 딸들, 손자들, 그에게 와닿는 그들의 손과 손가락. 유년과 상태가 비슷한 다른 사람들은 그들의 손길을 고집스럽긴 해도 도움이 되는 사랑으로 해석하겠지만, 유년은 가족의 손에서 어떤 온기도 느끼지 못했다. 가라앉은 부유물로 탁한 물속을 헤치고 그에게 다가오는 죽은 산호처럼 뾰족하고 딱딱하게 받아들였다.

11시가 되자 크리스틴이 아버지를 부축해 일으키고 넘어지지 않게 붙잡고서 화장실로 데려갔다. 그는 이제 등이 굽어서 머리가 뱃머리처럼 앞으로 튀어나왔다. 변기 앞에 다다르자 그는 변기를 등질 때까지 천천히 몸을 돌리고 기다렸다. 생각하고 하는 행동인지, 기계적인 반응인지 알 길이 없었다. 크리스틴은 그의 바지를 발목까지 내리고 팬티를 벗겼다. 그는 바람 없는 날 깃발처럼 축 늘어져 있었다. 안전 바를 잡고 유넌 스스로 변기에 앉을 수 있었지만 그래도 그녀는 필요한 경우 붙잡을 수 있게 곁을 지켰다. 그는 자리를 잡고 앉아서 동작을 멈췄다. 조만간 변이 나올 것이었다.

크리스틴은 밖으로 나가 손바닥으로 벽을 짚어서 몸을 기대고 기다렸다. 그녀가 여기에 정착할 명분이 있었던 것도 오래전 일이었다. 그녀는 땋은 머리를 하고 있는 그녀와 언니의 액자 속 사진을 쳐다보았다. 크리스틴은 바보처럼 웃고 있지만 눈빛이 불안했고 필리스도 더하면 더했지 다르지 않았다. 잠시 후에 그녀는 화장실 문을 두 번 두드리고 안을 들여다보았다. 그가 일어나려고 하고 있기에 들어가서 부축했다. 먼저 그의 볼기 사이를 물티슈로 닦은 다음 키친타월로 물기를 없앴다. 그러는 동안 유넌은 안전 바를 부여잡고, 그녀가 책을 읽어주거나 커프스단추를 채워주고 있는 듯한 표정으로 문 쪽을 응시하며 몸을 살짝 떨었다. 크리스틴은 변기 물을 내리고 유넌의 팬티와 바지를 올리고 앞섶을 채운 다음 왔던 길을 되짚어갔다.

이후 며칠 동안 크리스틴은 오솔길 윗집에서 많은 시간을 보냈다. 필리스는 기뻐하며 매일 아침 소다빵을 구워서 같이 점심을 먹었다. 필리스는 누가 봐도 기분이 좋아 보였다. 밀가루, 설탕, 잼, 우유를 사러 헤거티스에 왔을 때에도 아주 말이 많았다. 심지어 아버지의 시중을 드는 것도 이제는 상관없었다. 동생과 함께 있을 수 있어서 그저 기뻤다. 크리스틴으로 말할 것 같으면 그 생활이 예상했던 것보다 훨씬 편안했다. 혼자 그녀의 집을 지키고 있는 것보다 훨씬 나았다. 거기 있으면 점점 부담감이 커져갔다. 데클란이 돌아올 날이 얼마 남지 않아서였다.

"예전부터 그 둘 사이를 중재하려고 했는데 번번이 실패했어." 크리스틴이 필리스에게 말했다. 그들은 라이언스의 집 부엌에서 차를 마시며, 필리스가 만든 스위스 롤케이크를 두툼하게 잘라서 먹고 있었다. "그런데도 얼마 전에 그 난리가 벌어졌을 때 둘 다 또다시 나한테 달려오더라."

"의지할 네가 없어져야 그 아이들이 어른이 될 수 있을지도 몰라." 그녀는 의미심장한 눈빛으로 동생을 쳐다보고 차를 좀 더 따라주었다.

다음 날 아침 필리스가 베이킹소다를 싹쓸이하러 마을에 간 동안 크리스틴은 그녀가 썼던 방에 들어가보았다. 창고로 변하지 않고 잘 보존돼 있었다. 침대 가에 걸터앉자 몸이 저절로 다음 동작을 기억해 옷장 문을 열었다. 안에 달린 타원형의 거울이 햇빛을 받아 반짝였다. 그녀는 자신의 모습을 바라보았다. 크리스틴이 그렇게 침대 위에 앉아 있었을 때 필리스가 돌아와 자기 방으로 들어갔다. 크리스틴이 자세를 고쳐 앉자 매트리스 스프링이 삐걱거렸고 이 소리에 필리스는 하던 일을 멈췄다. 크리스틴은 벽을 쳐다보며 자기가 무슨 소리를 들은 게 맞는지 헷갈려하는 언니의 모습을 상상할 수 있었다.

"너 여기 있어?" 필리스가 벽을 사이에 두고 물었다.

"응." 크리스틴이 조심스럽게 말했다.

같은 기간 동안 브렌던은 집에 들어오지 않거나 자기 방에 틀어박혔다. 집이 썰렁했지만 그도 크리스틴도 스토브에 불을 때지 않았고, 집안에 드리워진 우울한 분위기에 둘 다 저항하지 않았다. 크리스틴은 브렌던이 엄마가 거짓말에 대해 먼저 말해주길 바란다는 걸 알았고 그녀를 지켜보는 그의 시선을 느낄 수 있었지만 식사, 집안일, 우체국 심부름과 같은 기본적인 대화를 고수했다. 그가 먼저 이야기를 꺼낼 때까지 기다리기로 작정해서였는데, 브렌던은 그녀가 가방을 싸기 시작한 다음에서야 항복했다.

크리스틴이 예전에 자기가 살던 방에 들어갔다 나오고 난 뒤로 얼마간이 흐른 어느 날 오후였다. 브렌던이 집에 들어가 보니 그녀가 식탁 앞에서 큼지막한 여행용 가방에 옷을 넣고 있었다. "당분간 할아버지랑 이모랑 같이 지내다 올게." 그녀는 말했다. 브렌던이 가만히 서서 쳐다보고 있는 것을 느낄 수 있었지만 크리스틴은 시선을 내리깐 채 계속 짐만 쌌다. 브렌던이 상처를 받을까 봐 걱정이 되기도 했고 또 결심을 다지기 위해서이기도 했다. "너랑 형이랑 잘 지내보길 바라." 그녀는 말을 이었다. "형은 오늘 밤이나 내일 돌아올 거야. 형이 배에서 내리기 전에 부두로 미리 마중 나가 있어."

"형이 나를 보면 바다로 던질 텐데요?" 브렌던이 말했다.

"얼른 사과하면 안 그럴 거야."

"하지만 미안하지 않아요. 저도 아버지를 가질 권리가 있잖아요."

이 말에 크리스틴은 고개를 들었다. 브렌던은 덤덤한 표정이 었고 심란해하는 것처럼 보이지 않았다. 하지만 원래 그는 속내를 파악하기가 쉽지 않은 아이였다. "너도 아버지가 있었잖아." 크리스틴은 말했다.

"완벽하게 가지고 싶었어요. 아버지는 돌아가셨으니까 아버지한테는 아무 피해도 입히지 않은 셈이잖아요."

"그럼 나는?"

브렌던은 아무 말도 하지 않았다.

"네 아버지는 그런 비밀을 간직할 수 없는 사람이라는 걸 다들 알아." 크리스틴은 말을 이었다. "너도 알았을 거라고 본다만."

"그렇게 생각하는 사람도 있겠죠. 하지만 그건 너무 순진한 발상이에요. 엄마는 잊어버리셨나 본데, 제가 들은 게 많잖아요. 이 마을에 망신스러운 일이 얼마나 많다고요. 망신스러운 일은 다들 쉬쉬하게 되어 있어요."

"그 단어가 또 나오네. 지난번에는 데클란이 그러더니 이번에는 네가. 네 아버지는 망신스러워할 만한 일을 저지르지 않았어. 망신이 뻗친 사람은 오히려 네 형이지. 그리고 너고."

브렌던은 아무 말도 하지 않았다.

"네 아버지는 오히려 자존심이 너무 센 게 문제였던 사람이라 그런 비밀을 감추는 건 자존심이 용납하지 않았을 거야. 네가 친아들이었다면 제명인지 뭔지를 감수하더라도, 우리 결혼 생활을 감수하더라도 사람들에게, 온 세상에 말하지 않고는 못

배겼을 거다. 그이가 너를 얼마나 사랑했는지 모르니?"

크리스틴은 브렌던이 어떤 표정을 짓고 있을지 걱정할 필요가 없었다. 그녀에게 괴로움을 안긴 건 자기 입에서 나온 말이었다. 고통으로 인해 갑작스럽게 내면의 균형이 깨지자 손놀림에 영향을 미쳤다. 가방 지퍼를 너무 홱 당기는 바람에 손잡이가 떨어져 나왔다. 앰브로즈가 있었다면 고쳐주었겠지만 없으니 떨어져 나온 손잡이를 내동댕이치는 수밖에 없었다. "멀리 가는 것도 아니고 걸어서 몇 분 거리니까." 그녀는 가방을 들고 문 쪽으로 걸음을 옮기며 말했다. 브렌던이 따라 나와서 같이 집 앞에 섰다. 크로나라드산을 덮은 거대한 청회색 구름은 빗줄기로 아랫면이 너덜너덜했다. 오솔길 위에 빽빽하게 엉겨 붙은 솔잎 사이로 물길이 생겼다. 이렇게 말하는 크리스틴의 목소리가 떨렸다. "너 좋아하는 걸로 냉장고 채워놨어. 스파게티만 먹지 말고."

이 말을 끝으로 그녀는 걸음을 옮겼다.

THE BOY FROM THE SEA

16

데클란은 원래 워리어 3호에 승선하지 않고 그의 자리를 포기할 생각이었다. 육지에 남아서 브렌던과 이참에 담판을 짓고 싶었다. 그를 떠올리면 주먹이 불끈 쥐어졌다. 그런데 엘로이시어스가 이번에는 로컬 근처에서 조업할 예정이라고 하기에 다시 부두를 지나 워리어호에 승선했다. 브렌던을 다그치는 건 돌아가서 하면 될 일이었다. 이번 기회는 놓칠 수 없었다. 로컬을 실제로 목격하는 사람은 그가 되어야 했다.

그들은 북서쪽으로 이동하며 고기를 잡았다. 한 번 그물을 올릴 때마다 로컬과 가까워졌다. 데클란의 상상 속에서는 그 섬이 그들을 기다리고 있었다. 그는 워리어의 이동 방향을 주시하고 있다가 로컬이 디지털 해도 위에 뜨면 선교로 올라갈 작정이었다. 토미가 어서 내려가서 다시 일하라고 채근할 때까지 가만히 서서 바라볼 것이다. 데클란은 아래에서 잡은 고기를 정리하거나 탱크로 옮기며 계속 로컬을 상상했다. 바다에 계속 난타당해도 흔들리지 않는 그 석벽을 상상했다.

토미는 이번 시즌에 더는 고등어를 잡을 수 없게 됐으니 로컬로 가는 항로상의 숨겨진 협곡에 사는 특이하고 낯선 어종에 대해 알아보기로 했다. 데클란과 다른 선원들이 뭐는 버리고 뭐는 둘지 터득하기까지 어느 정도 시간이 걸렸다. 샛멸은 눈이 해괴하게 컸다. 검갈치는 악마처럼 못돼 보였다. 오렌지러피는 진짜 오렌지색이었고 얼굴이 흉측했다. 토미는 아직은 아무도 이런 생선을 먹지 않지만 시장을 찾을 수 있을 거라고 말했다. 새로운 가능성을 모색하다니 현명한 선택이었다. 어업의 규모가 워낙 빠른 속도로 팽창하고 있다 보니 어종 하나가 통째로 시장에서 순식간에 사라져버릴 수도 있었다. 아직은 아무도 인정하지 않았지만 북대서양의 대구 어장이 붕괴돼 조만간 씨가 마를지도 몰랐다. 데클란은 슈트 앞에서 브렌던을 떠올리며 죽은 물컹이를 골라냈다. 세게 던지면 슈트 옆면에 부딪히며 픽 하고 소리가 나는 것이 마음에 들었다. 픽 하면 끝이었다.

나흘째 되던 날 로컬 인근으로 진입하자 데클란은 틈만 나면 갑판이나 창가로 가서 수평선을 살폈다. 하지만 뭔가가 항상 그를 방해했다. 햇빛이나 날씨가 안 좋거나 워리어호의 방향이 조금 안 맞았다.

마지막 조업 때 잡은 고기를 분류하고 다들 선실로 들어갔지만 데클란은 조리실로 올라갔다. 그가 아래에 있는 동안 어둠이 내렸다. 그는 오므린 손바닥을 얼굴 양옆에 대고 창문 쪽으로 몸을 숙여 선실의 불빛을 가린 채 어둠 속을 내다보았다. 선교에 설치된 모니터로 워리어호의 항로를 확인한 바에 따르면 포물선을 그리며 로컬의 남쪽을 지나게 되어 있었는데, 별도 수평선도 바위도 아무것도 보이지 않았다. 물마루 몇 개만 워리어호의 스포트라이트를 받고 어른거릴 따름이었다. 데클란은 울화가 치밀어서 견딜 수가 없었다. 내일 아침 일찍 뱃머리를 돌려 집으로 돌아갈 텐데 아직 그 바위섬을 보지 못했지 않은가. 그는 선실로 내려갔지만 일착으로 일어날 수 있게 알람을 맞추고 몇 시간 뒤 다시 조리실로 갔다. 그는 다시 창문 쪽으로 몸을 숙였다. 햇빛이 무거운 하늘을 하얗게 밝히고 있었지만 이번에는 날씨가 그의 발목을 잡았다. 보퍼트 기준으로 풍력이 6급이라 물보라가 갑판을 후려쳤고 시계가 형편없었다. 높게 일렁이는 하얀 포말의 띠가 보였지만 물기를 잔뜩 머금은 대기 사이로 겨우 1.5킬로미터까지가 고작이었다. 종이 울렸고 다른 선원들이 등장했지만 새벽의 컨디션을 감안해 다들 별말이 없었고 케빈 비티는 〈댈러스〉의 주제가를 느리게, 나지막이 휘파람으로 불었다. 주방장이 그릴을 켰지만 바삭바삭한 베이컨 냄새도 데클란을 창가에서 떼어내지 못했다. 그는 계속 북쪽만 바라보았다. 잠시 후 2.5킬로미터 멀리에서 움직이지 않는 어떤 거대한 것에 그대로 부딪혔는지 물기둥이 30미터 위로 솟구치는 게 보였다. 그는 고개를 돌리지 않고 말했다. "거의 보이는 것 같아요."

다른 선원들이 자리에서 일어나 창문 앞으로 다가왔다. 다 같이 서서 은은한 햇빛에 창백해진 얼굴로 로컬을 찾았다.

"잘하면 볼 수 있게 선장님이 배를 좀 더 바짝 댈 수도 있지 않을까?" 로리 머린이 말했다.

"구경하는 데 기름을 쓸 리 없지." 엘로이시어스가 말했다.

"우리 아버지라면 그랬을 텐데." 데클란은 말했다. 상실의 슬픔이 가슴을 후벼팠다.

"그러게." 엘로이시어스는 말하고 입을 다물었다. 다른 남자들도 고개를 끄덕이고 아무 말도 하지 않았다.

다른 어느 누구도 아무 징조를 보지 못했고 이내 데클란이 제대로 본 게 맞느냐는 의문이 제기됐다. 온 사방에서 바다가 요동을 치고 있어 무언가를 보기가 쉽지 않았다. 데클란은 그들의 재잘거림에 짜증이 났던 참이라 모두 테이블로 돌아가자 반가웠다. 그는 아침 식사에 관심이 없었기에 창문 몰딩에 몸을 기대고 먼 곳에 초점을 맞추며 눈을 깜빡이지 않으려고 했다. 창문을 타고 주르륵 쏟아지는 빗줄기가 시야를 방해했다. 데클란은 밖으로 나가는 편이 낫겠다는 생각이 들었다. 그는 외부와 연결된 문 앞으로 가서 장화를 신었다. "저 녀석 미친 거 아니야?" 주방장이 이렇게 묻는 소리가 들렸지만 아무도 그를 말리지 않았다. 문을 딱 2, 3센티미터밖에 열지 않았는데 바람이 휘몰아쳐 들어왔고 바닷소리가 벌써 어마어마했다. 숲속의 모든 나무가 산산이 부서졌다 다시 모였다 다시 산산이 부서지는 것처럼 백색소음의 벽 안에서 요란하게 삐걱대고 부딪치는 굉음이 들렸다. 데클란은 비바람 속으로 나서서 문을 닫고 물보라를 맞느라 얼굴에 힘을 줘가며 선교 갑판으로 올라갔다. 파고가 워낙 높아서 두 손으로 난간을 잡아야 했고 배가 아래로 추락할 때면 무중력 상태가 느껴졌다. 스무 마리 남짓한 풀머갈매기가 파도 골을 따라 활공하고 있었는데, 골이 워낙 깊고 끝이 없어서 새 뒤편으로 하늘이 전혀 보이지 않았다. 그는 꼭대기로 올라가 난간을 붙잡고 북쪽을 바라보았다. 다시 파도가 뱃전을 때렸고 새하얀 바다 말고는 아무것도 보이지 않았지만 그는 어디에 집중해야 하는지 알 수 있었다. 그 지점을 응시하자 거리 때문에 극심한 소음과 혼란 속에서도 작고 고요해 보이는 머나먼 곳의 움직임에 온전히 집중할 때 찾아오는 묘한 기분을 느낄 수 있었다. 그 순간이 찾아왔을 때는 이보다 완벽할 수 없었다. 파도가 무너져 사방으로 굽이치자 그 사이로 시커먼 형체가 모습을 드러냈다. 분명 로컬이었다. 크기와 형체가 그의 손톱을 닮은 그 섬이 꼬박 12초 동안 자신을 보여주었다. 이윽고 배가 추락하자 그의 발이 잠깐 갑판을 떠났고, 하늘을 날았던 이 순간은 로컬에 얽힌 추억의 일부로 영원히 남을 것이었다.

선교에 있던 토미가 데클란을 보았는지 창문을 내리고 아래로 내려가라고 지시했다. "너 여기 없어도 돼." 그는 데클란이 왜 갑판에 있는지 의아해하며 언성을 높여서 바람 소리를 뚫고 크게 외쳤다. 특히 이런 환경에서 선원이 불필요하게 위험에 노출되는 건 그가 원치 않는 바였다. 데클란은 토미가 이해하지 못할 것을 알기에 그가 시킨 대로 계단을 내려가 조리실로 돌아갔다. 폭격을 경험한 군인 같은 분위기를 풍기며 조리실 한가운데 서서 숨을 헐떡였다. 비바람을 맞아서 얼굴이 번들거렸고 깜빡하고 장화를 벗지 않았다. 다들 그를 쳐다보고 있었다. "봤어?" 케빈이 물었다.

데클란은 주저없이 대답했다. "아니."

몇 시간 뒤에 워리어호는 좌현 쪽으로 방향을 틀었다. 데클란은 로컬을 보아도 마음이 가라앉지 않았다. 오히려 분노가 더욱 치밀었다. 브렌던을 집이 아니라 아예 마을에서 내쫓아야겠다는 생각이 들었다.

하역이 끝나자 밤 10시였다. 선원들은 대부분 맥주를 마시러 갔지만, 데클란은 집으로 성큼성큼 걸음을 옮겼다. 걸으면 걸을수록 기분이 점점 더 가라앉았다. 브렌던은 집에 없었고 데클란 혼자서 이 방, 저 방을 왔다 갔다 했다. 부아가 치밀어서 속이 뒤틀렸다. 스토브는 싸늘했고 공기에는 차분하고 축축한 느낌이 감돌았다. 매트 위에 공문서처럼 보이는 편지가 두 통 놓여 있고 식탁 위에는 씻지 않은 컵이, 싱크대에는 동그란 스파게티가 바닥에 눌어붙은 냄비가 있었다. 이 새끼가 저 윗집으로 도망쳤나? 데클란은 샤워도 건너뛰고 옷도 갈아입지 않은 채 라이언스의 집으로 뚜벅뚜벅 걸어가 그냥 문을 열고 들어갔다. 브렌던은 거기에도 없었지만 아버지를 자리에 눕힌 크리스틴과 필리스가 거실에 있었다. 그들이 일어나서 그를 맞이했고 필리스는 주전자에 물을 끓이러 갔다. 데클란은 흥분한 표정으로 생선 냄새를 풍기며 쾌적한 분위기와는 대조적인 모습으로 그 자리에 서 있었다. 테이블에는 갓 구운 스펀지케이크가 놓였고, 텔레비전은 꺼졌고, 벽난로에는 석탄불이 지펴져 있어 얼굴에 열기가 느껴졌다. 그는 거기에 불이 지펴진 것을 본 적이 없었다. 계속 가려져 있었던 터라 벽난로 자체를 본 적이 없었다. 유년의 의자가 저쪽 벽 근처로 옮겨졌고 의자를 마주 보도록 텔레비전 방향이 바뀌었다. 벽난로 앞에서 안락의자 두 개가 서로 마주 보도록 놓기 위해서였는데, 그 의자에 엄마와 이모가 앉아 있었다.

크리스틴은 가구의 배치가 바뀐 것을 보고 그녀가 여기에서 살고 있음을 데클란이 알아차렸다는 사실을 표정으로 읽었다. "너랑 네 동생이랑 잘 지내면 좋겠다. 제발 노력이라도 해줘. 너도 그럴 마음이 있다는 거 알아." 크리스틴이 말했다.

데클란은 아무 말 없이 몸을 돌려서 나와버렸다. 필리스가 복도에서 기다리고 있다가 크리스틴이 듣지 못하게 그를 조용히 현관문 앞으로 데려가 말을 꺼냈다. "브렌던이랑 화해해, 응?" 그녀는 애원하는 투로 말했다. "그래야 너희 엄마가 맘 편히 여기 있지. 너희 엄마는 나랑 같이 지내는 편이 좋아. 남편을 잃은 지 얼마 되지도 않았고, 나는 누구를 돌보는 거라면 이골이 났으니까."

동생을 되찾은 것이 지난 20년을 통틀어 필리스에게 벌어진 일 중 가장 좋은 일이었다. 크리스틴이 같이 살자는 말을 꺼냈을 때 그녀는 하마터면 울 뻔했다. 크리스틴이 당분간이라고 경고했지만 필리스는 그 부분은 흘려들은 눈치였다. 오븐이 쉴 새

없이 돌아가 온 집안에서 아늑한 분위기가 풍겼다. 그들 둘은 여기 이 윗집, 데클란과 브렌던은 아랫집에서 살면 만족스러운 결말이 될 것이었다. 필리스는 몽상을 좋아하는 성격이 아니었지만 몇 번, 예를 들면 반죽을 치대는 동안 크리스틴이 영원히 이 집에서 지내는 상상 속으로 빠져들었다. 아버지는 결국 돌아가실 테고 그러면 둘이서 같이 늙어갈 수 있을 것이었다.

필리스는 데클란을 바라보며 그가 어떤 식으로 받아들였는지 알 법한 단서가 드러나는지 살폈다. "저는 해야 할 일을 할게요." 그가 말하자 필리스는 그의 섬뜩한 표정에 뒷걸음질을 쳤다. 당장 오븐에 빵을 좀 더 넣어야 하게 생겼다.

데클란은 자기 집으로 돌아가 몇 분 동안 거실에 서서 이 상황이 무엇을 의미하는지 곱씹었다. 들리는 소리라고는 냉장고가 웅웅거리는 소리뿐인데, 전에는 의식하지 못했었다. 엄마가 떠났으니 이 집은 이제 실질적으로 그의 것이었다. 데클란은 단 하룻밤이라도 이 집을 공유할 생각이 없었다. 그는 다락에서 캐리어를 꺼냈다. 앰브로즈가 쓰던 것으로 던호 관련 서류로 가득했다. 그는 서류를 모두 쏟아냈다. 갑판 설계도, 조업 기록, 만의 해도, 그 어떤 것에도 관심을 두지 않았다. 거기에 담요 두 장, 브렌던의 옷, 그의 카세트플레이어와 비주류의 삶을 선택한 사람들이 듣는 음반에서 선별 녹음한 카세트테이프 일곱 개를 담았다. 그게 전부였고 심지어 캐리어가 꽉 차지도 않았다. 브렌던과 세상 사이의 연결 고리란 이 몇 가지뿐이었다. 데클란은 그러거나 말거나 캔 따개와 반창고 한 상자도 추가로 넣었다. 매트에 놓인 편지 중 한 통이 브렌던 앞으로 온 것이길래 그것도 쑤셔 넣었다. 마지막으로 지갑에서 100파운드짜리 지폐를 꺼내 맨 위에 얹었다. 뚜껑을 닫고 캐리어를 현관문 앞 계단에 두었다. 그러자 만족스럽지는 않았지만 뭔가를 완수한 느낌이 들었다. 차가운 쇳덩이가 딱 맞게 만들어진 자리에 스르르 끼워져 들어간 것 같았다. 쪽지는 쓸 필요 없었다. 캐리어 하나면 그의 의사를 밝기기에 충분했다.

데클란은 침대에 누워서 한 시간 동안 천장을 바라보았다.

브렌던은 저녁 내내 샌드라의 집에 있었다. 엄마가 없는 빈집은, 그 고요함은 불안했다. 하지만 비주류의 삶을 선택한 사람들과 함께 지내는 것도 편하지는 않았다. 샌드라는 심리학자 놀이를 즐기며 그의 가족이 그렇게 파탄 난 경위와 이유를 계속 물었다. 브렌던은 설명을 할 만큼 차분하게 그 문제를 바라볼 수 없었다. 그는 평생 웬만하면 그 질문을 피하며 살아왔다. 그래서 결국 자정을 넘긴 시각에 오솔길로 돌아갔다. 한참 동안 바라보다가 집어 들기는 했지만 캐리어를 보고 놀라지는 않았다. 이를 통해 브렌던도 뭔가를 완수한 기분을 느꼈다. 그는 자신의 운명을 받아들였다. 모든 것이 무너진 슬픈 상태가 아니라 운명이라고 생각하는 편이 나았다. 브렌던은 캐리어를 들고 집을 등지고 서서 대서양의 공기를 음미하며, 특별한 존재가 된 것 같은 기분이 마음속에서 꿈틀거리는 것을 경험했다. 그는 가족이 없었다. 사실 그랬다. 어쩌면 애초부터 이 마을은 그저 지나가는 곳에 불과했을지 모른다고 그는 속으로 중얼거렸다. 그는 바다에서 여기로 흘러 들어왔고 내일이면 그의 도움을 필요로 하는 사람들이 있을지 모르는 다른 마을로 떠날 것이다. 그는 그들을 도울 테지만 결국에는 다시 떠나야 한다는 것을 알기에 너무 가깝게 지내지는 않을 것이다. 그것이 바다에서 온 소년의 운명이었다.

브렌던은 우선 비바람을 피해 오늘 밤을 혼자서 평화롭게 보낼 수 있는 곳을 알았다. 그는 〈리틀리스트 호보〉 주제가를 흥얼거리며 공포의 급커브길을 지나 멀어졌다. "나는 계속 나아갈 거야." 그는 큰 소리로 외쳤다. 시커먼 도로에서 들리는 소리라고는 그것뿐이었다.

배의 무덤은 깨진 돌이 깔린 좁은 포구였다. 임무를 마치고 엔진과 조명과 장비와 윈치가 제거된 우리의 트롤선들이 거기에 버려졌다. 그 일대에서는 고인 짠물과 부풀어 오른 목재 냄새가 났다. 목조선은 단계별로 부식했다. 소나무 갑판이 맨 먼저 무너지고 10년쯤 지나면 주로 낙엽송으로 건조된 선체가 떨어져 나가 오크로 된 뼈대만 흉곽처럼 이후로 몇 년 동안 삭막하게 그 자리를 지켰다. 그때는 거기 방치된 배가 열한 척이었다. 죽은 해초가 선체 구멍을 막아 회색 반죽처럼 썩어가는 그 안에서 조그맣고 말랑말랑한 수백만 개의 알이 날마다 꿈틀거리며 부화해 번들거리는 벼룩이 깡충깡충 튀어나왔다. 폐선이 줄을 맞춰 차곡차곡 놓인 게 아니라 크레인으로 옮긴 상태 그대로라 서 90도로 놓인 경우도 있었다. 아드 바라호는 고물을 하

The Boy from the Sea

늘로 치켜들었고 조타실이 통째로 제거돼 갑판에 시커먼 구멍이 뚫려 있었다.

　브렌던은 울퉁불퉁한 땅에도 아랑곳하지 않고 걸어가 가장 최근에 버려진 폐선의 그림자 속으로 들어갔다. 샤이닝 라이트 호에는 아직 아크릴 창문이 달려 있었고 옆으로 쓰러진 선체에 멀쩡하게 남은 돛대가 바닥에 깔린 돌과 수평을 이루었다. 바다와 가장 멀리 떨어져 있어서 밀물이 가장 높은 시기에도 물이 닿지 않았다. 브렌던은 캐리어를 밀며 조타실 아래로 기어가다가 뚫린 창문을 지나며 일어나 안으로 들어갔다. 조타실의 합판은 비를 맞고 뒤틀렸지만 바닥에 난 구멍으로 들어갈 수 있는 선창은 보송보송했다. 그는 라이터를 켜서 높이 들었다. 마지막으로 왔을 때 앉았던 나무 상자와 병에 꽂아둔 양초 등 모든 게 그대로였다. 짝이 안 맞는 장화 한 켤레, 부표 세 개, 휘어진 대형 스패너, 밧줄 한 타래와 같이 버려진 장비들도 여전히 흐트러짐이 없었다. 괜찮네, 그는 생각하며 초에 불을 붙였다. 불빛이 구석까지 닿지는 않았지만 선창 옆면에 무늬를 그렸고 브렌던은 앉아서 그 무늬를 한참 동안 쳐다보았다. 수년에 걸쳐 우리의 고민을 듣는 동안 브렌던에게 능력이 하나 생겼으니 자신의 일부를 차단하는 능력이었다. 기본 기능은 유지하되 한 귀로 듣고 한 귀로 흘리며 정신은 딴 데 둘 수 있었다. 오늘 밤에는 불필요한 부분을 모두 끄고 공회전에 돌입했다. 이런다고 해서 그의 자존감이 낮아지지는 않았다. 오히려 좀 높아졌다. 그는 스스로 살아남은 것이, 모든 것을 잃고도 다시 시작할 수 있는 것이 자랑스러웠다.

그는 담요로 몸을 둘둘 말고 나무 상자 위에 눕자마자 곧바로 곯아떨어졌다.

날이 밝자 엔진 소리가 브렌던을 깨웠다. 어마어마하게 강력한 엔진 두 개가 멀지 않은 데서 돌아가고 있었다. 가만히 누워 있는 편이 나을까 아니면 얼른 도망치는 편이 나을까? 그는 눈에 띄고 싶지 않았기에 샤이닝 라이트호 안에 있는 편이 안전하다는 판단을 내리고 나무 상자 위에 그대로 누워서 선창 벽을 올려다보며 귀를 기울였다. 엔진이 멈추었고 제동장치에서 압축된 공기가 빠져나오는 소리가 들렸다. 남자들의 목소리가 들렸고, 터진 폭소가 그 목소리를 몇 초 동안 한데 아울렀다. 시간이 흘렀다. 유압 장치가 웅웅대고 끼익거렸다. 시간이 좀 더 흘렀다. 다시 목소리가 들렸다. 그러고 나서 잠시 후 거대한 무언가가 쿵 하고 떨어지자 샤이닝 라이트호가 흔들렸다가 다시 자리를 잡느라 바닥이 들리고 병이 쓰러졌다. 공포스러웠지만 브렌던이 보기에 선체 어디가 부서지지는 않았다. 휘저어진 물살이 철썩이는 소리가 들렸다. 다시 목소리가 들리는데, 뭐라는지는 알 수 없었지만 말투에서 일을 마쳤다는 만족감이 느껴졌다. 차 문이 쾅 하고 닫혔고 두 개의 엔진이 멀어졌다.

브렌던은 첫차를 타고 떠날 생각이었지만 그때까지 한 시간은 남았기에 아무도 없다고 확신할 수 있을 때까지 기다렸다가 선창에서 나와 몸을 웅크리고 조타실에서 빠져나왔다. 손바닥에 차가운 돌이 닿자 잠이 완전히 달아났다. 기어서 나와 보니 새로 등장한 폐선이 90미터 깊이의 물속에서 수평선을 가리고 있었다. 떨어지는 와중에 용골이 박살 나 선체가 돌을 끌어안고 똑바로 서 있는 꼴이 되었는데, 널빤지 일부는 깨끗하게 부러졌고 나머지는 으스러졌다. 그 배는 크리스틴 던호였다. 브렌던은 그 배에 시선을 고정한 채 바닥으로 주저앉았다. 마침내 모든 것이 무너진 느낌이 그를 덮쳤다. 부인할 수 없었다. 몸으로 그걸 실감할 수 있었다. 브렌던은 버스를 타러 가지 않았다. 그날 밤까지 하루 종일 배의 무덤에 남아 있었다.

THE BOY FROM THE SEA

17

우리는 다시 브렌던에 대해 이야기했다. 그가 맨 처음 등장했을 때만큼이나 그랬지만 그때처럼 너그러운 마음을 갖거나 놀라워하지는 않았다. 우리는 농간과 부정행위를 질색했기에 대다수가 그의 거짓말을 괘씸하게 여겼다. 속아 넘어간 사람들이 특히 그랬다. 우리는 올바른 행실에 예민했다. 우리에게는 부모 세대가 말이 아니라 솔선수범을 통해 가르친 원칙이 있었다. 브렌던은 그걸 조롱했고 그뿐 아니라 그에게만 적용되는 특별한 원칙을, 그가 위반한 뒤에서야 존재했음을 알게 된 그 원칙을 위반했다. 그는 좀 더 고마워했어야 했다. 앰브로즈와 크리스틴뿐만 아니라 온 마을 사람들에게 그랬어야 했다. 우리가 그에게 안식처를 제공하지 않았던가. "아무렴, 사실상 우리 모두가 그 아이를 입양한 셈이었지." 메이너스 맥매너스는 십 인 바 카운터에서 이렇게 말했다.

하지만 시간이 지나면서 우리의 태도는 달라지기 시작했고, 여기에는 예배당 묘지 청소가 중요한 역할을 했다. 여름마다 하는 이 연중행사가 그해에는 하필이면 워리어 3호가 로컬에서 귀항하고 브렌던이 보너의 집을 영영 떠난 날 치러졌다. 우리는 세제, 양동이, 걸레, 원예 도구를 트렁크에 싣고 묘지로 향했다. 서로 알은체하고 날이 좋아서 다행이라고 반갑게 인사를 나누고는 작업에 착수해 각 집안의 묘비에서 이끼를 긁어낸 뒤 물로 씻어내고 묘지의 잡초를 뽑았다. 여기까지가 전반적인 청소와 관리였다. 파란색 자갈을 갈퀴로 고르게 정리하기도 했다. 휴이 데블린은 차에 싣고 온 새 자갈을 어깨에 짊어지고 옮겨서 자기 부모님의 묘지를 아예 갈아엎었다. 깨지거나 빛바랜 장식품은 치웠다. 당시에는 조화가 꽂힌 공 모양의 플라스틱이 유행이었다. 대부분 보온병에 담긴 차와 햄 샌드위치를 들고 와서 그걸로 점심을 때웠다. 따라온 꼬맹이들은 잔디밭에서 구르거나 같이 무덤 사이를 돌아다니며 중얼중얼 비문을 읽었다. 일을 하며 이런저런 잡담을 나누었지만 전반적으로 가라앉은 분위기였고, 우리는 그런 일을 할 때는 그러는 편이 가장 좋다고 여겼다. 어떤 무덤도 빠뜨리지 않았다. 돌봐줄 사람이 없는 경우에는 가장 가까운 묘지를 청소하러 온 사람이 거기까지 도맡았다. 윗길에 사는 비디 도너휴의 이웃들은 그녀의 무덤에 난 잡초를 뽑았다. 앰브로즈의 자리는 언덕 꼭대기였다. 아직 새 무덤이라 손댈 필요가 없었지만 묘비에 새겨진 그의 이름이 우리들 사이에서 감상을 유발했다. 브렌던의 입장에서는 쉽지 않았을 거라는 생각이 들었던 것이다. 밤을 새워 조문하고 관 뚜껑을 열어놓고 성대하게 장례식을 치르는 문화에도 우리는 상실의 슬픔에 대처하는 데 별로 재주가 없었다. 인생은 일종의 행렬이었고 우리는 다 같이 그 안에서 걷고 있었으니 뒤처지면 안 됐다. 사실 우리는 서로에게 많은 시간을 할애하지 않았고, 자기 자신에게도 마찬가지였으며 늘어놓는 성격이 아니었다. 힘들어하는 사람이 있으면 일으켜주고 계속 응원하는 것이 직계가족의 역할이겠지만 모든 가족이 그런 기능을 제대로 수행하는 건 아니었다. 우리는 그날 묘지에서 갈퀴질을 하고 잡초를 뽑으며 브렌던을 용서하기 시작했다.

날이 저물자 신부님이 나타나 언덕 꼭대기에서 기도를 인도했고 우리는 그 주변에 모여서 통상문을 읊었다. 당연히 묘지를 밟지는 않았지만 신부님을 더 잘 볼 수 있게 묘지를 에워싼 콘크리트 둘레석 위에 올라가는 건 괜찮았다. 크리스틴이 등장하자 우리는 좀 더 긴장했다. 어깨를 뒤로 젖히고, 목소리 톤을 높이고, 기도하는 자세로 두 손을 모았다. 그녀는 망연한 표정을 짓고 있었지만 우리가 전하는 조의를 받고 우리 가족의 안부를 물었다. 앰브로즈와 똑같이 악수하는 것이 존경스러웠다. 기도 시간이 끝나자 그녀는 남편의 무덤 옆으로 가서 잠깐 동안 서 있었다.

신부님은 묘지 사이를 걸어오며, 주교가 우리 마을 선단에 했던 것처럼 묘비에 성수를 뿌렸다. 우리는 통로를 따라 혹은 부모님, 형제, 자매, 아이의 무덤 사이로 조심스럽게 발을 내디디며 다 같이 그의 뒤를 따랐다.

이후에 크리스틴은 오솔길로 돌아가 라이언스의 집으로 향했다. 아버지가 거실에서 담요를 대형 턱받이처럼 턱까지 올리고 깜빡이는 화면 쪽을 응시하고 있었다. 텔레비전 불빛으로 볕바라기라도 하는 것 같았다. 크리스틴은 아버지의 어깨를 토닥이고 부엌으로 들어갔다. 구운 귀리와 시럽의 진하고 달콤한 냄새가 풍겼고 식히려고 망 위에 올려놓은 오트바가 보였다. 필리스의 유난이 또 시작되고 있었다.

"네가 잘 챙겨 먹고 있는지 불안해서." 필리스가 억지로 명랑하게 꾸민 목소리로 말했다. 그녀는 식탁 옆에 서 있었고 무슨 일인가 벌어졌다는 것을, 크리스틴이 달라진 듯하다는 것을 이미 느낄 수 있었다.

"미안, 내일 우리 집으로 돌아가는 편이 좋을 것 같아. 애들을 그런 식으로 두고 나오다니 내가 바보 같았어."

"에이, 여기서 그 집까지 얼마나 된다고." 필리스는 간절하게 미소를 지었다.

"그래, 나 어디 멀리 가는 거 아니야."

"생각을 좀 해보지 그래?"

"충분히 생각해봤어."

필리스는 화를 내봐야 소용없다는 걸 알았지만, 그래도 말투에서 살짝 티가 나는 건 어쩔 수 없었다. "애들은 잘 지낼 텐데!"

크리스틴은 브렌던이 집에 없는 걸 알았지만, 다시 비주류의 삶을 선택한 사람들의 집에서 신세를 지는 줄 알았다. "내가 거기 있으면 브렌던이 집으로 돌아올 거야." 그녀가 말했다.

필리스는 무너지는 마음을 달래며 오븐 쪽으로 몸을 돌렸다.

한편 오솔길 저편에서는 데클란이 술을 마시고 있었다.

캔맥주를 한 무더기 해치우고 찬장 뒤편에서 찾은 크림 리큐어로 넘어갔다. 하도 오래돼서 뚜껑을 돌리자 들러붙어 있던 더께가 으드득 바스러지는 소리가 났지만 그래도 아랑곳하지 않고 크게 한 모금 마셨다. 주위를 두리번거리며 머리를 식힐 만한 일을 찾다가 스토브를 켜기로 했다. 집을 데우기 위해서라기보다 상속 의식을 느끼기 위해서였다. 그는 먼저 신문지를 똘똘 뭉쳐 스토브의 쇠살대에 놓고 그 위에 나뭇가지를 쌓고 토탄을 한 덩어리 얹은 다음 신문지에 성냥불을 붙였고, 문에 달린 철망을 만지작거리며 불이 제대로 붙을 때까지 공기의 흐름을 조절했다. 불길이 점점 커지는 동안 어떤 깨달음이 데클란을 찾아왔다. 인생을 좌우하는 여러 가지 중요한 결정이 모두 이루어졌다는 깨달음이었다. 가끔 요리사가 될까 하는 생각이 들었지만 쉽게 그 꿈을 이룰 수 있는 길이 보이지 않았고, 단순함이 필요한 이때 앞으로의 길이 선명하게 보이는 것은 위안이었다. 그는 어부가 될 것이다. 그가 담보 대출금을 갚고 증축 공사를 끝낼 것이다. 아이를 낳거나 결혼할 마음은 없었지만 여기에서는 그것이 일반적인 관행이었고 그는 자신이 특별하다는 착각은 하지 않았다. 결국에는 어떤 여자의 설득에 넘어가 결혼을 하게 될 것이다. 그러면 그는 이 집, 이 스토브 옆에서 나이를 먹을 것이다. 그렇다, 중요한 결정들이 내려졌으니 이제 거기에 맞춰서 살기만 하면 됐다. 그는 병나발을 부는 것으로 자축했다.

다음 날 아침 일찍, 크리스틴이 일어나기 전에 필리스가 그 집 뒷문으로 찾아갔다. 그녀는 바닥에 나뒹구는 빈 맥주캔을 못마땅한 눈빛으로 바라보았다. "차라리 술집에 가지?"

데클란은 한쪽 옆으로 다리를 늘어뜨리고 배에 재떨이를 얹고서 2인용 소파에 누워 있었다. 얼굴에 핏기가 없고 눈가가 누렸다. "여기가 좋았어요."

필리스는 데클란에게 가까이 다가갔다. 그녀가 하고 있는 불편한 생각을 털어놓을 수 있도록 데클란이 유도해주어야 책임을 덜 수 있을 텐데, 데클란은 그녀의 심리를 알아차릴 만한 상태가 아니었다. 그는 다시 눈을 감고 엄지와 검지를 눈꺼풀 위에 얹었다. 필리스는 집 안에 도청 장치라도 설치된 것처럼 조그맣게 말했다. "브렌던을 치워버리고 싶으면 갈 만한 데를 알아봐줘야지. 그 아이가 정착할 만한 곳을."

데클란은 손을 치우고 당황한 표정으로 그녀를 쳐다보았다.

"걔가 만족해야 크리스틴도 만족할 테고 그래야 내가 자기를 보살필 수 있게 할 거 아냐. 그게 모두를 위해 가장 좋은 길이 될 거야."

데클란은 그녀의 말이 이어지길 기다렸다.

"내가 브렌던이 갈 만한 데를 알 것도 같아. 걔를 위해, 모두를 위해 다 잘될 만한 곳을. 하지만 그걸 준비하려면 차를 타고 어딜 다녀와야 해. 너랑 나 단둘이서. 지금 당장."

The Boy from the Sea

그녀의 조카는 힘들게 재떨이를 치우고서 발로 바닥을 딛고 일어섰다. 필리스는 그를 지켜보며, 그의 눈에 비친 자신이 모질어 보이지는 않을지 걱정했다. 그런다 해도 이해할 수 있었다. 그녀도 몰래 들어오면서 마음이 편치 않았다. 하지만 데클란도 그녀의 선한 의도를 알지 않을까? 가족을 보살피려면 힘든 결정을 내려야 할 때도 있는 법이다.

데클란은 그녀를 쳐다보며 아무 말도 하지 않았다. 그러다 방을 가로질러 가 테이블에서 자동차 열쇠를 집었다.

그가 운전하는 동안 필리스는 보너 부부가 처음에 아이를 데려왔을 때 그녀가 아이 엄마를 찾으려고 여기저기 수소문을 하고 다녔다고 설명했다. 수수께끼처럼 보였을지 몰라도 몇 가지 정보를 어렵잖게 입수할 수 있었다. 아이 엄마는 수산물 가공 공장에서 한두 달 일한 여자였고 누구든 마음만 먹으면 크리스터벨 맥길로웨이라는 그녀의 이름을 알아낼 수 있었다. 그녀는 주소를 남기지 않았지만 필리스가 가까이서 근무한 여자들에게 전화를 돌려 크리스터벨이 어디 출신인지 정확히는 아니더라도 대충 알아냈다. 필리스는 전화번호부를 뒤져 그 이름이 쓰인 그 일대의 모든 가게, 술집, 차량 정비소에 모조리 전화를 돌려 그녀의 연락처를 알아내려고 했다. 사람들이 입을 열지 않아서 쉽지 않았지만 마침내 필리스는 그 여자의 집에 전화가 없다는 확신을 얻었다. 정확한 주소도 알아내지 못했지만 동네 이름은 파악했으니 가서 알아보면 그녀를 찾을 수 있을지 몰랐다. 필리스는 아무에게도 이 사실을 알리지 않았다. 그 무렵 크리스틴과 앰브로즈는 아이를 입양하기로 마음먹었고 그녀는 조사를 마무리할 기운이 없었다. 그 동네는 더니골에서 북동쪽으로 두어 시간 가면 나오는 접경지였다. "전에 한 번 차를 몰고 다녀온 적 있어. 브렌던이 사람들을 축복해주면서 잘난 척하기 시작했을 때. 하지만 크리스틴이 생각나서 몇 킬로미터를 남겨놓고 차를 돌렸지." 필리스는 말했다.

"그런데 이제 와서 그 아이 엄마를 찾고 싶다고요?" 데클란은 물었다.

필리스는 안전벨트를 조절했다. "모두를 위해서 그게 최선일 거야."

그들은 바다를 등지고 떠났다. 지대가 높은 땅으로 향하자 도로가 좁아지고 노면 표시가 사라졌다. 뻥 뚫린 습지의 풍경은 단조로웠고 바람에 깎여 황량했다. 그걸 보고 데클란은 수평선은 낮고 하늘은 압도적인 대서양을 떠올렸다. 3, 4킬로미터마다 벽에 토탄이 쌓인 단층집이 등장했다. 지저분한 운동화를 신은 어린아이들이 그 앞에서 놀고 있었다. 그들이 지나가자 아이들이 도로로 걸어 나와 그들의 꽁무니를 응시했다. 얼굴이 까만 양들이 산들바람을 맞으며 서 있었고 차창이 닫힌 상태에서도 녀석들의 우는 소리가 들렸다. 가끔 도로로 떨어져 나온 양이 등장하면 데클란은 속도를 늦춰서 옆으로 지나갔다. 녀석들은 절대 한쪽으로 비켜주지 않았다. 그리고 너무 커 보였다. 필리스는 네 발을 땅에 딛고 있는 양이 차창을 사이에 두고 사람과 눈을 맞추면 안 된다고 확신했지만 이 녀석들은 그럴 수 있었다.

하늘과의 경계에 시커먼 띠가 등장했다. 그들의 오솔길에 있는 숲과 비슷하지만 규모가 훨씬 커서 너비가 16킬로미터 정도 되는 가문비나무 조림지였다. 여기에서는 곤충 같아 보이는 영국 군용 헬리콥터가 그 위를 맴돌았다. 그들 앞으로 보이는 도로는 숲으로 곧장 이어졌다. 가까이 다가가도 나무들이 계속 시커멨다. 데클란은 숲으로 들어가기 직전에 도로 한복판에서 차를 세웠다. 20분 동안 다른 차를 본 적이 없으니 굳이 길가에 댈 필요가 없었다.

"그 여자가 여기서 살면 뭐라고 해요?" 데클란은 물었다.

"아들이 어디 있는지 안다고 하고, 둘을 서로 연결해주면 되지. 브렌던이 그 여자와 잠깐 살고 싶어 할 수도 있고." 필리스는 말했다.

데클란은 시동을 끄고 손으로 무릎을 감싸 쥐었다. 엔진이 식으면서 조그맣게 딸깍거리고 틱틱거리는 소리가 났다. 조림지 바로 앞이라 헬리콥터가 보이지는 않았지만 3, 4킬로미터 멀리에서 소리가 들렸다.

"흥분해서 날뛰고 그러진 않을 거지?" 필리스가 물었다.

데클란은 무릎을 쥔 손에 힘을 주었다. "네."

"못 믿겠네. 너 〈슈퍼맨 3〉 보다가 바지에 오줌 쌌던 때 기억하지?"

데클란은 숨을 크게 내뱉고 열쇠를 돌려서 시동을 걸었다. 그들은 숲속으로 들어갔다.

표지판 하나 없이 갈림길만 여러 개라 이내 정처 없이 숲속을 헤매고 다니는 형국이 되었다. 햇빛이 거의 들지 않고 길이 구불구불해서 앞뒤로 보이는 거라고는 나무뿐이었다. 모든 가문비나무가 탁한 초록색이었고 더러는 병에 걸렸는지 색이 더 칙칙한 것들이 보였고 축 늘어진 잡초로 뒤덮여 있었다. 그들 아니면 조종사가 경계선을 넘었는지, 어느 순간 헬리콥터가 바로 위에서 그들을 주시하는 듯한 느낌이 들었다. "자연스럽게 행동해." 필리스가 말했다.

어느 정도 갔을 때 지저분한 점퍼와 청바지를 입고 길가 울타리 기둥에 기대서 있는 노파가 보였다. 안경은 테이프로 붙였고 알이 엄청 두꺼웠다. 데클란은 차를 세우고 창문을 내려 크리스터벨 맥길로웨이의 집으로 가는 길을 물었다. 그녀는 앞쪽을 가리키며 좌회전, 우회전을 줄줄이 읊었다. 다시 10분쯤 달렸을 때 같은 기둥에 기대고 서 있는 같은 노파를 다시 맞닥뜨렸다. 이번에는 그녀가 지긋지긋하다는 듯이 그들을 쳐다보더니 몸을 돌려서 숲속으로 사라져버렸다.

두 번째로 한 바퀴 돌았을 때는 다른 결과가 나왔다. 여태 간적 없는 길이 등장했다.

줄줄이 늘어선 가문비나무를 지나자 뻥 뚫린 공간이 나왔고 길에서 멀지 않은 곳에 단층집이 있었다. 보너의 집처럼 옆면에 포석이 어지럽게 박힌 곳이었다. 그들은 그 집을 보고 불안한 마음을 달래며 진입로 입구에 차를 세웠다. 아직은 들어갈 결심이 서지 않았다. 엉겅퀴, 소리쟁이 잎, 쐐기풀이 집 주변

The Boy from the Sea

의 땅을 갈기갈기 찢어놓았다. 굴뚝에서 연기가 나지 않았고 축 늘어진 망사 커튼 때문에 스산한 분위기를 풍겼다. 빨간색과 하얀색이 섞인 혼다 오토바이가 방수포로 반쯤 덮였고, 콘크리트 블록 위에 놓인 바퀴 빠진 자동차가 그 옆을 지키고 있었다. 당시 더니골의 일부 지역에서는 흔히 볼 수 있는 풍경이었다. 어디에선가 개가 짖기 시작했고 10초 뒤 어떤 남자가 현관문을 박차고 나와 그들 쪽으로 성큼성큼 다가왔다. 예순 살쯤 되어 보였고, 호리호리했고, 수염이 덥수룩했고, 점퍼 위에 낡은 검은색 슈트 재킷을 입고 있었다. 남자는 차에서 몇 미터 앞에서 걸음을 멈추고 당당하게 따지는 자세를 취했다. 필리스는 데클란을 쳐다보았지만 남자가 그녀 쪽에 서 있었기에 그녀가 창문을 내리는 수밖에 없었다. "불쑥 찾아와서 죄송해요." 필리스는 점잖거나 교양 있게 보이려고 톤을 높여서 이상한 목소리를 내며 말했다. "여기가 혹시 크리스터벨 맥길로웨이 씨 집인가요?"

"그런데요."

"그렇군요." 그녀는 자신 없는 투로 말하고 데클란을 다시 쳐다보았다.

남자는 90도로 몸을 숙여 필리스를 지나치더니 데클란에게 물었다. "저 여자 왜 저래요?"

"선생님께서 바지를 안 입고 계셔서 그런 것 같은데요."

남자는 놀란 표정으로 자기 몸을 내려다보았다. 바지를 입지 않았어도 삼각팬티는 제대로 걸쳤으니 개의치 않는 눈치였다. "크리스터벨은 내 평생을 바쳐서 사랑했던 사람이오!" 그는 허리를 펴면서 말했다. "들어와요!" 그는 몸을 돌려서 다시 집 쪽으로 걸음을 옮겼다.

필리스와 데클란은 서로를 쳐다보았다. 둘 다 남자의 유난히 좁은 코, 누가 봐도 까무잡잡한 피부, 희끗희끗하지만 숱이 많은 곱슬머리에 주목했다. 그들은 차에서 내려 집 쪽으로 걸어갔다. 현관문이 열려 있었고 사람이 계속 살고 있지만 휑뎅그렁한 공간이 그들을 맞았다. 벽에는 그림이 걸렸던 자리에 자국이 남았고, 퀴퀴한 냄새를 풍기는 카펫은 오그라들었는지 벽까지 닿지 않았다. 거실에서는 개 냄새가 났고, 가구라고는 받침대 위에 놓인 대형 텔레비전, 갈색 소파와 안락의자 세트, 커피 테이블이 전부였다. 테이블 위에는 얼룩이 진 머그 몇 개와 럼주 한 병이 있었다. 소파는 부스러기와 개털로 뒤덮였지만 남자가 그 방향으로 손을 흔들기에 데클란과 필리스는 각각 양쪽 끝에 앉았다. 대부분의 털이 가운데에 몰려 있었다. 남자가 바지를 입어서 다행이었지만 차를 권하지는 않았다.

"크리스터벨이 여기 있나요?" 필리스는 부엌으로 나가는 문쪽을 쳐다보며 물었다.

"그럴지도요." 남자는 말하고, 호기심과 기대가 교차하는 표정으로 의자에 앉아 몸을 앞으로 숙였다. "여긴 어쩐 일이신가요?"

"크리스터벨이 오래전에 킬리베그스의 어느 수산물 가공 공장에서 일한 적이 있어요." 필리스가 말했다.

"그러니까 킬리베그스에서 오셨구먼." 그는 말하고 데클란을

The Boy from the Sea

쳐다보았다. "그쪽은 어부인 것 같은데. 아니오?"

"네, 맞습니다."

남자는 의자에 기대앉아 미동도 하지 않고 모든 관심을 데클란에게 기울였다. 이마의 각도도 그렇고 호리호리한 체형, 심지어 꼼짝 않는 것까지. 영락없는 브렌던의 아버지였다.

"대형 트롤선에서 조업하는?" 그가 데클란에게 물었다.

"제일 큰 트롤선이죠." 데클란이 대답했다.

"로컬 근처에 간 적 있어요?" 남자는 물었다.

데클란은 낯익은 얼굴 때문에 이미 얼떨떨하던 찰나, 그 단어를 이 남자에게서 듣고 놀란 표정을 감출 수가 없었다. 그가 데클란의 생년월일과 가운데 이름을 술술 읊기라도 한 듯 충격을 받았다. 하지만 남자는 자기가 얼마나 의미심장한 질문을 했는지 전혀 모르는 눈치였다. "네." 데클란은 대답했다.

"나는 저걸로 봤는데." 남자는 텔레비전을 턱으로 가리키며 말했다. "근사한 곳이지요, 로컬은."

"그럼 크리스터벨의 남편 되시나요?" 필리스가 물었다.

그는 필리스의 존재를 잊어버리고 있던 사람처럼 그녀를 다시 쳐다보았다. "당연히 결혼해서 정식으로 부부가 됐어야 하는 건데." 그는 필리스에게 말했다. "하지만 여기로 데리고 와서 먹이고 입히고 아무도 괴롭히지 못하게 했어요. 괴롭히려는 사람이 있었거든! 오빠가 나랑 한판 뜨겠다고 여러 번 찾아왔어요." 그는 이를 갈며 시선을 돌렸다.

쥐 한 마리가 그들 뒤편의 굽도리널을 따라 쪼르르 달렸다.

필리스와 데클란은 그 모습을 보았지만 아무 말도 하지 않았다.

남자가 다시 데클란을 마주 보았다. "고민 중이었어요. 오래 전부터 고민 중이었어요. 로컬에 가서 거기서 잠깐 살아볼까 하고. 집을 짓고 생필품만 조달하면 되는데."

로컬이라는 단어가 다시 등장하자 신경에 거슬렸지만 데클란은 티를 내지 않았다. "왜 그러고 싶으신데요?"

"그럼 우리 땅이라고 주장할 수 있을 테니까." 남자는 합리적인 결론을 내렸다.

"로컬이 아일랜드 땅이라고 주장하고 싶으신 거예요?" 데클란이 말했다.

이 말을 듣고 남자는 발끈하더니 어깨를 위협적으로 들썩이며 다시 몸을 앞으로 숙였다. "영국이랑 더블린은 꺼지라 그래요. 나는 그게 더니골의 땅이라고 할 거예요. 다른 사람이 아니라 우리가 그 섬을 차지해야지. 로컬은 애런모어나 토리처럼 북서쪽에 있는 섬이잖아요. 그 둘보다 뭍에서 훨씬 멀리 있긴 하지만 그래도 생김새를 보면 알 수 있다시피 더니골의 일부잖아요." 그는 답변을 재촉하는 표정으로 데클란을 노려보았다.

"일리가 있네요." 데클란은 말했다.

남자는 다시 의자에 몸을 묻었다. "참으로 인상적인 곳이지요, 로컬은."

"혹시 크리스터벨을 만날 수 있을까요?" 필리스가 물었다.

그는 그녀를 쳐다보며 손바닥을 펼쳤다. 인정한다는 뜻이 담긴 몸짓이었다. "알아낸 주소가 여기뿐이에요? 좀 더 최근 주소

The Boy from the Sea

는 모르고요?"

필리스와 데클란은 서로 흘끗 쳐다보았다. "여기밖에 몰라요." 필리스가 말했다.

"날 버리고 도망쳤어요." 그는 양손을 위로 치켜들었다가 천천히 떨어뜨렸다. "아마 영국에 있을 거요. 오빠도 어디 있는지 모른다는데, 나를 계속 괴롭히고 있어요. 젊은 여자를 들이면 이게 문제라니까. 그 많은 걸 해줬는데 고마운 줄도 모르고." 그는 필리스를 쳐다보았다. "우리 세대라면 그러지 않았을 텐데. 안 그래요?"

의미심장한 정적이 흐른 뒤 필리스가 대답했다. "네, 그러게요."

"전에도 도망친 적이 있어요. 그냥 기다리면 결국에는 돌아와요. 머리가 빠릿빠릿하게 돌아가는 편이 아니라서 세상을 자기 혼자 감당할 수가 없거든. 아주 오래전에 한번은 1년 동안 사라졌던 적이 있는데 그때도 결국에는 돌아왔어요."

"이번에는 사라진 지 얼마나 됐는데요?" 필리스가 물었다.

남자는 창문 쪽을 바라보았다. "아, 글쎄요…… 정확하게는 모르겠는데. 조금 더 오래됐어요."

"작년에 떠났나요?" 필리스는 물었다.

"그보다 전에요."

"그럼 재작년?"

"아, 그보다도 전에요. 하지만 절대…… 음, 확실히…… 10년보다 훨씬 오래되지는 않았어요."

모두 아무 말도 하지 않았다.

"아, 한잔하실래요?" 그는 럼주를 향해 사실상 손가락을 꼼지락거리며 물었다.

"아뇨! 괜찮아요." 필리스가 말했다.

"저희한테는 아직 이른 시각이라서요." 데클란이 말했다.

그는 툴툴대며 의자에 몸을 묻었다. 두 사람 때문에 짜증이 나 보였다. "요즘은 사교적으로 살기도 쉽지가 않다니까."

"이제 저희는 그만 일어나야겠는데요. 그렇죠, 이모?" 데클란이 말했다.

필리스는 그를 무시하고 대신 남자에게 말했다. "캐묻는 것 같아서 죄송하긴 한데요. 혹시 두 분 사이에서 아이가 있었을까요?"

데클란이 그녀를 째려보았다.

"아뇨, 아뇨. 그 사람 몸에 무슨 문제가 있었어요. 종종 생각이 나는데, 너무 가슴이 아파요. 나는 좋은 아빠가 될 수 있었을 텐데."

필리스가 뭐라고 말을 꺼내려는 찰나…….

"저기요!" 데클란이 외쳤다. "한잔할게요."

남자는 벌떡 몸을 일으켜 머그 두 개를 나란히 놓았다.

"혹시 유리잔은 없겠죠? 오전에 술을 마시는 건 잘 없는 일이라 제대로 마시고 싶은데." 데클란은 말했다.

"좋죠!" 남자는 열심히 고개를 끄덕이고. 부엌으로 거의 깡충깡충 뛰어가다시피 했다. 수돗물 트는 소리가 들렸다.

데클란은 필리스를 돌아보며 말했다. "하지 마세요."

"걱정 마, 아무 말도 하지 않을 거니까." 그녀는 대꾸하고, 기분이 상했는지 입술을 오므리고는 눈썹을 치켜세우며 고개를 돌렸다. "상황을 완벽하게 파악하고 싶었을 뿐이야."

남자가 깨끗하달 수 있는 잔을 두 개 들고 돌아와 양쪽 잔에 제법 많은 양의 술을 따랐다. 그는 데클란과 함께 한 모금 마시고 깨끗한 샘물이라도 되는 듯 입맛을 다셨다. 그러고는 데클란에게 말했다. "그래, 어부들이 힘을 모아서 나를 후원할 생각이 있을 것 같아요?"

"후원이라뇨?" 데클란이 물었다.

"로컬에서 사는 거! 내가 거기 있으면 그 일대 조업권을 확보할 수 있을 거예요. 내가 그 섬을 떡하니 차지하고서 더니골을 위해 좋은 일을 하는 거지. 돈은 한 푼도 받지 않을게요, 한 푼도. 그냥 먹을 것과 다른 기본적인 생필품만 계속 조달해주면 돼요."

데클란은 조심스럽게 대답했다. "다음번 어업협회 회의 시간에 얘기를 꺼내볼게요."

"부탁할게요." 그는 말하고 텔레비전 쪽을 바라보며 아주 인상적이었던 로컬의 모습을 떠올렸다. 그의 얼굴이 갈망하는 표정으로 바뀌며 부드러워졌다. "나는 분명 거기서 행복하게 지낼 수 있을 거예요."

술이 들어가서 그런지 남자는 수다스러워졌고 손님들이 계속 있어주길 간절히 원했다. 필리스와 데클란은 어느 정도 시간이 걸린 뒤에서야 현관문까지 나갈 수 있었고, 남자는 그때까지도 질문 세례를 퍼부으며 데클란에게 계속 말을 걸었다. 데클란의 차였지만 필리스가 먼저 나가서 운전석에 올라타 시동을 걸고 도주범처럼 앉아 있었다. 데클란은 남자에게 담배와 10파운드(한화 약 10만 원)를 쥐여준 다음에서야 그에게서 놓여날 수 있었다.

그들은 조림지를 벗어날 때까지 침묵을 지켰고 이윽고 필리스가 말했다. "오늘 우리가 여기 왔던 건 비밀로 하자. 절대 아무한테도 말하지 말자."

데클란이 고개를 끄덕였다. "아무 말도 하지 말아요."

그들은 집으로 갔다. 필리스는 아버지에게 저녁을 차려주러 갔다. 데클란은 마을로 들어서기 전, 빈로로 꺾어지는 길목에서 내려달라고 하고 걷기 시작했다.

그는 걸으며 깨달은 것이 있었다. 그는 오랫동안 미워했음에도 종종 브렌던을 찾으러 다녔다. 캐슬린 커닝엄의 집에, 나이지리아 어선에, 도리스 케인의 집에 찾아갔고, 가장 최근에는 마을을 가로질러 그들의 어머니에게 찾아갔다. 그는 매번 사명감에 이끌려 움직였지만 수년 동안 그들의 행로를 기록한 사람이라면 누구나 데클란은 간과한 기본적인 진실을 알아차렸을 것이다. 브렌던이 움직이면 데클란이 쫓아다녔다는 것을, 그가 항상 따라다니는 입장이었다는 것을 말이다. 예전 같으면 이걸 깨달았을 때 화가 났겠지만 또다시 브렌던을 찾을 수 있길 바라며 비주류의 삶을 선택한 사람들의 집으로 걸어가고 있는 지금은 재미있다는 생각이 들었다. 집 앞에 가서 보니 샌드라가 온실에서 일하고 있었다. 두어 군데는 판지로 대체됐지만 유리가 남은 곳도 많았고, 제철을 맞은 푸른 식물들이 유리에 바짝 붙어 있었다. 그녀는 그를 보더니 밖으로 나왔다. 어깨에 독일 국기가 달린 군용 외투를 입고 고수를 한 움큼 쥐고 있었다. 그는 브렌던이 거기 있느냐고 물었고, 그녀는 이틀 동안 보지 못했다고 했다. 그는 가려고 몸을 돌렸다. "이거 먹을래?" 그녀가 고수를 내밀며 물었다. "요리 잘한다고 들었는데."

"누가 그래?" 그가 물었다.

"누구겠어?"

데클란은 갈색 봉투에 담긴 고수를 들고 마을까지 걸어갔다. 은행, 예배당, 의원을 지났다. 십 인 앞에서 존 코터가 보이자 자기 동생을 봤느냐고 물었다. 존은 못 보았다고 말하며 데클란에게 계속 말을 걸었다. 그와 대화를 나눌 기회는 자주 오는 게 아니었다. 존은 고수를 냉장고에 넣어둘 테니 나중에 와서 찾아가라고 하며 데클란을 데리고 안으로 들어갔다. 라운지 뒤편에 창고가 있었다. 아니, 지금은 창고로 쓰이고 있었지만 맥주 궤짝과 감자칩 상자 아래로 철제 조리대와 업소용 레인지가 보였다. "우리가 민박집을 했을 때 쓰던 거야." 존은 데클란을 쳐다보며 조리대를 쓰다듬었다. "이런 식으로 버려진 걸 보면 슬프지 않니?"

잠시 후에 두 사람은 바 뒤편으로 나왔다. 존 코터의 바 카운터 뒤편에 존과 함께 있다니 특별한 영광이라, 그걸 보고 우리는 모두 허리를 똑바로 펴고 앉았다. 우리 중에 그곳 출입을 허락받은 사람은 아무도 없었다. 데클란은 브렌던의 행방을 물었다. 우리의 관찰력을 익히 알기 때문이었는데, 우리는 서로 쳐다보며 고개만 저었다. 메이너스 맥매너스만 바 맨 끝에서 신문에 시선을 고정한 채 이렇게 말했다. "배의 무덤 근처에서 본 것 같기도 한데."

"아니, 이런." 누군가가 말했다. 우리는 모두 같은 생각을 하고 있었다. 배의 무덤은 위험한 곳이었다.

"왜?" 맥매너스는 말했다. "개입하고 싶지 않아서 그랬지."

데클란은 해안 도로를 따라 걸어가기 시작했다. 저녁이라 하늘이 점점 붉게 물들었고 곰팡이 냄새가 배의 무덤 위에 드리워져 있었다. 썰물 때라 덥수룩한 해초가 축축한 초록색 만국기처럼 밧줄과 쇠사슬을 따라 길게 걸쳐져 있었다. 데클란은 버려진 지 얼마 되지 않은 폐선들을 보았을 때 뭔지 모를 것에 강타당할 것 같은 서늘한 예감이 들었고, 이윽고 예감은 현실로 이루어졌다. 거기에 크리스틴 던호가 있었다. 데클란은 뱃속이 오그라드는 것을 느꼈다. 물 밖에 나와 있는 그 배를 보고 있자니 너무나 이상하고 어색했다. 이런 식으로 발견할 게 아니라 던호가 거기 있다고 누군가 사전에 경고해주었어야 하는 것 아닌가 하는 생각이 들었다. 그는 고개를 저었다. 다들 개입하기 싫었던 것이다.

데클란은 귀를 쫑긋 세우고 던호 쪽으로 다가갔지만 들리는 소리라고는 만의 숨소리뿐이었다. 선체에 손바닥을 얹고 서

The Boy from the Sea

있는데, 짐승이 울부짖는 듯한 소리가 쩌렁쩌렁하게 울려 퍼지다 점점 잦아들었다. 순간 데클란은 자기에게서 난 소리인가 생각했지만, 그게 아니라 바닷가 저편에서 들린 소리였다. 오솔길로 나가서 소리를 따라가면 더 안전하고 젖을 일도 없고 어쩌면 더 빨랐겠지만 데클란은 바닷가를 따라 바위를 기어서 넘어가며 곧장 진원지를 찾아 나섰다. 바위에 아슬아슬하게 걸쳐져 있던 푹신한 해초가 발밑에서 스르르 미끄러졌다. 한쪽 발이 오염물질로 시커메진 진창 속에 빠지는 바람에 진흙이 잔뜩 묻어서 걸음을 옮길 때마다 기름진 덩어리가 발가락 사이에서 질퍽거렸다. 그래도 그는 계속 걸었다. 울부짖는 소리는 더 이상 들리지 않았지만, 데클란이 자갈 해변에 다다라 보니 브렌던이 짝짝이 장화를 신고 물속에 서 있었다.

"저리 꺼져." 브렌던이 말했다.

데클란은 더 이상 가까이 가지 않고 그 자리에 머물렀다.

브렌던은 그를 등지고 바다를 내다보았다.

데클란은 이 순간을 말로 설명할 방법이 없었다. 사랑도 증오도 아니었다. 복잡하게 얽힌 관계였다. 그는 바위 사이에, 동생은 물속에 서 있는 것이 딱 맞았다. 그들은 바다와 기슭이었다.

"아까 그 소리, 네가 지른 거야?" 데클란이 물었다.

"아마도." 브렌던이 대답했다.

"그래서 효과가 있었나?" 데클란이 물었다.

브렌던은 계속 말없이 바다를 내다보며 어떤 변화가 있었는지 내면을 더듬더듬 살폈다. 해가 저물고 건너편 기슭을 따라 전등이 하나둘씩 켜지고 있었다. "아니." 그는 말했다.

데클란은 바위에 엉덩이를 대고 앉았다. "십 인에서 존 코터랑 이야기를 나눴거든. 뒤편에 조그만 주방이 있는데, 나더러 라운지 손님들을 상대로 식사를 팔아보지 않겠느냐고 하더라. 식당처럼. 심지어 수수료도 안 받겠대, 자기는 바에서 버는 돈이면 된다고." 브렌던이 아무 말도 하지 않기에 데클란은 하던 얘기를 계속했다. "너랑 나랑 둘이서 같이 해보면 어떨까? 네가 장부랑 그런 걸 맡을 수 있으니까."

브렌던은 여전히 아무 말도 하지 않고 기슭 저편을 점점이 수놓은 불빛만 바라보았다. "형은 아무도 건드리지 않을 고급 요리를 만들고 싶어 할 거잖아." 마침내 그가 말했다. "여기 사람들은 수플레 안 먹어도 되는데."

"내가 바보냐?" 데클란이 말했다. "라자냐 같은 든든한 메뉴를 팔 거야."

브렌던은 물살 헤치는 소리를 내며 몸을 돌려 그를 마주 보았다. "프렌치프라이를 곁들여야 해."

데클란은 잠깐 동안 아무 말도 하지 않다가 결국 수긍했다. "알았어, 프렌치프라이랑 같이." 그는 말했다. "그러면 안 될 것도 없지." 데클란이 이번에는 너무 밀어붙이는 것처럼 들리지 않게 아주 천천히 다시 말했다. "가끔 신선한 게를 구할 수 있으면 집 게발을 저녁 메뉴에 넣자."

브렌던은 다시 곰곰이 생각했다.

데클란은 바위에서 일어났다.

The Boy from the Sea

브렌던이 말했다. "안 돼."

"안 된다고?" 데클란이 놀란 목소리로 물었다.

"어떤 대학에서 나를 받아주겠대." 브렌던은 말했다. "거기 갈 거야. 여길 떠날 거야."

데클란은 캐리어에 넣은 편지가 생각났다. 뭔지 모를 세 글자의 이니셜이 봉투에 찍혀 있었다. "어디로?"

"골웨이." 브렌던은 몸을 돌려서 바다 너머 머나먼 남쪽을 가리켰다.

"학비는 어떻게 충당하려고?" 데클란이 물었다.

"요즘은 유럽에서 보조금을 받을 수 있어."

"회계 공부할 거야?"

브렌던은 고개를 저었다. "역사."

잘 생각했네. 데클란은 그렇게 생각했지만 차마 그 말을 입 밖으로 내뱉지는 못했다.

계절이 바뀌었다. 맑은 날이면 더니골만에서 머나먼 남쪽의 언덕과 산이 보였다. 우리는 아이들이 관심을 보이건 말건 봉우리를 가리키며 이름을 알려주었다. 성냥갑 조니가 암에 걸려 호스피스에 입원했다. 토미 오가라는 워리어 4호가 건조 중인 노르웨이의 조선소를 주기적으로 찾아갔다. 필리스 라이언스는 도서관에 취직했다. 집에서 벗어날 수 있어서 좋았지만 그녀도 우리에게 강조했다시피 집에서 할 일이 워낙 많다 보니 일주일에 고작 몇 시간이었다. 우리는 해마다 반복되는 사이클에 대해 이야기했다. 이동식 놀이공원이 몇 주 동안 설치됐다가 철수했다. 흰털발제비는 남쪽으로, 고등어는 북쪽으로 떠났다. 아이들은 등교를 시작하고 호텔은 한산해졌다. 우리는 전보다 느려진 마을의 리듬에 대해서도 이야기했다. 비주류의 삶을 선택한 사람들이 왔다가 사라졌고, 한 백수가 죽거나 실내로 들어가면 다른 백수가 등장해 주차장 담벼락의 그 자리를 차지했다. 그런가 하면 아이들은 커서 일자리를 구했고 바다로 나가거나 우리 마을을 영영 떠났다.

보너 가족은 멜리스에서 가끔 점심을 먹었다. 데클란과 브렌던이 나란히 앉고 크리스틴은 맞은편에 앉아서 보기 좋게 균형을 맞추고 있다는 것을 우리도 느낄 수 있었다. 물론 이 새로운 형태는 상실에서 빚어진 것이니 삼각형이 아닌 다른 도형이었다면 더 좋았겠지만, 삼각형은 선체와 지지대를 만들 때 쓰이는 견고한 구도다. 조선소 직원들에게 물어보라. 크리스틴이 두 아들을 번갈아 쳐다보며 회유하고 조언하는 등 대부분의 대화를 도맡았지만, 브렌던이 점심때까지 누워 있는 것이나 데클란이 술을 마시는 것과 같은 소소한 부분까지 물고 늘어질 만큼 어리석지는 않았다. 그런 문제는 건드리지 않을 것이다. 의미 없는 신경전은 피하는 편이 나았다. 아이들도 언젠가는 정신을 차릴 것이다. "그래." 그녀는 두 아들을 쳐다보며 이렇게 묻곤 했다. "요즘 어떻게들 지내고 있니?"

브렌던은 "버틸 만해요"라고 했다.

데클란은 "말 안 해도 아시잖아요"라고 했다.

흉터나 튼튼한 팔뚝이 보이면 크리스틴은 눈을 감고 밀려드는 상실의 슬픔에 몸을 맡길 것이다. 누군가가 어이없게 현실을 부인하는 말을 듣거나 튀긴 간 냄새를 맡아도 똑같이 그럴 것이다. 또다시 앰브로즈에게 화가 나면 그의 생명보험금으로 그가 싫어했음 직한 것들, 예를 들면 VCR이나 크런치 넛 콘플레이크 같은 물건을 살 것이다. 양가죽 러그는 정신을 차리고 환불했지만 대신 금액상 별 차이가 없는 오리털 베개를 들고 나왔다. 그 베개는 무거웠고 밤에 머리를 눕히기보다는 누워서 몸을 기대는 용도로 쓰였다. 아무에게도 털어놓지 않았지만 그녀가 베개를 산 이유는 앰브로즈가 누웠던 자리를 채우기 위해서였다. 그의 묵직한 몸집을 대신하기 위해서였다. 베개가 옆에 있으면 잠이 잘 왔다. 가끔 앰브로즈가 꿈에 나타날 때도 있었다. 그가 그녀에게 몸을 대고 기지개를 켜면 뺨으로 그의 숨결이 느껴졌고 그의 속삭임이 들렸다. "당신이 부엌 불 켜놨어?"

데클란이 십 인에서 새로운 일을 시작했을 때 브렌던이 도와주었고 둘이 함께 일하는 것을 볼 수 있어서 좋았다. 우리는 가끔 라운지로 원정을 떠나 음식 맛을 보았다. 메뉴가 실속 있었다. "너는 여기서 살지 않을 거냐?" 우리가 어느 날 저녁에 브렌던에게 이렇게 물은 적이 있었다. 그는 카운터에 몸을 기대고 고민하는 것처럼 좌우의 벽을 두리번거렸지만, 아마 예의상 그랬을 것이다. 그는 종종 놀러 오겠다고 했다.

"언제든 네 자리를 비워놓을게." 우리는 말했다.

데클란은 앞치마를 두르고 주방 문 앞에 서 있었다. "여기 같은 데서는 절대 벗어나지 못해." 그는 말했다. "네가 돌아오지 않으면 여기가 널 찾으러 갈 거야."

가을의 어느 날 오후에 우리는 보너 가족의 차가 도로를 마주 보고 부둣가 주차장에 세워져 있는 것을 보았다. 두 아이가 앞자리에, 그녀가 뒷자리 중앙에 앉아 있었다. 크리스틴은 이제 왠지 모르게 기품이 넘쳤다. 데클란이 있으면 절대 운전하지 않고 그가 모는 차를 타고 다녔다. 브렌던은 머리를 길러서 하나로 묶었고, 데클란은 늘 그랬던 것처럼 짧게 쳤다. 어선의 상당수가 귀항한 참이었다. 슈퍼트롤선들은 자리가 부족하지 않게 고물을 부두에 대고 있었다. 한데 뭉뚱그려진 그 쇳덩어리가 어찌나 높고 넓은지 마을이 거기에 묶여 있는 것처럼 보일 지경이었다. 오늘은 브렌던이 대학으로 떠나는 날이라 가방이 그의 무릎 위에 놓여 있었고, 그들은 다 같이 버스를 기다리는 중이었다. 크리스틴이 브렌던에게 계속 뭐라 말을 하고 그는 띄엄띄엄 고개를 끄덕이거나 저었다. "공부 열심히 해." 그녀는 이렇게 말하고 있었다. 독화술을 모르는 사람이라도 알 수 있었다.

버스가 도착하자 그들은 일제히 차에서 내려 길을 건넜다. 데클란이 가방을 들고 가서 짐칸에 넣었다. 짐은 많지 않았다. 브렌던은 가볍게 다녔고 아마 앞으로도 계속 그럴 것이었다. "지금 이게 가장 필요한 사람은 너일 거야." 데클란은 말하며 가죽 끈에 달린 수호성인 메달을 건넸다. 이모에게서 받은 것이었다. 브렌던은 웃으며 메달을 목에 걸었다. "내가 나중에 찾아가서 제대로 챙겨 먹는지 확인할 거야." 데클란은 말했다.

브렌던은 크리스틴이 기다리고 있는 버스 문 앞으로 건너갔다. 그녀는 브렌던의 옷깃을 바로잡아주고 그의 팔을 어깨에서 팔꿈치까지 한 번 쓰다듬었다. 브렌던은 느긋하게 미소를 지었다. "건강 잘 챙기세요."

크리스틴이 눈을 감았다 떠보니 브렌던이 버스에 타고 있었다. 버스가 출발했는데도 그녀는 그 자리에서 계속 지켜보았다. 브렌던이 시야에서 사라진 다음에서야 그녀는 집까지 타고 갈 차가 있는 곳으로 돌아갔다.

THE BOY FROM THE SEA

감사의 글

킬리베그스의 어선과 어업 관련 정보는 팻 코너건과 팻 놀런의 도움을 많이 받았다. 어부들과의 인터뷰가 수록된 팻 놀런의 저서도 유용했다. 오류가 있다면 모두 내 탓이다.

보너 가족과 라이언스 가족에 대한 신뢰를 저버리지 않은 아이린 발도니와 에이전시의 조지나 캐플, 레이철 콘웨이, 폴리 헬러데이, 사이먼 섀프스에게도 고맙다는 말을 전하고 싶다. 피카도르의 훌륭한 팀원들도 이 책에 많은 정성을 들여주었다. 소피 조너선, 메리 마운트, 커밀라 엘워시, 데이지 디킨슨, 메리 챔벌레인, 로라 카, 레이건 아서와 크노프의 이지마이어스, 서맨서 브라이언트, 캐슬린 저커먼에게 무한한 감사를 전한다.

그리고 또 에이슬링 라이드, 올라 피츠패트릭, 이브 패턴, 로라 시어라, 에마 데블린, 리베카 헌터, 에밀리 바이어스-페리언,

루이스 케네디, 이언 샌섬, 글렌 패터슨 그리고 벨파스트 퀸스에 있는 세이머스 히니 센터의 다른 동료와 학생과 연구원들에게도 고맙다는 말을 전하고 싶다. 북아일랜드 예술협의회의 데미언 스미스와 이웃 야디 가족에게도 감사의 인사를 건넨다.

이 작품을 다른 나라 말로 옮긴 전 세계의 번역자들에게도 무한한 감사를 전한다.

카와 섬프터 집안의 모든 가족에게도 감사를. 두 아들, 로컨 패트릭 카와 페이비언 존 카에게도 사랑과 감사를. 이건 너희들에게서 시작된 작품이야. 그리고 무엇보다도 캐럴린. 당신 덕분에 이 작품을 쓸 수 있었어.

The Boy from the Sea

바다에서 온 소년

THE BOY FROM THE SEA

초판 1쇄 발행 2026년 4월 1일
초판 4쇄 발행 2026년 5월 4일

지은이 개럿 카
옮긴이 이은선
책임편집 조혜영
콘텐츠 그룹 양예주 황보주향 전연교 김신우 정다솔 문혜진 기소미
북디자인 R DESIGN 이보람

펴낸이 전승환
펴낸곳 책읽어주는남자
신고번호 제2024-000099호
이메일 bookfarmers@thebookman.co.kr

ISBN 979-11-24038-33-8 (03840)

THE
BOY
FROM
THE
SEA